U0090990

古典文獻研究輯刊

二三編
曾永義 主編

第 3 冊

明代八股文批評研究（上）

黎曉蓮 著

國家圖書館出版品預行編目資料

明代八股文批評研究（上）／黎曉蓮 著 -- 初版 -- 新北市：花
木蘭文化事業有限公司，2021〔民110〕
目 4+256 面；19×26 公分
（古典文學研究輯刊 二三編；第 3 冊）
ISBN 978-986-518-342-4（精裝）
1. 明代文學 2. 八股文 3. 文學評論
820.8   110000423

古典文學研究輯刊
二三編 第三冊   ISBN：978-986-518-342-4

明代八股文批評研究（上）

作　　　者	黎曉蓮
主　　　編	曾永義
總 編 輯	杜潔祥
副總編輯	楊嘉樂
編　　　輯	許郁翎、張雅淋　美術編輯　陳逸婷
出　　　版	花木蘭文化事業有限公司
發 行 人	高小娟
聯絡地址	235 新北市中和區中安街七二號十三樓
	電話：02-2923-1455／傳真：02-2923-1452
網　　　址	http://www.huamulan.tw 信箱 service@huamulans.com
印　　　刷	普羅文化出版廣告事業
初　　　版	2021 年 3 月
全書字數	484657 字
定　　　價	二三編 31 冊（精裝）台幣 82,000 元

版權所有・請勿翻印

明代八股文批評研究（上）

黎曉蓮　著

作者簡介

黎曉蓮，1978 年生，湖北宜昌人，於 2001 年、2004 年、2012 年在武漢大學文學院先後獲文學學士學位、文學碩士學位、文學博士學位，現為武漢東湖學院副教授。主要從事明清文學與文論研究。

提　　要

　　本書在明人別集八股文序跋、文話、選本等文獻整理的基礎上，運用史論結合及比較批評的方法，選取明初、正嘉、隆萬、啟禎等四個八股文批評活動比較活躍的時期，以流派為經，以專論為緯，試圖梳理出明代八股文批評的主要流派、主要批評理論和範疇，總結明代八股文批評發展嬗變的線索和規律，同時對形成明代八股文批評風貌的科舉文化生態、社會風氣、哲學思潮等因素作相應的審視和考察，以此鳥瞰明代八股文批評發展的總體走向。

本書為教育部人文社會科學研究一般項目成果（項目名稱：明代別集所見八股文序跋整理與研究）（項目編號：19YJC751011）

目

次

緒　論

　　作為一種科考文體，相比唐之詩賦，宋之策論，八股文研究還處於非常薄弱的環節。雖然從上個世紀三十年代以來，八股文研究由淺入深，出現了一大批專家學者，也收穫了很多論文與專著，但是這些成果仍然集中於八股文的文體特徵及其生成的文化機制，關於八股文批評理論的研究則除了一些單篇論文和部分專著的章節略有涉及外，幾乎還處於未被開發的原始狀態。這些成果多零散，不夠全面，材料挖掘也略顯單薄，許多觀點也有待商榷，但其摸索探索之功足啟後人。本書寫作初衷乃力圖在文獻整理的基礎上，運用史論結合以及比較批評的方法，建立與詩文小說戲曲相媲美的明代八股文批評理論體系。但由於時間跨度大、資料收集難、價值判斷難等原因，最終選取明代歷史上最具代表性的幾個時期作為考察對象——明初、正嘉、隆萬、啟禎，試圖梳理出明代八股文批評的主要流派，主要八股文批評理論和範疇，以及明代八股文批評發展嬗變的線索和規律，同時對形成八股文批評風貌的科舉文化生態、社會風氣、哲學思潮等因素作必要的審視和考察。

一

　　在古代各種文體中，就其在歷史上曾經取得過的輝煌、受重視的程度和研究現狀來看，八股文及其批評研究具有強烈的悖反性。八股文雖然集中國古代文體之大成，是詩、賦、古文、小說、戲曲、論、贊、表、策等文體樣式的綜合，但與其他文體相比，八股文的地位遲遲得不到應有的承認，許多原始資料因此散佚，這種縱橫明清社會幾百年的文體也遲遲沒有進入文

學研究的領域，其研究現狀顯得門庭冷落。自「中國文學批評史」學科建立九十多年以來，詩歌、散文、小說、戲曲等文體的理論建構已經逐步趨於完備，而八股文批評研究則顯得遲滯和缺少重視，對於完整的文學批評史來說，明顯缺少一環，這是目前八股文研究亟待予以關注的領域。

在古代文章學的大背景下，八股文作為這個「史」的末端，不僅在形式上吸收了前此各種文體的精華，在其內涵上，更是承載了遠遠超過前代知識分子的心靈負重。在我們現在所見的各種典章制度和統計數據背後，有多少舉子青燈古卷、皓首窮經，忍受常人無法忍受的孤寂和痛苦，在八股文這種相對無用空疏的文體上蹉跎一生。結果要麼高居榜首、飛黃騰達，要麼困頓場屋、終其一生，這是明清知識分子要想「學而優則仕」的必經之途。所以研究明代八股文批評理論，也就是以一種更直觀的方式關照這些舉子對八股文的看法，從而還原明代士子在八股取士制度下的生存狀態與精神品格。另外，八股文及其批評理論與其他文學樣式的發展規律不同，詩文小說等文學樣式都是自下而上，先有文學創作，後有理論總結。而八股文從其產生開始，是自上而下，有很強的人為因素和政治干預色彩，是統治者為了培養符合他們要求的人才而制訂的考試文體，有很強的理論先行的特色。從八股文的流變來看，經歷了從明中葉的「恪遵傳注，體會語氣，謹守繩墨」到正、嘉間「以古文為時文，融液經史」的轉變，從隆、萬間「兼講機法、務為靈變」到啟、禎諸家「窮思畢精，務為奇特，包絡載籍，刻雕物情」的轉變〔註1〕，基本上也反應出明代文學思潮從「理學」到「心學」的躍進。所以，研究八股文批評理論，可以從科舉取士的角度把握明代思想、政治、經濟、文化、教育、出版等各方面的發展狀況。

隨著明代科舉考試形式的規範化和教育出版業的發展，時文選本、時文評點、探討時文文法的作品大量出現，或為知識普及，或為寫作指導，除了中式者外，還有大量的底層文人和書商、書坊主參與到這種以科舉中式為目的的考試用書的編寫、整理和傳播過程中。這些作品既有像袁黃《遊藝塾文規》和武之望《舉業卮言》這樣論述精深、自成體系的專著，也有像莊元臣《行文須知》和張溥《初學文式》等為初學文者而設的蒙學讀物，特別是後一種大多都是文法、文格、文式一類，在明人時文專論中比重較高。對於大

〔註1〕方苞撰，王同舟、李瀾校注，《欽定四書文‧凡例》，武漢，武漢大學出版社，2009，第1頁。

量的處於底層的舉子來說，抽象宏觀的文章理論和具體的繩墨法脈相比，後者顯然更具有可複製性，也更易於為他們所接受，因此，這些文格類用書在指導閱讀、規範文章法度、引領文風士習方面發揮了比純批評性專著要更為重要的作用。但是長期以來，技法理論在各種文體的批評形態中都處於末流而鮮有人問津，八股時文也不例外，所以，在明代八股文批評理論的各種形態中，這種以實踐指導為目的的文章技巧類理論缺乏相應的關注，有待於進一步重視和更全面深入的考察。

　　同時，研究古代文體的目的是為了傳承文明、古為今用，整理和研究八股文章技法理論對於我們今天其他文體的寫作也具有直觀的指導作用。八股文是在眾多文體基礎之上產生的，綜合了之前各種文體理論技巧之精華，也積累了歷代文人的實地寫作經驗，很多學者都稱其為文章技法最為嚴密、最注重寫作技巧的文體。而八股文批評理論在很大程度上就是關於八股文寫作的理論，大多數批評專著、序跋評點、程墨選本等，都不可避免地向舉子介紹寫作經驗，甚至提供揣摩範本。而八股文寫作的思維訓練、起承轉合的結構特徵、布局謀篇的技法等也有其合理之處，如「破題」與我們今天「立主題」相似，其破承起講行文之法與我們今天的文章結構如何安排協調類似，駢偶的韻律要求對文章氣勢的流暢美和音律美多有幫助，襯托、代言、對偶、用典等修辭方法的運用可以加強文章的色彩和深度，等等。所以，「單從文體學角度看，八股文凝結了精巧美雅的結構意識和修辭意識，較好地解決了文體創作中定法和活法的辯證關係，長於辨物析理，便於判分定等，因而是一種既適用於考試選拔又有一定借鑒價值的集成性文體」〔註2〕，特別是唐宋派和機法派作家總結了一整套開合轉折之法，對我們今天的文章寫作不無益處，這也是我們整理和研究八股文批評理論的又一初衷所在。

　　所幸，最近十幾年來八股文研究已經得到許多專家學者的重視，成為學術研究的新熱點，但從研究的深度和廣度上來說，還遠遠不夠。從批評史角度看，除了一些零散的八股文批評家的單篇論文和幾篇碩博論文外，還沒有一部系統、完整的八股文批評史，也沒有一部完整的八股文研究史料彙編。因此，整理和研究八股文批評理論，發掘、理清並闡釋相關理論範疇，建構一部完整系統的明代八股文批評史，對文學史、文學批評史、文化史和思想史都具有深刻的學術價值和現實意義。

〔註2〕張玲，《八股文的結構與寫作策略》，《作文教學研究》，2007年第2期。

二

　　本書初期擬定題目乃《明代八股文批評史》，題目非常大，涵蓋了從明初八股取士制度建立到晚明甚至清初這樣一大段歷史時期，但由於明代八股文批評至正、嘉時期才趨於成熟，從所收集的材料可以看出，八股文批評成果迭出的時間至少包括三大歷史階段：正德、嘉靖時期，隆慶、萬曆時期，天啟、崇禎時期，這也是初步計劃的主要考察時段。從體例上來看，本書預設三編，上編：流派論；中編：專論；下編：範疇論。按照初步設想，流派論部分至少包括正嘉時期的唐宋派，萬曆時期的機法派、奇矯派、東林派，啟禎時期的江西派、婁東派、雲間派。專論部分包括在明代八股文批評史上做出過重大理論貢獻的人，如正嘉時期的歸有光、茅坤、唐順之等人，隆慶、萬曆年間的袁黃、武之望、黃汝亨、方應詳、湯賓尹等人，天啟、萬曆年間的陳際泰、羅萬藻、陳仁錫、艾南英、鄭鄤、陳明夏等人。還包括有獨特見解和理論成就的，如正嘉時期的瞿景淳、薛應旂、王慎中、王世貞、王錫爵、楊慎、鄧以讚、穆文熙，萬曆時期的董其昌、王衡、李堯民、黃洪憲、趙南星、馮夢禎、楊起元、顧憲成、陶望齡、鍾惺、袁宏道、袁中道、徐渭、許獬、吳默、王思任、張位、孫鑛、李廷機、顧起元、陳大科、王肯堂等人，啟禎時期的章世純、金聲、譚元春、黃淳耀、陳子龍、張溥、吳應箕等人。最後，範疇論部分擬將明代各大八股文批評流派和批評大家所總結出的八股文批評範疇，結合中國古代文論、詩論和中國古代美學範疇，做出梳理與界定，如心、氣、神、思、才、情、識、性、勢、趣、道、法、辭以及虛實、奇正、雅俗等。同時對各八股文批評範疇與詩文小說戲曲批評範疇作出縱向與橫向比較，考察其在中國文學批評史及美學史中的聯繫與地位。這是本書最初規劃，但是由於時間跨度大，資料收集難，流派、範疇包含面太過廣闊，本人學力有限，短期內幾無完成之可能，在師友的探討切磋下，遂將本書題目改為《明代八股文批評研究》，將切入視點放於明初、正嘉、隆萬、啟禎四個時期，考察重點調整為唐宋派、機法派、奇矯派、東林派、江西派、婁東派以及袁黃、趙南星、黃汝亨、湯賓尹、艾南英、黃淳耀、吳應箕等人，以流派為經，以專論為緯，以此鳥瞰明代八股文批評發展的總體走向。結構作了大幅度調整導致很多八股文批評大家如方應詳、武之望、陳仁錫等人和明代中後期大量的選家和評點家尚不能進入考察視野之內，這是下一步需要進行的工作。

　　要考察明代八股文批評的發展走向，必須釐清具有代表性的八股文批評

大家和流派的理論觀點，不能從現有的文學史和科舉研究入手，必須致力於搜集八股文批評相關的第一手材料。本書文獻來源有三個部分，一個是時文專論，一個是序跋、書信、題辭、筆記雜著中的評論文章，一個是選本和評點。由於時間和精力有限，本書中關於八股文批評理論主要來自前二者。第一種八股文批評的專著比如袁黃的《遊藝塾文規》正續編，武之望的《新刻官版舉業卮言》（包括董其昌《文訣九則》和王衡《學藝初言三十則》），還有一些歸為「文話」，但究其實質就是八股文技法總結的文格、文則等文章做法指南類，如袁黃《舉業彀率》、湛若水《泉翁二業合一訓》、汪正宗《作論秘訣心法》、汪時躍《舉業要語》、李叔元《新鍥諸名家前後場肆業精訣》、徐枺《重校刻藝林古今文法碎玉集》、汪應鼎《流翠山房輯選把大家論文要訣》、張溥《新刻張太史手授初學文式》，等等，這些論文專著中，有些在本書中做了專門論述，有些略有涉及，大多數仍然處於文獻整理或者有待發掘階段，來日還需條分縷析，作專門研究。第二種理論主要來源是明人別集，就筆者已經整理的數量就達數千篇，這些序跋題記中，有些是分論點的大篇幅專論，有些間或論及八股文批評某一方面，整理、分析、校點、辨別、摘選、謄錄工作甚巨，即便如此，初步估算，還有大量序跋有待整理。至於時文選本和評點，包括各種行卷、房稿、程墨、社稿、校士錄等，明中葉以後呈現蓬勃之勢，現在能夠見到的多散見於各地圖書館和私家藏書，除了方苞的《欽定四書文》和部分選本序跋之外，其他選本本書並無涉及，如范應賓輯評《程文選》，張榜輯評《續程文選》，田大年輯、李堯民評《皇明四書文選》，湯顯祖評點《湯若士先生點閱湯許二會元制義》，汪時躍撰《舉業要語》，周延儒輯《兩太史評選二三場程墨分類注解學府秘寶》，等等，這些選本在完整的八股文批評史當中應該有一席之地，只能待日後將資料搜集全面後加以完善補充。

在大量文獻整理的基礎上，我們對明代八股文批評發展的走向作了如下劃分：從明初八股取士制度確立開始，制度層面的八股文批評就已經發軔，甚至還可以遠溯到宋元經義和四書文的確立，這些都是明代八股文批評的直接源頭。至正、嘉時期，唐宋派「以古文為時文」理論的提出，標誌著明代八股文批評走向成熟，同時也開啟了從明至清古文、時文理論交融發展的濫觴。隆慶、萬曆兩朝，由於陽明心學的盛行和傳播，程朱理學和傳統的綱常倫理受到前所未有的衝擊，八股文由正而變，八股文批評也漸趨極盛。這段時間八股文批評流派和大家迭出，由正嘉時期的融經腋史、以古文為時文，經過

萬曆時期的融合、催發，古文時文合二為一，八股文進一步突破傳統，日趨工巧，八股文技法總結之風甚囂塵上，加上奇矯派諸人推崇峭刻奇詭之風，與晚明性靈思潮相裹挾，明代八股文批評走向新變。至天啟、崇禎時期，更是文妖迭起、蕪靡至極，明末士子以書院為依託，結社選文，起衰振頹，甚至以文救世，總結殿軍，他們的八股文批評活動承上啟下，他們所開創的這股強烈的八股文理論總結和研究之風，一直延續到清代。

三

由於八股文批評史的研究還處於「墾荒」階段，本書對明代八股文批評的梳理略顯粗疏和單薄，還具有大量有待進一步深入研究的空間。

從最初選題確立到開始爬疏整理資料，我們就深深地覺得，與其他文體研究相比，八股文批評研究起來有較大的難度：首先，資料整理難。人們對八股文的不好印象導致很長時間裏八股文研究門庭冷落，各種原始資料大量散遺，加上明清文人將八股文只當作登第高進的「敲門磚」，很少將之收入自己的文集裏，更不會對其作專門和嚴肅的評價。在作為「複習資料」的八股選本大量出現後，各種評點、序跋、文話雖然在當時是汗牛充棟，但是現今完整保留下來的並不多見，而且散落於各地圖書館與私家藏書。即使所見各種古籍，也多有缺漏，甚至字跡模糊，難以辨認。所以，資料的收集、閱讀、整理工作之艱難也直接決定了對八股文批評脈絡梳理的不全面。其次，價值判斷難。近百年來對八股文這種文體的研究還處於初級階段，人們對它的認識還很模糊，其性質、功用、影響都無定論，所以，對相關著作和批評家的評判到底應該持一個什麼樣的批評尺度，還缺乏明確的理論支撐。第三、涉及範圍廣。八股文作為一種獨特的歷史現象，包涵了比其他文體更多的理論內涵，研究八股文，不得不同時研究明清時期的政治經濟、歷史文化、教育考試、出版傳播、文人心態和社會思潮的流變，甚至涉及到修辭學、音韻學、心理學、文章學、天文地理、星象占卜等各方面的知識，涉及面太廣，難以周全考慮。有了這些研究難點，我們在梳理相關文獻的過程中，如履薄冰，方方面面頗難顧及，造成了許多闡釋盲區。因此，進一步整理八股文批評文獻、建立相應的價值評判尺度、在更廣闊的大文章學和明代學術生態背景之下研究明代八股文批評理論，是本研究領域接下來首當其衝之工作。

因為缺少批評尺度和參照，本書中關於流派名稱、來源、分類標準以及

諸多範疇缺少界定和統一的理論依據。如「機法派」「奇矯派」「東林派」「公安派」「江西派」「婁東派」「雲間派」等流派名稱，主要參考依據乃方苞的《欽定四書文》、梁章鉅的《制義叢話》、孔慶茂的《八股文史》、龔篤清的《中國八股文史》等專著，為了研究和論述的方便，故暫時沿用於此。在本書的論述中，如機法派涉及瞿景淳、董其昌、湯賓尹等人；奇矯派涉及楊起元、陶望齡、袁宗道、袁宏道、袁中道、王思任、李贄、王錫爵、王衡、吳默等人；東林派涉及顧憲成、趙南星、高攀龍、鄭鄤等人。之所以如此劃分，也是基於其文學批評和八股文批評的理論淵源。這些都還處於摸索階段，也許有劃分不當之處，還需作進一步的比較和分析。另外，由於八股文是一種集詩、詞、賦、散文、駢文、戲曲、小說於一體的集大成文體，加上從正、嘉之後「以古文為時文」「古文時文合二為一」「以禪入制義」「以戲曲為制義」等理論的倡導，八股時文創作影響詩、詞、曲、賦的創作，八股時文批評也影響詩、詞、曲、賦的批評，反過來，詩、詞、曲、賦的創作和批評又影響八股時文的創作和批評。因此，八股文批評與詩、詞、賦、散文、駢文、戲曲、小說批評相互滲透，特別是與古文批評的融合呈現出渾然一體、難以分割的狀態。所以本書在論述相關理論的時候，只能將其放在古代文章學的大視野下作統一關照，而沒有做出具體劃分。這些問題都有待進一步的辨析和研究。

　　總的來說，本書有文獻補益之功，少理論思辨之建樹。本書雖然對明代八股文批評的發展嬗變做了初步梳理，但各家各派理論觀點缺少融會貫通，特別是選本和評點這一塊理論資料涉及不多，加上大部分資料都是第一次見到，參透熟悉也需要一個過程，對於某家某派理論觀點很難作出橫向或者縱向的比較，所以本書觀點多孤立垂直，缺少前後照應。同時，由於資料有限，難見各家各派理論全貌，加上才力學識不足，對各家各派自身理論的優缺點，它們在整個明代八股文批評理論體系中的地位，甚至在整個中國文學批評史中的地位，本書缺少明確理論判斷。這些問題是不足，也是引玉之磚，以期為起步階段的八股文批評研究提供更多的理論視角，帶來更廣闊的學術思考空間，也為推進八股文批評史的研究進程略進綿薄之力。

第一章　明代八股文創作與批評概述

　　雖然對八股文是非功過的論斷評判眾說紛紜，但越來越多的學者逐漸認識到，八股文可以說是明代最有代表性、最具有時代特徵、最能反映當時士人舉子和廣大民眾價值取向的文體，它深植於中國古代傳統文化土壤之中，可以說是中國古代各種文體之集大成者，是中國各種傳統文體中綜合力最強的一種，或者說，就是中國古代各種文體的綜合體。然而，由於長期以來人們對八股文「陳詞濫調」的印象以及其「過街老鼠、人人喊打」的地位，導致在科舉被廢之後的百年時間裏，人們對八股文這種曾經風靡明清兩朝五百年、曾經主宰過無數知識分子命運、曾經讓無數舉子皓首窮經、魂牽夢繞甚至癡迷心碎的文體，不甚瞭解。因此，關於如何看待科舉取士以及八股文制度，我們必須有一個全新且客觀的認識，這也是總結明代八股文創作與批評之前提。

第一節　明代的科舉考試

　　科舉制曾被譽為中國第五大發明，其不拘門第、自由報考、公開考試、公平競爭、擇優錄取的特點對西方文官考試制度以及世界教育體制的建設起到過深遠的影響。

　　科舉制奠基於隋唐，完備於宋元，鼎盛於明，衰亡於清。科舉制創建 1300 多年以來，中國的社會與歷史，當時的政治、教育、學風與文化，無數代文人的前途命運與婚姻家庭關係，以及人們的價值觀、世界觀都不可避免受其左右。可以說，科舉制已經深入到古代中國人社會生活的方方面面。

　　明代科舉考試吸取以往經驗，從考試制度、學校制度到八股文體具體格式的規定，都臻至成熟完備。早在朱元璋打天下的時候，就到處搜羅人才，並發布設科取士的指令，實際上已經將之前的薦舉與科舉融為一體了。到洪武三年（1370）首開科考，務要錄取博古通今、名副其實的人才。但各省連試三年之後，朱元璋發現所取之士大多無實踐經驗，缺乏治國才能，於是在洪武六年（1373）重新改科舉為薦舉。因此，朝野上下舉薦成風，許多能工巧匠、飽學博才之士，甚至九十多歲的老儒、富戶商賈、蒙古色目人等，只要奏對得當，皆能委以任用，即刻授予官職。此舉延續到洪武十五年（1382），弊病日出，經過多番比較考量，朱元璋又重新下令恢復科舉。從此，科舉制才重新走上正常發展的軌道，「定科舉之式，命禮部頒行各省，後遂以為永制」〔註1〕，並規定了考試內容、考試規則、錄取和任用方法以及文章體式，科舉程序的各項內容基本完備。但此時薦舉制度依然存在，科舉、薦舉並存，歷經洪武、建文、永樂朝而不衰。永樂以後，薦舉所佔比重才逐漸下降。到明宣宗宣德、明英宗正統年間（1426～1449），薦舉制度基本上被廢黜，明代選拔官員、錄取人才的重任才完全由科舉所承擔。

　　龔篤清將明代科舉稱為「三三八」制〔註2〕。所謂「三三八」制即三級學校制度、三級考試制度以及八股文培養制度，即科舉學校化——科舉考試與學校教育、學校考試達到完全一致。考生必須先考入各級學校，取得監生或生員的資格，才能參加科舉考試。《明史‧選舉一》明確規定：「科舉必由學校。」明代中央或者地方官學成為科舉必由之路。明代的學校覆蓋面較廣，幾乎達到無地不設學的程度。最高一級學府是國子監，也叫太學；中級學校是地方的府、州、縣學；初級學校為城鄉社學。各級學校按照一定比例和資格升降，意在向士子傳授孔孟程朱之理，練習寫作八股文。三級考試分兩個級別，第一個三級考試為童子試，士子首先必須經過縣、府、提學道三級考試，取得秀才資格。然後再進入第二個三級考試：鄉試、會試、廷試。鄉試三年一大比，也稱秋闈。中式者稱「舉人」或者「孝廉」，第一名為「解元」。會試比於鄉試的次年春天，所以也叫「春闈」或「禮闈」。考中舉人之後的士子，可以無限制的參加會試。會試中式者稱「中式舉人」，第一名稱「會元」。鄉試和會試皆考三場，第一場考本經題經義四道，《四書》義三道。第二場考試論

〔註1〕張廷玉等撰，《明史》卷七十《選舉志二》，長沙，嶽麓書社，1996，第989頁。
〔註2〕龔篤清，《明代科舉圖鑑》，長沙，嶽麓書社，2007，第127頁。

一道，判五道，詔、誥、表任選一道。第三場考經史時務策五道。會試中式者再須經過由皇帝親自出題策問的考試即「廷試」，也叫「殿試」。殿試不革黜，只分名次前後高低，俗稱「三甲」。其中一甲三名，依次為狀元、榜眼、探花，賜進士及第。二甲若干名，賜進士出身。三甲若干名，賜同進士出身。無論是三級學校，還是三級考試，最終皆須落實到「八股文」的創作。

　　科舉考試在隋唐以來，確實發揮了選拔人才的積極作用，推動了歷史的進步。但發展到明清時期，則積重難返，科舉本身的弊病伴隨時代的沒落而日益顯著。往往所學非所用，所用非所學，考試內容嚴重脫離社會現實，束縛思想，消磨才智，遭到許多有識之士的猛烈抨擊。其中最主要的原因即八股取士的制定，特別是明萬曆之後，朝野上下對八股文的絕對推崇與頂禮膜拜更是達到了狂熱化程度。士子童而習之，終其一生，八股文寫作都是朝廷培訓、選拔人才的核心內容。從童生試起，鄉試、會試都以頭場八股文為重。由於學校教育從明初開始即服務於科舉考試，所以士子從小即學八股，練八股，背八股，抄錄程文墨卷，所讀書籍不超出四書五經及程朱傳注，代聖賢立言，不能發揮己意，作文之句數、字數、排比對偶皆有嚴格規定，「說白了，八股文寫作就是明清兩代一次全民性的儒家經典闡釋運動」〔註3〕。當然，其純正思想，鍛鍊思維能力，培養捕捉、概括、分析、解決問題的能力，功不可滅。但士子受功名驅使追求個人利益最大化的實際情況與科舉制推崇儒家道德理想標準之間存在不可調和的悖論，加上獨尊孔孟程朱，排斥思想多元化，積弊日深。這也是陽明心學所欲解決的問題，但一直到清末，此問題仍然在繼續爭論中。

　　八股文又稱「時文」，所謂「時文」即應時而作之文。八股文是與時俱進的，其「時」不同，八股文政策不同，考官主司不同，社會思潮、文學思潮不同，八股文風亦隨時而變。明朝初期，恪遵傳注，敷衍義理，文風簡樸雅正；到成化之際，標準的八股文體格式才全部定型，八股為正體，其他四股、六股、散體等皆為變體；正德、嘉靖之後，心學興起，個性解放、思想自由的思潮出現，程朱一尊的局面被打破，八股文的載道功能大大削弱，很多舉子甚至利用八股文來挑戰程朱理學。八股文的正體下臺，各種變體紛紛登臺，諸子百家、史道墨法各家思想無孔不入，在減弱其道德說教功能的同時，發抒性靈，逞才使能，窮新極變，魅力四射，「嘉靖以後，文體日變，而問之儒生，

〔註3〕冀篤清，《明代科舉圖鑒》，長沙，嶽麓書社，2007，第14頁。

皆不知八股之何謂矣」〔註4〕。從正嘉時期的「以古文為時文」到隆萬時期的「古文時文合二為一」，其文學化趨勢愈益明顯。

萬曆初年，張居正下令整頓學校與學官：裁減生員，罷黜「學霸」。對生員要嚴格審核，各府、州、縣學在招生時，必須經過三場嚴格考試方能入學，凡有荒廢學業者，即令停學，絕不姑息。另外，按時對各府、州、縣學官進行年度考核，凡是沒有真才實學、老弱病殘及瀆職怠惰者，皆革職查退。此舉措對扭轉嘉靖末期的頹風有一定的糾偏作用，但好景不長，到張居正去世，一切恢復原貌，甚至呈現更烈之勢。儒家傳統教育，強調道德與學問、修身與經世並重。科舉制度的推行使讀書觀發生很大變化，一方面激發其上進心，使士子勤奮好學，力圖修身齊家治國平天下；另一方面，士子心繫功名富貴，所讀之書皆以應試為目的，其敲門磚性質將士子導向淺薄庸俗之境。到萬曆之際，更表現出一種極端的急功近利之勢，士子不顧一切鑽營取巧，剿襲模擬，割裂剽剝，無所不用其極，士習日卑，學風日壞。

八股文可以說是明代社會制度與教育制度的特殊產物，既選拔社會精英，又束縛士子才能，既規範考試制度，又是「敲門磚」「一代之勝」「僵化腐朽」的代名詞。內容上的經義化和結構上的程式化，加上代聖賢立言，有規範世道人心的作用，也能公平地考察學識，還能控制思想，但同時又以功名利祿為根本誘因，敗壞學風。到明中後期則專門揣摩時藝技法，不讀經書，專攻時藝，所謂「高頭講章」「新科利器」橫行於世，空疏不學，通篇廢話，形式僵化。劉海峰說：「八股文具有牢籠英才、驅策志士，規範競爭、引導備考，嚴定程序、防止作弊，客觀衡文，快速評卷、訓練思維、測驗智力、訓練寫作、鍛字鍊句等功用。」〔註5〕毛澤東說：「八股文是中國明清封建皇朝考試制度所規定的一種特殊文體，它內容空洞，專講形式，玩弄文字，這種文章的每一個段落都要死守在固定的格式裏面，連字數都有一定的限制，人們只是按照題目的字義敷衍成文。」〔註6〕還有人稱其為「精英循環制度」〔註7〕，利弊好壞，眾說紛紜，也確實反映出八股取士在特定歷史條件下本

〔註4〕顧炎武撰，黃汝成集釋，秦克誠點校，《日知錄集釋》卷十六《試文格式》，長沙，嶽麓書社，1994，第594頁。

〔註5〕劉海峰，《八股文百年祭》，《廈門大學學報（哲學社會科學版）》，2001.4。

〔註6〕毛澤東，《毛澤東選集》，第三卷，北京，人民出版社，第830頁。

〔註7〕鄭從金，《從精英循環的角度看科舉制度的歷史功用》，《雲南社會科學》，2004.1。

身先天的矛盾性。

　　與現代人從歷史的角度考察不同，明清士子對八股文的看法，一般都是自然情感流露，或喜或惡，因為他們可以通過科舉改變自己的社會地位、政治地位和經濟狀況。少部分人可以中第，光宗耀祖，平步青雲。大多數則終其一生，皓首窮經，久困場屋而不得志。一般來說，復古派往往否定它，革新派往往肯定它，但是對於其弊端，大多數人看得還是比較清楚的。如湯顯祖雖然是八股名家，中進士的時間也較早，但在《答李乃始》中說：「詞家四種，里巷兒童之技，人知其樂，不知其悲，大者不傳，或傳其小者。制舉義雖傳，不可以久。」〔註8〕早在正德、嘉靖時期，舉業之弊已趨熾熱，路深說：「今日舉子，不必有融會貫通之功，不必有探討講求之力，但誦坊肆所刻軟熟腐爛數千餘言，習為依稀彷彿、浮靡對偶之語，自足以應有司之選矣。」「舉業者，進取之媒，非致理之路也，其弊也浮華而無實用。」〔註9〕桂萼也說：「經書初解章句，便擬題作文字，競為浮華放誕之言，以便有司之口，遂致破裂經傳。」〔註10〕清代方苞在《何景桓遺文序》中也說：「余嘗謂關教化、敗人材者，無過於科舉，而制藝則又盛焉。蓋自科舉興，而出入於其間者，非汲汲於利，則汲汲於名者也。八股工作，較論、策、詩、賦為尤難，就其藩者，其持之有故，其焉之成理，故溺人尤深，有好之老死而不倦者焉。余寓居金陵，燕、晉、楚、越、中州之士，往往徒步里以從余遊，余每深譽太息，以先王之教、古人之學，切於身心者開之。」〔註11〕清人徐大春更有《刺時文》一詩：「讀書人，最不齊，爛時文，爛如泥。國家本為求才計，誰知道，變做了欺人技。三句承題，兩句破題，擺尾搖頭，便道是聖門高第。可知道《三通》《四史》是何等文章？漢祖、唐宗是那一朝皇帝？案頭上放高頭講章，店裏買新科利器。讀得來肩背高低，口角嘘唏；甘蔗渣兒嚼了又嚼，有何滋味？辜負光陰，白白昏迷一世。就教他騙得高官，也是百姓朝廷的晦氣。」〔註12〕明清士子對八股文的好惡可見一斑。

〔註 8〕湯顯祖，《湯顯祖全集·詩文卷》四六，北京，北京古籍出版社，1999，第1411頁。

〔註 9〕路深，《皇明經世文編》卷一五五《國學策對》，明崇禎平露堂刻本。

〔註10〕桂萼，《桂文襄公奏議》卷三《論修明學政疏》，清乾隆二十七年（1762）九世孫刻本。

〔註11〕方苞，《方苞集》，上海，上海古籍出版社，1983，第609頁。

〔註12〕袁枚，《隨園詩話》，北京，崑崙出版社，2001，第782頁。

　　明代科舉考試以及由此而生的八股文體雖然已經成為歷史，但其在明清兩朝甚至今天仍然還在發生的影響，卻是深刻而久遠的。如何客觀評價這種歷史現象也關乎到對明代八股文批評和理論的客觀評價。

第二節　明代八股文創作概述

　　一般來說，明代八股文的發展歷程大體上有四個時期，從洪武到成化大約八十年的時間，是八股文逐漸走向定型的階段。從成化到弘治，是八股文全面成熟的時期。正德、嘉靖是明代八股文的極盛時期。隆慶、萬曆年間，八股文制藝由正而變，文學化傾向日益明顯。天啟、崇禎乃八股文全面衰頹並起衰振興之時。正如方苞所言：「明人制義體凡屢變，自洪永至化治百餘年中，皆恪遵傳注，體會語氣，謹守繩墨，尺寸不逾。至正嘉，作者始能以古文為時文，融液經史，使題之義蘊隱顯曲暢，為明文之極盛。隆萬間，兼講機法，務為靈變，雖巧密有加，而氣體荼然矣。至啟禎諸家，則窮思畢精，務為奇特，包絡載籍，刻雕物情，凡胸中所欲言者，皆借題以發之。就其善者，可興、可觀，光氣自不可泯。凡此數種，各有所長，亦各有其弊。」〔註13〕戴名世也說：「經義之文，自天順以前，作者第敷衍傳注，或整或散，初無定式。而成化以後始有八股之號，嗣是以來，文日益盛，而至於隆慶及萬曆之初，其法益巧以密，然而其波瀾意度各有自然者，歷數百年未之有異也。」〔註14〕又如《四庫全書總目》云：「明洪武初，定科舉法亦兼用經疑，後乃專用經義，其大旨以闡發理道為宗。厥後其法日密，其體日變，其弊亦日生。有明二百餘年，自洪、永以迄化、治，風氣初開，文多簡樸。逮於正、嘉，號為極盛。隆、萬以機法為貴，漸趨佻巧。至於啟、禎，警闢奇傑之氣日勝，而駁雜不醇，猖狂自恣者，亦遂錯出於其間。於是啟橫議之風，長傾詖之習，文體戾而士習彌壞，士習壞而國運亦隨之矣。」〔註15〕等等，這點已經基本上得到學術界的共識，也就是說，明代八股文的發展應該是以成、弘時期為分水嶺。

〔註13〕方苞編選，王同舟、李瀾校注，《欽定四書文·凡例》，武漢，武漢大學出版社，2009，第1頁。

〔註14〕戴名世著，王樹民編校，《戴名世集》，北京，中華書局，1986，第93頁。

〔註15〕《欽定四庫全書總目·欽定四書文提要》，見方苞撰，王同舟、李瀾校注，《欽定四書文》，武漢，武漢大學出版社，2009，第1046頁。

從洪武三年庚戌（1370）明太祖朱元璋頒布開科取士詔，在京城及各省舉行鄉試，考試內容以《四書》疑問及經義、格式仍承元制開始，到洪武六年癸丑（1373），朱元璋下令暫停科舉，十年之後，於洪武十五年壬戌（1382）再次重開科舉。這期間，經義不涉八股，且多用頌體，天順以前的文風鬆散自由，「經義之文不過敷演傳注，或對或散，初無定式，其單句題亦甚少」〔註16〕。永樂後期，八股格式已廣泛使用；到宣德後期，八股格式已基本定型，完成了由歌功頌德向闡發微言大義的演進。在明代歷史上，洪武、永樂、洪熙、宣德、弘治時期，乃明代太平盛世，期間統治者大多能勵精圖治，社會風氣較為淳樸，吏治較為清明，這與當時的取士制度和思想文化政策應該密切相關。由於承襲元制，科舉取士，墨守程朱學說，純正的儒家思想定於一尊，並以「平實典雅」為衡文標準選拔官員，此時時文內容「恪遵傳注，體會語氣，謹守繩墨，尺寸不逾」〔註17〕，文章短小，格式簡單，或對或散，尚無定式，無華辭麗藻，唯敷衍書理而已。這時的八股名家如于謙、商輅、岳正、丘濬、王恕、李東陽等，其文渾樸，無意求工，古質莊嚴，筆力沉雄，精光畢露，行文簡練規範，恪遵傳注，謹守繩墨，文風「雅正」。

從宣德開始，擬題剿襲之風日熾，考官也開始割裂經文，截上截下，縮頭縮腳，出現了大量的截題、搭題、截搭題等。成化、弘治、正德、嘉靖以來，八股文始趨盛極，八股高手人才輩出，追求平正通達、典雅渾厚的文風。特別是一大批古文大家如歸有光、唐順之等人，融合古文與時文的手法，對八股文進行改造，在以經術為本的前提下，改變其板滯面貌，提高時文的審美品格和藝術技巧。隆慶、萬曆兩朝，由於陽明心學的盛行和傳播，使程朱理學和傳統的綱常倫理受到前所未有的衝擊，八股文也由正而變，內容上不必恪遵傳注，而是別出己意，甚至離經叛道、鼓動異說。在形式上，顛覆八股，駢散兼行，文風怪異乖譎、機巧尖新，八股格式早被士人拋諸腦後，顧炎武有云：「嘉靖之後，文體日變，而問之儒生，皆不知八股之何謂也。」〔註18〕阮葵生也說：「明初科舉，詔令舉子經義無過三百字，不得浮詞異說，篇末大結，各抒己見，任陳論國家時事。後因功令加嚴，忌諱日甚，但許言前代，不

〔註16〕顧炎武撰，黃汝成集釋，秦克誠點校，《日知錄集釋》卷十六《試文格式》，長沙，嶽麓書社，1994，第594頁。

〔註17〕方苞撰，王同舟、李瀾校注，《欽定四書文·凡例》，武漢，武漢大學出版社，2009，第1頁。

〔註18〕顧炎武，《日知錄集釋》卷十六《試文格式》，清道光十四年（1834）刻本。

許及本朝，久之全刪去。百餘年後，文漸冗長，凡千百餘言，庸陋支離，無惡不備⋯⋯不問何題，篇篇相襲，文風安得不壞！文運安得不衰！」〔註19〕到萬曆中期，八股文已經「蕪靡已極」，「無惡不備」。天啟、崇禎之後，更是文妖迭起、放肆佻巧、思想渙散，大多數人只將其視為獵取功名的敲門磚，八股之外，百無聊賴，甚至歪曲聖意，為亂黨張目，八股文進入全面衰頹時期。一直到明末清初，在反思明朝滅亡的教訓中，一批有識之士倡導實學，提倡讀書窮理，整頓空疏文風，八股文方進入又一輪的發展流變之中。成化、弘治、正德、嘉靖、隆慶、萬曆、天啟、崇禎幾朝乃八股文創作與理論全面成熟達到極盛，並且由盛而衰的時期，下面簡單作一梳理。

從成化到弘治，是八股文全面成熟的時期，純雅士風和清明政治的形成發揮了極大的作用。此期八股文寫作機調圓熟，所謂「成弘法脈」，眾體皆備，產生了被作為時文正宗的王鏊、錢福等人，還有林瀚、羅倫、謝遷、吳寬、蔡清、顧清、邵寶、唐寅、徐渭、王守仁、倫文敘、孫紹先、顧鼎臣等名家。其文大多思想純正，明體通達，理氣充足，講究神理氣韻，以清真雅正為標準，且多以遒勁為雄，精力充沛，氣盛辭堅，骨力雄峻，不光義法周密，且能將儒家經典融會貫通，確實是八股文的輝煌時期。雖然此時八股文漸趨成熟，但已經非常注重寫作方法與技巧，講究篇法、句法、字法、股法，要鍊格、鍊意、鍊句、鍊字，等等。也重視文章的氣脈流轉，首尾相應，虛實起承，開合變化，各盡其妙，講究文章的神、骨、理、氣，所謂「取樸老不取繁豔，取簡潔不取淫浮，取典雅不取卑靡，取名貴不取庸陋，取古勁不取柔媚，賴以吐聖賢之語氣，而顯其鬚眉也」〔註20〕。如此，文章自然波瀾起伏，引人入勝。同時，此期時文或有古文風度，開正嘉「以古文為時文」之先兆。

王鏊（1450～1524）和錢福（1461～1504）一直被作為明代八股文的開山宗師，將古文技法融入時文創作也從他們開始。王鏊精研經文，認理細密，實理內充，大氣包攝，發揚蹈厲，講究機法而自然淡泊，各體兼備，融裁經文，行文暢達，不尚艱深。後人稱其裁對整齊，如杜甫得律詩之正體。所以俞長城稱：「制義之有王守溪，猶史之有龍門，詩之有少陵，書法之有右軍，更百世而莫並者也。前此風會未開，守溪無所不有；後此時流屢變，守溪無所

〔註19〕阮葵生，《茶餘客話》卷十六，清光緒五年（1879）刻本。

〔註20〕梁章鉅著，陳居淵校點，《制義叢話》卷二，上海，上海書店出版社，2001，第29頁。

不包；理至守溪而實，氣至守溪而舒，神至守溪而完，法至守溪而備。蓋千子、大力、維斗、吉士莫不奉為尸祝，而或譏其雕鏤，疵其圓熟，則亦過高之論矣。運值天地之和，居得山川之秀。夾輔盛名，大有而不溺；遭逢疑貳，明夷而不傷。於理學為賢，於文章為聖，於經典為臣，於制義為祖，豈非一代之英俊，斯文之宗主歟？」〔註21〕可謂名至實歸，後人多將其時文當做金科玉律，遵循不逾，影響頗為深遠。錢福的八股文以才情見長，發明義理，正大醇厚，典則深嚴，考據精詳，摹畫刻肖，亦是一代文宗。

正德、嘉靖是八股文的極盛時期。其寫作方法、寫作技巧、寫作理念都達到了明代的最高水平。王慎中、唐順之等人「以古文為時文」，鎔經液史，做法圓熟，發揮微言大義，表達明白曉暢，簡古而講理法，體氣宏大，渾厚堅定。許多學者曾將正、嘉文與隆、萬文作過比較，風格鮮明：正嘉文以實勝，隆萬文以虛勝；正嘉文生新，隆萬文圓熟。正嘉八股名家除了被後世尊為楷模的歸有光、瞿景淳、薛應旂、許孚遠、諸燮、胡定、茅坤等人，《制義叢話》還列舉有邵銳、唐皋、汪應軫、季本、張經、海瑞、羅洪先、嵇世臣、高拱、王世貞、張居正、楊繼盛等三四十人。這些人大多學問深博，對儒家經典鑽研深透，領悟精切，能將訓詁義理融合無間，渾然一體，其文章結構謹嚴綿密，脈絡貫通，闡發義理，如話家常，文從字順，平易流暢，樸實明白，純粹渾厚。

焦循曾說：「大抵化、治、正、嘉為『正』，而隆、萬、啟、禎為『變』。正者不過注疏講義之支流，變者乃成知言論世之淵海。此猶詩至李、杜、韓、白，詞至蘇、辛也。變之極，不無奇濫，則矯以復正，然體益純而益窘，遂復為注疏講義之附庸矣。」〔註22〕正嘉時期之所以作為時文之「正」，很大程度上受其「以古文為時文」理論的影響，唐宋派受前七子復古思想的影響，用古文理念與方法來改進時文寫作，將古文做法融入八股制藝，所謂鎔經液史、文道並重，改變八股文板滯的特點，在一定程度上呈現出古文的生動活潑，即「古文氣息，時文法脈」，加上唐順之、茅坤、歸有光等古文大家的積極實踐，確實創立出一整套「以古文為時文」的具體寫作方法，對後世八股文借鑒其他文體技法產生了深遠影響。

〔註21〕俞長城，《可儀堂一百二十名家制義·題王守溪稿》，康熙三十八年刊本。
〔註22〕焦循，《易餘籥錄》卷一七，光緒戊子夏德化李氏刊《木犀軒叢書》本，第30冊。

　　八股制藝所謂「體氣至王鏊而正，規模至唐順之始大」。唐順之對歐陽修、曾鞏的古文研究頗深，將其筆法融入時文寫作，善於依題立格，深入經文傳注，筆力圓勁，堅凝渾厚，老境圓熟。茅坤是唐宋派的主將，同時也是將以古文為時文理論普及的中堅力量。其《八大家文鈔》以唐宋八家為宗，也為以古文為時文理論提供了一個指點門徑的參考書。茅坤本人也從實踐上和理論上對此作出了巨大貢獻，其《論文四則》對八股文寫作的認題、布勢、布局、中殼等重要問題皆有所涉及，可以說是明代較早系統論述八股文做法的人，為嘉靖以後偏重八股文技法、機調方面的研究奠定了基礎。瞿景淳學養深厚，其文格律整嚴，體度沖夷，義正詞精，但過分講究構思，技巧圓美，開了萬曆年間機法派之先河。古文大家歸有光更是博覽群書，原本經術，將史漢歐蘇之恢弘融入八股制藝之創作。王慎中、茅坤之文以氣勢見長，唐順之之文以灑脫取勝，唯獨歸有光之文淳古疏宕，通達事務，如話家常，樸素明暢，熔古今、經史於一爐，真正做到鎔經液史，別出新見，又能精神流通，氣象高遠。方苞在《欽定四書文》中稱其文「古氣磅礴」「雄渾健雅」「樸實淳厚」「精理明辨，如萬斛源泉，隨地騰湧」。胡友信博通經史，其八股文理真義精，詞氣充沛，布局宏闊，雄深博大，一氣灌注，雖然他也受時代風氣的影響，不恪遵傳注，多參入己意，但仍然能參透儒家精要，本之經術，以雅正為要旨，無題不肖，一直都是後世舉子學習模仿的典範，等等。其他人如邵銳的考據精準，唐皋的才思敏捷，汪應軫的氣勢宏大，季本的謹嚴法度，諸燮的散淡清雋，海瑞的光怪陸離，稽世臣的老辣勁厚，另外像學者型的薛應旂，政治家張居正、王錫爵，文學大儒王世貞，等等，皆為後人所推崇。

　　所謂盛極必衰，以古文為時文挽救八股文先天弱點的同時，由社會環境和八股文本身的變異所帶來的危機同時暗潮洶湧。在功名利益的驅動下，受猜題、擬題、剿襲等風氣的影響，坊間墨卷、程文編選刊刻成風，士子將其當做敲門磚，背誦抄寫，千篇一律，士風士習大壞，「正嘉而後，亦有規模雖具，精義無存，及剿竊語錄，膚廓平衍者」〔註23〕。唐順之、歸有光等人以古文為時文的潮流，雖然各自開闢蹊徑，別出心裁，但在一定程度上破壞了程朱儒學正統純正的地位，給隆慶、萬曆年間求新求異的風氣埋下伏筆。後世學者對歸有光的制義，也頗多微詞：「氣則古文之氣，法猶時文之法，較之守溪

〔註23〕方苞撰，王同舟、李瀾校注，《欽定四書文·凡例》，武漢，武漢大學出版社，2009，第 1 頁。

（王鏊）、荊川（唐順之），源流一變，而於其法，曾不異也。且守溪、荊川於古文何如哉？今觀其古文，縱橫奧衍，不受羈勒，及為制義，則屏息恍志於法度，不敢稍有逾越。彼非奇於古文，而不奇於今文也。顧以為時文，有語氣，有方幅，如為人寫照，一筆不肖，則全體無當，震川之於時文亦然。」〔註24〕在救弊補偏的同時，也開啟了不好的由頭。到嘉靖後期，文風士習大變，「其高者，凌虛厲空，師心去跡，厭觀理之煩，貪居敬之約，漸近清談，遂流禪學矣。卑焉者，則拾掇叢殘，誦貫蒲魄，陳陳相因，詞不辨心，紛紛競錄，問則咕口」〔註25〕。文弊士習皆由此而來。

　　隆慶、萬曆時期，乃八股文「蕪靡已極」的時期，所謂機法靈變，爭新出奇，時文由正而變。萬曆時期經濟高度發展，市民階層興起，他們在飲食服飾、審美情趣、風俗習慣等各個方面表現出強烈的俗化特點，整個社會，士風、學風、民風皆為之一變。民風由簡樸到奢華，注重色慾享受，追求個人的灑脫與無羈。學風更加空疏狂躁、崇新慕奇，加上陽明心學與李贄學說的風靡，程朱理學的權威性土崩瓦解，八股取士制度愈發顯出其弊端。士人為追求功名利祿而弄虛作假，專背程文墨卷，不讀經書，導致思想雜亂，文風怪誕、新奇、空疏，炫奇矜怪，無以復加，各種應試弊病也隨之而生。萬曆十五年禮部尚書沈鯉說：「自臣等初習舉業，見有用六經語者，其後以六經為濫套，而引用《左傳》《國語》矣，又數年以《左》《國》為常論，而引用《史記》《漢書》矣。《史》《漢》窮而用六子，六子窮而用百家，甚至取佛經、道藏，摘其句法口語而用之。鑿樸散淳，離經叛道，文章之流弊至是極矣。乃文體則恥循矩矱，喜創新格，以清虛不實講為妙，以艱澀不可讀為工，用眼底不常見之字謂為博聞，道人間不必有之言謂為玄解。苟新矣，理不必通；苟新矣，題不必合。斷聖賢語脈以就己之鋪敘，出自己意見以亂道之經常。及一一細與解明，則語語都無深識。白日青天之下，為杳冥魍魎之談，此世間一怪異事也。」〔註26〕萬曆二十四年禮部尚書范謙也說：「我朝開科取士，其鄉、會試錄必曰中式。中式者何？依經按傳、純正典實而已。乃今取士猶故也，而式則漸滅無餘矣。離經叛道，左祖於清虛，竊諸子家為

〔註24〕高塘，《論文集鈔‧雜條》，黃秀文、吳平主編《華東師範大學圖書館藏稀見叢書彙刊》第 24 冊，北京，北京圖書館出版社，2006，第 113 頁。
〔註25〕楊慎，《升菴集》卷三《雲南鄉試錄序》，《四庫全書》本。
〔註26〕王世貞，《弇山堂別集》卷八四《科試考四》，清光緒廣雅書局刻本。

談柄矣。又或外正題而略無發明，映像時事而恣為誕妄。士習之弊，風教之澀，從來未有如此之甚者。」〔註27〕等等，皆是描述這種弊病。

自嘉靖後期在以古文為時文的過程中，士人將古文筆法全面引入時文創作，鎔經液史，散體單行，融史漢諸子、佛經俚語、醫卜星相於一體，雖然駁雜，但渾然無縫，古文與時文呈現融合趨勢。如艾南英所說：「制舉業之道，與古文常相表裏。」〔註28〕隨著商品經濟的長足發展，各種新異奢華舉措風靡整個社會，傳統的儒家道德價值觀崩塌，思想解放的潮流日趨龐大。八股文也開始突破「恪遵傳注，體為比偶」的格套，或者離經叛道，拋棄師說，自出己意，崇尚新奇，喜好奢華，從格式到內容皆花樣紛呈，多姿多彩，盡態極妍；或者將心學禪宗、佛經語錄、村言俚語割裂剽竄，「機巧」「奇矯」「怪誕」「凌駕」「雕琢」之風日盛；或者崇尚才情，專講機法，雕琢浮豔，務為靈變，文章痿弱疲軟，無實理真氣，一味標新立異，炫奇顯怪，剽竊異端邪說。艾南英說「舉業至萬曆之季，卑陋極矣」〔註29〕。

此時期的八股文創作雖然沒有正嘉時期的平正典雅，但是無論從流派上還是從數量上都遠遠超過之前的任何時期。比如專講機法一派：出現了李廷機《舉業筌蹄》，董其昌《華亭九字訣》等專論，都是討論八股文寫作技巧與寫作方法的。他們對八股文題作了詳細的分類，對每種題目都總結出一整套詳細的寫作方法，講篇法、句法、字法、股法，講究深淺、虛實、順序、鍊格、鍊氣、聚散開合、轉換起伏，可謂百法具備，無美不臻。又如追求奇矯一派，由於考官的提倡，如王世貞等人追求幽深奇詭的文風，經由陶望齡等人推揚，隨後此風大熾，士子作文皆拋卻八股法度，散體大行，文筆矯健，纖佻詭譎，甚至為了出新出奇，完全拋開題旨，迎合時好，搯頭斷足，折筋斷骨，邪態百出。還有明末東林一派：趙南星、鄒元標、顧憲成號稱「三君」，皆恪守儒家理念，秉性剛介，持正廉潔、不畏權貴、惡佞嫉邪，悲時憫俗、憂國憂民，博學多才、獨樹一幟，多以文見性，以文刺世，諷議朝政、裁量人物、針砭時勢，不遺餘力。《明史》說趙南星諸人「持名檢，勵風節，嚴氣正性，侃侃立朝，天下望之如泰山喬嶽」。他們大多自覺抵制並清除陽明、李贄學說，

〔註27〕俞汝楫，《禮部志稿》卷四九《責成正文體疏》，《四庫全書》本。
〔註28〕艾南英，《金正希稿序》，見黃宗羲《明文海》卷三百十二，《四庫全書》本。
〔註29〕艾南英，《戊辰房書刪定序》，見黃宗羲《明文海》卷三百十一，《四庫全書》本。

撥亂反正，倡導講學之說，以孔孟程朱為正統，與指導八股文寫作相結合，出現了每年一次大會、每月一次小會、各地士子紛至沓來的盛況。或者說，顧憲成等人創辦書院講學的目的即通過矯正學風與士風，使時文正脈回歸雅正傳統，以此端正士人思想、重塑儒家道德，進而達到其澄清吏治、挽救時衰的目的。顧憲成對儒家經典鑽研深透，信仰堅定，其時文思想純正，理路清晰，不尚詭異，平正通達，但同時他又能不墨守成規、勇於突破，乃士林典範。

　　此外，傳奇大家湯顯祖亦是八股高手，其時文思想純正，言之有物，講究機法和技巧，加上他的「主情主義」，使其時文具有強烈的文學色彩，才華橫溢，文采斐然，深刻生動。以「九字訣」名世的書畫大家董其昌的八股文也屬才子型，其文講究韻致詞藻與機法技巧，風格瀟灑不羈，不恪遵傳注，雖然神理綿密，但常常別出心裁，如書如畫。陶望齡派系公安，與其友人焦竑、三袁一樣，皆癡迷陽明學說，且深於禪佛研究，大膽變革時文，但遭後世罵訾，將其作為敗壞八股文的罪魁禍首。其早期文章亦走正、嘉先正的老路，追求雅正完備，後因科途不暢，轉闢「奇矯」一派。他的文章力為奇矯，無論布局謀篇、字法句法，皆以「奇巧」為先，不襲陳言，力圖新奇。在一定程度上，其文理精詞卓，精警明快，文氣博大，無纖佻詭譎之態。但其後學則詭豔奇靈，邪態百出，流入蕪廅。除此以外，萬曆年間的八股大家還有鄧以讚、黃洪憲、孫鑛、趙南星、馮夢禎、楊起元、顧憲成、鄒德溥、萬國欽、葉修、張壽朋、錢士鰲、陶望齡、郝敬、吳默、顧天竣、孫慎行、黃汝亨、許獬、張以誠、方應詳、顧錫疇、石有恆、王士騂、馮夢龍、鍾惺等等。這些人皆獨闢蹊徑、風格各異，能自成一體，各成一家，如「鄧以讚之風逸；楊起元之精敬妙語；鄒德溥之衝夷逸宕，克繩祖武；萬國欽之簡潔；趙南星之雄豪激昂；馮夢禎之深構妙想，顧憲成之平正通達」，「湯顯祖以精醇名雋；許獬以其遒鍊古腴；董其昌以其直截簡易，文采斑斕；葉修以其理解精醇，機法綿密名世」，「張壽朋之搜抉細微，窮極幽渺；李九我之溫厚和平，氣體寬博；錢士鰲之精實簡貴；陶望齡之奇峭凌駕」〔註30〕，等等。特別像楊起元以禪入制義，東林派以制義諷世，陶望齡開奇矯一派，皆改變前代嚴守尺寸的做法，另闢蹊徑，獨抒己見，發揮性靈，勇於創新，偏於主情，在技巧與技法上追求古文與時文的完美融合。後起之學或學其皮毛，或斷章取義，

〔註30〕龔篤清，《明代八股文史探》，長沙，湖南人民出版社，2006，第455頁。

不能將其融會貫通，而流於膚淺浮靡，甚至單純為了好奇趨新而以辭害意，甚至引入異端邪說，走入另外一個極端。萬曆十年之前的八股文尚有正大和平之氣，到萬曆二十年則一片幽深奇詭之氣，浮華枝蔓，富麗蕪靡，詼諧惡套，無奇不有，是為「蕪靡已極」。

天啟、崇禎是明代八股文的全面衰頹時期。天啟是明代朝政空前黑暗的時代，其政治、經濟、士風、士習全面崩潰，綱常淪喪，弊病叢生，自萬曆以來的懷疑主義思潮更為流行。人們評價此時八股文皆不離「空疏庸腐」「纖俊軟腐」「庸靡臭腐」等詞，總歸是一個「腐」字。龔篤清描繪此時的八股文是「帶著渾身的潰瘍，以一種病態進入天啟的」〔註31〕，「八股文就是帶著由無序變革而產生的，在當時不能自我診斷和療救的渾身病灶，以一種『爛熟』的病弱之態從萬曆進入天啟的」〔註32〕，確實很形象。此時士子普遍厭棄程朱理學，束書不觀，空疏不學，皆不尊經傳。為求避禍，遠離現實，空談海侃，其文浮華無根，疏淺無味，從內容至格式，皆全面廢棄。顧炎武說：「嘉靖以後，文體日變，而問之儒生，皆不知八股之何謂矣。《孟子》曰：『大匠誨人必以規矩。』今之為時文者，豈必裂規偭矩矣乎？」〔註33〕朱國祚說：「乃至於今，則又有深可歎者：豔詞逞辨，窮極瑰麗，以駭里耳，為誇而已矣；旁引不經，過為詭誕，使人不可究解，為怪而已矣；雕鏤刻畫，棘喉滯物，以呈其工，為巧而已矣；掇拾陳言，以自粉飾，而無當於理要，為冗而已矣。數者之敝，相尋不已，而文體遂至於決裂。議者謂文之日趨於敗，猶江河之趨海不復返。」〔註34〕凌義渠也說：「制義有體，猶身有五官。雖貴神俊，而位置不可顛越。近日士子藐視矩矱，恣意猖狂，則顛倒甚也。限字有格，而或氾濫浮淫，冗至千餘，則駢枝甚也。或題中虛字不過助語，而牽纏不已，則支離甚也。又案牘俚言，漫入聖賢精語，則猥鄙甚也。至割裂扳扯，恢張高大，非其文義，則荒唐甚矣。皆體要不存，逾閑蕩檢之先證也。自今取士，須準先輩法程，違者弗收。」〔註35〕等等，皆是談天啟文風之蕪靡黑暗的。

天啟年間的八股名家，如章世純精研理學，善於融會題旨，發揮妙義，

〔註31〕龔篤清，《明代八股文史探》，長沙，湖南人民出版社，2006，第503頁。
〔註32〕龔篤清，《明代八股文史探》，長沙，湖南人民出版社，2006，第506頁。
〔註33〕顧炎武，《日知錄集釋》卷十六《試文格式》，清道光十四年（1834）刻本。
〔註34〕朱國祚，《正文體議》，《古今圖書集成·理學彙編·文學典》第一百八十卷經義疏。
〔註35〕凌義渠，《正文體疏》，孫承澤《春明夢餘錄》卷四十《禮部·貢舉》引。

融先秦諸子、韓柳古文筆法於一體，所以其文章博雅淹通，尊經依注，理足氣充，為程文法式。金聲被稱為「文章最高，忠義最烈」，「懷宗初服，國是漸非，文亦不振。金正希崛起為雄，力追古初，為文幽深較拔，為啟、禎之冠」〔註36〕。金聲作為忠義之士，為文皆貼近時事，憂國憂民、感時傷世，有感而發，慷慨激昂，沉鬱悲壯。其文講究機法與技巧，篇法、句法、字法、股法皆渾融流麗，不見勾勒灌注之痕跡，上下鋪排，得心應手。其文詞潔淨、不尚浮華，幽深蒼勁，深刻老辣，在天啟、崇禎文壇獨樹一幟，深為艾南英所推崇。項煜為文刻意求新，陳言務去，絕不與人雷同，其文手法高超，鍊字取勢，從俗隨眾，引禪佛老莊入文，所以幽奇險峻，光怪陸離，但同時他能運之靈機，輔以經史，所以爽朗精微，也別出心裁。文震孟為人方正峻潔，憂國憂民，有澄清天下之志，從小即精研儒家經典，立身處世，篤於踐行，其人既恪遵傳統，又能與時俱變。所以其時文亦思想純正，慷慨激昂，許多感時諷世之作，蒼勁悲涼，力透紙背。竟陵派譚元春也是一個全面將古文理念技法融入時文創作的人，他用古卻不拘古法，主張「性靈」和「幽深孤峭」，在強調性靈的同時，又不拘常格，力求奇特，構思立意皆與眾不同，有很強的標新立異的傾向，甚至在時文中大翻孔孟之案，所謂「法不前定，以筆所至為法」，經常發前人所未發，發前人所不敢發，因此，文章也呈現出艱澀險僻的特點。

艾南英說：「夫文章之道，始而質，終而文，然後盛極而衰。殆衰矣，又有維且挽之者而復盛。」〔註37〕八股文體自洪武創立，歷經建文至天順百餘年，方達成熟，到成化、弘治則體式完備，到正德、嘉靖達到極盛，到隆慶、萬曆則由盛而衰，由熟而腐。雖然自嘉靖開始，弊端乃現，八股時文內部也出現自調性變革，但積重難返，加上變革之無序，到天啟、崇禎年間，八股文進入其全面衰頹時期，士風士習全面敗壞，而崇禎朝則如艾南英所說「又有維且挽之者而復盛」之期。明末八股文的主流仍然是沿襲萬曆以來的靡麗頹廢、空疏淫巧之風，但是由於內部朝政的衰腐至極和外部侵略叛亂的風起雲湧，以明末文社為中心、以振興八股文壇為主要手段的民族救亡運動廣泛展開，所以八股文壇還有另外一種救亡圖存的聲音。這些以八股文作為救亡圖

〔註36〕梁章鉅著，陳居淵校點，《制義叢話》卷六，上海，上海古籍出版社，2001，第85頁。
〔註37〕艾南英，《天傭子集》卷一《文定序上》，道光十六年（1837）艾舟重校本。

存切入口的文社，如以張溥、張采為代表的復社，以陳子龍、夏允彝為代表的幾社，另外還有雖未結盟，但救亡圖存目的非常明確的以艾南英、章世純、羅萬藻、陳際泰、金聲、黃淳耀為代表的江西派等。這些飽學之士積極探討萬曆以來士習敗壞的原因，以扶國本、正文體、振士風為目的，以文會友，切磋八股文技法，主張經世致用，通經博古，編選優秀八股文選本，並詳加批點後刊行，還撰寫選本序跋，探討八股文理論與技法，影響頗大。這批救亡圖存者皆憂國憂民，壯懷激烈，感時傷懷，議論酣暢，其文多義理深奧，醇厚恣肆；以理論世，發揮求實；精思巧構，務為奇特；涵經匯史，清剛警卓；但同時包羅萬象，涵蓋古今，雜以百家之書與市井俗談，語言駁雜不純，難免沾染萬曆以來的軟靡柔媚之習。所以雖然救亡圖存派聲勢浩大，影響深遠，卻並不能從根本上扭轉八股文衰頹之勢，也不能掃清庸腐空疏之風，但是其振興理念和方法卻為清朝諸多有識之士所承襲，在後世發揮出巨大的潛力和效應。

蘇翔鳳曾對啟、禎年間八股文創作狀況及各名家風格特點做出了詳細評判：「啟、禎則晚唐矣。諸君子以六經深其義，以《史》《漢》廣其氣，以宋儒端其範，以兵、農、禮、樂之志明其用，以得失是非之故大其識，以參觀典藏長其悟，以博覽雜記益其慧，固與先正所尚略同。而其時廟堂之上，門戶相角，婦寺擅權，忠良僇辱，作者感末運之陵微，抒所懷之憤激，故其質堅剛，其鋒銳利，三百年元氣發揮殆盡，此起衰金石也。然而服是劑者亦難矣。蓋名理精於江右，經術富於三吳，而談經濟，論性情皆擅其長，大力之沉摯，千子之謹嚴，文止之修潔，正希之樸老，大士之明快，允彝之精實，臥子之爽亮，陶庵之愷切，伯祥之古奧，維節之孤峭，長明之幽秀，二張之典麗精碩，歐、黎之淡遠清微，登顛造極者指不勝屈。而其所言者，大之化育陰陽、興亡治亂、綱常名教、性命精微，小之及鳥獸草木之情、飲食居處之節，凡三才所有，無不晰其神明，得其情狀。」〔註38〕其中艾南英以振興文體為己任，他積極主張學習唐宋古文，反對模擬剿襲，陳陳相因，積極編選、批點時文選本，力圖引導士風士習回歸程朱正軌。所以其文章亦以理論世，能有感而發，在經史之外，能包羅萬象、涵蓋古今，頗有獨創之見，且思想深刻，針對現實，形式不拘，自由發揮，俞長城稱其「樸質堅辣」。陳際泰在晚明諸家中也

〔註38〕蘇翔鳳，《甲癸集自序》，見梁章鉅著、陳居淵校點《制義叢話》卷二，上海，上海古籍出版社，2001，第38頁。

是舉足輕重、高步一時,他才華橫溢,博敏自雄,醉心於八股時文,無師自通。其性格曠朗高傲,文章鎔經液史,薈萃群言,且能靈濬心思,錯綜變化,奇正相生,新穎獨特,發人所未發,所以其文風奇特橫絕,縱橫開合,波瀾壯闊,人稱「蘇海韓潮」,可堪追匹蘇軾、韓愈兩大文豪。黃淳耀恪守正統,淡泊名利,滿腔忠義,身名並烈,其人學識廣博,關心朝政,其文指事類情,發自肺腑,指陳時弊,肝膽相露,氣局雄渾博大,筆法蒼老古健,尤其將古文與時文技法融為一體,渾然無痕。陳子龍亦是一個殺身成仁、壯烈殉國的民族英雄,其人「生有異才」,以經世為本,倡導復古,「規摹西漢」,組織文社,切磋時義技法,並編校、選刊時文選本,以正人心,醇風俗。其文多感慨國事日危,往往借題發揮,切中時弊,或有怪奇藻思之作,亦抒其憂國憂民之真情。羅萬藻作為臨川「後四才子」之一,其人正直清廉,其文清新淡雅,雋秀工巧,精粹深醇。侯峒曾可謂滿門忠烈,力矯時弊以救世,其文擅長機法,理醇氣足,即使截搭題也能一氣灌注,渾然一體。劉侗走竟陵一路,不拘格套,獨抒己見,好用奇詞僻字,不遵格式,多用鄉諺俚語,形成一種奇僻冷雋、幽坳詭異的風格。

第三節　明代八股文批評的發展走向

　　自明初八股取士制度設立到明朝滅亡,八股文這種文體,其寫作與理論皆經歷了由微而盛、由盛而衰的全過程。通過以上梳理可以看到,成化、弘治朝八股文達到全面成熟,正德、嘉靖朝八股文達到極盛,隆慶、萬曆朝八股文由盛而衰,到天啟、崇禎朝,八股文衰頹至極。我們知道,一種文體理論的產生,要麼先於文體的產生,要麼與文體同時產生,要麼後於文體的產生。從文學實踐的發展來看,大多數情況是:一種批評理論的成熟往往滯後於這種文體的成熟,從大量的寫作實踐總結出這種文體的發展規律與理論走向。八股文作為文章之一種,基本上也遵循這種規律,雖然伴隨八股文的誕生,評論評點亦時有出現,但大規模的理論研究與文章技法的總結則出現於八股文全面成熟之後。所以,可以這樣說,從洪武到弘治是八股文批評的萌芽期,正德、嘉靖是八股文批評的成熟期,隆慶、萬曆、天啟、崇禎幾朝乃八股文批評的極盛期,這股全面批評與總結八股文的潮流一直延續至清代。所謂「正嘉文簡古,隆萬則專攻乎法,天崇則悉騁乎才。嘉靖以前講理法,隆慶時講

機法，天啟以後講議論」〔註39〕，正是此理。

從宋元經義到明清成熟的八股文及各種變體，雖然集經義、注疏、古文與詩賦於一體，在歷史上也起到過舉足輕重的作用，但人們很少把它跟詩詞歌賦相提並論，也很少有人把它當作一種文體深入研究。在很長一段時間裏，時文擺脫不了「小道」「輕賤」之地位，人們對其規律的探討也就遠遠滯後。清韓夢周有云：「文章之道，至制義而極變，凡文體皆源於六藝古籍，制義之體在古無有也。或以為注疏之支流餘裔，其敷陳經義，殆有近之。至假之以口語，儷之以比偶，格致神理未之或似也，故制義之體為極卑。」〔註40〕同時，八股文兼備眾體，也多有明眼之人看到了制義之體的集大成特點，江國霖就說：「制義之興，豈人心之不容已者乎？漢取士以制策，其弊也泛濫而不適於用；唐以詩賦，其弊也浮華而不歸於實；宋以論，其弊也膚淺而不根於理。於是依經立義之文出焉，名曰制義。蓋窮則變，變則通，人心之不容已，即世運升降剝復知自然也。士人讀聖賢書既久，各欲言其心之所得，故制義者，指事類策，談理似論，取材如賦之博，持律如詩之嚴。」〔註41〕焦循也說：「時文之體，全視乎題，題有虛實兩端，實則以理為法，虛則以神為法，考核典禮，敷衍藻麗，皆其後也。故時文家能達不易達之理，能著不易傳之神，乃為大家。題有截上截下，以數百字適完此一二句之神理，古文無是也。題有截，因而有牽連鉤貫者，其即離變化，尤未可以苟作，故極題之枯寂險阻虛仄不完，而窮思渺慮，如飛車於蠶叢鳥道中，鬼手脫命，爭於纖毫，左右馳騁而無有失。至於御寬平而有奧思，處恒庸而生危論，於諸子中有近乎莊、列、申、韓、鄧析、公孫龍。然諸子之說根於己，時文之意根於題，實於六藝九流詩賦之外，別具一格。余嘗謂學者所輕賤之技而實為造微之學者有三：曰奕，曰詞曲，曰時文。」〔註42〕俞長城則說：「今夫詩也辭也歌也賦也，工則工矣，而無當於理，此制義之旁支也。記也序也碑也銘也，變則變矣，而未

〔註39〕周以清，《學海堂集》卷八《四書文源流考》，道光五年（1825）啟秀山房刻本。

〔註40〕韓夢周，《理堂文集》卷五《西澗制義序》，道光三年至四年濰縣韓氏靜恒書屋刻本。

〔註41〕江國霖，《制義叢話序》，見梁章鉅著、陳居淵校點《制義叢話》，上海，上海書店出版社，2001，第489頁。

〔註42〕焦循，《雕菰樓集》卷十《時文說一》，《叢書集成初編》第2191冊，中華書局，1985，第155頁。

備乎義，此制義之緒餘也；策也論也表也判也，切則切矣，而得其粗未得其精，得其駁未得其純，此制義之糟粕也，是故叢其儒求實學，非制義不可。……近世論者多有厭薄制義之意，似出詩辭歌賦序記碑銘策論表判下。以技則詩辭歌賦序記碑銘策論表判之類，與制義皆技也。如以道，則經史之外，誰復似制義者。」〔註43〕所以時文之道，看似小技，實則包羅萬象，詩詞歌賦，序記碑銘，策論表判之類，指事類策，談理似論，取材博大，持律謹嚴，確實乃古代所有文體之集大成，特別是越到後來越跟功名富貴掛鉤，越不容文人舉子小覷，對八股文技法規律的總結才因此蓬勃興盛起來。

　　雖然八股文批評的成熟是在正德、嘉靖時期，但是由於八股文文體產生的獨特性，其理論淵源可以追溯到宋元，甚至更早。關於八股文產生的經過在此不作贅述，但是明代八股文與唐代帖括、宋代經義文，甚至賦、駢文、散曲、雜劇等文體皆有千絲萬縷的聯繫，加上八股文本身就是一種理論先行的科考文體，其理論淵源就更為複雜了。比如經義和四書義，眾所周知，王安石以經義取士，並親自寫作《里仁為美》等六篇範文規定其基本格式。到南宋，經義已經有固定的格式，並且還出現了魏天應的《論學繩尺》這種系統總結場屋應試之論的專著，論述了經義文破題、接題、大講、小講、入題、原題的做法。元代倪士毅著有《作義要訣》等書，更是詳述了經義認題的重要性及具體方法，紀昀稱其為「後來制義之高抬貴手」〔註44〕。還有呂祖謙評點的選本《古文關鍵》，樓昉的《崇文古訣》，真德秀的《文章正宗》，謝枋得的《文章軌範》，以及元代王充耘的《書義矜式》和明代無名氏的《經義模範》，等等，這些選本都將評點結合起來，探討文章的具體寫作技巧，都是明代八股文批評和理論的直接源頭。到隆、萬之後，大量的程文、墨卷、選本的刊行、評點序跋的批量寫作以及專門討論八股文寫法技巧和發展規律的專著的出現，八股文批評也達至極盛。另外，八股文本來就是一種集前代文章之大成的文體，特別在正、嘉以後古文與時文的融合，八股文批評直接表現為與詩詞歌賦理論、古文理論的融合，甚至很多八股名家以古文理論來指導時文寫作，或以時文理論指導古文寫作，古文寫作與時文寫作呈現交叉融合趨勢，

〔註43〕俞長城，《俞寧世文集》卷四《國朝程墨序》，《四庫未收書輯刊》第 9 輯第 21 冊，第 109 頁。

〔註44〕《作義要訣提要》，《四庫全書・集部九》第 1482 冊，臺灣商務印書館據文淵閣本影印，1986，第 372 頁。

古文理論與時文理論亦呈現相融共生狀態。

從洪武到弘治是八股文批評的萌芽期，最早的八股文批評乃制度層面的八股文理論。關於八股文的創始權問題，一直是學術界爭論的焦點。最有代表性、爭議最強的當屬洪武說和成化說，在此不展開論述。我們可以這樣說，所謂「八股文」是明清兩代科舉考試選拔人才的最具代表性的文體之一，它是一個泛稱，而且從八股文的源流淵源來看，它不是一人一時在一朝一夕之間制定下來的，而是一個長期的自下而上的不斷完善和發展的過程，甚至在成、弘年間定型的為我們所熟悉的「八股」格式，在經過隆慶、萬曆兩朝的聚變之後，已經與狹義的嚴格意義上的「八股文」相去甚遠了，又經清代幾經變更，風貌更是各異。明初的科舉制度是朱元璋在群臣謀士的策劃下，根據明朝建立後的特殊情況，將宋元以來的科舉制度略加改動而成。「八股文」也是朱元璋和其謀臣策士將前朝的科考文體博採眾長，如唐之詩賦、宋之策論、元之經義，使之成為明初科考之載體，經過七八十年的不斷完善，到成、弘年間達到成熟定型。最早的八股文理論也即明政府對其作出的具體規定，如洪武十七年禮部頒行的科舉程序：「凡三年大比，子午卯酉年鄉試，辰戌丑未年會試。舉人不拘額數，從實充貢。鄉試八月初九日第一場，試《四書》義三道，每道二百字以上，經義四道，每道三百字以上，未能者許各減一道。《四書》義主朱子集注，經義《詩》主朱子《集傳》，《易》主程朱傳義，《書》蔡氏傳及古注疏，《春秋》主左氏、公羊、穀梁、胡氏、張洽傳，《禮記》主古注疏。」〔註45〕這種以政令形式頒布的人為規定應該是最早的八股文理論。

從洪武到弘治一百多年的時間裏，八股文在寫作方法和技巧方面得到突破性發展，但是八股文批評和理論卻頗為蕭條。一直到正德、嘉靖時期，八股文批評方達其成熟。此時期最大的理論成果，同時也是影響從正、嘉直到清代的一個理論成果，即「以古文為時文」。明代復古思想流行，前七子，後七子，唐宋派皆以復古為旗幟，其目的都是力圖以古文來醫治時文的淺陋空疏。前後七子雖以秦漢古文為效法對象，最終卻走入機械模仿、剽竊枯窘之地。以王慎中、唐順之、歸有光、茅坤為代表的唐宋派則以唐宋八大家為學習對象，將唐宋古文的技巧章法深入時文創作。講究文從字順，辭必己出，講究神理法度，文風紆徐暢達，聲調瀏亮，從而鎔經液史，氣脈貫通，不僅提

〔註45〕王世貞，《弇山堂別集》卷八一《科試考一》，清光緒廣雅書局刻本。

升了時文地位，同時使時文呈現出古雅質樸、平正典雅、氣魄醇厚之貌。方苞有云：「正嘉間名手輩出，歸、唐皆以古文為時文。唐則指事類情，曲折盡意，使人望而心開；歸則精理內蘊，灝氣流轉，使人入其中而茫然。蓋由一深透史事，一兼達經義也。」〔註46〕唐宋派諸人皆對「以古文為時文」理論作了探討和論述，總結出一整套開合、順逆、賓主、轉折之法，使時文創作也有法可依，這些理論總結可以說直接引導正、嘉之後直到清代的時文創作。

　　隆慶、萬曆時期，「以古文為時文」理論的普遍推行，引發了八股時文的全面變革，但因為缺乏權威與正統的引導，變革呈現出混亂、無序狀態。加上時代思潮追求個性解放與思想自由，萬曆年間八股時文的總體走向是突破傳統，崇尚機法，日趨工巧，時文與古文呈現合二為一的融合趨勢。由正、嘉時期的鎔經液史、以古文為時文，經過萬曆時期的融合、變革、激揚、催發，古文與時文合為一體。此期八股文批評流派甚多，專著迭出，幾乎所有八股名家皆有總結技巧方法、指導士子創作的自覺意識。從時間上來說，機法派較早。所謂「機法」，即為文注重字法、句法、篇法，講究鍊格、布局的細密精巧。早在正、嘉時期，唐宋派提出「以古文為時文」理論時，就把古文技法融入時文創作，總結出一整套具體的文章技巧法則，唐順之、歸有光等人皆有強調「機法」的傾向。但唐宋派是在「義理」第一的情況下講究技法，而機法派則拋開義理，專講技法的領悟與運用，不讀經文，只揣摩程文墨卷。瞿景淳、董其昌、湯賓尹等人在注重技法的同時，也注重心性涵養，而後世淺陋學子則買櫝還珠，專講機巧，將時文引入文飾佻巧的道路，也帶來不讀經書、專門揣摩程墨選本技法的剽襲之風，影響非常惡劣。心學的極盛時期，也是奇矯派的極盛時期，此派在萬曆年間延續時間較長。所謂以奇矯俗，矯正機法派的圓熟蕪靡，加上王世貞、王錫爵、王衡等人主衡文壇，推崇峭刻奇詭的文風。他們更注重八股文的文學性，論文講究才氣性靈，風格尚奇求新，形成一種佻巧深僻之風。主要代表人物大部分是王學左派，還有李贄、湯顯祖、公安派和竟陵派等人，他們所吸收的心學和禪學思想對晚明文風影響很壞。湯顯祖於萬曆十一年中進士，他的八股文崇尚自然，抒發性靈，不假飾，不矯情，推崇生生不息的自然靈性，所以他所注重的文章之法，不是單純的「機法」，而是「氣機」。其後公安派等人皆主此說。萬曆末期主要的八

〔註46〕方苞撰，王同舟、李瀾校注，《欽定四書文》，《欽定正嘉四書文卷二》，唐順之「三仕為令尹」評語，武漢，武漢大學出版社，2009，第127頁。

股文批評流派是東林派。東林派八股文的主要特點即借八股諷世，他們的講學活動，雖以《四書》為主，但清議朝政、裁量人物也是主要活動之一。在文風上不尚新奇詭異，但求平正通達、真質實用。文章多以氣勢取勝，不在乎機法技巧。遵從義理經傳，聯繫現實，針對性很強。所以，往往嬉笑怒罵，皆成文章，有強烈的個性特點和精神風貌，直接影響到明末的雲間派和復、幾二社。除此之外，湯賓尹、袁黃、黃汝亨等人的八股文批評也多有可取之處。

　　天啟、崇禎朝的八股文向來爭議頗大，或曰微不足道，或曰總結殿軍，但無論如何，八股文批評和理論的總結卻承上啟下、功不可沒。明末文壇一大突出現象就是以書院為依託創建文社，以文會友，切磋八股技藝，評述得失，刊刻選本，皆「以興起斯文為己任」，倡導「經世致用，」希望能重振朝綱，挽救頹風，以此掀起了一股聲勢浩大的救亡圖存運動，其中以復社、幾社、豫章為最。以艾、陳、章、羅，陳子龍、夏允彝，張溥、張采等人為首的文社成員，將八股文看成是挽救頹勢、矯正時弊、重振王綱的重要工具，將明末不尊孔孟、反抗束縛、追求主體意識的思想解放潮流重加遏制，在思想領域挽救危亡，自覺回歸儒家正統思想範疇，倡導實用之學與秩序之學，為清代八股文的繁榮奠定了堅實的基礎。在某種程度上，他們改變了萬曆以來追求自我、率性任情的求學態度，特別是天啟以來的空疏學風，圍繞著救亡圖存闡發聖賢之道。在以選本救選本的宗旨下，艾南英、陳際泰、張溥、陳子龍等人大量編選成、弘以來優秀八股文，並刪改批點歷科房稿程墨，客觀上推動了八股文的選文、評文、總結、研究之風，但其文章觀念或作文本身亦有諸多弊病或偏頗之處，也導致改革不能徹底，惡習屢禁不止。總的來說，晚明文社受前後七子復古思想影響頗深，其理論「本於六經」「尊經復古」等之所以有別於前後七子，甚至公安、竟陵等人的單純「擬古」，就在於他們身處國破家亡的時代，身不由己參與政治鬥爭，提倡氣節，注重操守，力求「務為有用」，而江西派所開創的「以學問為八股」之風一直延續整個清代。

第二章　從發軔到成熟：明代前中期
的八股文批評

　　經洪武、永樂、成化百年探索，八股文創作體式逐漸走向定型。從朱元璋的尊孔崇儒到永樂朝的理學正宗，特別是《五經大全》《四書大全》《性理大全》等典籍的頒布，致使文人士子非孔孟不讀，非程朱不談，臺閣文風傳聖賢之道、鳴國家之盛的總體要求也鮮明地反映在八股文創作與批評中。八股文批評與理論的發軔與其他文體不同，經過了從外部行政干預到內部規律生長的過程。自洪武十七年科舉程序正式制定開始，關於八股文寫作的字數、結構、格式、文風等，屢次以行政文命令的形式下達，對早期八股文的寫作技法和八股文風的形成具有直接的干預作用，客觀上引導了此後八股文批評與理論的發展方向和格局。雖然八股文風屢經變異，但早期行政命令所規定的「作文務要純雅暢通，不許用浮華險怪艱澀之辭」「科場文字務要平實典雅」「會試較文務要醇正典雅，明白通暢」「必典實簡古明白正大」「如有叛經離道、詭辭邪說，定將監臨考試等官罪黜」……這些仍然是明代中後期乃至清代舉子士人所追求的目標，也是萬曆以後文風詭譎變異背景下無數有識之士撥亂反正之參照。無論是早期的唐宋派和機法派，還是後期的主情派和文社諸子，無論講求技法，還是講求才氣性靈，「醇正典雅」一直都是八股文寫作與批評的最高境界和最終旨歸。

　　明代中期最大的八股文批評成果即唐宋派提出的「以古文為時文」理論，是明代八股文批評達到成熟的標誌。以唐順之、歸有光、茅坤、王慎中為代表的唐宋派大多受王學影響較深，能吸收陽明學說，講究養氣治心，又能跳

出前後七子字模句擬的弊病，將先秦兩漢、唐宋古文的章法技巧、謀篇布局之法引入時文創作，講究文從字順，神理法度，鎔經液史，氣脈貫通，不僅提升了時文的地位和品格，而且使時文呈現出古文般的平正典雅、雍容醇厚、圓融開闊之氣。可以說，唐宋派的時文觀念直接影響了隆、萬、啟、禎四朝的八股文批評走向，直接開啟了「以時文為古文」「古文時文合二為一」「以駢文為時文」「以禪入時文」等理論的誕生，甚至開清代樸學考據之先聲。

第一節　從帝王意圖看八股文制定

　　八股文作為科舉時代最後一種博採眾長的文體，其源流較為複雜，它遠可以追溯到唐之詩賦，近則推及宋之策論、元之經義，其成熟定型的時代大約在明成化年間。在此之前，明朝開國皇帝朱元璋及其謀臣策士在審視歷代科舉制度和科舉文體的基礎上，本著「科舉取士，務得全才」的取士標準和尊崇儒學的指導思想，將學校教育與科舉考試聯繫起來，制定了一系列關於考試標準、考試內容、考試方式、考試評議、考試監督和管理的制度，這些制度和政策對成熟的八股文體的產生起到了直接的催生作用，同時也是八股文批評在制度層面的濫觴。

一、朱元璋的科舉觀

　　在明王朝創建之初，面對飽經戰亂、千瘡百孔的新生政權，作為一國之君的朱元璋，對於國家的治理是有著通盤的思考和設計的。在進行一系列政治、軍事、經濟、文化改革後，如何選用並控制儒士實乃治國的當務之急。他非常明白「雖有至聖之君，猶以用人為重」〔註1〕的道理，特別器重儒士，想把天下英才皆網羅於自己麾下，認為「為天下者，譬如作大廈，非一木所成，必聚材而後成。天下非一人獨理，必選賢而後治，故為國得寶，不如薦賢」〔註2〕。比較以往的薦舉制和科舉制之利弊，朱元璋在其謀臣的支持下，著手考慮如何建立一套培養、選拔自己所需要的士人的制度，針對考試標準、考試內容、考試方式、考試評議、考試監督和管理等進行一系列改革，最終建立了不同於以往歷朝歷代的科舉制度，同時催生了主宰明清五百年士人舉子

〔註1〕《明太祖實錄》卷一百四十七。
〔註2〕《明太祖寶訓》卷五。

命運的八股文。大致說來，朱元璋的科舉理念有如下幾點：

（一）在薦舉制和科舉制的徘徊中，最終確立科舉取士

　　從元末戰爭到明朝建立之初，朱元璋基本上延用薦舉徵辟的方式發掘人才，任用官吏。雖然也網羅到了像范祖幹、葉儀、許元、宋濂、劉基、葉琛等謀臣名士，但其弊端日生，拉關係、走後門的舞弊現象大量出現，所選才士名不符實，多魚龍混雜、空疏無用、濫竽充數。於是朱元璋於洪武三年庚戌（1370）五月，首開科舉，試圖用一種比較客觀科學的方式取士，但是傚果甚微。由於元朝儒士地位低下，研習程朱理學的人大為減少，以致所錄取士人學問淺薄，總體素質不高，讓人大失所望，他曾經抱怨：「朕以實心求賢，而天下以虛文應朕。」可見一斑。首開科舉的失敗，讓朱元璋暫時罷停科舉，再行薦舉，同時對科舉取士之弊陋作了重新審視。朱元璋再行薦舉達十年之久，這期間靠它也確實選拔了大量的治國良才，但薦舉制早已失去其行使的社會基礎，雖幾經補救，但治標不治本，薦舉制已經走向了它的盡頭。在對一系列前元人才的血腥清洗運動之後，朱元璋最終確立了為培養自己人才的科舉制度，包括學校教育制度、考試制度等等。

　　關於朱元璋行薦舉、立科舉，又罷科舉、行薦舉，最終又確立科舉的心路歷程，後世多有人論及，如「高皇初意，欲專選舉，罷科目。蓋明騭才行與暗索文藝者，虛實自殊。其後卒專意科目者，恐將來選舉之弊，有更甚於科目。科目雖未足灼見，賢良亦徒取其公云耳。奈何更有以私徇之，如後來所聞，人言所見，間形諸摘發者。嗚呼！國家以社稷蒼生重寄，求人若饑渴，患情偽之不易核，不得已而闢其末路於藝文，特欲借誦法先聖之門，希幸獲有德有言之彥」〔註3〕。雖不無偏頗，但也中肯肇。而且從八股文的發展歷程來看，確立科舉取士的原則也是各種科舉文體能夠融通匯總的前提條件，在此前提下，八股文方有破繭而出的可能性。

（二）尊崇儒學的考試原則

　　朱元璋徘徊於薦舉制和科舉制之間並最終確立科舉取士，還有一個很重要的心理動機，即為了維持皇權的最高權威和最高主宰，為了維持大一統專制統治，大力推崇並宣揚儒家思想。

　　開國之初，朱元璋在日理萬機之餘，花費大量的人力、物力、財力去祭

〔註3〕《古今圖書集成・選舉典》第六卷。

孔祀聖，「國朝崇尚儒術，春秋祭享先師，內外費至鉅萬，尊師之道可謂隆矣」〔註4〕。同時大力宣揚儒家的「敬天」「忠君」「孝親」思想，倡導舉子研習經書，並頒之於學校教育，「頒《五經》《四書》於北方學校。上謂廷臣曰：『道之不明由教之不行也。夫《五經》載聖人之道者也，譬之菽粟布帛家不可無，人非菽粟布帛則無以為衣食，非《五經》《四書》則無由知道理。北方自喪亂以來，經籍殘缺，學者雖有美質，無所講明，何由知道？今以《五經》《四書》頒賜之，使其講習。夫君子而知學則道興，小人而知學則俗美，他日收效，亦必本於此也。』」〔註5〕就連洪武年間的法律文書《大誥》也是嚴格按照儒家倫理道德和綱常名教思想體系所頒制，也是明朝政府規定的科舉士人必讀書和必考內容，如「詔科舉歲貢命題於《大誥》中科取」〔註6〕。儒學在明朝科舉考試中具有至高無上的地位，自從洪武頒定之後，幾成祖制，「自永樂中命儒臣纂修《四書大全》，頒之學官，而諸書皆廢」〔註7〕。儒家經書成了科舉考試中唯一的內容和要求，而且對儒家思想的理解不能離開程朱傳注的規範，此皆為朱元璋鞏固封建皇權、排除異端思想、保持士人舉子思想純正的有效武器。與此同時，各級學校也都自覺的把儒學放在了首要位置，至明代中葉以後，科舉課業除儒家經典之外別無其他內容。由此，這種以尊崇儒學的科舉考試思想與教學制度直接導致士人舉子只讀經書只作時文，進而直接催生了恪遵傳注、代聖賢立言的八股取士理念和考試方法。同時，這種思想的統一和純正要求也達到了朱元璋通過科舉考試培養絕對忠誠與服從的人才的目的，最終導致王朝的長治久安和和諧發展。如方苞所言：「制藝之興七百餘年，所以久而不廢者，蓋以諸經之精蘊，匯涵於四子之書，俾學者童而習之，日以義理浸灌其心，庶幾學識可以漸開而心術歸於正也。」〔註8〕

（三）取士標準及教育考試思想

朱元璋科舉取士的目的是選拔思想純正且確實有治國經邦之能的全才，

〔註4〕《明太祖實錄》卷一五二。
〔註5〕《明太祖實錄》卷一三六。
〔註6〕查繼佐，《罪惟錄》志卷一八《科舉志》，民國二十五年（1936）上海涵芬樓影印本。
〔註7〕顧炎武，《日知錄集釋》卷一八《四書五經大全》，清道光十四年（1834）刻本。
〔註8〕方苞，《方苞集外文》卷二《進四書文選表》，上海，上海古籍出版社，2008，第578頁。

所謂「科舉取士，務得全材，但恐開設之初，騎射書算未能遍習，除今科免試外，候二年之後，須要兼全，方許中選。於戲設科取士，期必得乎全材，任官惟能，庶可成於治道」〔註9〕，朱元璋所要網羅的人才必須文武兼備、才德並重。《明太祖實錄》卷七十九載洪武六年二月，上諭中書省臣曰：「朕設科舉以求天下賢才，務得經明行修、文質相稱之士，以資任用。」在這樣一種取士思想之下，朱元璋制定了多種綜合測評的考察方法和取士制度，如《明太祖實錄》卷二二記載：「其應文舉者，察其言行，以觀其德，考之經術，以觀其業；試之書算、騎射，以觀其能；策之經史時務，以觀其政事。應武舉者，先之以謀略，次之以武藝。俱求實效，不尚虛文。然此二者，必三年有成，有司預為勸諭民間秀士及智勇之人，以事勉學，俟開舉之歲，充貢京師，其科目等第各有出身。」《明太祖實錄》卷五二記載：「其中選者，朕將親策於廷，觀其學識，第其高下，而任之以官，果有才學出眾者，待以顯耀，使中外文臣，皆由科舉而選，非科舉者，毋得與官。」所以，在明朝建立之初，科舉取士講求綜合考試與綜合標準，不像後來專以八股取士，既看重德、業、能力、政事、謀略、武藝的考核，又看重經術文字和騎射書算的技能考察，從明初科舉開始，這種全材思想一直在實踐中貫徹實行。而且朱元璋規定「科舉必由學校」〔註10〕「非科舉者，毋得與官」，將學校與科舉聯繫起來，初步設立了學校培養人才以供科舉選官的構想，「學校之設，本以作養人材，究理正心，期有實效……若其言有可取，仍命題考試文字，中式者，不次擢用」〔註11〕。據此，洪武年間朱元璋大體上構建了科舉考試與學校教育以及考試內容、考試方式和錄取標準的框架，這為明代科舉制度的成熟和八股文體的誕生做出了必要的疏通和奠基工作。

二、關於八股文的制定

從隋唐至清末，科舉制度作為封建社會選拔人才的特殊制度，延續了將近一千三百年。這期間，豪傑輩出、人才紛湧，呈彬彬之盛。作為科舉制度的主要載體和文人舉子醉心經營的科舉文體，如唐之詩賦、宋之策論、元明之制義等，在各個時代確實發揮了其選拔人才、考察官員的作用，因此，各種

〔註9〕王世貞，《弇山堂別集》卷八一《科試考一》，清光緒廣雅書局刻本。
〔註10〕張廷玉等著，《明史》卷六十九《選舉志一》，《四庫全書》本。
〔註11〕《明太祖實錄》卷一四六。

科舉文體的出現及其後的源流遞變都有一定的原因和合理的一面，都是數代考官、考生和廣大民眾不斷充實、完善和改進的結果。作為科舉考試的最後一種文體八股文，以集大成的面目成熟於明代，鼎盛並衰亡於清代，試律的體制、古文的章法、注疏詮釋的經學工夫、入口氣的代言體制、體兼駢散的格局，等等，都可以在八股文體制中找到相應要素，錯綜複雜、難以詳辨。所以，關於八股文的名稱和淵源就成為聚訟分歧的焦點了。比如，八股文也叫經義、四書文、制藝、制義、八比文、舉子業、程文、墨卷、程墨、闈墨、房稿、房書、行卷、行書、社稿、時文、時藝、貼括等等，或突出其功用，或著眼於結構，或暗示其淵源，令人眼花繚亂、無所適從。由此而衍生出五花八門的淵源說，如唐代詩律說、唐代律賦說、貼經墨義說、六朝駢文說、經典注疏說、金元戲曲說、宋元經義說，等等。之所以出現如此眾多風格特異的名稱和淵源理論，很大程度上取決於八股文的集大成特徵。由此可見，八股文這種文體不是由某個特定的人物在某個特定的時間一朝一夕之間建立起來的，而是和任何其他事物一樣都有一個萌芽、成長、完備和定型的過程，是由眾多人參與並不斷修補完善的結果。

關於八股文的創始權問題，一直是學術界爭論的焦點，最有代表性、爭議最強的當屬洪武說和成化說。前者的主要依據乃《明史・選舉志》，「科目者，沿唐宋之舊，而稍變其試士之法。專取四子書及《易》《書》《詩》《春秋》《禮記》五經命題試士，蓋太祖與劉基所定。其文略仿宋經義，然代古人語氣為之，體用排偶，謂之八股，通謂之制義」〔註12〕。後者的主要依據乃顧炎武之論：「經義之文，流俗謂之八股，蓋始於成化以後。股者，對偶之名也。天順以前，經義之文，不過敷演傳注，或對或散，初無定式，其單句題亦甚少。成化二十三年，會試《樂天者保天下》文，起講先提三句，即講『樂天』四股；中間過接四句，復講『保天下』四股，復收四句，再作大結。弘治九年會試《責難於君謂之恭》文，起講先提三句，即講『責難於君』四股；中間過接二句，復講『謂之恭』四股，復收二句，再作大結。每四股之中，一反一正，一虛一實，一淺一深（原注：亦有聯屬二句四句為對，排比十數對成篇，而不止於八股者）。其兩扇立格（原注：謂題本兩對，文亦兩大對），則每扇之中各有四股，其次第之法，亦復如之。故今人相傳謂之八股。若長題則不拘

〔註12〕張廷玉等撰，《明史》卷七十《選舉志二》，長沙，嶽麓書社，1996，第989頁。

此。嘉靖以後，文體日變，而問之儒生，皆不知八股之何謂矣。」〔註13〕二者觀念為後世引用頗多，並為此爭論不休，如吳晗的《朱元璋傳》論及他的功過得失，其中一大罪過就是制定八股文壓制思想、摧殘科學、埋沒人才；《辭源》「明太祖」條：「科舉以八股取士也始於元璋。」還有民間影響深遠的「八股取士主於愚民」說、「八股取士為防反側」說，等等，下面擬從明代八股文的發展演變歷程和八股文的特點出發對此略加論述。

如前所述，明初科舉考試經過了科舉、科舉薦舉並行、重開科舉的政策偏移，八股文的流變也經歷了這樣幾個階段：洪武、永樂、洪熙、宣德、弘治時期，統治者大多能勵精圖治，社會風氣較為淳樸，吏治較為清明，早期經義承襲元制，不涉八股，多用頌體，墨守程朱學說，以「平實典雅」為衡文標準，此間時文多短小，格式簡單，或對或散，尚無定式，無華辭麗藻，敷衍書理而已。這時的八股名家如于謙、商輅、丘正、丘濬、王恕、李東陽等，其文渾樸，無意求工，古質莊嚴，筆力沉雄，精光畢露，文風「雅正」。大致說來，天順以前的文風鬆散自由，永樂後期，八股格式已廣泛使用，到宣德後期，八股格式已基本定型，完成了由歌功頌德向闡發微言大義的演進。從成化、弘治、正德、嘉靖以來，八股文風始趨盛極，八股高手人才輩出，追求平正通達、典雅渾厚的文風。特別是一大批古文大家如歸有光、唐順之等人，融合古文與時文的手法，對八股文進行改造，在以經術為本的前提下，改變其板滯面貌，提高了時文的審美品格和藝術技巧。隆慶、萬曆兩朝，由於陽明心學的盛行和傳播，程朱理學和傳統的綱常倫理受到巨大衝擊，八股文也由正而變，內容上不必恪遵傳注，而是別出己意，甚至離經叛道、鼓動異說，在形式上，顛覆八股，駢散兼行，文風怪異乖謬、機巧尖新，八股格式早被士人拋諸腦後。到萬曆中期，八股文已經「蕪靡已極」「無惡不備」。天啟、崇禎之後，更是文妖迭起，放肆佻巧、思想渙散，大多數人只將其視為獵取功名的敲門磚，八股之外，百無聊賴，甚至歪曲聖意，為亂黨張目，八股文進入全面衰頹時期。一直到明末清初，在反思明朝滅亡的教訓中，一批有識之士倡導實學，提倡讀書窮理，整頓空疏文風，八股文方進入又一輪的發展流變之中。由以上梳理，我們可以看出：明初從洪武到成化大約八十年的時間，是八股文逐漸走向定型的階段；從成化到弘治，是八股文全面成熟的時期；正德、

〔註13〕顧炎武，《日知錄集釋》卷十六，上海，上海古籍出版社，1985，第 1266～1267 頁。

　　嘉靖是明代八股文的極盛時期；隆慶、萬曆年間，八股文制藝由正而變、盛極而衰；天啟、崇禎乃八股文全面衰頹並起衰振興之時。也就是說，明代八股文應該是以成弘為分水嶺。

　　我們再來看看成熟定型的八股文的寫作特點，一般來說要遵循以下四項基本原則：1. 題目必須從《四書》《五經》摘取其中的字句章節。2. 深入闡發題旨必須依據程朱傳注，不得隨意發揮。3. 入口氣代聖賢立言。4. 遵循嚴格的文體格式，破題、承題、入口氣、起講，闡發題旨必須用四個相互關聯的對偶段落，即八股，最後大結。

　　先看八股文這個名稱，「八股文或謂始於王荊公，或謂始於明太祖，皆非也。案《宋史》，熙寧四年罷詩賦及明經諸科，以經義論策試士，命中書撰大義式頒行。所謂經大義，即今時文之祖。然初未定八股格，即明初百餘年，亦未有八股之名」〔註 14〕。也就是說，從嚴格的體式角度來看，成化前「未定八股格」，亦「未有八股之名」，因為「舊說以為王荊公始者；非也。蓋荊公所創者經義，非八股」〔註 15〕，可見，從文體名稱上講，宋代及明初僅有經義，並未出現「八股」。「經義試士，自宋神宗始行之。神宗用王安石及中書門下之言定科舉法，使士各專治《易》《詩》《書》《周禮》《禮記》一經，兼《論語》《孟子》，初試本經，次兼經大義，而經義遂為定制。其後元有四書疑，明有四書義，實則宋制已試《論》《孟》《禮記》，《禮記》已統《中庸》《大學》矣。今之四書文，學者或並稱經義」〔註 16〕。元初以論、經義、詞賦三科試士，「延祐中，兼以經義、經疑試士。明洪武初，定科舉法，亦兼用經疑。後乃專用經義。其大旨以闡發理道為宗」〔註 17〕。據此可知，洪武科舉最初所定論文格式應該是經義、經疑，承宋元舊制而來，並非之後的八股文體。而且，在宋元之際，就已經形成過類似於八股格式的應試文體，將散文的章法、駢偶的體例和試律詩的形式相結合，名曰「十段文」，其結構如下：破題、接題（承題）、小講（含入題）、繳結、官題、原題、大講（講題、講段）、餘意（後講、從講）、原經（考經）、結尾。將之與明清八股文格式相比較：破題、承題、起講（小講、開講）、領題（入題、領上）、起比（提比、初比）、出題、中比、

<hr>

〔註 14〕胡鳴玉，《訂訛雜錄》卷七，上海，商務印書館，1936，第 73～74 頁。
〔註 15〕李調元，《制義科瑣記序》，見《制義科瑣記》，上海，商務印書館，1936，第4 頁。
〔註 16〕劉熙載，《藝概·經義概》，上海，上海古籍出版社，1978，第 172 頁。
〔註 17〕永瑢，《四庫全書總目》，北京，中華書局，1965，第 1729 頁。

後比、束比、落下（收結、結語）。〔註18〕可見，以論和經義為主體的宋元十段文與明清八股文在基本格式上大致可一一對應，可以非常清晰地看出二者的源流遞進關係。另外，我們經常還有「文之有八股，猶詩之有律詩」的說法，試律詩有「領比」「頸比」「腹比」「後比」之說，也可以從中看出八股文四比之淵源。

　　成熟八股文的其他特點，如以經義為主、代聖賢立言、恪遵朱注等，皆源遠流長，非一蹴而就。儒家思想孔孟之道作為封建社會一以貫之的主導思想，在一千多年的科舉考試中，由始至終都是科舉制度的核心和靈魂，是諸多科舉文體不曾衰滅的內容，只不過在不同的時代對備考的內容和形式有不同的要求而已，其本質卻從未發生任何改變。如漢代經學昌明，以經義治事、以經義取士；唐代的貼經、墨義、策論中的經策；宋代的經大義，論說經書意旨，等等，雖然體式不一，但總是離不開考察經義，越到後來，比重越大，明清取士，皆由八股，更是從題目到答案、從思路到行文完全限定在《四書》《五經》、程朱傳注，愈益狹隘，愈益嚴密。又如「入口氣」「代聖賢立言」這個特點，從《詩經》開始，就有各種擬帶依託之作；唐詩宋詞，往往「男子而作閨音」，史傳文學，懸想揣摩，設身處地；金元曲劇，小說院本，這種代言體更臻極致。細細品味，中國古代各種文體和樣式均有這種代言性質的作品和細節，所以，能將八股文這種「代言體」的形成歸結為某個人的發明嗎？答案是否定的。可以說，八股文的其他特點的形成莫不是如此，都是一個長期積累、變異的結果。

　　從以上追述我們不難看出，今天嚴格意義上的成熟的八股文當定型於成化、弘治年間。成弘之前、成弘之後所謂的八股文都不是嚴格意義上的八股文，或者說乃八股文廣義和狹義之變體。所謂「時文」，乃隨時代變遷之文，乃「應時」「合時」「流行」之文。從廣義上來說，成弘之前唐之試律、宋之經義、元之經疑，以及萬曆之後全無「八股」風貌之文，皆可謂「時文」。雖然在成弘之前沒有「八股文」這個稱呼，但其內容實質和格式特點都頗具「八股文」風貌。而之前論述過，所謂「八股文」只不過是明清兩代科舉考試選拔人才的最具代表性的文體之一，它是一個泛稱，且從八股文的源流淵源來看，它不是一人一時在一朝一夕之間制定下來的，而是一個長期的自下而上的不

〔註18〕參見黃強，《八股文與明清文學論稿》，上海，上海古籍出版社，2005，第78頁。

斷完善和發展的過程，甚至在成弘年間定型的為我們所熟悉的「八股」格式，在經過隆慶、萬曆兩朝的聚變之後，已經與狹義的嚴格意義上的「八股文」相去甚遠了，又經清代幾經變更，風貌更是各異。因此，我們說，無論是廣義的八股文還是狹義的八股文，都不能說是由某某人制定的，長期以來認定八股文乃朱元璋和劉基所制定這種觀點肯定是不準確的。很多學者已經詳查考證過，明初的科舉制度是朱元璋在群臣謀士的策劃下，根據明朝建立後的特殊情況，將宋元以來的科舉制度略加改動而成，並非朱元璋或者劉基之發明。洪武年間科舉考試的主要文體也不是八股文，而是宋元經義、經疑，經義和經疑雖然有以後八股文形成之要素，但是還不是明清時代的八股文。況且朱元璋開國以後十多年，關於歷朝選拔人才的方式，到底是薦舉好，還是科舉好，還徘徊不定，科舉考試復而又停、停而又復，對科舉取士心存懷疑。〔註19〕所以，我們只能說，雄才大略的朱元璋和其謀臣策士在審視以往一千多年的社會發展過程中，吸取了最能體現他的人才理念和治國方略的積極因素，在取士策略上博採眾長，擇優而取，對以往科舉文體向八股文的過渡作出了不可磨滅的奠基和拓展工作，而不能說八股文乃朱元璋或者其他某某人所制定。

第二節　八股文：從創作走向批評

一、明代前中期八股文創作與批評

正如前文所言，自明洪武三年（1370）開科取士，洪武六年（1373）又暫罷科舉，洪武十五年（1382）復設科取士，一直到洪武十七年（1384）重訂科舉條例，改之前的經疑、經問為經書段句命題作文，方一尊程朱，相沿不廢。經過三十多年的修正完善，到永樂後期，八股格式基本定型，後世多沿用略有補充。

明朝初年，由於吏治清明，士習淳樸，八股文格式比較簡單，說理較為直接，大多都是注疏體，不求文采，平淡質樸，題目多正大，內容完整，不割裂不生僻，體式較寬，沒那麼多清規戒律，作起來容易，文尾有大結，也可以己意作結，雖然這種簡樸正大的文章為後世很多文士所推崇，但其弊端也比

〔註19〕參見黃強，《八股文是朱元璋和劉基所定的嗎？》，《江淮論壇》，2005年第6期。

較明顯，大多文章都是經義加注疏的格式敷衍成文，甚至直接抄錄注疏語錄，很少有博通經史、融會貫通者。

　　總的來說，從洪武至天順百年中，八股取士錄取了不少經邦治世之才，八股文寫作風氣雅正，一直是後世學習的典範。明前期科舉考試「雖曰科目以文章取士，然必根於義理，能發明性之體用者始預選列，類非詞章無本者之可擬也。故其得賢致治之效，足以追隆前古」〔註20〕，「明興，高皇帝立教著政，因文見道，使天下之士一尊朱氏為功令。士之防閑於道域而優游於德囿者，非朱氏之言不尊……有質行之士，而無異同之說；有其學之方，而無專門之學。」〔註21〕「試亦多端，所重者制義，蓋以代聖賢立言，必心知至理，身體粹德而後能言之親切有味。雖間有摹套幸取者，而蒸陶經書，審顧矩矱，朝廷亦每收拔十得五，拔十得三之效焉。」〔註22〕洪武四年規定「凡詞理平順者，皆預選列」，正統六年規定取文必須「淳實典雅，不許浮華」〔註23〕方苞說：「自洪、永以迄化、治百餘年中，皆恪遵傳注，體會語氣，所謂渾渾噩噩，太璞不雕，而簡要親切，有精彩者為貴。其直寫傳注，寥寥數語及對比改換字面而意義無別者，其弊也。」〔註24〕陸隴其也說：「成、弘以前之文，敘題面處多，發所以然處少，而題意已顯然於題面之中；成、弘以後之文，發所以然處多，敘題面處少，而題面已躍然於題意之內。」〔註25〕何焯也說：「成弘以前舉業，以能熟記傳注為尚，僅具對偶，固與帖括無異也。久而瓊山、長沙在館閣，頗病其不能解義，思創革文體。而其學亦足於召雲命律，於是守溪、鶴灘出焉。以情緯物，以文被質。彬彬乎，郁郁乎，自為一代之文，而非復宋元經義之舊矣。」〔註26〕又如清徐樹評黃子澄《天下有道則禮樂征伐自天子出》篇：「時未立闈牘科條，行文尚涉頌體，而收縱之機，浩蕩之氣，已辟易群英。況此為文章之始，自應首錄以存制義之河源也。」〔註27〕等等，

〔註20〕薛瑄，《文清公薛先生文集》卷十七《論選序》，清雍正十二年（1734）〔河津〕薛氏刻本。
〔註21〕何喬遠，《儒林傳》卷上《名山藏》，明崇禎間刻本。
〔註22〕《直隸澧州志》卷十二《選舉志》，清道光元年（1821）刻本。
〔註23〕《明會典》卷七十七《科舉·科舉通例》，《四庫全書》本。
〔註24〕方苞編選，王同舟、李瀾校注，《欽定四書文·凡例》，武漢，武漢大學出版社，2009，第1頁。
〔註25〕梁章鉅，《制義叢話》卷二，上海，上海書店出版社，2001，第39頁。
〔註26〕何焯，《義門先生集》卷十《兩浙訓士條約》，清道光三十年（1850）刻本。
〔註27〕梁章鉅，《制義叢話》卷四，上海，上海書店出版社，2001，第58頁。

書旨明晰，不尚華采，淳實典雅，詞理平順，恪遵傳注，簡要親切，甚至與帖括無異，足以說明明代早期八股文的典型特點。

當然，明初時文也受臺閣體影響，也有內容貧乏、平淡無奇、文風冗靡之作，士子們為求中式，也不斷標新立異，在一段時間內文風一變為奇崛險怪，待邱濬、王鏊等人出，八股文風方導入正軌，「時經生文尚險怪，濬主南畿鄉試，分考會試，皆痛抑之。及課國學生，尤淳切告誡，返文體於正」〔註28〕。洪武年間也有「程文」出現，即選取優秀考生的考卷或主考官自己擬作的範文，以供舉子參考，此風也導致部分舉子不讀經文，專門背誦程文擬題，以為捷徑輕取功名，為遏制這股歪風，考官們就在出題上下了工夫，開始割裂經文出題，後經朝廷下令禁止而有所收斂，但此舉對後世截頭縮腳之搭截題的泛濫卻有著不可忽視的影響。總之，這些都不是常態，明初八股文主要還是以其特有的質樸雅正流傳後世。

八股文由定型到成熟就是其形式與內容逐漸融合成一個有機整體的過程，也是孔孟思想得到最佳闡釋的過程。至成化初年，八股文格式以及它所蘊含的取士功能，均已全面成熟完善。加上成弘時期士風醇雅，士子學務根本，作文皆能文本六經，融會旨意，理足氣充，意法周密，疏通暢達，文采蘊藉，往往一氣呵成，熔化無跡，渾然天成，簡古高樸，文章短小精悍，文風以「清真雅正」為主。成弘士子「不知有時刻，書篋中只有經史、古文、先儒語錄，故作文者自書所見，不假借於人」〔註29〕「弘治、正德、嘉靖初年，中式文字純正典雅」〔註30〕成、弘時期的八股文講究理、氣、法、神，講究篇法、股法、句法、字法，鍊格、鍊意，重視聲律，講究對偶，裁對整齊，音節流暢，雖然不能跟後期機法派和奇矯派相比，但是八股文成熟之法卻源於此時，後人稱為「成弘法脈」，甚至有人稱此時八股文乃「明文正宗」，「取樸老不取繁豔，取簡潔不取淫浮，取典雅不取卑靡，取名貴不取庸陋，取古勁不取柔媚，賴以吐聖賢之語氣，而顯其鬚眉也」〔註31〕。出現了王鏊、錢福這種時文大家。「王鏊少善制舉業，程文魁一代，取士尚經術，險怪者一切屏去，弘、正間文體為之一變」〔註32〕。周以清說：「迨薛文清、顧東江諸人出，始有體制風韻之可

〔註28〕張廷玉等著，《明史》列傳第六十九《邱濬傳》，《四庫全書》本。
〔註29〕梁章鉅，《制義叢話》卷二，上海，上海書店出版社，2001，第38頁。
〔註30〕張廷玉等著，《明史》卷六十九《選舉志一》，《四庫全書》本。
〔註31〕梁章鉅，《制義叢話》卷二，上海，上海書店出版社，2001，第36頁。
〔註32〕張廷玉等著，《明史》列傳第七十五《王鏊傳》，《四庫全書》本。

觀。洎守溪、鶴灘後先接武，而時文之法大備，則又為時文之大宗也。」〔註33〕這些努力客觀上也促進了總結八股文技法與批評潮流的出現。

　　從洪武到天順年間，雖然文風直樸，但八股名家眾多，如黃子澄、劉三吾、姚廣孝、于謙、楊慈、薛瑄、邱濬、商輅、岳正、李東陽等。在成化、弘治期間，文法精熟，大家輩出，如王鏊、錢福、王守仁、陳獻章等，其風格各異，如薛瑄之文風神跌盪、意致蒼涼，錢福之文寓經史於一爐，俞長城說：「錢鶴灘少負異才，科名鼎盛，文章衣被天下，為世之極則。世之所謂才者，傾倚偏駁，奔放縱橫，其氣外軼，其理內絀，雖足以驚世駭俗，然率不能久。鶴灘之文，發明義理，敷揚至道，正大淳確，典則深嚴。即至名物度數之繁，聲音笑貌之末，皆考據精詳，摹畫刻肖，中才所不屑經意者，無不以全力赴之，成名之故豈偶然哉？」〔註34〕至成弘年間，雖然八股文寫作方法和技巧得以全面成熟，而八股文批評則處於萌芽狀態，舉子還沒有形成對八股文的批評意識，偶有所論，皆散見各處，不成系統。在眾多名家中，以王鏊和王陽明的觀點較為中肯。

二、王鏊與王陽明的八股文批評

（一）王鏊論文

　　王鏊（1450～1524）字濟之，號守溪，晚號拙叟，史稱震澤先生、「王文恪」，吳縣（今江蘇蘇州）人。成化十一年（1475 年）進士。王守仁贊其為「完人」，唐寅曾贈聯稱其「海內文章第一，山中宰相無雙」。王鏊博學有識鑒，經學通明，制行修謹，文章修潔。著有《震澤編》《震澤集》《震澤長語》《震澤紀聞》《姑蘇志》等傳世。王鏊是明代前期八股文的集大成者，改變了前期八股文質木樸拙之風，開始引古文技巧於制義中。其制義認題細密，認理精準，融裁經史，講究機法而化用無痕，渾然天成，行文暢達而理足氣盛、法足辭備，文風自然淡薄、深厚清和，不尚艱深。

　　王鏊看到了明初士子只重經義，不能博通經史、融會貫通之弊，認為：「今科場雖兼策論，而百年之間主司所重，惟在經義；士子所習亦惟經義。以為經義既通，則策論可無俟乎習矣。」「近來頗尚策論，而士習既成，亦

〔註33〕鄭灝若，《學海堂集》卷八《四書文源流考》，道光五年（1825）啟秀山房刻本。
〔註34〕俞長城，《可儀堂一百二十名家制義・題錢鶴灘稿》，康熙三十八年初刊。

難猝變，夫古之通經者，通其義焉耳。今也割裂裝綴穿鑿支離，以希合主司之求，窮年畢力莫有底止。偶得科目，棄如弁毛，始欲從事於學，而精力竭矣。」〔註35〕王鏊還曾擔任主考官，親自撰寫程文，以供士子研習，被稱為「程文魁一代」，他用自己的文章作為典範，引領一代文風，他所開闢的理充氣暢之文也被後世無數人奉為經典。鄭鄤有云：「舉業以文恪為鼻祖，其科名幾與商文毅等，立朝風采亦足相方，古來文高一代而位望又克副者，惟唐之曲江，宋之廬陵，其他未易幾也。文章雖不論遇而獨當其盛，其神必有溢露於毫楮之間者。夫文有正眼，與刻意而攻詞章，不若清心而涵靜定；與沿門持鉢而效貧兒，不若純一守氣而無盡藏。如公之為文，豈在尺幅字句間哉？晴空灝氣助其神明，名山大川，領其深致，繭絲牛毛析其神理，纖雲流水蕩其天機，所謂應有盡有，應無盡無，後有作者，弗可及已。羅文止詩云：人才愛說孝皇初，而憲皇實開其先。成弘之際，蓋國家文明初盛之會，而公適當之，遂能以八股舉業匹休前哲，為一代宗工。」〔註36〕李光地也說：「或問：王守溪時文筆氣，似不能高於明初人。應之曰：唐初詩亦有高於工部者，然不如工部之集大成，以體不備也。制義至守溪而體大備。某少時頗怪守溪文無甚拔出者，近乃知其體制樸實，書理純密，以前人語句多對而不對，參差灑落，雖頗近古，終不如守溪裁對整齊。是制義正法，如唐初律詩，平仄不盡叶，終不如工部聲律密細，為得律詩之正。」〔註37〕俞長城評曰：「制義之有王守溪，猶史之有龍門，詩之有少陵，書法之有右軍，更百世而莫並者也。前此風會未開，守溪無所不有；後此時流屢變，守溪無所不包；理至守溪而實，氣至守溪而舒，神至守溪而完，法至守溪而備。蓋千子、大力、維斗、吉士莫不奉為尸祝，而或譏其雕鏤，疵其圓熟，則亦過高之論矣。運值天地之和，居得山川之秀，於文章為聖，於經典為臣，於制義為祖，豈非一代之英俊，斯文之宗主歟？」〔註38〕高塘也說：「謹嚴雄偉，而實玲瓏透剔，無一字一句不是法度，制藝中玉律金科也。」〔註39〕諸位之評價雖不免

〔註35〕《制科議》，見孫承澤《春明夢餘錄》卷四十《禮部二‧貢舉》，古香齋鑒賞袖珍本。

〔註36〕鄭鄤，《崢陽草堂文集》卷七《明文稿匯選‧王守溪》，《四庫禁燬書叢刊》集部第126冊，北京，北京出版社，1997，第372頁。

〔註37〕李光地：《榕村語錄》卷三十《詩文二》，《四庫全書》本。

〔註38〕俞長城，《可儀堂一百二十名家制義‧題王守溪稿》，康熙三十八年初刊本。

〔註39〕高嵣集評，《明文鈔四編‧化治文》評語，乾隆五十一年雙桐書屋刻本。

有拔高之嫌，但王鏊之文無論是體制方法之完備，還是神理正氣之充足，較之前賢，多有精進之處，其制義對八股文風的轉變和定型確實有承上啟下的作用。

總體來說，王鏊論文主要有如下幾條：

第一，舉業精妙，不能模仿。

王鏊認為：「大抵舉業雖非上乘之文，然以吾真實之心思，發聖賢真實之教誨，須將種種嗜欲盡情拋捨，種種伎倆盡情抹殺，而一意於文，專心凝習，用工久之，自有覺悟。至於有悟，自我知之，自我言之，難以盡語之人，即語之，亦不過因言寓意，若其端的非功與己齊，亦未可以想像而言，解釋而得也。」〔註40〕在他看來，八股制義也是以自己真實心思發聖賢之理，必須在拋情捨欲、專心凝習的情況下才能有所「悟」，而作文之精妙處，只能意會，無法言傳。這就決定了寫作不能模仿，在《答朱陽伯書》中，王鏊提到朱陽伯寫信誇獎他時文技藝精湛，他認為褒獎太過，講到自己常以為憾之事，「志欲達而忽止，功未竟而先墮」，幼時承父師之命，學作時藝，先將先輩舊作和程墨一一講解學習，但是模仿不到。後來又將《左》《國》《老》《莊》句句模仿，但是還是模仿不像，後來悟到「肖與不肖，其機常在倏忽微渺之間，任之則成馳騖，執之則拂生機。與此調停，駸駸乎若可以上進而聯登科第」，這種應試而作之文其實是可以「調停」而至的，「遂棄去不複習」，而學問工夫也僅止於此，不會再有所突破。至於登科及第，與真正的學問其實是兩回事，所以模仿是出不了真學問的，反而會妨害學問。〔註41〕「若不理會自己，而專於舊時文上東塗西抹，雖能竊取科第，終非上乘舉業」，最終是不能「以時文為時文」，而要「以我去為時文」，要「自闢一乾坤，自設一爐冶」，自己要有所創見才能得以中式。但同時，舉業也是一種技藝，是可以通過學習而得到提高的，「舉業文字以古昔聖賢僅存之言論，而描寫其精神，所謂進乎技者也」，如同世間其他技藝，如擊劍習射、寫字博弈等，如果沒有名師指點，很難參得其妙處，「大率學業之不工，由師友之不立；師友不立，由勝心未除，而取善不廣也」，「古之人有友一國之善士者矣，有友天下之善士者矣。今同居一

〔註40〕袁黃著，黃強、袁珊珊校點，《遊藝塾續文規》卷一《守溪王先生論文》之《與顧生書》，武漢，武漢大學出版社，2009，第 173～174 頁。

〔註41〕袁黃著，黃強、袁珊珊校點，《遊藝塾續文規》卷一《守溪王先生論文》之《與顧生書》，武漢，武漢大學出版社，2009，第 174 頁。

邑，或同生一家，而不能取益，才能遣詞，便自負以為極，則此人品之最陋、最可鄙者也」〔註42〕所以，雖然文章精妙，不能模仿，但名師出高徒，有了名師的指點，則容易參悟，也可以事半功倍。

第二，打掃心地，發而為言。

如前所述，舉業須以真實心思發聖賢真實教誨，言為心聲，制義雖然代言，也需從「心」而出，王鏊說：「夫文非藝也，本之吾心而發之於言，不可偽為也。故看書明白，則詞措而理顯；養得深厚，則興至而格立。神定者，其力專；理精者，其意徹。學也而文在其中，故論文即道也」，「執事之文，字字中肯綮，句句發妙義，然而終非本色語」〔註43〕。在他看來，即使句句中肯，如果沒有自己真實的心思在裏面，也不是「本色」之語。本於心而發於言，則神、理、意等因素皆可被調動起來，方能作出好文。當然，要從「心」中發而為文，首先還得將心地打掃乾淨，「然以吾真實之心思，發聖賢真實之教誨，須將種種嗜欲盡情拋捨，種種伎倆盡情抹殺，而一意於文，專心凝習，用工久之，自有覺悟」「汝輩做舉業，須先打掃心地，潔潔淨淨，不使纖毫掛帶，然後執筆為文，不論工拙，定有一段瀟灑出塵之趣，縱不能為祥雲甘雨，斷不落沴氣中去。故平日覺胸中有鄙穢牽纏，如眼中釘，時刻無可留停，無可替換，自朝至暮，如絲過扣，斬釘截鐵不得，才是真做舉業者」〔註44〕心中雜念太多，達不到老莊所謂的「心齋」「坐忘」之境界，是很難做好任何事情的，作文也不例外，更需將種種牽絆嗜欲盡情拋棄，若胸中沒有這些酸腐之氣，文章即便不能登峰造極，也必定瀟灑出塵。

第三，本於六經，水乳交融。

在《又答張元夫書》中，王鏊梳理了六經之演變，首先，「六經者，聖人以其心之精微示人者也」，再到漢儒訓詁之學，只釋字義，不闡發義理，到宋儒傳注之學，又專門闡發義理，真的孔孟之意，十不得一二，後來王安石經義取士，一直延續到明季，又變傳注為講說，而當今時文，又變講說為詞章，而「於聖賢立言之旨，有茫然不測其故者矣」，王鏊將六經與後世演變之學問

〔註42〕袁黃著，黃強、袁珊珊校點，《遊藝塾續文規》卷一《守溪王先生論文》之《答溫道甫書》，武漢，武漢大學出版社，2009，第174頁。

〔註43〕袁黃著，黃強、袁珊珊校點，《遊藝塾續文規》卷一《守溪王先生論文》之《答張元夫書》，武漢，武漢大學出版社，2009，第175頁。

〔註44〕袁黃著，黃強、袁珊珊校點，《遊藝塾續文規》卷一《守溪王先生論文》之《示館中諸生》，武漢，武漢大學出版社，2009，第174頁。

比作乳與水的關係，「譬如賣乳者，初時真乳也，既而和之以水，然猶乳九而水一也；久則乳少水多矣；又久則純水而無乳矣」，六經就好比真乳，漢儒訓詁，則和之以水矣，講說則水多乳少，之於當今時藝，則乃純水了，「故吾輩為時文，不可翻閱講章，亦不可專主傳注，須澄神定慮，先將經書正文從容諷繹，務要見古先聖人立言之意，看得明白，然後以胸中之真見發而為文，則不期精而自精矣」〔註45〕。舉子只有認真研讀經書，不要翻閱講章，也不要參考傳注，必須澄神定慮，用胸中之真見發聖賢之義理，這樣才能水乳交融，也才能作出好的文章。

第四，辭達意到，辭盡意融。

王鏊說：「是辭其後也，將以達意，意實先之，故有蓄意而不盡形之辭者矣，未有辭至而意不足者也。辭不足，意無所於至，譬之於水，混混有源以出之矣，然後舂擊而為濤，渟涵而為淵，迅駛而為湍，縈回而為瀾，衍迤而為波，光浮紋蹙，沫濺狀射，隨其所遇，各效奇巧，以盡變態，而又晶融澄徹，不入滓穢，至其經流之連絡，又且曲屈往復，自源達委，靡有斷絕，使人迫而觀之，心神昭曠，徘徊而不能捨。夫文之不可強為也，何以異於是？前輩有能之者，必其中有自得，實見此理之流行，橫斜曲直，小大清濁，無所不在，於是觸幾發微，或緣彼而歸此，或即顯而探微，細則取巨，巨則取細，常藏於變，變藏於常，紛紜轇轕，不可終窮，雖欲不為波濤湍瀾之類不可得也。辭盡其變，而意始融，意融而後辭乃益至，雖欲文之無工不可得也。不見丹訣禪偈乎？辭若鄙俚，然而終必傳者，其中誠有之也。」〔註46〕孔子講「辭達而已矣」，孟子講不能「以文害辭，以辭害意」，莊子講「得意忘言」「言有盡而意無窮」，王鏊認為意在辭先，蓄意再形之於辭，沒有辭至而意不足的道理，只有「辭不足，意無所於至」。意之於辭，就好比水之源頭一樣，有源方有流，有濤，有淵，有湍，有瀾，有波，自源達委，方能「隨其所遇，各效奇巧，以盡變態」，最後「晶融澄徹，不入滓穢」，讓人心曠神怡。作八股文也是如此，就好比「丹訣禪偈」，雖然文辭鄙俚不堪，但是意蘊其中，自然傳之後世，「辭盡其變，而意始融，意融而後辭乃益至」，只要「辭」將「意」發揮殆盡，並

〔註45〕袁黃著，黃強、袁珊珊校點，《遊藝塾續文規》卷一《守溪王先生論文》之《又答張元夫書》，武漢，武漢大學出版社，2009，第175頁。

〔註46〕袁黃著，黃強、袁珊珊校點，《遊藝塾續文規》卷一《守溪王先生論文》之《答陳直卿書》，武漢，武漢大學出版社，2009，第174～175頁。

且將「意」融於「辭」中，辭意交融，「雖欲文之無工不可得也」。但是作為應試之八股文，則必須意盡於辭，「辭達而已」，如果選詞造句「沉滯穢腴，句戕字刮，使讀者停思，而後能悟其措意」，那麼「以此應試，則非利器矣」。所以應試之文必須「專」、必須「斷」，不能讓支流波瀾分其源委，而是集中筆勢，辭達意到，這才是正途。

（二）王陽明論文

王守仁（1472～1529）幼名雲，字伯安，別號陽明。浙江紹興府餘姚縣（今屬寧波餘姚）人。明代著名的思想家、文學家、哲學家和軍事家，陸王心學之集大成者，精通儒、道、佛學。弘治十二年（1499年）進士。諡文成，故後人又稱王文成公。王守仁（心學集大成者）與孔子（儒學創始人）、孟子（儒學集大成者）、朱熹（理學集大成者）並稱為孔、孟、朱、王。著有《王文成公全書》等。其文章博大昌達，行墨間有俊爽之氣，雖然隆、萬以後士子多以王學入八股，但他自己及弟子的八股文仍然恪遵傳注，說理透徹，細緻入微，氣勢豪邁。方苞說：「有豪傑氣象，亦少具儒者規模，高言不止於眾人之心，諒哉氣盛辭堅，已開嘉靖間作者門徑。」〔註47〕

陽明先生論文主要有如下數條：

第一，強調調節心態——「真種子」。他認為君子或窮或達，成事在天，謀事在人，為舉子業者，無論何種心態，都須「入場作文」，「入場」即謀人事。首先，入場前十日就要開始練習調養，主要就是攝養精神，但是「今之調養者，多是厚食濃味，劇酣謔浪，或竟日偃臥」，如此「是撓氣昏神，長傲而召疾也」，並非養神之道。養神也必須根據考試時間特點來調解自己的作息時間，比如考試時必須早起，如果平時習慣晚起，忽然早起，則必定精神恍惚，那麼就很難有暢通的文思了，所以，針對早起一條，則入場前就必須聞雞起舞，整衣端坐，抖擻精神，不要昏墮，如此練習，則考試時就不會感到不適應了。具體來說，凡是致力於學問者，都「務須絕飲食，薄滋味，則氣自清；寡思慮，屏嗜欲，則精自明；定心氣，少眠睡，則神自澄」，如此調精理氣、定心攝神，方能保證入場作文的精神和精力。其次，進場前兩日，「即不得翻閱書史，雜亂心目，每日止可看文字一篇以自娛。若心勞氣耗，莫如勿看，務在怡神適趣」，「每日閒坐時，眾方囂然，我獨淵默，中心

〔註47〕方苞，《欽定化治四書文》《志士仁人》篇評語，乾隆間銅活字本。

融融，自有真樂，蓋出乎塵垢之外而與造物者遊」〔註48〕，也就是說，精神經過一定時間的適應和調解，在考前就更不能鬆懈，不能過度耗費精神，作文講究厚積薄發，臨時抱佛腳是沒用的，千萬不要為了多看幾篇文章而雜亂心目，否則肯定得不償失。臨考前仍然必須以「怡神適趣」為主，排除干擾，心中澄淨，方為最佳心態。再次，入場當日，最重要的也是心無旁騖、集中意念。當今很多舉子，最大的毛病就是得失心太重，即使有才能也無法施展，其根本原因就是一心二用，甚至三用，「一念在得，一念在失，一念在文字」，導致精神無法集中，最終落第，豈不讓人懊悔。陽明先生認為這種情況也是「未盡人事」的表現，「雖或幸成，君子有所不貴也」。所以，正確的態度應該是「入場之日，切勿以得失橫在胸中，令人氣餒志分，非徒無益，而又害之。場中作文，先須大開心目，見得題意大概了了，即放膽下筆，縱沒出處，詞氣亦條暢」。最後，作文時，必須有「真種子」，「時時求致吾之良知，使胸中無纖毫鄙穢之氣，然後執筆為文字，要發明古聖賢之蘊。凡天地間至精至妙之理，只在尋常日用中，我方寸內無不具足，不必遠去尋求，但能收斂元神，下筆定然不凡矣」。〔註49〕

　　第二，強調「秀才之不能不做時文，猶農夫之不能棄耒耜」。首先，為學者必須謙虛，切忌「傲」，今人最大之病痛即「傲」，陽明先生認為「千罪百惡，皆從傲上來」，「傲則自高自是，不肯屈下人。故為子而傲，必不能孝；為弟而傲，必不能悌；為臣而傲，必不能忠」，總之，只要有「傲」，則必為極惡大罪之人，無法解救。所以，為學之根本，最先必須除此病根，方可進步，具體對症下藥的方法即「傲」的反面，即「謙」，「非但是外貌卑遜，須是中心恭敬，樽節退讓，常見自己不是，真能虛己受人。故為子而謙，斯能孝；為弟而謙，斯能弟；為臣而謙，斯能忠」。為時文者亦然，「時文要溫柔典雅，汝果能謙退，則心必平，氣必和，發之為文，亦溫順妥帖，而無叫號怒厲之習」。〔註50〕其次，朋友相聚相交有利於舉業。王陽明希望諸生隔三岔五撥冗一聚，「務在誘掖獎勸，砥礪切磋，使道德仁義之習日親日近，則世利紛華之染亦日遠

〔註48〕袁黃著，黃強、袁珊珊校點，《遊藝塾續文規》卷一《陽明王先生論文》之《示徐曰仁應試》，武漢，武漢大學出版社，2009，第172頁。

〔註49〕袁黃著，黃強、袁珊珊校點，《遊藝塾續文規》卷一《陽明王先生論文》之《書中天閣勉諸生》，武漢，武漢大學出版社，2009，第172頁。

〔註50〕袁黃著，黃強、袁珊珊校點，《遊藝塾續文規》卷一《陽明王先生論文》之《書正憲壁》，武漢，武漢大學出版社，2009，第172～173頁。

日疏」。他認為朋友之交貴在以誠相待，要虛心遜志，言而有信，相親相敬，「以相下為益」。交往中要從容涵育，相感以誠，不要矜驕求勝，互相攻訐，要互相成全，切忌粗心浮氣，沽名釣譽，以己之長攻人之短，否則，不僅於舉業無益，還會適得其反。〔註51〕

第三，強調聖學有利於舉業。他認為「舉子業無時不可學」，「以吾良知求晦翁之說，譬之打蛇得七寸矣」，舉業如同打蛇，要抓住致命點，打其要害，聖學不僅對舉業無害，反而大益。學聖賢，就好像治家打根基，萬變不離其宗，其方法原理可以讓自己終身受用無窮。而如今治舉業者，大多學其皮毛，根基不牢，如同泡沫，易學易丟，情況稍微變化，則不能應變。「學聖賢者，譬之治家，其產業、第宅、服食、器物，皆所自置。欲請客，出其所有以享之，客去，其物具在，還以自享，終身用之無窮也。今之為舉業者，譬之治家，不務居積，專以假貸為功，欲請客，自廳事以至供具百物，莫不遍借。客幸而來，則諸貸之物一時豐裕可觀，客去，則盡以還人，一物非所有也。若請客不至，則時過氣衰，借貸亦不備，終身奔勞，作一窶人而已。是求無益於得，求在外也」。〔註52〕所以學聖賢如同打根基，根基牢固，框架則穩，那麼添磚加瓦，受益無窮。

第三節　唐宋派：以古文為時文的正宗

有學者曾將正德嘉靖時期的八股文比作唐詩，無論是寫作技巧，還是寫作理念，都達到了明代八股文的最高水平。此說是否科學暫不作討論，但顯而易見的是，明代的八股文從成化、弘治一路走來，由成熟臻於完善，體式正大，融經腴史，高手輩出，特別是「以古文為時文」寫作理論的創立，直接影響了明代中後期一直到清代的八股文創作與批評，甚至開清代樸學考據之先聲。

一、正嘉時期八股文創作與理論並行

正德嘉靖年間，城鎮商品經濟進一步發展，市民群體更加活躍，抨擊假道學、反對程朱理學、個性解放思潮隨之誕生，王陽明「良知」學說一出，舊的價值體系很快土崩瓦解，格式僵化、內容呆板的八股文寫作也迫切需要革

〔註51〕袁黃著，黃強、袁珊珊校點，《遊藝塾續文規》卷一《陽明王先生論文》之《書中天閣勉諸生》，武漢，武漢大學出版社，2009，第172頁。
〔註52〕袁黃著，黃強、袁珊珊校點，《遊藝塾續文規》卷一《陽明王先生論文》之《論聖學無妨於舉業》，武漢，武漢大學出版社，2009，第173頁。

新。清焦循說：「大抵化、治、正、嘉為『正』，而隆、萬、啟、禎為『變』。正者不過注疏講義之支流，變者乃成知言論世之淵海。此猶詩至李、杜、韓、白，詞至蘇、辛也。變之極，不無奇濫，則矯以復正，然體益純而益窘，遂復為注疏講義之附庸矣。」〔註53〕周以清也說：「正嘉文簡古，隆萬則專攻乎法，天崇則悉騁乎才。嘉靖以前講理法，隆慶時講機法，天啟以後講議論。」〔註54〕由「正」而「變」乃文學自身的發展規律，從明初到成弘，到正嘉，再到隆萬、啟禎，八股文也隨著世風士習不斷變化。

　　明初八股文直述經義、質木無文，到明代中期，士子逐漸不學無術，見識淺陋，八股文也逐漸脫離早期的庸弱平冗而至險怪支離之境。前七子也倡導「以古文為時文」，雖然主張學習秦漢，但割裂剽竊，字模句擬，最終流於機械模仿，生硬枯澀。李夢陽、王世貞等人的八股文學秦漢文，奇崛峭刻，甚至生硬樸拙；唐宋派的「以古文為時文」則從文章技巧到神理經脈，總結出一套開合縱橫之法，所謂「以歐曾之文，達程朱之理」。方苞說：「至正、嘉作者，始能以古文為時文，融液經史，使題之義蘊，隱顯曲暢，為明文之極盛。」〔註55〕徐乾學也說：「昔人云：文以氣為主者，似矣，而未盡也。文以理為主而輔之以氣耳。立言者根柢於經學道學，則當於理矣。不通經固不足語於文，不聞道亦不足語於文也。明之初年，宋學士、王待制皆遊黃氏之門，以上溯考亭夫子之傳，自是三百年來論文者必合三者而言之，如是為正宗，非是則旁門邪徑矣。遵岩、震川諸君子，奉此規矩至謹嚴也；北地、歷下數公以才子是命，是其本原先誤，毋怪乎擬古雖工，終少自得。」〔註56〕從復古這個角度來看，「以古文為時文」是前後七子、唐宋派以及明代前中期有識之士共同的主張和趨向，其差異就在於學習什麼樣的古文以及如何學習古文來為時文。八股文作為科舉文體，其代聖賢立言的文體要求與取士的功名富貴之途徑有先天性的悖論和缺陷，加上明初臺閣體詩文的影響，士子終將走向不學無術、急功近利。所謂追本溯源，秦漢唐宋之文乃文章之源頭和典範，八股時文要

〔註53〕焦循，《易餘籥錄》卷十五，徐德明、吳平主編《清代學術筆記叢刊》第 37 冊，北京，學苑出版社，2005。

〔註54〕周以清，《學海堂集》卷八《四書文源流考》，道光五年（1825）啟秀山房刻本。

〔註55〕方苞撰，王同舟、李瀾校注，《欽定四書文校注》「凡例」，武漢，武漢大學出版社，2009，第 1 頁。

〔註56〕徐乾學，《教習堂條約》，《學海類編》本。

改變，則必須在源頭處找尋解決方案，唐宋派借鑒前後七子復古之弊病，以古文技法和神理相號召，也算應運而生，趨時而動。

以唐順之、歸有光、茅坤、王慎中為代表的唐宋派八股文家大多受王學影響頗深，又能以道統自居，博學多識，天文地理、律例兵法，皆鑽研深透，以八大家作為學習對象，倡導「以古文為時文」，無非是在不改變八股文結構格式及代聖賢立言的宗旨下，跳出了七子字模句擬的格局，將古文的章法技巧和風骨神理引入時文領域，使時文也呈現出紆徐暢達、整嚴正大之風。具體來說，就是將先秦兩漢、唐宋八家的古文章法技巧引入時文創作領域，用《左傳》《史記》等經史之語和歐曾王蘇宏肆之氣開拓八股文寫作語境，恪遵傳注的同時融經腋史，學古又不泥於古，師其意而不師其詞，融會貫通，發掘孔孟經典新的內涵，將文道並重、文從字順、陳言務去之古文傳統在時文領域重放異彩，在很大程度上改變了八股文陳舊呆滯的面貌，使之呈現出另一種生機和活力。他們所作的八股文一改明初經義文的但重義理、不重文采之弊，多能以史證經，貫通經史，同時吸收陽明學說，講究養氣養心，並取法古文，講究章法技巧，使時文也顯出平正典雅、渾厚古樸之風。

總的來說，正德嘉靖時期的八股文創作恪守傳注，鑽研深透，以考據見長，以義制法，文境渾成，文風以「典實純正」為主，結構謹嚴，章脈貫通，簡古雅潔，理足氣充，技巧圓熟，精氣流轉，氣象高遠，甚至補為發明，經義畢陳。主要代表人物即唐宋派古文作家，如唐順之、王慎中、茅坤、歸有光等。特別是歸有光和唐順之，被宗為制義大家。其他如邵銳、唐皋、汪應軫、季本、張經、羅洪先、薛應旂、諸燮、高拱、瞿景淳、王世貞、張居正、楊繼盛、許孚遠、胡定、海瑞等，他們的時文或考據精準，或氣勢宏大，或雄健古樸，或渾厚蒼勁，或清雅醇淡，或老辣堅潔，風格各異。

成化之後，八股文寫作技巧日趨成熟，程文墨卷刻印本開始流行，考生大量需求，書商迎合牟利，大量選本刊行。從此，考生不再需要刻苦研讀儒家經典，只專心背讀程文墨卷，考試時背抄程文，往往一舉得中，陸深說：「不必有融會貫通之功，不必有探討講求之力，但誦坊肆所刻軟熟腐爛數千餘言，習為依稀彷彿，浮靡對偶之語，自足以應有司之選。」〔註57〕到嘉靖後期，擬題、猜題、背抄之風更盛，各種小題、截搭題形形色色，生拉硬扯，肢解割裂，無益於明義理、切倫常，嚴重破壞了經義宗旨，也背離了明初八

〔註57〕陸深，《皇明經世文編》卷一五五《國學策對》，明崇禎刻本。

股取士的初衷，一夕間時文冗濫，千篇一律，學術不正，士習日壞，程朱理學根基動搖。王夫之說：「經義之設，本以揚榷大義，剔髮微言；或且推廣事理，以宣昭實用。小題無當與此數者，斯不足以傳世。」「橫截數語乃至數十語，不顧問答條理，甚則割裂上章，連下章極不相蒙之文，但取字跡相似者以命題。」〔註58〕特別是正德年間王學興起，自我意識復蘇，思想解放，各種所謂的異端邪說無孔不入，八股文「純正典雅」的面貌開始改變，「明初學者多墨守章句，並為一談，自陽明先生作，而承學之士始知反求諸心，要於自得，其見於文往往如圓珠出水，秋月寫空，舜居深山，子在川上，庶機遇之。」〔註59〕「別立宗旨，顯與朱子背馳，門徒遍天下，流傳逾百年，其教大行，其弊滋甚。嘉、隆而後，篤信程、朱，不遷異說者，無復幾人矣。」〔註60〕

關於當時的社會情況，張居正說：「自嘉靖以來，當國者政以賄成，吏朘民膏，以媚權臣。而繼秉國者，又務一切姑息之政，為逋負淵藪，以成兼併之私。私家日富，公室日貧。」〔註61〕官吏腐敗貪婪，世衰俗降，民風奢靡，士風大壞，「所謂道德，功名而已；所謂功名，富貴而已。」〔註62〕「為師者之教徒以得進士為期，為弟子者之學，徒欲舉進士而止。於是有剽掇記錄已陳之言，以希合乎主司之意，僥倖其捷則棄之。」〔註63〕士子為了揣摩、迎合有司，可謂無所不用其極。到嘉靖後期，許多士子放蕩不羈，頹唐放縱，行為怪誕，自命風流，蔑視禮法，求新尚奇之風大盛，八股文亦標新立異，既不推崇國初雅正之風，又不苟同化治呆板之貌。王陽明說正嘉「文盛實衰，人出己見，新奇相高，以眩俗取譽。徒以亂天下之聰明，塗天下之耳目，使天下靡然爭務修飾文詞，以求知於世，而不復知有敦本尚實，反樸還淳之行」〔註64〕。從弘治初年和嘉靖後期中式文字的比較即可看出，「弘治、正德、嘉靖初年，中式文字純正典雅」〔註65〕，「嘉靖十一年（1532年）三月，策士奉天

〔註58〕王夫之，《薑齋詩話》卷二《夕堂永日緒論外編》第四十九則，北京，人民文學出版社，1998，第186頁。

〔註59〕彭紹升，《二林居集》卷三《論文五則》，清光緒七年（1881）刻本。

〔註60〕張廷玉，《明史》卷二八二《儒林傳·序》，《四庫全書》本。

〔註61〕張居正，《張太嶽集》卷二十六《答應天巡撫宋陽山論均糧足民》，明萬曆四十年（1612）繡谷唐氏廣慶堂刻本。

〔註62〕王守仁，《王陽明全集》卷四，民國二十四年（1935）上海掃葉山房石印本。

〔註63〕劉球，《兩溪文集》卷七《送宋進士南歸序》，《四庫全書》本。

〔註64〕王陽明，《王陽明全集》卷一，民國二十四年（1935）上海掃葉山房石印本。

〔註65〕張廷玉等著，《明史》卷六十九《選舉志一》，《四庫全書》本。

殿。初，禮部請會試天下士。曰：文體有關國運。近來經生制藝艱譎，誠為害治。今歲務拔大雅，勿錄奇僻。」正德以來「諸生業舉子，志在仕進，經書初解章句，便擬題目作文字，競為浮華放誕之言，以便有司之口，遂致割裂經傳，不特買櫝還珠而已。」從質到文，由正而變，盛極必衰，自然之理。

鑒於日益偏頗惡劣的風氣，正德期間首輔張璁有先見之明，提出要矯正文風：「務要平實爾雅，裁約就正。說理者，必窺性命之蘊；論事者，必通經濟之權；判必通律，策必稽古，非是者悉摒不錄」，「必用生儒本色文字，間有闊疏，少為潤色，毋令盡自己出，邀飾虛名」，「訪舉翰林、科道、部屬等官有學行者疏名上請，分命二員以為主考。其在兩京鄉試簡命主考外，添命京官二三員為分考，以贊主考之不及。尤必嚴敕各該御史聘延同考，必採實學，勿徇虛名；必出公言，毋容私薦。」〔註66〕此舉確實取得一定成效，「竊見嘉靖八年會試錄文皆簡古純正，既不失祖宗之舊式，而於聖賢經義亦多發明，與古文無甚遠。或止以前錄文體頒行天下，一體更正。」〔註67〕但是好景不長，隨著皇帝的荒政怠惰，文風重又惡劣，到嘉靖後期，文風士習大變，「其高者，凌虛厲空，師心去跡，厭觀理之煩，貪居敬之約，漸近清談，遂流禪學矣。卑焉者，則拾掇叢殘，誦貫蒲魄，陳陳相因，詞不辨心，紛紛競錄，問則呿口。」〔註68〕此風自隆、萬時運所推揚，一發不可收拾，至啟禎年間，可謂惡濫至極。

所以，嘉靖年間「以古文為時文」理論的興起，一方面要求回歸雅正傳統，另一方面化駢偶為散體，雖有規模，而精義無存，雖然在一定程度上改變了八股文呆板的面貌，但是古文時文的互相滲透，也偏離了以孔孟程朱為尊的軌道，對後世文風不可遏制的全面衰頹埋下了伏筆。

二、唐宋派：以古文為時文的正宗

從正嘉以來，「以古文為時文」成為後代制義諸家的共同追求，在恪遵傳注的同時，學習古文技法，鍊字鍊句，布局謀篇，提倡文從字順、詞必己出，不僅提高了時文的地位和品格，對改變嘉靖中期以後士子孤陋寡聞、時文空疏浮華之弊，起到很大作用，在一定程度上也糾正了前後七子食古不化之風，

〔註66〕張璁，《太師張文忠公集》奏疏卷三《慎科目》，明萬曆四十三年（1615）張汝綱等貞義書院刻本。

〔註67〕《明世宗實錄》卷一百二十七。

〔註68〕楊慎，《升菴集》卷三《雲南鄉試錄序》，《四庫全書》本。

對明代中後期及清代八股文創作與批評起到導向作用，如萬曆年間的機法派、奇矯派，啟禎年間的諸文社，甚至清代的桐城派，從理論到實踐，無不受其影響。但任何理論皆利弊共存，唐宋派諸古文家的時文，或偏重理趣，或偏重經義，或以奇勝，或以氣勝，大多是對古文章法技巧的看重，而對古文神理氣脈的繼承則多有疏忽，最終流於平庸枝蔓或者學究氣，一直到明末東林派才突破這一侷限，以古文為時文的同時諷喻現實，經世致用，才給八股時文注入了現實意義。

關於唐宋派「以古文為時文」之弊端，王夫之說：「鉤鎖之法，守溪開其端，尚未盡露痕跡，至荊川而以為秘藏，茅鹿門所批點八大家，全持此以為法，正與皎然《詩式》同一陋耳。本非異體，何用環鈕？搖頭掉尾，生氣既已索然。並將聖賢大義微言，拘牽割裂，止求傀儡之線拽牽得動，不知用此何為。」〔註69〕王夫之可謂一語中的，文章技法太過瑣屑，文章之生氣必定索然斷續，聖賢之義理也將割裂支離。鄭鄭也說：「嘉靖之季文體漫漶沓拖，則時有王太倉（世貞），歸海虞（有光）屹然砥柱，出其昌明博大之本色，實開隆萬清真之先。王文之疵有霸氣，然顧盼雄毅，高視闊步，自是一世之雄。歸文之疵有學究氣，乃淹通博雅，骨貴神清，文人之文也。二家功力悉故。……近世妄庸子好頌言震川，叩其佳處茫然未曉，至有將原稿改竄填入朱批長語，使人謂歸文如是，其誤不小。……荊川最為清貴，其旁出而迥然絕塵者，惟震川先生一人。……今人不知震川清貴，雖尊之王、唐之上，吾知震川唾而麾之矣。」〔註70〕鄭鄭雖然推崇歸有光，但認為其學究氣仍然是一大弊病。

唐順之和歸有光作為「以古文為時文」的開創者和集大成者，文風各異。唐順之重機法，文法精巧圓熟，風格清新典雅，但風骨稍嫌薄弱；歸有光重典實學問，其文博引經史，蒼勁古樸，雄健渾厚。唐以機法勝，歸以理氣勝。方苞說：「正嘉間名手輩出，歸、唐皆以古文為時文。唐則指事類情，曲折盡意，使人望而心開；歸則精理內蘊，灝氣流轉，使人入其中而茫然。蓋由一深透史實，一兼達經義也。」唐順之認為文遵傳注，不可直寫，必須熔化於內。

〔註69〕王夫之，《薑齋詩話》卷二《夕堂永日緒論外編》，北京，人民文學出版社，1998，第175頁。

〔註70〕鄭鄭，《崝陽草堂集》卷七《明文稿匯選序・歸震川》，《四庫禁燬書叢刊》集部第126冊，北京，北京出版社，1997，第374頁。

而歸有光常常以時文為古文，以古文筆法寫時文，更加汪洋恣肆，不受時文束縛。方苞還說：「以古文為時文，自唐荊川始。歸震川又恢之使閎肆，實能以歐、蘇之氣，達程朱之理，而吻合於當年之語意。」〔註71〕唐宋派除唐、歸二公外，還有茅坤、瞿景淳、胡友信等人，胡友信以奇勝，茅坤以論文勝，黃淳耀說：「王、唐以機法倡之於前，歸、胡以理氣振之於後。讀思泉之文，未有言其似守溪者也，予聞思泉日置守溪之文於座右，心慕手追，久之乃以其博大名家，即思泉亦以昌黎學孟自況，乃知先輩之嚴於師法而精於用意如此。」〔註72〕高塘也說：「唐雖沖淡純粹，而骨稍鬆、氣稍薄；歸則精理灝氣，古厚雄博，高不可攀。此說固然，然唐文兼利初學，歸文則專資成才，如二公先後輝映，頡抗上下，蓋均足籠蓋百家奉為不祧之祖矣。……至茅鹿門筆情宕逸而骨力頗少堅凝，瞿昆湖氣度容與而機局漸趨圓熟，以之比美唐、歸，遠不逮矣。」〔註73〕這些人對時文的機法和技巧鑽研透徹，同時能兼顧風骨、義理和神采，創造出文從字順、紆徐暢達的文風，使考生舉子有章可循，有理可依。其理論雖少有瑕疵，但瑕不掩瑜，其文章道德皆是後世推崇的典範。

（一）唐順之：「以古文為時文」的開創者

唐順之（1507～1560），字應德，一字義修，號荊川。武進（今屬江蘇常州）人。「於學無所不窺，自天文、樂律、地理、兵法、弧矢、勾股、壬奇、禽乙，莫不究極原委。盡取古今載籍，剖裂補綴，區分部居，為左、右、文、武、儒、稗六編傳於世，學者不能測其奧也」〔註74〕。年輕的時候「主司見其文堅老，疑為宿儒」〔註75〕。著有《荊川先生文集》《文編》《右編》《史纂左編》《兩漢解疑》《武編》《南北奉使集》《荊川稗編》《諸儒語要》《韻學淵海》等。

在文學領域，唐順之的古文寫作堪稱一代大家，他推崇三代、兩漢文，也肯定唐宋文，他編選《文編》，既編有《左傳》《國語》《史記》等秦漢文，也選了大量唐宋文，並逐步確立了「唐宋八大家」的歷史地位。針對七子「文必秦漢」泥古不化之風，他提倡要學習唐宋文「開合首尾經緯錯綜之法」，又

〔註71〕方苞，《欽定正嘉四書文》，武漢，武漢大學出版社，2009。
〔註72〕黃淳耀，《陶庵集》卷二《陳義扶近藝序》（其一），《四庫全書》本。
〔註73〕高塘，《明文鈔四編序》，見《明文鈔四編》，乾隆五十一年刻本。
〔註74〕張廷玉，《明史》卷二百五《唐順之傳》，《四庫全書》本。
〔註75〕梁章鉅，《制義叢話》卷五，上海，上海書店出版社，2001，第65頁。

要「直據胸臆，信手寫出」，雖然師法唐宋，但最終「卒歸於自為其言」，要有「真精神」和「千古不可磨滅之見」。同時，必須尊奉程朱理學，維護儒家正統，他非常推崇曾鞏之文和邵雍之詩，因此，其文章具有濃厚的道學氣息，「近來有一僻見，以為三代以下之文，未有如南豐；三代以下之詩，未有如康節者」〔註76〕。龔篤清說：「大抵制義時文，體氣至王鏊而正，規模至唐順之乃大。」〔註77〕茅坤認為荊川之文大概有三種體式：「諸生時自鶴灘得之，而典則可誦，尤極匠心，此於公為繩墨之作也。已而吏部翰林時，嘗手改予同年莫子良、吳峻伯稿，如《惟君所行》及《匹夫而有天下》諸作，則近解矣，予所最喜。已而聚徒游塘，時予嘗過之，公之文涉於深矣。然要之尺度風神，種種自別。蓋其意見大都本之經術，取其鏤心刻骨處，則又往往宗作者之旨。以故所向入解，淡而不入於枯，麗而不涉於靡，縱而不流於蕩，奇而不迫於險，質而不至於陋。」〔註78〕總的來說，唐順之的文風簡雅精深，清新流暢，立意新穎，別具一格，間用口語，不受形式束縛。《明史》稱其文章「洸洋紆折，有大家風」，確為中肯之語。

唐順之論文，強調「文道合一」，用古文來改造時文，無非是加強八股文時文的載道功能，認為程朱諸人之文，「字字發明古聖賢之蘊」〔註79〕，以此挽救自嘉靖中期以來八股時文衰頹之勢，「兄書中有『發明性真，開示來學』之說，僕又非其人也。且所以發性真而示來學，固絕不在言語文字間，行己多缺而強飾之於言語文學，此性真所以益鑿，而先輩之所以誤後學而眯其目者也。僕自三十時，讀程氏書有云：自古學文，鮮有能至於道者。心一局於此，又安能與天地同其大也？則已愕然有省，欲自割而未能。年近四十，覺身心之鹵莽，而精力之日短，則慨然自悔，捐書燒筆，於靜坐中求之，稍稍見古人途轍可循處，庶幾補過，桑榆不盡枉過。」〔註80〕「以康濟斯世者康濟此身，以除戎攘寇手段用之懲忿窒欲，克己復禮之間，此古之所謂真正英雄也。」〔註81〕強調「道法」，也是他的文章道學氣較濃的原因。

唐順之的八股文更多著眼如何揭示經文與程朱傳注的精義，依題立格，

〔註76〕唐順之，《荊川先生文集》卷七《與王遵岩參政》，明繡谷廣慶堂刻本。

〔註77〕龔篤清，《明代八股文史探》，長沙，湖南人民出版社，2006，第324頁。

〔註78〕錢時俊、錢文光編，《皇明會元文選》卷首《摘錄諸家談藝》，明萬曆間刊本。

〔註79〕唐順之，《荊川先生文集》卷六《與王堯衢書》，明繡谷廣慶堂刻本。

〔註80〕唐順之，《荊川先生文集》卷七《答蔡可泉》，明繡谷廣慶堂刻本。

〔註81〕唐順之，《荊川先生文集》卷六《與胡柏泉參政》，明繡谷廣慶堂刻本。

重視認題，推崇歐陽修、曾鞏之古文技巧，其時文師從王鏊，堅凝渾厚，筆力圓融，方苞評：「一深透於史事，一兼達於經義也。」〔註82〕以古文為時文，他主張從學唐宋入手，更強調對其精神血脈的貫通，「至如鹿門所疑於我本是欲工文字之人，而不語人以求工文字者，此則有說。鹿門所見於吾者，殆故吾也，而未嘗見夫槁形灰心之吾乎？吾豈欺鹿門哉！其不語人以求工文者，非謂一切抹殺，以文字絕不足為也，蓋謂學者先務，有源委本末之別耳。」〔註83〕文章立意精神是第一位的，技法是第二位的，文章「雖其繩墨布置，奇正轉折，自有專門師法，至於中一段精神命脈骨髓，則非洗滌心源，獨立物表，具千古隻眼者不足以語此」。所以，唐順之的八股時文學習秦漢唐宋大家之文，以技法取勝，又能不失古文氣象，技法謹嚴，駢散相間，更強調文之精神命脈，故能運機化法，達「清涵蘊藉」之境〔註84〕，宗方城評：「荊川六經義理，融會於中，得心應手，觸毫而出，通篇不見六經之語，而六經之精義妙道，無不在焉。此古所謂博雅者也。」〔註85〕茅坤也說：「作文必要悟入處，悟入處必自工夫中來，非僥倖可得。山谷之於詩，東坡之於文，荊川之於時藝，盡此理矣。」「禪機在本字上，圓覺在腔子裏；題目在本字上，文章在腔子裏。千篇文字，自有千篇法律。參伍錯綜，開合顛倒，曲盡其妙，時藝中獨荊川有焉。」〔註86〕皆可謂其制義之獨到處。

（二）理論與實踐並重的茅坤

茅坤（1512～1601）字順甫，號鹿門，歸安（今浙江吳興）人，嘉靖十七年進士。茅坤文武兼長，雅好書法。藏書稱霸一方，家編有《白樺樓書目》。著有《白華樓藏稿》，刻本罕見，行世者有《茅鹿門集》。

茅坤作文推崇唐順之，「最心折唐順之，順之喜唐、宋諸大家文，所著《文編》，唐宋人自韓、柳、歐、三蘇、曾、王八家外無所取，故坤選《八大家文鈔》。其書盛行海內，鄉里小生無不知茅鹿門者。」〔註87〕其文章貫通經史，取法史遷八家，風格古雅清空，他最擅長的就是行文之法，開合錯綜，從容

〔註82〕方苞，《欽定正嘉四書文》《三仕為令尹》評點，武漢，武漢大學出版社，2009。
〔註83〕唐順之，《荊川先生文集》卷六《與茅鹿門知縣第二書》，明繡谷廣慶堂刻本。
〔註84〕鄭鄤，《崟陽草堂文集》卷七《明文稿匯選序·唐荊川》，《四庫禁燬書叢刊》集部第126冊，北京，北京出版社，1997，第372頁。
〔註85〕錢時俊、錢文光，《皇明會元文選》，《摘錄諸家談藝》，明萬曆間刊本。
〔註86〕錢時俊、錢文光，《皇明會元文選》，《摘錄諸家談藝》，明萬曆間刊本。
〔註87〕張廷玉等著，《明史》卷二百八十七《茅坤傳》，《四庫全書》本。

不迫，頗有八家神理，但講法有餘，而理致不足，皆由於理學鑽研並不深厚之故，故其闡明經義不如唐順之，運用經史又不如歸有光。茅坤作文有刻意模仿司馬遷、歐陽修處，行文喜跌宕激射，佳作不多。錢謙益讚譽茅坤：「為文章滔滔莽莽，謂文章之逸氣，司馬子長之後千餘年而得歐陽子，又五百年而得茅子。疾世之為偽秦漢者，批點唐宋八大家之文以正之。」方苞說他「一氣旋轉，輕清流逸，但少沉實堅峭處，後學者難以摹擬」，〔註88〕鄭鄤說：「文章之辨，在于微茫，輕儇非逸也，敷衍在淡也，畫家逸在神品之上，故逸品最高。蘇子云：絢爛之極乃造平淡，故淡最不可學，兼是以稱作者，茅鹿門先生其殆庶矣。先生上下古文詞，無所不研究，而必不肯剿襲一字，直取神脈於悠揚澹蕩之間。」〔註89〕俞長城也說：「震川文固函蓋一世，古雅溫醇，鹿門亦不相下也。鹿門貫通經籍，善抉古人之奧，以龍門為師，以韓柳歐蘇為友，於明之古文則取陽明，於時文則取荊川，余無當意者。」〔註90〕

茅坤反對前後七子「文必秦漢」的觀點，提倡學習唐宋古文，至於作品內容，則主張必須闡發「六經」之旨。繼唐順之《文編》之後，他選唐宋八家古文，成《唐宋八大家文鈔》，對韓愈、歐陽修和蘇軾尤為推崇，總序中說：「世之操觚者往往謂文章與時相高下，而唐以後且薄不足為。噫！抑不知文特以道相盛衰，時非所論也。」並對其詳加剖析評點，為舉子的時文創作指點門徑，《四庫全書總目》說：「集中評語所見雖未深，而亦足為初學之門徑，一二百年來，家弦戶誦，固亦有由矣。」他的評點注釋雖有疏漏、錯誤之處，但此選本繁簡適中，可作為初學者之門徑，因此幾百年來盛行不衰。「唐宋八大家」的名目也由此流行。

茅坤推崇「文道合一」，認為時文「苟得其至，即謂之古文亦可也。」〔註91〕在《唐宋八大家文鈔總序》中著重論述了他對時文的看法。在《論文四則》中則系統闡釋了八股文的寫作方法和技巧，講究認題，法從理生，理從題出，講究布局、鍊勢，深於六經，理足氣盛，合乎八股格式，要「中彀」，等等，於後文將詳細論述。

〔註88〕方苞，《欽定正嘉四書文》《鄉人飲酒》評語，武漢，武漢大學出版社，2009。

〔註89〕鄭鄤，《峚陽草堂文集》卷七《明文稿匯選序‧茅鹿門》，《四庫禁燬書叢刊》集部第126冊，北京，北京出版社，1997，第373～374頁。

〔註90〕俞長城，《可儀堂一百二十名家制義‧題茅鹿門稿》，康熙三十八年初刊。

〔註91〕茅坤，《茅鹿門先生文集》卷六《復王進士書》，《續修四庫全書》集部第1344冊，上海，上海古籍出版社，2002，第544頁。

（三）「以古文為時文」的集大成者——歸有光

歸有光（1507～1571）字熙甫，又字開甫，別號震川，又號項脊生，世稱「震川先生」。蘇州府太倉州崑山縣（今江蘇崑山）宣化里人。嘉靖十九年（1540年）舉人。會試落第八次，徙居嘉定安亭江上，談文論道，著書立說。歸有光與唐順之、王慎中等人均崇尚內容翔實、文字樸實的唐宋古文，並稱為「嘉靖三大家」。著有《震川集》《三吳水利錄》等。

同為唐宋派古文之代表人物，唐順之、茅坤起於嘉靖之初，歸有光起於嘉靖後期。當其時，時文流弊日熾，柔靡軟媚，支離空疏，歸有光以歐、曾經史理學之文與之相抗，堪稱「以古文為時文」之集大成者。他雖然仕途蹭蹬，但博覽群書，宗奉「龍門家法」，提倡儒道，以經史理學入八股，不僅古文上融經腋史，在義理上也吸收語錄精華，理學也並不侷限於宋代理學，學習司馬遷，也不排斥宋元諸家，兼收並蓄。雖然主張為文根於六經，但源出甚廣，《史》《漢》、歐、蘇無不涉獵。其古文皆簡潔樸素，氣大聲弘，自出機杼，深奧古勁又不乏生氣，引經據典又平實曉暢，平淡之處卻山高水深，深入淺出，千錘百鍊。

因此，歸有光的時文大多見識卓越，氣勢磅礴，他精研史籍，又融會貫通，其風格淳古淡薄，平淡高逸，化駢偶為散體，頗有宋代經義面貌。歸有光的時文成就得勝於其學識廣博，見解卓越，不拘泥於程朱理學，而能融經腋史，兼收並蓄，又能文從字順，別出新意，得後世無數讚譽和推崇。方苞對其推崇備至，在《欽定四書文》中選入最多，評價也最高，他說「實能以韓歐之氣，達程朱之理而吻合於當年之語意」，「文之疏達者，不能遒厚，矜重者不能優閒，惟作者（歸有光）兼而有之」，「其議論則引星辰而上也，其氣勢則決江河而下也，其本則稽經而諏史也，故自有歸震川之制義一術，可以百世不湮」。「歸震川文有二類皆高不可攀：一則醇古疏宕，運《史記》、歐曾之義法而與相合；一則樸實發揮，明白純粹如道家常事，人人通曉，如此篇及《堯舜之道 二句》文，他家雖窮思畢精，不能造也。」〔註92〕俞長城說：「嘉靖季年制義之道衰，蔓延排偶而古意蕩然，方麓、萊峰、太沖、敬庵相繼維之，猶未能復振。震川先生貫通經術，窮極理奧，而運以史漢八大家之氣，其古文已成家，更深於制義，力挽頹風，躋之古人，使天下復見宋人經義之舊，厥功茂焉。」〔註93〕周以清說：「震川宗法王、錢而理實過之，觀其高古則秦漢也，

〔註92〕方苞，《欽定正嘉四書文》評語，武漢，武漢大學出版社，2009。
〔註93〕俞長城，《可儀堂一百二十名家制義·題歸震川稿》，康熙三十八年初刊。

其舒暢排宕則唐宋八大家也。而其法律精嚴，於題位不溢不漏，則又為時文之大宗，而實嘉靖來文章之一大關鍵也。」〔註94〕高塘說：「顧其制義，氣則古文之氣，法猶時文之法，較之守溪、荊川，源流一變，而於其法，曾不異也。」〔註95〕梁章鉅也說：「有光制舉業，湛深經術，卓然成大家。後德清胡有信與齊名，世並稱歸、胡……明代舉子業最擅名者，前則王鏊、唐順之，後則震川、思泉。」「熙甫年六十成進士，振正、嘉之衰，開隆、萬之盛，謂之文字中興，非過也。然其功名蹇滯，抑鬱不快，文字中實徵此象，學者究心性命之業，必得熙甫之全體，方為大雅學者。」〔註96〕

　　歸有光一方面以古文為時文，另一方面，化時文為古文，甚至直接以經史成句，完全拋開時文間架束縛，專以古文筆法寫之，所以也有人說他的文章「義涉古奧難識」，「去有司繩墨甚遠」。何焯說：「震川應舉之文，少而汪洋跌盪，晚亦老重深粹。其大得意也，可班於蘇曾之間，而當年有『時文不時』之譏。」〔註97〕因其時文不以八股自命，反而融經腋史，縱橫恣肆，雖然理足氣充，文格高古，卻與時不合，所以不利科場，方苞說：「化、治以前先輩多以經語試題，而精神之流通，氣象之高遠，未有若歸震川者。……三百篇語，漢魏人用之，即是漢魏人氣息；漢魏樂府古詩，六朝人用之即是六朝人音節；觀守溪、震川用經語各肖其文之自己出者，可悟文章有神。」〔註98〕章學誠也說：「歸氏之文氣體清矣，而按其中所得，則不可強索。故余嘗書識其後，以為先生所以砥柱中流者，特文從字順，不汨沒於流俗，而於古人所謂闃中肆外、言以聲其心之所得，則未之聞耳。然亦不得不稱為彼時豪傑矣。但歸氏之於制義，則猶漢之子長，唐之退之，百世不祧之大宗也。故近代時文家之言古文者，多宗歸氏。」〔註99〕歸有光作文引經據典，特別以經史理學入八股，雖然讓時文理充氣盛、古樸高逸，但同時也有偏離軌道、不受拘束的傾向。雖然歸有光可謂整個明清時代文章第一人，同時也對後世「時文不時」起到不好的影響。

〔註94〕周以清，《學海堂集》卷八《四書文源流考》，道光五年（1825）啟秀山房刻本。

〔註95〕高塘，《論文集鈔·雜條》，見《華東師範大學圖書館藏稀見叢書彙刊》第24冊，第113頁。

〔註96〕梁章鉅，《制義叢話》卷五，上海，上海書店出版社，2001，第79頁。

〔註97〕何焯，《義門先生集》卷十《兩浙訓士條約》，清道光三十年（1850）刻本。

〔註98〕方苞，《欽定正嘉四書文》評《大學之道　一節》評語，武漢，武漢大學出版社，2009。

〔註99〕章學誠，《文史通義》卷三內篇三「文理」，長沙，嶽麓書社，1993，第88頁。

三、唐宋派的八股文批評

　　從洪武到弘治一百多年的時間裏，八股文在寫作方法和技巧方面得到突破性發展，但是八股文批評和理論卻頗為蕭條。一直到正德、嘉靖時期，八股文批評方達其成熟。此時期最大的理論成果，同時也是影響從正、嘉直到清代八股文批評的一個理論成果，即「以古文為時文」。明代復古思想流行，前七子，後七子，唐宋派皆以復古為旗幟，其目的都是力圖以古文來醫治時文的淺陋空疏。但前後七子以秦漢古文為效法對象，最終卻走入機械模仿剽竊、生澀枯窘之地。以王慎中、唐順之、歸有光、茅坤為代表的唐宋派則以唐宋八大家為學習對象，將唐宋古文的技巧章法深入時文創作。講究文從字順，辭必己出，講究神理法度，文風紆徐暢達，聲調瀏亮，從而鎔經液史，氣脈貫通，不僅提升了時文地位，同時使時文呈現出古雅質樸、平正典雅、氣魄醇厚之風。方苞有云：「正嘉間名手輩出，歸、唐皆以古文為時文。唐則指事類情，曲折盡意，使人望而心開；歸則精理內蘊，灝氣流轉，使人入其中而茫然。蓋由一深透史事，一兼達經義也。」〔註100〕唐宋派諸人皆對「以古文為時文」理論做了探討和論述，總結出一整套開合、順逆、賓主、轉折之法，使時文創作也有法可依，這些理論總結可以說直接引導正、嘉之後直到清代的時文創作。

　　茅坤繼唐順之《文編》之後，又收錄韓、柳、歐、曾、王、蘇之文編成《唐宋八大家文鈔》，對各家文章詳加剖析，以圖作為舉子文章寫作的範本。另外有《論舉子業》與《論考試》等文，闡發對八股文的具體看法。茅坤論文，著重四點，一曰認題，二曰布勢，三曰鍊格，四曰中彀。首先，認題。他認為「孔孟學問，宗旨雖同，其間深淺小大，亦自迥別，學者苟以孟子論學之言而饞入孔子，便隔一層矣。予故論為文須首認題」，當今士子，多剿襲帖括，偶有稍論深入者，則以為得聖賢之精髓，其實大錯特錯。他們於題類多鶻突，不能全解，問答題、議論題、敘事題皆千條萬竅，難以備述，所以其關鍵在於「題中精神血脈處，學者須先認得明白，了了印之心中，然後句句字字洞中骨理」，要「以描寫虛字眼處為生色。譬如弔百尺之帆，特在篷眼上轉腳；懸千鈞之弩，特在弩機上覷的」。其次，布勢。「勢者，一篇呼吸之概也。大將提百萬之兵以合戰，其要只在得勢，得勢者百戰百勝，學者為文亦然」，如項羽

〔註100〕方苞撰，王同舟、李瀾校注，《欽定四書文》，《欽定正嘉四書文卷二》，唐順之「三仕為令尹」評語，武漢，武漢大學出版社，2009，第 127 頁。

以一敵百、所向無敵，呼天動地、稱霸諸侯，「羽能呼吸三軍之氣以馳驟之，其勢也」，其他如光武昆陽之戰，周瑜赤壁之戰，謝玄淝水之戰，莫不如此，「大略善將兵者，操百萬之兵如左右手；善為文者，累數千百言如探喉而出，舉業亦然。得其勢則相題沿情，如風之掣雲，泉之出峽」，如蘇軾所謂「行乎其所不得不行，止乎其所不得不止」，這種「文勢」即文章之氣勢，如果沒有氣勢，則語意窘澀，扣不成聲。第三，鍊格。「格者，猶言品局也」，茅坤認為，後世論文，先秦兩漢，往往「神理渾雄」者受人尊崇，晉宋以下，神理不振，唐代僅有韓愈、柳宗元，宋代僅有歐、蘇、曾、王四人，這些人之所以脫穎而出，是因為「諸君子能窺測理道，約六經之旨而成文，是以其格獨高耳，餘則否」，古文如此，時文亦然，「世之名家，往往能深於六經，故其胸中所見既超卓，鏗之為聲響，布之為風藻，與人蔥別，不然，終不免為卑品下局矣」。第四，中彀。「彀者，式也，世所稱中式是也」，寫作時文的目的是中式，寫作必須有針對性，即有應試心理，方能有的放矢，不會盲目枝蔓，文章也會更加精鍊犀利。並且，以上三條皆以第四條為總原則和總目的，總的來說即「認題處不必玄深，而大旨了然；覽吾布勢處不必宏肆，而脈絡分明；覽吾鍊格處不必高古，而風韻可掬」。〔註101〕

　　唐順之用古文之法而不為其所縛，更強調學習古文的精神血脈，而不僅僅著眼於技法。他認為，文章家謀篇布局、奇正轉折，自有專門師法，但是文章精神命脈，也就是所謂的真精神與千古不可磨滅之見，則「非洗滌心源，獨立物表，具今古隻眼者，不足以與此」。在《答茅鹿門》中他舉了兩個例子，一種是心地超然具有「隻眼」的人，即使不操紙筆磨練苦吟，只據胸臆，信手寫出，或許藝術上不夠專精，但是絕無一點煙火酸腐氣息，就是上等絕好文字。另一種就是塵世俗人，雖然苦心專營繩墨布置，但是翻來覆去，不過是幾句陳詞濫調，其文雖工，不免下格。「此文章本色也」！就好比作詩，陶淵明與沈約就是兩個典型例子，陶淵明不較聲律，不雕文句，信手寫出，文字絕妙。而沈約，苦吟推敲，用盡心力，但是滿卷累牘，捆綁齷齪，沒一句好話。為什麼呢，即前者「本色高」，後者「本色卑」。〔註102〕「自古文人雖其

〔註101〕袁黃著，黃強、袁珊珊校點，《遊藝塾續文規》卷二《茅鹿門先生論文》，武漢，武漢大學出版社，2009，第185～186頁。
〔註102〕袁黃著，黃強、袁珊珊校點，《遊藝塾續文規》卷二《答茅鹿門》，武漢，武漢大學出版社，2009，第176頁。

立腳淺淺，然各自有一段精光不可磨滅。間開口道得幾句千古說不出的說話，是以可傳，惟其精神，亦盡於言語文字之間，而不暇乎其他，是以謂之文人。」〔註103〕「秀才作文，不論工拙，只要真精神透露。如有真精神，雖拙且滯，必是英俊奇偉之士，不然，雖其文燁然，斷非君子」。作文如此，閱文更是如此，「考試看文，不必論奇論平，論濃論淡，但默默窺其真精神所向。如肯說理肯用意，必是真實舉子；如無理無意，而但掇取浮華，以眩主司之目，必是作偽小人，此是閱卷大關鍵」〔註104〕。所以，要獲得這種「真精神」，還得依靠日用工夫，其關鍵仍然在於「鍊心」，如果隱居山林，但是「不能謝遣世緣，澄徹此心」，只停留在遊山玩水階段，那麼仍然是蹉跎時日，與在家中用功無異。相反，在家裏面，如果「能忍節嗜欲，痛割俗情，振起十數年懶散氣習，將精神歸併一路，使讀書務為心得，作文務從心中流出」，那麼是否隱居山林也不重要了。用功在於努力，在於心思澄澈，並且要常常自我反省。自古以來文人相輕，總是看到別人的短處，而看不到自己身上的缺陷，「此學者切骨病痛，亦學者公共病痛」，所以，作為讀書人，須「檢點自家病痛」，「蓋所惡於人許多病痛，若真知反身，則色色有之也」。〔註105〕「能以養心為主，時時刻刻收攝精神向裏，然後從而讀書作文，會其理於語言文字之中，而發其趣於耳目見聞之外，所謂溯流而尋源也」〔註106〕。「正身之道全在收拾真種子，此種子人人本具，個個圓成，不從聞見而入，不因書史而有，須要將一切知見，一切情識通行抹殺，心心念念，晝夜不捨，如龍之養珠，如雞之抱卵，綿綿密密，下幾個月無滲漏的工夫，庶可收攝此物，而頂立於宇宙之間耳」〔註107〕，或從讀書中培養，「若就從讀書作文中將此心苦鍊一番，使讀書而燥火不生，作文而妄念不起，亦對病下針之法，未可便廢也。燥火不因讀書而有，特因讀書而發耳；妄念不因作文而有，特因作文而發耳。既不因讀書作文而

〔註103〕袁黃著，黃強、袁珊珊校點，《遊藝塾續文規》卷二《答蔡可泉》，武漢，武漢大學出版社，2009，第176頁。
〔註104〕袁黃著，黃強、袁珊珊校點，《遊藝塾續文規》卷二《與馮午山》，武漢，武漢大學出版社，2009，第178頁。
〔註105〕袁黃著，黃強、袁珊珊校點，《遊藝塾續文規》卷二《與二弟正之》，武漢，武漢大學出版社，2009，第177頁。
〔註106〕袁黃著，黃強、袁珊珊校點，《遊藝塾續文規》卷二《答袁坤儀三》，武漢，武漢大學出版社，2009，第178頁。
〔註107〕袁黃著，黃強、袁珊珊校點，《遊藝塾續文規》卷二《答袁坤儀四》，武漢，武漢大學出版社，2009，第179頁。

有，則雖不讀書不作文，亦安得謂之無乎？」〔註108〕但是讀書的時候又必須堅守原則：「六經之言，皆是古昔聖人以其心之精微形之副墨者，不可全靠他人講貫，亦不可依稀憶度，須死心塌地，拋棄萬緣，下數月死功，朝夕涵泳，忽然有省，便有入頭處。既有省悟，然後觀前輩講章與先儒傳注，皆是夢中說夢。故善讀書者，當借傳以明經，不可驅經以從傳；當尊經而略傳，不可信傳而疑經。」〔註109〕等等，如此觀點皆強調學習古法當學其「真精神」，在日常生活中則以凝神養氣、禁慾息心為鍛鍊之法。

歸有光乃「以古文為時文」理論的集大成者，以經史理學為八股，理充氣盛，方苞稱其文章有二類高不可攀，「一則醇古疏宕，運《史記》、歐、曾之義法與相合；一則樸實發揮，明白純粹如道家常事，人人通曉」〔註110〕。俞長城說：「余嘗謂制舉業自古趨時。臨川以後，守溪時文之開山也；震川，古文之中興也。守溪善用偶，震川善用奇，作者如林，莫能駕其上矣。」〔註111〕歸有光以古文為時文，同時促進了古文與時文的交融並進，確實「振正嘉之衰，開隆萬之盛」。在理論上也頗有建樹，洋洋灑灑編《文章指南》五卷，收錄古往今來優秀古文118篇，分仁、義、禮、智、信五集，除總論看文法與作文法之外，針對具體文章總結文章技法有66條。其寫作緣由在《文章指南原序》中交代得很清楚了：「文一而已矣，後世科舉之學興，始歧而二焉。學者遂謂古文之妨於時文也，不知其名雖異，其理則同，欲業時文者，捨古文將安法哉？雖然尤貴得其要也。粵自蕭統裒集以來，群本雜出，非病於汗牛充棟，則病於魚目混珠，甚無補於舉業，迨呂謝二公迭作，乃合於群本而淘汰之，代不數人，人不數篇，或名曰關鍵，或名曰軌範，可謂得其要矣。又惜國朝之未備焉，近雖有續軌範之刻，不過拾遺而已，猶非本然之善也，是以學者每以已見手錄成篇，甚至讀之成誦，惑於道旁之言，既輒取之，又輒去之，是何異於晬盤示兒，投彼取此，安望其有真得哉？余竊病焉。」〔註112〕在他

〔註108〕袁黃著，黃強、袁珊珊校點，《遊藝塾續文規》卷二《答任孫一麐》，武漢，武漢大學出版社，2009，第177頁。

〔註109〕袁黃著，黃強、袁珊珊校點，《遊藝塾續文規》卷二《答袁坤儀一》，武漢，武漢大學出版社，2009，第178頁。

〔註110〕方苞撰，王同舟、李瀾校注，《欽定四書文》，《欽定正嘉四書文卷六》，歸有光「孰不為事」評語，武漢，武漢大學出版社，2009，第210頁。

〔註111〕俞樾，《可儀堂一百二十名家制義·題王守溪稿》，康熙三十八年刊本。

〔註112〕歸有光，《文章指南》五卷卷首序，《四庫全書存目叢書》集部第315冊，濟南，齊魯書社，1997，第623頁。

看來，古文時文「一而已矣」，名雖異，其理則同，前人編選的選本缺漏甚多，無補於舉業，所以他編選此集，總結作文方法以嘉惠天下舉子。

歸有光首先論「看文法」。「學文須先讀韓柳歐蘇，先見文字體式，然後遍考古人用意下句處，蘇文當學其意，若學其文，人易生厭，蓋近世學之者多也」。具體怎麼「看」，歸有光認為第一看大概主張，第二看文勢規模，第三看綱目關鍵，第四看警策句法。弄清楚如何是主意首尾相應，如何是一篇鋪敘次第，如何是抑揚開合處，如何是一篇警策，如何是下句下字有力處，如何是起頭換頭處，如何是繳結有力處，如何是融化曲折、剪裁有力處，如何是體貼題目處。具體到前人文章，他舉出若干實例，如左氏，浮誇，當學他用字用句妙處；司馬氏，雄健，有戰國文氣象；班氏，文亦雄健，深得司馬氏家數；韓氏，簡古，一本於經，學韓簡古，不可不學他法度，徒簡古而乏法度，則樸而不文矣；柳氏，關鍵，出於《國語》，當學他好處，當戒他雄辯，議論文字亦反覆；歐陽氏，平淡，祖述韓氏，議論文字最反覆，學歐平淡，不可不學他淵源，徒平淡而無淵源，則枯而不振矣；蘇氏，波瀾，出於《國策》《史記》，亦得關鍵法，當學他好處，當戒他不純處；陽明氏，平正，詞學老蘇而理優於韓。〔註 113〕

又論「作文法」，他認為「文字一篇之中須有數行整齊處，有數行不整齊處，或緩或急，或顯或晦相間，使人不知其為緩急、顯晦，常使經緯相通，有一脈過接乎其間然後可，蓋有形者，綱目無形者，血脈也，有用文字、議論文字是也」，「妙在敘事情狀，筆健而不粗，意深而不晦，句新而不怪，語新而不狂，常中有變，正中有奇，題常則意新，意常則語新，結前生後，反覆操縱」，「詞源浩瀚而不失之冗，意思新，轉折多，則不綏」，並且總結出具體不同的方法：上下，離合，聚散，前後，遲速，左右，遠近，彼我，一二，次第，本末，明白，整齊，緊切，的當，流轉，豐潤，精妙，端潔，清新，簡肅，清快，雄健，宏大，簡短，雄壯，清勁，華麗，縝密，典嚴。同時作文必須避忌下列文病：深，晦，怪，冗，弱，澀，虛，直，疏，碎，緩，暗，塵俗，熟爛，輕易，推事，說不透，意不盡，泛而不切，等等。〔註 114〕都舉出具體事例以供參考。

〔註 113〕歸有光，《文章指南》五卷卷首序，《四庫全書存目叢書》集部第 315 冊，濟南，齊魯書社，1997，第 624 頁。

〔註 114〕歸有光，《文章指南》五卷卷首序，《四庫全書存目叢書》集部第 315 冊，濟南，齊魯書社，1997，第 625 頁。

其他 66 條通則則更加具體地涉及寫作的心態、儲備，息心養氣，遣詞造句，構思立意，布局謀篇，認題，鍊格，鍊意，篇法，句法，字法，股法，修詞，風格，人品，文品，文氣，文勢，開合承轉、長短錯綜、總提分應、逐事條陳，虛實神理，等等具體技法無所不有，無所不包，非常全面系統地總結了文章創作的點點滴滴。如「通用義理則第一」，他認為文章必須以理為主，「理得而辭順」，文章自然出群拔萃，如伊程頤《周易傳序》、王陽明《博約說》，都是義理之文章，「卓見於聖道之微者」〔註115〕。「通用養氣則第二」，他認為為文必須先養氣，「氣充於內而文溢於外」，如諸葛亮《前出師表》、胡銓《上高宗封事》，皆「沛然從肺腑中流出，不期文而自文」，實乃正氣之所發〔註116〕。「通用才識則第三」，認為文章「非識不足以厚其本，非才不足以利其用」，才識具備，文字就會高人一等，如司馬遷《太史公自序》，雖發《史記》之大意，而「其辯博之才、淹貫之識，盡見於此矣」〔註117〕。「立論正大則第六」，認為學者作文要議論正大，有臺閣氣象最好，如蘇軾《孔子從先進論》以始進，以正立說，方孝孺《釋統》舉秦晉隋，而並黜之。其議論何等正大，場中若有此文字，主司自當刮目相看。〔註118〕「用意奇巧則第七」，文章用意庸陋，易讓人生厭，必須出人意表，方為高手，如李斯《諫逐客書》「借人揚己，以小喻大，另是一種巧思，能打破此等關竅，下筆自驚世駭俗矣」。歐陽修《朋黨論》亦然。其他如「關世教則第四」「佔地步則第五」「造文平淡則第八」「造語蒼勁則第九」「敘事典贍則第十」「詞氣委婉則第十一」「神思飄逸則第十二」，等等，皆真知灼見，確實能夠對應試舉子起到指點與楷模的作用，如後人所說「誠教人法古之津梁也」〔註119〕，此不一一贅述。

綜上所述，唐宋派諸家以具體的寫作實踐提倡「以古文為時文」，其時文寫作多遵從洪武以來恪遵傳注、清真典雅的傳統，博通經史，發揮義理，但

〔註115〕歸有光，《文章指南》五卷卷首序，《四庫全書存目叢書》集部第315冊，濟南，齊魯書社，1997，第631頁。

〔註116〕歸有光，《文章指南》五卷卷首序，《四庫全書存目叢書》集部第315冊，濟南，齊魯書社，1997，第633頁。

〔註117〕歸有光，《文章指南》五卷卷首序，《四庫全書存目叢書》集部第315冊，濟南，齊魯書社，1997，第635頁。

〔註118〕歸有光，《文章指南》五卷卷首序，《四庫全書存目叢書》集部第315冊，濟南，齊魯書社，1997，第644頁。

〔註119〕歸有光，《文章指南跋》五卷卷首序，《四庫全書存目叢書》集部第315冊，濟南，齊魯書社，1997，第799頁。

又不墨守陳規，轉之取法古文，改變科舉文體先天缺陷與士子孤陋不學之弊，「以歐曾之文，達程朱之理」，將古文的鍊詞造句、行文技巧和布局謀篇之法融入時文寫作，圓化李夢陽、王世貞等人因學習秦漢古文而帶來的奇絕峭刻之病，使時文亦呈現出古文般的圓融開闊之氣。唐宋派雖用古文之法，但又不為其所縛，能將古文的精神血脈融入其間，得古文之氣勢神理，而沒有流入枯澀奧衍之病，唐順之的高華典雅，茅坤的疏宕清空，歸有光的雄健古樸，皆為後世之楷模。其理論成果也直接啟示著隆、萬以降「古文時文合二為一」，甚至「以時文為古文」「以駢文為時文」「以禪入時文」「以戲曲為時文」等諸多理論的誕生。

第三章　從極盛到新變：隆慶萬曆時期的八股文批評（上）

　　從縱向來看，八股文創作在成、弘年間即達到全面成熟繁榮，而八股文批評理論的成熟則遲至正德、嘉靖時期，從隆慶、萬曆朝開始一直延續到清代，八股文批評方達極盛，各種評點、專論、文章技法和規律的總結也趨於完備。在正、嘉時期「以古文為時文」的理論指導下，加上個性解放與思想自由的催發，萬曆年間八股文的總體走向即突破傳統，崇尚機法，日趨工巧，古文與時文呈現合二為一之勢。在八股文批評領域，出現了眾多的流派和理論大家。從時間上說，機法派較早，直接承襲唐宋派餘緒，從瞿景淳到湯賓尹到董其昌，皆以文章技巧法則為依歸，專講機法，務為靈變。不讀經文，只揣摩程墨，總結出一整套細密繁瑣的八股文做法，同時，也將時文引入紋飾佻巧、剿襲模擬的境地。在萬曆年間延續時間最長、影響最大的八股批評流派是奇矯派，其成員多是王學左派，包括李贄、湯顯祖、公安派和竟陵派等人，他們吸取心學的理論成果，以奇矯俗，推崇峭刻奇詭的文風。講求才氣性靈，抒發自然，不雕琢，不假飾，注重八股文的文學性。東林派可謂對王學的矯正，對理學的回歸。他們借八股諷世，清議朝政，裁量人物。文風追求平正通達、真質實用，既不在乎機法，也不崇尚新奇，嬉笑怒罵，皆成文章，直接開啟明末的雲間派和復、幾二社。

第一節　機法派及其八股文批評

　　郭紹虞《明代的文人集團》共列舉了一百七十多個文人社團，絕大多數

都出現於正、嘉之後。〔註1〕何宗美《明末清初文人結社研究》列舉的社團中，僅從弘治到萬曆時期就有一百五十多家。〔註2〕無論怎樣分期，都可以看出萬曆時期乃是文學社團和文學流派蓬勃發展的時期。在八股時文領域也不例外，受正、嘉時期唐宋派的影響所及，隆、萬時期隨著八股文的空前繁榮，出現了理學派、機法派、奇矯派、東林派、元脈派、才情派等眾多八股文創作和批評流派，其中，以機法派、奇矯派、東林派影響較大，理論成就較高。他們將八股文的各種機法技巧發揮得淋漓盡致，在鎔鑄隆、萬時期八股文不同風貌的同時，也將八股文批評推向極盛，而技法的翻新出奇和古文時文合二為一的趨勢也埋下了明代八股文批評在啟、禎時期全面衰退的伏筆。

一、機法派的興起

嘉靖中後期，士風始壞，至嘉靖末年，各種異端思潮蜂起，方苞說：「正嘉而後，亦有規模雖具，精義無存，及剽竊語錄，膚廓平衍者。」〔註3〕唐宋派提倡「以古文為時文」，古文的技法逐漸應用於時文領域，以古文為時文成為一種時尚，匯成一股潮流。以古文改造時文，提高了時文的品味，將原本枯燥機械的時文引入宏約正大之境。

以古文為時文，雖然在一定程度上改變了時文枯燥板滯的面貌，但同時也帶來古文與時文互相滲透、界限模糊的弊端，甚至出現古文時文合二為一的趨勢。到萬曆時期，各種離經叛道、標新立異之說充斥朝野，恪遵傳注、闡發義理的時文標準格式已經少有人知曉，大多依題立意。八股文也從根本上偏離了最初的創制宗旨，成為士子們單純逞才使能、炫奇矜怪或者追逐富貴的媒介和工具了。

由於功利的驅使，隨著各種古文技法的流通，士子開始將眼光從儒家經義轉向程文墨卷，揣摩中式程墨，悟其秘訣，走終南捷徑，趨時跟風，以圖獲得有司賞識。一時猜題、擬題、抄背程文之風愈演愈烈，士風空疏不習，加上出題範圍的日漸縮小，各種截頭縮腳、割經裂傳的「小題」「偏全題」「全偏題」「截搭題」大量出現，孔孟程朱、先賢聖哲的樓宇開始動搖坍塌。方苞說：

〔註1〕郭紹虞，《照隅室古典文學論集》上編《明代的文人集團》，上海，上海古籍出版社，1983。

〔註2〕何宗美，《明末清初文人結社研究》，天津，南開大學出版社，2003。

〔註3〕方苞撰，王同舟、李瀾校注，《欽定四書文‧凡例》，武漢，武漢大學出版社，2009，第1頁。

「明人制義，體凡屢變……至正嘉作者，始能以古文為時文，融液經史，使題之義蘊，隱顯曲暢，為明文之極盛。隆萬間兼講機法，務為靈變，雖巧密有加，而氣體荼然矣。」〔註4〕由正、嘉至萬曆形成的這種專門講究行文之法、務為靈變的八股文寫作潮流，我們稱之為「機法派」，有學者甚至將機法派稱為隆、萬時期影響最大、流弊最壞的一個群體。大致說來，此派從正、嘉時的瞿景淳開其端，至萬曆三十二年到萬曆末最為興盛，湧現出一大批寫作技巧高超、專講機法的八股文批評大家，如董其昌、湯賓尹、許獬等人。早期的機法派還能不完全拋棄經義，總結前人文章技巧，後來士子爭相販售，日益細密繁瑣而無用。孫鑛說：「夫吾等往日業舉子時，不甚避時調乎？時套非惡，以其工之者至，而庸眾襲之遂成套，所謂神奇化而為腐臭也。」〔註5〕孫鑛所說的「時調」就是機法，瞿景淳也說：「若今之以文學名者，徒餙空言為干祿之資耳」，「世有豪傑之士必有不安於科舉之習。」〔註6〕可見一斑。

二、機法派的代表人物

　　雖然在正、嘉、隆、萬之際，講究機法乃普遍為文之風氣，但是在理論上做出巨大貢獻的主要有瞿景淳、董其昌、湯賓尹等人。湯賓尹放於後章專門論述，此不多述。

　　瞿景淳（1507～1569）字師道，號昆湖，江蘇常熟人。幼聰慧，八歲能文。嘉靖二十三年（1544）會試第一，殿試第二，授編修。總校《永樂大典》，修《嘉靖實錄》。其為人清廉剛正，耿直不阿，卒後諡文懿。著有《瞿文懿制誥稿》一卷，《制科集》四卷，詩文集輯為《瞿文懿公集》十六卷。他學習揣摩會元文章而登第，可以說是機法派之先驅。其諸多理論觀點，如「調息凝神，涵養性靈」，作文要有「赤子之心」，要「從心苗中流出」等，對萬曆時期的董其昌、湯賓尹等人皆有很大影響。

　　董其昌（1556～1637）明代著名書畫家。字玄宰，號思白、香光居士。上海松江人。萬曆十七年進士，授翰林院編修。官至禮部尚書、太子太保等職。

〔註4〕方苞，《欽定四書文·上〈欽定四書文〉表》，武漢，武漢大學出版社，2009，第1045頁。

〔註5〕孫鑛，《月峰先生居業次編》卷三《與余君房論文書》，《四庫全書禁燬書叢刊》集部第126冊，北京，北京出版社，1997，第205頁。

〔註6〕瞿景淳，《瞿文懿公集》卷七《文學書院記》，《四庫全書存目叢書》集部第109冊，濟南，齊魯書社，1997，第558頁。

其人才華橫溢，通禪理，精鑒賞，工詩文，擅書畫及理論。當時書法上有「刑張米董」之稱，繪畫上有南董北米之說。著有《畫禪室隨筆》《容臺文集》《畫旨》《畫眼》等。董其昌多將其藝術理論用於詩文理論，在時文寫作上，他也強調以古人為師，但是反對機械模擬，在繼承前人技法的同時，融入自己的創意，應該以自己的領會貫通再現古人的「風神」。

機法派講究機法，唐宋派提倡古文也講究技法，應該說，機法派之「機法」直接從唐宋派之「技法」而來，但是二者有顯著的區別。唐宋派主張技法，是在立足經義的基礎之上融會貫通，而機法派作文的起點源頭不是經義或者古文，而是從墨捲入手，單純總結其形式技巧。清俞樾說：「嘉靖以前文以實勝，隆萬以後文以虛勝；嘉靖文轉處皆折，隆萬文始圓，圓機田、鄧開之也，後漸趨於薄矣；嘉靖文妙處皆生，隆慶、萬曆始熟，熟調湯、許開之也，後漸入於腐矣。」〔註7〕錢謙益也說：「本經術通訓故，析理必程朱，遣詞必歐蘇，規矩繩尺，不失尺寸，開合起伏，渾然天成。自王守溪以迄顧東江、汪青湖、唐荊川、許石城、瞿昆湖，如譜宗派，如授衣缽，神聖工巧，斯為極則。隆萬之間，鄧定宇、馮開之、蕭漢沖、李九我、袁石浦諸公壇宇相繼，謂之元脈。江河之流，不絕如線，久而漸失其真。湯霍林開串合之門，顧升伯談倒插之法，因風接響，奉為金科玉律，莠苗稗穀，似是而非，而先民之矩度與其神理漸滅不可復問，此舉子之文之偽體也。」〔註8〕這就把正嘉時期王、唐、瞿等人的技法與隆萬時期湯、許等人的技法給區別開來了。現代學者孔慶茂也說得很透徹：「唐宋古文家的文章的各種賓主、開合、順逆、正反等謀篇布局之法，它是隨文章的內容要求而形成的自然的法則，文成法立，並沒有一定的、不變的法。法是外在的顯示，而機卻是內心的妙運，法可傳而機不可傳，法可學而機不可學。而機法派是離開古文，從中式八股墨卷中總結技巧，並將這一套技巧加以系統化，形成文章的一系列繁瑣細密的手法，以巧思運法，構成純粹形式主義的藝術。」〔註9〕也就是說，正、嘉時期，雖然以古文為時文，但是為文重點在於取法古文之神理氣骨，字法句法都是次要的，而到了隆、萬時期，古文時文合二為一的趨勢無法避免，士子為了爭相出奇，

〔註7〕梁章鉅著，陳居淵校點，《制義叢話》卷六，上海，上海書店出版社，2001，第 85 頁。

〔註8〕錢謙益，《牧齋有學集》卷四十五《家塾論舉業雜說》，上海古籍出版社，1996，第 1508 頁。

〔註9〕孔慶茂，《八股文史》，南京，鳳凰出版社，2008，第 184 頁。

就只能在具體技法上下工夫了，早期的機法派如瞿景淳、董其昌等人尚能以氣運機，在技法中呈現巧思才情，文章多神韻清微，靈動活潑。而愈往後，士子爭相販售，各種技法日趨瑣屑無用。

機法派最大的特點，同時也是最大的理論貢獻，在於總結出一整套細密瑣碎的八股文做法。李廷機有《舉業筌蹄》、董其昌有《九字訣》行世，專講八股章法，包括篇法、句法、字法、股法等，如鉤鎖法，上下照應法，反起正倒法，虛起實承法，首尾相應法，開合取機法，移步換形法，前用正、正用反、反正相生法，相題立義法，迴環映帶法，反點作勢法，還有許多鍊氣鍊格聚勢之法。而每種方法又有極為細緻的分類和配套做法，如開合取機法又分為喚法，轉法，應法，宕法，收法等。此外，如八股文的文題，明代萬曆時期總結出的題型有：理題、長題、兩句滾作題、段落題、典制題、截題、搭題、截搭題等，機法派對每種題型都規定了具體做法。這些方法非常系統便捷，具有很強的操作性，一經總結，廣為流傳，成為許多士子名副其實的敲門磚。〔註10〕除了八股章法之外，機法派對人才錄用、取士制度、舉業弊端、時文地位、創作儲備、創作原則、衡文標準等各方面，皆有其獨到觀點，特別是「洗心說」，養氣、養識、養性等看法，頗具理論深度。

三、董其昌論「九字訣」

關於八股文的具體技法，機法派諸人皆有比較詳細的論述。湯賓尹曾在《丁未同門稿序》中談到與顧升伯、李長卿兩先生論文，「長卿甚厭時語，升伯甚矜古法」，「世所趨肥皮厚肉，襞積字句以為奇，余不之好也」，他們三人觀念稍近，顧生伯特別辨析古法：

> 今人文絕不知有倒法。文之脈在動，動在轉，轉之用全在用倒。昔人所悟「升裏轉，斗裏量」。地理家所謂橫來直受，陽來陰受，皆轉法耳。至倒法尤難明，如行義一章，聖賢語意無非睠睠行道，若無意於道，周流何為若仕皆行義三家仕魯，斯亦義矣，但此時接引隱者權言行義，此是意倒，道之不行，已知之矣。明是行義以上語，此是句倒。古人文意深遠，旁見側出，卒無不用倒者。今人尚不知順，何言倒？而又妄創新意，好摭俗語，如功令所屬，余謂題非詣，生非主司所造也，安得諸生主司妄自立意，但經書中必無一字無意

〔註10〕參考龔篤清《明代八股文史探》，長沙，湖南人民出版社，2006，第405頁。

義者，閒取書目最易曉解者冥思之，隱隱別有理會，質之訓詁，亦
微在同不同，可說不可說之間，令人政患，不索意耳，一二俗惡語
今人習如土□，貫脫於口，遂不暇擇。余謂禁時語不如勸人多讀書，
胸中有古人書，自可不用今語，讀古人書，會古人意，並可不用古
語也。〔註11〕

從倒法和轉法的具體含義到如何創作，再到勸人讀書，融匯古今之法，可謂
詳矣。這些文章雖說涉及技法，但多散見不成系統。機法派各家對為文技法
的總結，以董其昌的「九字訣」最為典型。

「九字訣」包括「賓」「轉」「反」「幹」「代」「翻」「脫」「擒」「離」等九
條作文秘訣，這其中大多數都是概括總結古文技法並引入時文創作。

第一、賓，即文章要主次分明。董其昌借用佛家洞山禪立四賓主之概念：
主中主、賓中賓、賓中主、主中賓，認為作文亦是如此，必須分清「正」和
「賓」。所謂「正」和「賓」，董其昌以《莊子》為例，一部《莊子》，基本上
都是寓言，「並無一句犯正位，然未嘗一句離正位」，每篇當中正意不過數句，
但是漫延恢弘成篇，文風恣肆宏大。所以，「正位者，主也。正位如君王拱默
威嚴，外人莫睹，而三公九卿、六部五府皆承天子威光建立功業，若必要天
子口倡手捉，濟得甚事？」舉例來說，「《詩》則賦為主，比興皆賓也；《易》
羲畫為主，六爻皆賓也」。拿時文來說，「題目為主，文章為賓；實講為主，虛
講為賓。兩股中或一股賓一股主，一股中或一句賓一句主，一句中或一二字
賓一二字主，明暗相參，生殺互用，文之妙也。故或進前一步，或後退一步，
皆謂之賓；或斤斤講而題意乃不透露，是高品、俗品之分」。也就是說，為文
不能主次不分，不能喧賓奪主。時文中題目是主，文章是賓，題目要實作，文
章要虛作，虛實相生，賓主搭配，以主馭賓，以賓形主。關於賓主關係，要注
意千萬不能賓主相離，或者以賓犯主，也不能作賓中賓，那樣就本末倒置了，
「但不可作賓中賓，謂於題目旁意中又入旁意，則是臣子不奉天子威光，擅
自稱制，乃野狐禪也。惟賓中有主，主中有賓，步步戀著正意而略不傷觸，乃
為賓字法門」，「往往有單門淺學而早取科第者，彼雖不知所以，要未嘗不暗
合，若有不合，則永斷入路耳，第能合之，則拍拍成令，雖文采不章而機鋒自
契。今夫農人之歌，豈知音律？然一唱眾和，前輕後重，若經慣習，雖善歌者

〔註11〕湯賓尹，《睡庵稿》卷三《丁未同門稿序》，《四庫禁燬書叢刊》集部第 63 冊，
北京，北京出版社，1997，第 59～60 頁。

不能易之。於此見人心有自然之節奏，以此機相感，灑然善矣。」〔註12〕

　　第二、轉，即文章要曲折變化。我們常說「柳暗花明又一村」，為文之妙往往在出人意料之處，「文章之妙，全在轉處，轉則不窮，轉則不板，如遊名山，至山窮水盡處，以為觀止矣，俄而懸崖穿徑，忽又別出境界，則應接不暇。武夷九曲，遇絕則生，若千里江陵，直下奔迅，便無轉勢矣。文章隨題敷衍，開口即竭，須於言盡語竭之時，別行一路」，「制義如成、弘間大家，元氣渾灝，勢取直捷，轉處無形。至文恪公『齊景公』二節文，則珠走盤而不出於盤，聖於此法矣」。若能如王鏊一樣，在題意將盡之時重又添出幾行文字，多生出幾許煙波，窮則轉，轉則不盡，迴環曲折，方能盡文之妙。

　　第三、反，即文章要正話反說，反話正說。早在春秋時期，老子就提出「正言若反」，莊子用「三言」體道，以及千百年來儒家文化「美刺諷諫」的傳統，都是強調反話正說以達到言此意彼、一聲兩歌的特殊效果。自正、嘉以來，倡導古文筆法方興未艾，董其昌也將「反」這種古文筆法引入時文寫作。他提出「文字從反」，《語》云：「文者，言之變也」、「擬議以成其變化」。所以作文必須「以變合正」，他認為「古文聳動人精神者，莫如《國策》。策士游說，不曰不如此不利，而曰不如此必有害，其所以敲骨打髓，令人主悚然變色者，專用此法」，最善於運用「反」法的是戰國縱橫家，為打動國君，兜售一家之言，則必須講究策略，聳動國君耳目，每當正言已盡，用一反格，精神奇警，印象深刻，目的就很容易達到了。時文創作，為了吸引主司眼球，也必須用此一法。

　　第四、幹，即文章要用意斡旋，出人意表。董其昌認為李長吉「筆補造化天無功」，是斡旋之始也。他說：「以時文論，雖聖賢語，豈無待作者斡旋處？」所謂「斡旋」也即時文創作是代聖賢立言，但是聖賢也是人，也會有疏漏之處，在這種地方，就需要作者去「斡旋」了，說到底，也就是彌補缺漏，使語意完整。這裡也必須要求士子熟讀經書，熟悉前後語境，能準確揣摩聖賢當時的心境，然後才能真正「代聖賢立言」，將聖賢沒有說出或者說錯的話加以補充完善，這樣不僅出人意表，而且更能展現士子之才思。

　　第五、代，即時文要代聖賢立言。所謂「代」，即「以我講題，只是自說，

〔註12〕董其昌「九字訣」以下引文全部來自於袁黃著，黃強、袁珊珊校點，《遊藝塾續文規》卷六《思白董先生論文》，武漢，武漢大學出版社，2009，第238～232頁。

故又代當時作者之口，代寫他意中事，乃謂注於不涸之源」，這是八股時文格式之一種。士子必須揣摩聖賢的思想和語氣，用符合聖賢身份的話將經義義理敷衍出來，一般不得表現自己的思想觀點，即使要表達，也必須以聖賢口吻說出。關於八股文的這個特點，歷來批評家無不口誅筆伐，無不將之作為束縛士子思想的罪魁禍首，董其昌也如是說：「凡作文原是虛架子，如棚中傀儡，抽牽由人，非執定死煞者也」。

第六、翻，即文章要翻空出奇。董其昌引劉勰語「詞徵實而難巧，意翻空而易奇」，所謂「翻」也就是「翻案」的意思，「夫翻者，翻公案之意也。老吏舞文，出入人罪，雖一成之案能翻駁之，文章家得之，則光景日新」。為文最怕拾人殘唾，落人窠臼，落入俗套，特別在隆、萬時期，此風猶甚。士子無不高舉求新求奇的大旗，生怕與人雷同，無不在內容上、技法上翻空出奇，發人所未發，言人所未言，導致文風日益糜爛，此法不可不謂為禍首。

第七、脫，即文章要急處緩作，緩處急作。所謂「脫者，脫卸之意。凡山水融結，必於脫卸之後，謂分支擘脈，一起一伏於散亂節脈中，直脫至平夷藏聚處，乃是絕佳風水，故青鳥家專重脫卸，所謂急脈緩受，緩脈急受。文章亦然，勢緩處須急做，不令扯長冷淡；勢急處須緩做，務令紆徐曲折，勿得埋頭，勿得直腳」。「脫」字法的目的即讓文章「紆徐曲折」，也就是在文章湍急之處，稍微收斂聚藏，讓文章有迴環之妙；而在文章緩慢處，則快馬加鞭，風馳電掣。如此緩急相間，文勢跌宕起伏，一波三折。但是，在使用「脫」字法門時，要注意，不能「埋頭」，也不能「直腳」，即收斂聚藏、轉換變化之時不要讓人摸不著頭腦，也不要有生硬之感。

第八、擒，即文章要有關鍵處、真種子。董其昌引用杜甫的「擒賊先擒王」來說明「凡文章必有真種子，擒得真種子，則所謂口口咬著，又所謂點點滴滴雨，都落在學士眼裏」，如果沒有擒得真種子，「雖詞章揮霍，已離於宗，故不得為大家」。這個「真種子」也就是說要抓住中心，擊中要害，一題在手，要能以最快的速度悟出題目的關鍵處。這樣作文才有中心，才有主題，不至於思緒散亂，賓主無次。董其昌認為要擒得真種子「全在有識」，必須以個人識見為基礎，有識之人必能很快識別，無識之人，則只能望洋興歎了。

第九、離，即「文字最忌排行，貴在錯綜其勢，散能合之，合能散之，離者，散也」。也就是說作文不能一塊死板，要有分有合，有起有伏，這樣才能抑揚頓挫，一唱三歎。他認為「自六朝以後，皆畫段為文，少此氣味矣」，六

朝駢偶重排比，文字絢爛板重，讀之空洞，令人生厭，而八股時文之排比對仗皆從駢偶而來，所以董其昌認為要「破板為活」，要讓文字合散相間，方能有起伏之妙。

第二節　奇矯派及其八股文批評

一、奇矯派的興起

　　唐宋派古文技法經過機法派的總結推揚，到萬曆中期以後呈現軟媚虛滑之態，士子專門揣摩程墨、搜尋技法，文章描首畫尾，了無生氣。加上王學左派的興起，反對復古，力主創新，主張即心即理，返觀內心，體悟作文，要求文章從心苗流出，反對模擬抄襲，整個社會掀起了聲勢浩大的思想解放運動，出現了晚明性靈主情的文學思潮。在這種影響之下，太倉派主持文壇，如王世貞、王世懋、王錫爵、王衡等人參與主試或者衡文，提倡幽深奇詭、新奇深僻的文風。孫鑛在《與呂甥玉繩論詩文書》中說：「弇州文玩數過，真切於舉業。初謂此公文失之率易，今似不然。大抵此公才是如此，能急不能緩，能奇不能正，能佻不能莊，足鼓舞後生而不能追蹤先賢也。」〔註13〕鄭鄤評王錫爵文也說：「大家與名家有別，大才與異才亦自別，太倉之文，文之大者也。法嚴不如唐，養粹不如瞿，骨貴不如鄧，而昌明博大、跌宕開舒，有若象於回顧，獅子頻伸。此種作手，自文恪而後未能或之先也。陳同甫云：堂堂之陣，正正之旗，風雲雷雨，交發而並至，蛇龍虎豹，變現而出沒，推倒一世之智勇，開拓萬古之心胸，嘗誦此語，鬚眉俱張，舉似太倉文，殆庶幾焉。」〔註14〕在多種因素的共同作用下，萬曆八股文風呈現匯聚突變之勢，新的八股文風應運而生。

　　楊懋建《四書文源流考》云：「自萬曆己丑陶石簣以奇矯得元，壬辰躡之，論者遂議其開凌駕之習。」從公安派袁宗道、陶望齡等人開始，文章就出現風格峭峻、筆走偏鋒的傾向，到萬曆中後期，遂形成「奇矯」一派。所謂「奇矯」即奇拔、矯健，主要是指當時受王學左派和李贄思想影響的一種八股文

〔註13〕孫鑛，《月峰先生居業次編》卷九，《四庫禁燬書叢刊》集部第 126 冊，北京，北京出版社，1997，第 213 頁。

〔註14〕鄭鄤，《峚陽草堂文集》卷七《明文稿匯選序·王荊石》，《四庫禁燬書叢刊》集部第 126 冊，北京，北京出版社，1997，第 374 頁。

風，大致包括公安派、竟陵派、王學左派中的一些人，如楊起元、袁氏兄弟、陶望齡、王思任、李贄、王錫爵、王衡、吳默等。他們的八股文文風相近，對八股文的章法技巧和理論觀點也大體相似，「如果說明初將八股當理學來作，王、唐將八股當作古文來做的話，那麼奇矯派即將之作為戲曲小說來對待，他們更著眼於八股文的文學性」〔註 15〕。奇矯派自覺將八股文作為文學作品來對待，不重義理的發揮，而是重理趣，發揮想像，補充經義之不足，往往無中生有，逞才使能，愛走偏鋒，詮釋經義，獨具匠心，別出心裁。他們的小題文成就突出，並直接導致晚明小品文的發達，王思任說：「予謂今日棘試，當以小題參七之二，何者？大題之途寬，自破注裂傳以來膽雄而目怒，人得盡其所長，即有所攘竊，亦或負之而趨⋯⋯漢之賦，唐之詩，宋元之詞，明之小題，皆精思所獨到者，必傳之技也。王、唐、瞿、薛，文章之法吏也，嘗樂為小題也，非樂為也，不易而為之也。」〔註 16〕但是此派受心學和禪學的影響，特別是「狂禪」一派，援佛入儒，片面追求險怪深僻的文風，過於發抒性靈而流於淺率粗俗，不重經文義理，缺乏學問才情，師心自用，甚至連八股文格式也完全拋開，不顧題旨，翻新出奇，凌駕迎合，務求聳心動目，到後學之人，則完全流入纖佻詭譎、空疏庸腐之態，影響頗壞。

二、奇矯派的代表人物

奇矯派作為一個理論流派，成員比較鬆散，本文取其風格近似者略作梳理，主要有李贄、湯顯祖、楊起元、陶望齡、袁宗道、袁宏道、袁中道、王思任、王錫爵、王衡、吳默等等，其中袁氏三兄弟在後章將專門討論，此不贅述。

李贄（1527～1602）初名林載贄，後改李贄，字宏甫，號卓吾，別號溫陵居士、百泉居士。嘉靖三十一年舉人。歷任共城知縣、國子監博士、姚安知府等職。後棄官，寄居麻城、黃安等地講學，相從者數千人，受到熱烈歡迎。李贄乃泰州學派一代宗師，一生以反對假道學為己任，反對以孔子是非為是非，倡導絕假存真、真情實感的「童心說」。於萬曆二十一年左右，認識了公安派袁氏三兄弟，並來往贈答，共同研究性理之學，甚相契合，袁氏兄弟的文學理論多受其直接影響。著有《焚書》《續焚書》《藏書》等。

王錫爵（1534～1614）字元馭，號荊石，江蘇太倉人。嘉靖三十七年（1558

〔註 15〕孔慶茂，《八股文史》，南京，鳳凰出版社，2008，第 175 頁。
〔註 16〕王思任，《王季重先生七種・時文序》，《吳觀察宦稿小題序》。

鄉試第四名，嘉靖四十一年（1562）會試第一，廷試第二。授編修。歷任國子監祭酒、詹事府詹事、文淵閣大學士、武英殿大學士、建極殿大學士等。素以謹慎嚴厲著稱，在其任首輔期間，能以大局為重，勤政廉潔，在政治上、文學上皆有建樹。著有《王文肅集》五十三卷，《文肅奏草》二十三卷。在歷次任鄉會試考官時，領導文風，廣納賢才，對萬曆時期八股文文風走向起關鍵作用。

楊起元（1547～1599）字貞復，號復所。廣東惠州人。少聰慧，8歲即能作詩屬文。隆慶元年（1567）中解元，萬曆五年（1577）登進士第。歷任編修、國子監司業、國子監祭酒、南京禮部侍郎、禮部尚書等職。萬曆二十六年卒，謚文懿。楊起元是明代名儒，以理學著稱，但受時代思潮影響，也承認欲望的自然性與合理性，肯定了人的現實性。同時，儒佛合一，廣推道教。著述甚豐，現有《楊子學解》《楊子格言》《白沙語錄》《仁孝訓》《楊文懿集》等傳世。

湯顯祖（1550～1616）字義仍，號海若、若士、清遠道人。江西臨川人。萬曆十一年（1583）中進士。曾師從羅汝芳，深受李贄思想影響。反對模仿擬古。有傳奇《牡丹亭》《邯鄲記》《南柯記》《紫釵記》，詩文集《玉茗堂全集》四卷、《紅泉逸草》一卷、《問棘郵草》二卷等。湯顯祖論文堅決反對前後七子剽竊模擬之風，強調「自然靈氣」。在晚明性靈思潮中，湯顯祖是從李贄、徐渭到公安派過渡的重要人物。

吳默（1554～1640）字言箴，又字因之，吳江人。萬曆二十年（1592）會試第一，官至太僕寺卿。

王衡（1561～1609）字辰玉，號緱山，別署蘅蕪室主人，江蘇太倉人。其父王錫爵，人稱「父子榜眼」。曾師從王世貞。萬曆十六年順天鄉試會元，但因其父關係，有人質疑其資格，於是王衡在其父執政期間再沒參加考試，一直到萬曆二十九年王錫爵退隱後，王衡才再次參考，登榜眼及第，授翰林編修。著有《緱山集》二十七卷、《紀遊稿》《春秋纂注》四卷、《秦漢人文選玉》六卷，雜劇《鬱輪袍》《再生緣》等。

陶望齡（1562～1609）字周望，好石簣，明會稽人。萬曆十七年（1589）會試第一，廷試第三，受翰林編修。其人一生剛直廉潔，清真恬淡，樂於治學，將做學問當做歇息，故以「歇庵」名其書齋。平生篤信王陽明「自得於心」的學說，因久在翰林，常與焦竑、袁伯修、黃平倩等人共研性理之學。工詩文，文法甚嚴，而意甚足，與公安派交遊甚深，其文學理論觀點多殊途同

歸。著有《制草》若干卷、《歇庵集》二十卷、《解莊》十二卷、《天水閣集》十三卷。

王思任（1574～1646）字季重，號謔庵，又號遂東、稽山外史，浙江紹興人。萬曆四十七年進士。詩文重自然，才情爛漫。小題雜文如袁宏道，格高韻逸。在青浦任時交遊董其昌、陳繼儒、湯顯祖和湯賓尹等人，其文學觀念多受其影響。有《王季重十種》傳世。

奇矯派在八股文批評方面貢獻獨特，諸成員之間多互相影響，如三袁直接受李贄影響，特別是袁宏道與李贄結成忘年之交，惺惺相惜。袁宏道成長的時代正好是李贄思想流佈天下的時期。湯顯祖與袁氏兄弟結識於萬曆二十三年，是年二月湯顯祖由遂昌來北京，離京時，曾寫《乙未計逡，二月六日同吳令袁中郎出關，懷王忠白、石浦、董思白》《與袁六休》等詩文，互相激勵啟迪，可見來往頗為親密。

三、奇矯派論七大創作原則

奇矯派主要是受王學左派影響的八股文流派，其時文創作與批評與其詩文理論互相滲透，如三袁的「性靈」說，李贄的「童心說」，湯顯祖的「至情論」等，都強調「獨舒性靈，不拘格套」，強調才情、氣機和神意，力陳時文之弊，主張文以代變，文章與時高下，必須「擬議以成其變化」，雖然風格上趨向於新奇佻巧，但是也注意到文章的圓融情趣，於作文章法皆有獨到見解。下面以奇矯派最核心的觀點簡略論之，本節將其歸納為七大創作原則：「情」「氣」「機」「神」「意」「奇」「平」。

首先，倡導「主情論」。

晚明的言情思潮也波及到八股時文領域，詩文必須緣情而發，時文亦然。陶望齡明確提出：「捨情與詞則無文，剽古而依今，詞則歸諸古人，情則傳諸流俗，已不一與焉，而謂之文，吾且得信之乎？」〔註17〕文章與情感密不可分，當今士子皆喜剽竊古人，皆得形似而已，其情不出，是為枉然。陶望齡主張「物有相觸者，志專而功苦也」，如同張旭之草書，「心靜一而無他色，伊鬱而如，不能自解，此專苦之至也」〔註18〕，「專苦之至」即情到深處自然發而

〔註17〕陶望齡，《歇庵集》卷四《方布衣集序》，《續修四庫全書》集部第1365冊，上海，上海古籍出版社，2002，第242頁。

〔註18〕陶望齡，《歇庵集》卷四《金孟章制義序》，《續修四庫全書》集部第1365冊，

為文章，則文之至矣。

湯顯祖一貫主張生生不息、生氣灌注的有情之世界，在《調象庵集序》中指出：「萬物當氣厚材猛之時，奇迫怪窘不獲急，與時會則必潰而有所出，遯而有所之，常務以快其憤結過當而後止，久而徐以平其勢然也，是故衡孔動楗而有厲風，破隘蹈決而有潼河，已而其音泠泠，其流紆紆，氣往而旋，才距而安，亦人情之大致也。情致所極，可以事道，可以忘言，而終有所不可忘者，存乎詩歌序記詞辯之間，固聖賢之所不能遺，而英雄之所不能晦也。」〔註19〕詩詞文章皆由情之所至，如洪潦決堤，噴湧而出，如此，方能駕馭才氣，文章方能出乎意象，達神虛之境。

袁宏道也說：「夫非病之能為文，而病之情足以文；亦非病之情皆文，而病之文不假飾也，是故通人貴之」，人在痛苦或者情緒激動當中，往往可以轉化為創作狀態，「夫迫而呼者不擇聲，非不擇也，鬱與口相觸，卒然有聲，有加於擇者也」，如同民間土風，多出於勞人思婦之口，並非勞人思婦之才超過學士大夫，而是鬱于中而形於外，即「吐之者不誠，聽之者不躍」。袁宏道其同門友人陶孝若在病中信口而作，皆成律度，所以，「夫鬱莫甚於病者，其忽然而鳴，如瓶中之焦聲，水與火暴相激也；忽而展轉詰曲，如灌木之縈風，悲來吟往，不知其所受也。要以情真而語直。故勞人思婦，有時愈於學士大夫，而呻吟之所得，往往快於平時」〔註20〕。由情緒激發而脫口出者，往往為誠摯不加雕飾之言，此種文章最為動人。

「窮而後工」理論從本質上說也是緣情而發，有了情感的鬱結或者累積，在情感慣性的推動下，為文更顯容易。袁中道提出：「修詞之道，古以為必窮而後工。非窮而後工，以窮則易工也。」坎壈之士往往內有鬱結不申之情，外有窘迫不通之境，如果此時直抒其意所欲言，則如訴如啼，驚心動魄。相反，如果身處夷泰，致位通顯，心境調適，波瀾不起，則情感飄忽，無從落筆，乃才人所尤難者也。即韓愈所說「窮愁易好，恬愉難工」是也。袁中道評畢東郊先生有云：「今先生視富貴如草芥，於霹靂火中作冷雲相，何氣滿志得之有？屬東國多難，先生不啻恫瘝在身，且暮惴惴然，惟憂民命之難蘇，而國恩之

　　　　上海，上海古籍出版社，2002，第 250 頁。

〔註19〕湯顯祖，《玉茗堂全集》卷三《調象庵集序》，《續修四庫全書》集部第 1362
　　　　冊，上海，上海古籍出版社，2002，第 398 頁。

〔註20〕袁宏道，《袁宏道集》卷三十五《陶孝若枕中囈引》，季羨林總編《傳世藏書》
　　　　集部第 9 冊，海口，海南國際新聞出版中心，1996，第 176 頁。

無以報。彼羈旅草野者，不過優其一身一家，而先生舉一世一國之憂，皆集於己之一身。此其心更苦，而其發於篇章者，更為痛切。是於恬愉之中，而未始晤愁歎之音。鏗鏘發金石，幽眇感鬼神，真經世垂世之文章也。豈與坎壈之士，寒蟬鳴而秋蟲號者等哉！」〔註21〕在窮苦困頓、憂愁痛切中，身心更易感發，發之為文則必鏗鏘發金石，幽眇感鬼神，必垂之後世。袁中道在《陳無異寄生篇序》中也說：「惟夫計窮慮迫困衡之極，有志者往往淬勵磨鍊，琢為美器。何者？心機震撼之後，靈機逼極而通，而知慧生焉。即經世出世之學問，皆由此出，而況舉業文字乎？」由困境而至心境震撼，打通靈機，則神乎其技，出神入化，舉業亦然。歐陽修曾說：「風霜冰雪，刻露清秀。」確實如此，山色四時之變化，惟有經過風霜冰雪的錘鍊，方才顯出別種韻致，澹澹漠漠，超乎豔冶穠麗之外。如同春天百花獻巧爭妍，不可勝數，惟有梅花獨傲於風霜冰雪之中，出塵韻致，乃花中之魁。所以，「人徒知萬物畢於溫燠之餘，而不知長養於寒沍之時者，為尤奇也。由此觀之，士生而處豐厚，安居飽食，毫不沾風霜冰雪之氣，即有所成，去凡品不遠」，皆同此理。其友人陳無異即少遭困阨，客寄四方，候發憤圖強，窮極苦心，發為文章，則清勝之氣迥出塵埃。若「葉落見山，古梅著蕊，一遇慧眼而兼收之」〔註22〕。此即歷經風霜冰雪以消磨其習氣而然也。

第二，講究「氣」和「機」。

奇矯派所論之「氣」即文章氣脈，所謂「機」就是使文氣貫通的虛活之法。湯顯祖認為：「通天地之化者在氣機，奪天地之化者亦在氣機。化之所至，氣必至焉，氣之所至，機必至焉。」在他看來，做人、做事，甚至成天下之偉業者，莫不以「氣」「機」二者相屬，如孫策少年崛起，無家門積聚之勢，朝廷任用之重，僅以江東子弟涉江西向，稱雄於豪傑之中，然其功不竟，此乃「氣勝而機不勝者」。諸葛亮技藝精湛，呼風喚雨，但是卻不能出漢中夷陵一步，多次北伐皆以失敗告終，此乃「機勝而氣不勝」。立功如此，作文亦如此。「天下文章有類乎是，莽莽者氣乎，旋旋者機乎」。莊子有言「萬物出乎機，入乎機」，確乎如此，湯顯祖認為「天下有中氣，有畸氣，中主要而難見，畸

〔註21〕 袁中道，《袁中道集》卷十一《西清集序》，季羨林總編《傳世藏書》集部第9冊，海口，海南國際新聞出版中心，1996，第127頁。

〔註22〕 袁中道，《袁中道集》卷十《陳無異寄生篇序》，季羨林總編《傳世藏書》集部第9冊，海口，海南國際新聞出版中心，1996，第114頁。

挈激而易行，氣與機相輔相軋以出，天下事舉可得而議也」。但是要想「氣」「機」相輔，則必須先「養氣」，「養氣」之途無非孔子所說「智者動，仁者靜」，所謂仁者樂山，智者樂水，所以有以動養氣者，也有以靜養氣者。〔註23〕所以說，「天下文章所以有生氣者，全在奇士，士奇則心靈，心靈則能飛動，能飛動則下上天地，來去古今，可以屈伸長短，生滅如意，如意則可以無所不如。彼言天地古今之義而不能皆如者，不能自如其意者也，不能如意者，意有所滯常人也。」比如飛蛾潛伏而飛，則無所不至，當其為蠕蟲時則不能至此極。又如「善畫者觀猛士劍舞，善書者觀擔夫爭道，善琴者聽淋雨崩山」〔註24〕，其意誠，則憤積決裂，拏戾關接，盡其意勢之所極，發於耳目之極，則動人心魄了。也就是說，文章有生氣須以奇士為根基，奇士方有靈性，有靈性才能飛動，才能言所欲言，抒發胸懷。

陶望齡也認為「文之得氣在動，得意在虛，動以機，虛以神」，文章如果得氣機，那麼動靜虛實必然隨之調適恰當。如同畫家繪畫，鳥獸飛伏，花水翩舞，人之舉止指顧，必取其動。「至騏羽奔蹄，若驚若喜，鳳鸞露豔，若笑若泣，逸士之逆，靜女之靜，武夫之武，令見者或肅或冶，或畏或慕，其取態有無之間，而見巧於不可容思之戲。所謂虛也，惟虛故能善動，文不動而茶然稿矣」。如莊子所言，天下萬物莫不虛空，而此虛空來自「氣機」，有「氣」方能「虛」，有「虛」方能「動」。如庖丁解牛，官能止而神欲行，則可見氣機之行，所謂「拙者見礙，而巧者見虛」是也。作文亦是如此，若能解妙於題外，機迎於筆始，則勢無不至，而意無不整，所以，「所謂動與虛而用之者，與夫天下之事，亦何劇易之有？在見其機理而已」〔註25〕。能將氣機運用自如，將動靜虛實調適恰當，則為天下至文。因此，「舉子之義當先入體局，調共氣脈，使修短適節，疏密稱情，然後運之以新藻，行之以古詞，如入眉目髭鬢，尚不能具，何暇議粉澤哉？」〔註26〕王衡也說：「夫言也，氣浮之翼也。風負之吳越揚州之地，其土埤薄，其民輕心，其載物也不厚必也，冀州之野，

〔註23〕湯顯祖，《玉茗堂全集》卷四《朱懋忠制藝敘》，《續修四庫全書》集部第1362冊，上海，上海古籍出版社，2002，第418頁。
〔註24〕湯顯祖，《玉茗堂全集》卷五《序毛丘伯稿》，《續修四庫全書》集部第1362冊，上海，上海古籍出版社，2002，第427頁。
〔註25〕陶望齡，《歇庵集》卷四《上官進士夷門稿序》，《續修四庫全書》集部第1365冊，上海，上海古籍出版社，2002，第248頁。
〔註26〕陶望齡，《歇庵集》卷十二《登第後寄君爽弟書》，《續修四庫全書》集部第1365冊，上海，上海古籍出版社，2002，第430頁。

神聖之所都，寶貨之所湊，功令信而不宄，嗜好咸而不專，故四方魁宿之士往往東南喪朋，西北得焉，天之道也。」〔註27〕在《阮生稿序》中也說：「言浮物也，氣載言若水負舟焉，氣之強弱，則才之大小為之。」言乃氣浮之翼，氣承載言若水載舟，而氣之強弱則取決於才之大小。作文者常說窮而後工，但如同溝壑塞以井泥，即怒而鬥，又如「河來於孟津，捍於積石而後如矢激瓶建，溮焉風，潴焉雨，有識者隄之、滌之、漱之，而始沛而為吾粳稻舳艫之利」，所以，為文之窮而後工必須取決於「氣」，「氣勝窮則益工，氣不勝窮則滋窘」〔註28〕。即有才而後可以窮，氣勝則窮而益工。

因此，奇矯派論「氣機」，實乃由氣機而虛靈，由虛靈而超然。而要達到超然之境，必須有靈性發之，要中無所底滯而外無所滯礙，心中淡然無欲，再輔以氣機，便可超然物外，為天下之至文了。

第三，注重「神」和「意」。

所謂「神」即文章之神理，所謂「意」即文章之「意蘊」和「韻味」。作文者由氣機而沖虛靈，則動靜虛實各就各位，相反，閱文者則必須由文之神理而入。所謂「文如畫，然非得其神理，弗善也」，陶望齡認為今之為經義者有三病：「有善繪眉目口鼻而不知位置者，有善繪知位置而未肖者，又有鬚眉口鼻修短美惡一如所貌，而形合神離，色符意槁者。此三者，皆工文者之通患也。」〔註29〕眉與目爭序，口與鼻競長，雖善而不似，不知其位置不行。或者知其位置，而貌合神離，皆非匠心所為。畫而貌人，文而經義，心意皆不可濫用，而是受制於人面書題之中，惟得其神理，方能避免極滿則溢、顧此失彼之害。陶望齡在《登第後寄君奭弟書》中還明確指出：「大凡看人文字，須知神表。吾同年郝楚望諸作，能投棄繩檢，恣心橫口，枯者必腴，死者必活，直透此機，何題可縛？何世俗非譽可勸哉？」要看文字之神表，則需恣心橫口，透機而出。而想要透機而出，則必須拋卻胸中得失之心，屬文若能夠「信手填寫無檢點，顧望而反得所求」，那麼定能達到言所欲言之境。在既得登第之後，必然會「笑向時迷陋，視一科名為究竟地，正如海師妄認魚背，

〔註27〕王衡，《緱山先生集》卷九《吳伯霖稿序》，《四庫全書存目叢書》第 178 冊，濟南，齊魯書社，1997，第 729 頁。

〔註28〕王衡，《緱山先生集》卷九《阮生稿序》，《四庫全書存目叢書》第 178 冊，濟南，齊魯書社，1997，第 731 頁。

〔註29〕陶望齡，《歇庵集》卷四《陽辛會稿序》，《續修四庫全書》集部第 1365 冊，上海，上海古籍出版社，2002，第 248 頁。

謂是洲岸，真可痛也」，所以，「善飲不必登糟丘，能食不須倚屠門」〔註30〕，惟將心中氣機表達出來，則必然躍於文中之表，為文者之「氣機」表現在文章裏面則為「神意」。

　　王衡也認為「相文之法，大類相人，惟以神氣為主，非必五官六體，事事稱量，乃為無失。相文者，但疾讀一過，利鈍之分，十可得四五，若細細求之，則十無一驗矣」，「大抵明潤像春，而柔嫩亦像春；暢茂像夏，而穢雜亦像夏；高潔像秋，而蕭索亦像秋；老成像冬，而閉塞亦像冬。春主發榮，夏次之，秋又次之，冬則剝矣。得春夏氣多者，即初學或速售；得秋冬氣多者，即積學或久淹，此常理也……大凡初學，從詞氣入者，名走易路，早發則已，不發則遲回審顧，或英華消落，而迄之於無成；從理路入者，名走難路，雖未必即發，然久則鍛鍊愈精，神王骨堅，而終收功於末路。其間又有少年老成，遞相仿傚，遞攻其失而成者；又有兩失所據而敗者；有以一日之長掩平日之短而得者；甚或有偶值一日之短反平日之長而失者；參差不齊，此則有天主之，而吾所謂四時之氣，又不足以盡利鈍也。彼摘字句為瑕瑾，據成敗為蓍龜，妄以一人之目臆決眾目，又或附會眾目為一人之目者，則吾不敢信矣。」〔註31〕也就是說，辨一篇文章之好壞，看其神氣即可。文章之神氣如同四季之氣脈，春夏氣如同初學或速學，秋冬氣則如同淹灌之積學，一目了然。文章亦須經久鍛鍊，方能洗去英華，達到老成之境，所謂神王骨堅、神理超然是也。袁宗道在《刻文章辨體序》中也強調為文不能「抱形似而失真境，泥皮相而遺神情」。文體越相近，越容易失真，不可不辨，「古人體裁，一切弁髦，而不知破規非圓，削矩非方。即令沉思出寰宇之外，醖釀在象數之先，終屬師心，愈遠本色矣」。所以要辨明文體，則必須明察古人不可湮滅之精神，「後之人有能紹明作者之意，修古人之體，而務自發其精神，勿離勿合，亦近亦遠，庶幾哉深於文體，而亦雅不悖輯者本旨」〔註32〕，則確乎能明其真境與神情了。

　　相文須從神氣出發，那麼為文者則須明白作文之妙。袁中道認為「天下之文，莫妙於言有盡而意無窮，其次則能言其意之所欲言」。「言約義豐」似

〔註30〕陶望齡，《歇庵集》卷十二《登第後寄君奭弟書》，《續修四庫全書》集部第1365
　　　　册，上海，上海古籍出版社，2002，第432頁。
〔註31〕袁黃著，黃強、袁珊珊校點，《遊藝塾續文規》卷七《縱山王先生論文》，武
　　　　漢，武漢大學出版社，2009，第245頁。
〔註32〕袁宗道，《白蘇齋類集》卷七《刻文章辨體序》，《續修四庫全書》集部第1363
　　　　册，上海，上海古籍出版社，2002，第280頁。

乎是所有至文之必備標準：《左傳》《檀弓》《史記》之文，一唱三歎，微言大
義，言外之旨。班固之文披露太甚，蘇長公之文發洩太盡。《三百篇》及蘇李
《河梁》《古詩十九首》，可謂沉鬱之至。曹植、謝靈運輩英華漸洩。杜甫、李
白雖然才高一世，但發洩太盡，實不如王維、李頎。詩文而外，時文亦然。
「舉業文字，在成弘間，猶有含蓄有蘊藉。至於今，而才子慧人，蚩英吐華，
窮其變化，其去言有餘而意不盡者遠矣」，當然，由含裹而披敷，乃時勢造就。
能言所欲言，已經難能可貴。如楚人之文，發揮有餘，蘊藉不足。大丈夫言所
欲言，尚嫌縛手縛腳，不能盡抒胸中之奇，怎麼能如三日新婦一樣囁囁嚅嚅
呢？「不為中行，則為狂狷。效顰學步，是為鄉愿」。所以，為文者如果不能
達到言有盡而意無窮，那麼起碼的標準應該以真人寫真文，如果既不能達到
言外之意，又不能達意中之言，那麼此文將一無所用。陶望齡與袁中道論文
時曾說：「時文之妙，全在曲折轉換之間。子才雖大，學雖博，而去之轉遠。」
袁中道甚為心服，文章如果能夠達到如佛教所云「於一毫端，現寶王剎；坐
微塵裏，轉大法輪」之境界，則至矣。所謂「一幅之內，煙波萬狀，如書家小
字得大字法，如畫家咫尺之間具千里萬里之勢」〔註33〕，皆小中現大意之法。
如果為文者能得此妙理，那麼文章不難而自至，如同往昔銅將軍鐵綽板唱蘇
軾之「大江東去」與二八妖嬈女子唱柳永之「楊柳岸曉風殘月」之喻可見一
斑。蘇軾之詞豪雖豪矣，然其粗豪抗浪本色亦顯露無疑，而尺幅之內煙波萬
里之韻卻無，此當為為文者所借鑒。陶望齡也曾說：「予嘗為諸弟姪論行文正
如人懇事耳。敏口者能言，其甚敏者能省言，而無費文至於無詞費，而工巧
裁制之妙靡不備矣。孔子稱辭達，左氏乃云文以足言。足言之文非至文也，
意罄辭止，而待於足言乎哉？」〔註34〕雖然儒家講究辭達而已，但是自古至
今，天下之至文決非足言之文，如果意罄則辭止，那麼肯定非好文章。所謂
一唱三歎，則必然韻味無窮。

　　最後，講究「奇」與「平」的辯證。

　　奇矯派「以奇矯俗」，試圖改變機法派之軟媚熟爛，為文主張以「新奇」
制勝。袁宏道經常以唐之詩賦來比今之舉子業，認為「詩與舉子業，異調同

〔註33〕袁中道，《袁中道集》卷十《淡成集序》，季羨林總編《傳世藏書》集部第 9
　　　　冊，海口，海南國際新聞出版中心，1996，第 117 頁。
〔註34〕陶望齡，《歇庵集》卷四《季生弟制義序》，《續修四庫全書》集部第 1365 冊，
　　　　上海，上海古籍出版社，2002，第 254 頁。

機者也」。唐以詩賦取士，詩歌格律對偶如同今之程墨，集中所傳，如同今之窗課。「時文乃童而習之，萃天下之精神，注之一的，故文之變態，常百倍於詩。迨於今，雕刻穿鑿，已如才江、錦瑟諸公，中唐體格，一變而晚矣。夫王、瞿者，時藝之沈、宋也；至太倉而盛，鄧、馮則王、岑也；變而為家太史，是為錢、劉之初；至金陵而人巧始極，遂有晚音，晚而文之態不可勝窮矣。」〔註35〕今之制舉業如同晚唐之詩，窮工極巧，務為爭新出奇，陶望齡主張「以偏至為文」，認為「文之平淡者乃奇麗之極，今人千般作怪，非是厭平淡不為，政是不能耳」〔註36〕。袁宏道認為：「舉業之用在乎得雋，不時則不雋，不窮新而極變則不時，是故雖三令五督而文之趨不可止也，時為之也。」〔註37〕「今夫時文，一末技耳。前有注疏，後有功令，驅天下而不為新奇不可得者，不新則不中程故也。夫士即以中程為古耳，平與奇何暇論哉？」〔註38〕王思任也提倡「掄文如選色」：「蓋嘗論之，掄文如選色，其面在破，其頸在承，其肩胸在起，其腹肢在段，其足在結束。其大體在長短、纖肥、神態豔媚、若遠若近、是耶非耶之間，而總之以面為主，面不佳，百佳費解也。豈有不能破而能文者乎？雖然，面難辨也，亦不大易識，貧鰥躁士，得粉即歡，見夷光亂髮之際，便有決驟唐突之意。此謂真能好色者方可以別色也。」〔註39〕他們都認為文章好壞皆以是否色澤鮮美嬌豔為尺寸，如果能務求新奇又不違時，則定能中式。於是，舉國上下，從有司至士子，無不以新奇佻巧之風相高下。有識之士皆以「正文體」相呼籲，但收效甚微。究其原因，奇矯派皆主性情，講究「氣機」，性情所出，則不為名理所礙，人之性情各異，出之為文則日新月異。所以萬曆年間時文追新逐巧是與其倡導性靈情感相關的。

湯顯祖明確指出：「天下文章所以有生氣者，全在奇士，士奇則心靈，心

〔註35〕袁宏道，《袁宏道集》卷三十五《郝公琰詩敘》，季羨林總編《傳世藏書》集部第 9 冊，海口，海南國際新聞出版中心，1996，第 175 頁。

〔註36〕陶望齡，《歇庵集》卷十二《甲午入京後寄君奭弟五首》，《續修四庫全書》集部第 1365 冊，上海，上海古籍出版社，2002，第 432 頁。

〔註37〕袁宏道，《袁中郎全集》卷一《時文序》，《四庫全書存目叢書》集部第 174 冊，濟南，齊魯書社，1997，第 420 頁。

〔註38〕袁宏道，《袁中郎全集》卷一《敘竹林集》，《四庫全書存目叢書》集部第 174 冊，濟南，齊魯書社，1997，第 419 頁。

〔註39〕王思任，《謔庵文飯小品》卷五《著壇搜逸序》，《續修四庫全書》集部第 1368 冊，上海，上海古籍出版社，2002，第 230 頁。

靈則能飛動，能飛動則下上天地，來去古今，可以屈伸長短，生滅如意，如意則可以無所不如。彼言天地古今之義而不能皆如者，不能自如其意者也，不能如意者，意有所滯常人也。」士奇而心靈，心靈方能為性靈情至之文。湯顯祖論文評文，皆以「奇」為標準，如「顧士有所謂奇者必縟，吾鄉毛伯焉其可也」，「蓋聞世有霍林先生者，其人正而通於大道，善為典則之文，天下人士苟有意乎言者，以其文為聖而師之，然莫敢自名為高弟子者，而吾鄉毛伯在焉，遺其滅沒之形，妝其靈異之氣。世多疑霍林先生好奇士，乃不類其所自為」。〔註 40〕「汪闇夫何年少而多奇也，其為文奇肆橫出，顯豎獨絕，旁薄而前，天下莫能當，聞其家太史故欲為晦閟扃之深室寘書數萬卷，絕不通賓客，度非太史不能成闇夫矣」〔註 41〕。「唐人有言不顛不狂，其名不彰，世奉其以視士人文字，苟有委棄繩墨，縱心橫意，力成一致之言者，舉詫曰：此其沸名已耳。下者非其固有，高者非其誠，然予少病，此語必若所云張旭之顛，李白之狂，亦謂不如此，名不可猝成耶？第曰：怪怪奇奇，不可時施，是則然耳。……夫不苟為名而又可以時施，此亦天下之至文也」〔註 42〕，等等。從湯顯祖評文風格可見當時文風「趨奇」之盛。

陶望齡說：「今時經生之文莫尚於吳閩，閩以奇麗，吳以風裁」，「世之謬憂慮者謂今文漸衰坐格力，格力之不足，由於華勝，而不善倣者，又以其浮華自混閩體，歸責於所趨，且以為閩訾病矣。」〔註 43〕雖然各種程文墨卷行之於市，但吳閩之風易辨，而閩文尤其鏂焰趨天下，十數年文體為之一變。而世若以此將浮華之風歸咎於閩地，則過矣。閩地自唐開成以後，為詩文者皆學於韓愈，西崑體濫觴於李長吉，李長吉亦韓徒之流，其詩文之風代以降之，皆時使然，至於今日，不獨閩地如此，士風皆如此。「然學者安其陋，更相謬誤，以為新奇，而文體日下。其卑者摭取殘餖語藏飾固陋，而材者力足以獨運，顧猶不敢自信其心，手必寄徑焉。主司相顧無如何，則疏節目以徇

〔註 40〕湯顯祖，《玉茗堂全集》卷五《序毛丘伯稿》，《續修四庫全書》集部第 1362 冊，上海，上海古籍出版社，2002，第 427 頁。

〔註 41〕湯顯祖，《玉茗堂全集》卷五《汪闇夫制藝序》，《續修四庫全書》集部第 1362 冊，上海，上海古籍出版社，2002，第 428 頁。

〔註 42〕湯顯祖，《玉茗堂全集》卷六《蕭伯玉製藝題詞》，《續修四庫全書》集部第 1362 冊，上海，上海古籍出版社，2002，第 439 頁。

〔註 43〕陶望齡，《歇庵集》卷四《王慕蓼制義序》，《續修四庫全書》集部第 1365 冊，上海，上海古籍出版社，2002，第 253 頁。

之。上方謂剿襲庸熟，而下反謂奇，禁之則曰黜奇。有所取而不能無所略，則曰：『上固好奇也，而謬我不知。』不知彼所指者，主司固嘗訾之，而特不可棄耳。」「吾願從事斯文者，開胸探腸，一一自己出，毋徒寄人廊廡下食其唾。其為平與奇，且無論焉可也」，蘇軾曾說：「楊雄好為艱深之詞，以文淺易之說，若正言之，則人人知之矣。」陶望齡認為「文有似艱深而真淺易者，揚子雲是也，則豈無似淺易而真艱深者乎？蘇子瞻是也。今之為古詞者，己未能病，而易古人病焉，轉相易以為舉業而陋益甚。累篇連牘，而己未嘗置一語，吾何由窺其意哉？而又自喜以為奇博，為艱深。」〔註44〕為奇博，為艱深，乃士習惡薄之源頭。

　　奇矯派諸人雖然主張文章新奇佻巧，但是關於平奇之辯證關係，他們還是看得比較清楚的，他們都認為文章雖然要出新出奇，但絢爛之極則歸於平淡，平淡簡質方為文之根本，亦是絢爛新奇之自然結果。陶望齡說：「今人不曉作文，動言有奇平二轍。言奇言平，註誤後生。吾論文亦有二種，但以內外分好惡，不作奇平論也。凡自胸膈中陶寫出者，是奇是平為好；從外剿賊沿襲者，非奇非平是為劣。」骨相奇者以面目，波濤奇者以江河，但是想要文字佳勝，則必須要有「勝心」，杜甫曾說「語不驚人死不休」，陸機曾說「謝朝華於既披，啟夕秀於未振」，韓愈曾說「惟陳言之務去」，所以，「自古不新不足為文，不平不足為奇，鎔范之工歸於自然，何患不新不古不平不奇乎？時文雖小伎，然有神機，須悟得之。」〔註45〕雖然新奇能聳人耳目，但是文章之至境乃「平淡」「自然」，時文亦是如此，要達此境，則需「悟」。能「悟」者，看一句文字明瞭，則經書皆明瞭。讀古人一篇文字即可得其機杼，此種人作一篇文章則如作幾十上百篇。相反，如果看一句是一句，作一篇就是一篇，則呆板滯塞，遠非作文之道。所以陶望齡認為少年作文則必須「直尋旁討，多讀古書，多看時賢名筆」，浸潤日久，則秀穎特達，有此「參詳」，必能「悟」之。他在《甲午入京寄君奭弟書》中又補充說：「文之平淡者乃奇麗之極。今人千般作怪，非是厭平淡，不為政是不能耳。來書云：心厭時弊，思力洗之，甚善，但不可失之枯寂，恐難動人。目此是打鬥瓦子，亦不可大認真，切忌捨

〔註44〕袁黃著，黃強、袁珊珊校點，《遊藝塾續文規》卷七《石簣陶先生論文》，武漢，武漢大學出版社，2009，第251頁。

〔註45〕陶望齡，《歇庵集》卷十二《登第後寄君奭弟書》，《續修四庫全書》集部第1365冊，上海，上海古籍出版社，2002，第430～432頁。

奇麗而求平淡。奇麗不極，則平淡不來也。」〔註46〕為文追求平淡並非平凡普通，而是絢爛之極之後的爐火純青，文章必須求奇麗再求平淡，奇麗至平淡乃一個自然而然的過程，並非刻意為之。所以在《湯君制義引》中陶望齡又說：「文有意到，有語到。古之人蓋亦有意至而語未至者矣。夫瞭然於心胸之間，而詞不能宣，故繁而不約，偏而不圓，繁似博，偏似奇。凡博與奇者，亦古人之病也，而其善不在焉。今之效為古詞者，烏能詞哉？詞者，意之極；而淡者，詞之極也。其入深者，其出必淺。其造端也甚難，其成章也似易。」〔註47〕單純追求文章奇博乃文之大病，蘇軾說楊雄以艱深文其淺易，其實蘇軾和楊雄乃兩個典型，楊雄之文乃「似艱深而真淺易」，蘇軾之文乃「似淺易而真艱深」。眾所周知，蘇軾之文乃絢爛之極而平淡至矣，如同陶淵明之詩「似腴而實腴」，乃文章真「平淡」之典範。

　　王衡取士，曾經力主「新奇」，甚至說「蓋庸鄙醜劣至斯極矣，而後有真奇真古」〔註48〕，但經過長期寫作磨礪之後，他悟出「文無奇正，總之，有一段真精神識見則善矣」，因為他看到了士子為文的根本弊端：「士子薄偽平淡，作偽神奇；主司厭偽神奇，收偽平淡。」王衡對此非常感慨。當時壬午、乙酉之交，主司皆尚一等膚淺文字，風向所致，必有今日，其原因「均之為偽，則偽平淡必不足以勝偽神奇者，勢也」。能稱為「偽奇」者，有這樣數種：「捨昭昭求冥冥，去堂皇覓窟穴者類字奇；醃子史，齷齪餖飣者類詞奇；顛倒主客，頭長於身，指大於股者類格奇」，因此，「去此數項偽奇，則自不能奇，而真奇乃見矣，譬之售朽木者，必飾青黃，剔去青黃，則依然朽木。欲正文體者，但亟直去偽以辨真，且不必以其實正分低昂也」。後輩文章與先輩文章最大的區別就在於「先輩作過題，極力作一篇得意文字，細細比量：彼數句便躍然，而我百十句尚恨未盡；彼滔滔說去，一句打轉，而我一步一顧，猶恐失之……」在王衡看來，文章之所以能用世，乃因為「達」，文章之所以傳世，乃因為「老」，但天下之文沒有不「達」而能「老」的，只有先「達」方能「老」。自古文章大家，皆能合此二字。國朝除震川先生之外，其他皆「掇

〔註46〕陶望齡，《歇庵集》卷十二《甲午入京寄君奭弟書》，《續修四庫全書》集部第1365冊，上海，上海古籍出版社，2002，第432頁。

〔註47〕陶望齡，《歇庵集》卷四《湯君制義引》，《續修四庫全書》集部第1365冊，上海，上海古籍出版社，2002，第250頁。

〔註48〕王衡，《緱山先生集》卷九《許子遜稿序》，《四庫全書存目叢書》集部第178冊，濟南，齊魯書社，1997，第732頁。

拾累達，浮豔累老」，即使才華之士，能達其二字者甚少。〔註49〕王衡非常認同嚴滄浪「詩有別才，非關學也」之說，雖然詩歌是非多讀書不能工，時文亦然。上乘之文，從學問入，亦能從學問出，看似膚淺，實則深厚，此與真膚淺之文大不相同。所謂大智若愚，大巧若拙，此種文章也只有具有隻眼之人方能辨出。而當今之為時文者，斑斑駁駁好用古書，模擬剽竊，看似有學問，其實正自曝其短，正是無學問之表現。若學問到家，領悟得古人妙處，則下筆之時，如織純錦，梭梭頂接，毫無雜色。所以只要能令士子老老實實讀書，則「文體不期正而自正矣」。另外，王衡認為要正文體，「不在口說，亦不在臨時，非以真精神實唱而徐導之，雖三令五申，只為戲耳」〔註50〕，因為當今士子臨場之時，後生小子，只要不是特別愚鈍者，皆為奇怪以投時好，搖唇鼓掌，幕為新奇，即使平日苦心積學之士，想要倉皇改變，而苦於意跡兩歧，無所適從。所以說「有司之所好反所令，勢也，士子之從好而不從令，亦勢也」，正文體若不以真精神號召之，則即使歐陽公復生，文體亦難正也。

　　袁中道讀其友人的《餐霞集》，從「霞」之燦爛悟出：「今夫霞，旦暮所常有，人人所共見者也。而變變化化，奇奇怪怪，固不必赤城之所標，閬風之所蒸，而皆有異彩奇葩爍人目睛。至平常，至絢爛；至絢爛，至平常。天下之至文，無以加焉。美哉霞也！」〔註51〕「霞」之千變萬化，可謂至奇至麗，然其絢爛之極亦歸於平常，卷舒無常，天體自如。如同文章，天下之至文則如絢爛之「霞」！他在《程晉侯詩序》也提出「詩文之道，繪素兩者耳」之論，認為三代以上之文，「素即是繪」，三代以下之文，繪素相參。到六朝，則「繪極矣」。顏延之詩文百分之八十為繪，百分之二十為素。謝靈運百分之六十為繪，百分之四十為素。真正能夠「即素成繪」者，惟陶淵明一人。陶淵明之詩文並非單純「素」，而是「繪之極也」。宋人所「以陋為素」，並非真「素」。元人「以浮為繪」，並非真「繪」。有明一代初期之文屢以「素」稱，而李、何之人繪之，至今而「繪亦極矣」。士子下筆則沾沾自喜，故弄姿態，惟恐其才不顯而學不博，可謂至陋之極。「古之人任其意之所欲言，

〔註49〕袁黃著，黃強、袁珊珊校點，《遊藝塾續文規》卷七《緱山王先生論文》，武漢大學出版社，2009，第 244 頁。

〔註50〕袁黃著，黃強、袁珊珊校點，《遊藝塾續文規》卷七《緱山王先生論文》，武漢大學出版社，2009，第 245 頁。

〔註51〕袁中道，《袁中道集》卷十《餐霞集小序》，季羨林總編《傳世藏書》集部第 9 冊，海口，海南國際新聞出版中心，1996，第 111 頁。

而才與學自聽其驅使。今之人反以才學為經，而實意緯之，故以繪掩素，而繪亦且素。然而無色，膩靡而無足觀，予重有慨焉。新安自伯玉先生能繪其素，而人工為繪，文章日盛，其究令繪掩素。」袁中道友人程晉侯匠心獨運，為詩文不為才學所驅使，心遠地偏，大類於陶淵明，得其恬淡之趣，所以其詩文深厚雋永，「可以救世之靡靡浮誇者焉」〔註52〕，也即以「素」救「繪」，「繪」極乃「素」。所以在《王維果文序》中，中道明確提出：「蓋維果舉業三昧，得之於澹也，靜也，密也。夫澹者，欲之壘也；靜者，事之嶽也；密者，物之縮也。」王維果乃其同門之友，袁中道將自己之文與維果之文相比較，如同銅將軍鐵綽板唱蘇長公「大江東去」與二八女郎執紅牙板唱「楊柳岸曉風殘月」之別，究其原因，乃其心態不同而已，「顧予賦性疏放，雖苦心時義，然時時有一發息機之意，其中多為走馬泛舟，看花度曲所雜。而維果根性沉著，坐臥一處，焚膏繼晷，如此者不知歷經寒暑。故其為文有深湛之思，肌劈理分，洞胸達意」〔註53〕，所以有此差異。而為文之要訣，乃維果之心境，須「澹也，靜也，密也」，如此，方能由「躁」入「靜」，由「奇」至「平」，由絢爛歸於平淡也。

第三節　東林派及其八股文批評

一、東林派的興起

萬曆二十年之前，雖然王學大有發展，但是復古思想仍然瀰漫，以王世貞和吳國倫分居的吳中和湖北為中心，此時復古流弊日深，其惡劣影響更加擴大化，士子皆深惡痛絕。於萬曆二十年前後崛起的公安派和竟陵派，高舉「性靈」大旗，而竟陵派於古文中求性靈，則向晚明復古思潮的復興邁進了一大步。加上陽明後學之弊與陽明創心學之初衷大相徑庭，空談心性，流弊甚廣，劉宗周說：「自文成而後，學者盛談玄虛，遍天下皆禪學。」〔註54〕東林派也於此時崛起。以顧憲成、高攀龍為代表的東林黨人大力倡導實學，對

〔註52〕袁中道，《袁中道集》卷十《程晉侯詩序》，季羨林總編《傳世藏書》集部第9冊，海口，海南國際新聞出版中心，1996，第112頁。

〔註53〕袁中道，《袁中道集》卷十《王維果文序》，季羨林總編《傳世藏書》集部第9冊，海口，海南國際新聞出版中心，1996，第118頁。

〔註54〕劉宗周，《劉子全書》，清道光四年至十五年（1824～1835）蕭山王宗炎等刻本清刊本。

王學末流進行修正，還引發了萬曆二十六年心體「無善無惡」之論辯，實際上就是實學與空疏之學的思想論爭，這種論爭也直接開啟了晚明的實學思潮。同時，從萬曆後期到明亡，伴隨著東林黨與閹黨的鬥爭，出現了很多文人社團，社黨一體化，結社與講學相結合，詩酒唱和，干預時政，如復社、幾社、應社等影響頗大，這些社團針對當時士子空疏不學和學風委靡的弊病，以救治文弊為號召，掀起了晚明「尊經復古」的浪潮。從這個角度看東林派，其承上啟下的作用非常關鍵，他們扭轉心學空疏流弊，以實學為要務，宣揚程朱之學，批評侈談心性之風，以求振興世道，開啟了晚明社團復古風潮以及清代實學思潮，功不可沒。

　　東林黨人重申儒家經邦治世的傳統，將能否治國平天下作為衡量學問是否有用的尺度，學問必須關乎百姓日用。高攀龍明確指出：「事即是學，學即是事。無事外之學、學外之事也。然學者苟能隨事察明辨，處處事事合理，物物得所便，是盡性之學。若是個腐儒，不通事務，不諳時事，在一身而害一身，在一家而害一家，在一國而害一國，當天下之任而害天下。所以《大學》之道，先致格物，後必歸結於治國平天下，然後始為有用之學也。不然單靠言語說得何用。」〔註55〕所謂「聖人之學，所以與佛氏異者，以格物而致良知也。儒者之學，每入於禪者，以致知不在格物也。致知而不在格物者，自以為知之真，而不知非物之則，於是從心蹈矩，生心害政，去至善遠矣」，「今日虛症見矣，吾輩當相與稽弊而反之於實」〔註56〕。這些都是針對當時心學虛妄的弊端，大倡程朱格物致知之學與治國平天下之傳統理想。

　　顧憲成、高攀龍於萬曆三十二年在無錫重建東林書院，還有錢一本、顧允成等人在書院講學，皆倡導經世致用的務實之學。書院本來就兼有講學和應舉兩種功能。自南宋而來，書院基本上成了不同思想流派宣揚自己學說觀點的陣地，如東林、紫陽、姚江等書院即是理學和心學的講臺。顧憲成在恢復東林書院後，擬定了「飭四要，破二惑，崇九益，屏九損」〔註57〕的院規，都是針對當時王學末流的弊病，防禦講學思想認識上的困惑和干擾，最終使人完成道德倫理的修養。顧憲成將講學活動與政治鬥爭結合起來，他的思想

〔註55〕高廷珍，《東林書院志》，清光緒七年（1881）刻本。

〔註56〕高攀龍，《高子遺書》卷九《王儀寰先生格物說小序》，《四庫全書》本。

〔註57〕孟憲承、陳學恂，《中國古代教育史資料》，北京，人民教育出版社，1961，第257頁。

對東林派的形成起著主導作用。在做學問上，講究講與行、學與習、說與做的密切結合，強調從實際出發，講實學，辦實事，求實用。做學問要老老實實，要躬行實踐。重視社會實際問題和百姓日用，求真務實，實學實用。

總的來看，東林講學有兩個目的，一個是力挽王學末流之弊，一個是抨擊時政。他們政治上的「治國平天下」與學術上的「反之於實」是相一致的，都要求躬行實踐，落到實處。高攀龍強調：「每有所疑，各呈所見，商量印證，方有益進。不然，會時單講幾章書義，只是故事而已。雖有所聞，亦不過長得些聞見，還不是會之正格。」〔註58〕即強調實證精神。同時，他們也諷議朝政，裁量人物，凡事皆以國家社稷為重，如顧憲成「立朝居鄉，無念不在國家，無一言一事不關世教」〔註59〕，對國家朝政的腐敗表現出強烈的憤慨，高攀龍也說「有益於民而有損於國者，權民為重，則宜從民」〔註60〕，在這種民本思想的指導下，東林黨人領導市民展開了轟轟烈烈的反礦稅鬥爭，影響巨大，也是其實學思想和政治理念的實踐躬行。

二、東林派的代表人物

書院講學的一個很重要的直接目的即應舉，從而闡揚程朱理學，切入時事。在八股時文領域比較有代表性的有顧憲成、顧允成、趙南星、高攀龍、鄭鄤等人，其中在八股文理論上貢獻比較突出的有顧憲成、趙南星和鄭鄤三人。鄭鄤（1594～1639）字謙止，號峚陽，著有《峚陽草堂文集》和《峚陽草堂詩集》等，是東林派後期的中堅人物，也是晚明著名的八股文批評家。本章考察萬曆時期的八股文理論，則以顧憲成和趙南星為主，趙南星留後章專門討論，此不贅述。東林派八股文和理論最大的特點即以八股諷世，雖然他們的講學活動與其他書院一樣，也以《四書》為主，但其主要目的卻是「清議」朝政，裁量人物，褒貶時事，影射政治，其詩文酬唱活動是與其政治活動相伴而行的。所以，他們的八股文不光從經義帖括著手，往往聯繫現實，譏諷世情，義理醇正，氣勢雄肆，議論正大，具有鮮明的個性特點。他們的八股文理論也多從此出發，重視講學的社會作用和效應，強調八股取士的社會作用，強烈呼籲要求正文體，正人心，將八股文重新納入程朱雅正之路，

〔註58〕高廷珍，《東林書院志》，清光緒七年（1881）刻本。
〔註59〕顧與沐，《顧端文公年譜》，清康熙三十三年（1694）刻本。
〔註60〕高攀龍，《高子遺書》卷八《四府公啓汪澄翁大司農》，《四庫全書》本。

以圖挽救明王朝的危機。

　　高攀龍（1562～1626）字雲從，後改字存之，別號景逸。江蘇無錫人。萬曆十七年進士，授行人。與顧憲成修復東林書院，講學其中，人稱「高顧」。高攀龍在長期講學的過程中，也形成自己的學術理念，針對當時舉子追名逐利的情況，他強調做人的氣節，要求年輕士子立志做人，做人要真，讀書不應該只是追求功名利祿，而是要修身正心。高攀龍也是以這種人格標準來評議朝政、裁量人物的，還擬了一道《具申嚴憲約疏》，具體規定考核地方官員的職責。同時與李三才、趙南星、鄒元標、楊漣等人互通聲氣，共同反對閹黨亂政。著有《高子遺書》十二卷，《周易易簡說》《春秋孔義》《二程節錄》等。

　　對於作學問，高攀龍主「靜坐說」，靜坐須以平常為要訣，「以其清靜不容一物，故謂之平常」，「靜中妄念即淨，昏氣自清，只體認本性、原來本色，還他湛然而已」，「湛然動去，靜時與動時一色，動時與靜時一色，所以一色者，只是一個平常也。故曰無動無靜，學者不過借靜坐中認此無動物靜之體云爾」。在《書靜坐說後》又說「必收斂身心，以主於一，即平常之體也，主則有意存焉，如意非著意，蓋心中無事之謂，一著意則非一也。」也就說，要將「動」與「靜」結合起來，以靜為主，涵養收斂，動靜交養，方能達到最高境界。

　　同時，高攀龍主張「修」「悟」並重的道德修養論，只有二者結合起來，才能真正達到聖人之學，「今之談學者多混禪學，便說只要人的這個己。他原自修的，何須添個修；原自敬的，何須添個敬，反成障礙了。此是誤天下學者，只將虛影子騙過一生，其實不曾修，有日就污壞而已」〔註61〕，以此反對空虛之風，要求士子多讀書窮理，以完善道德修養，「吾輩每日用功，當以半日間作，半日讀書。靜坐以思所讀之書，讀書以考所思之要」〔註62〕。將「讀書」與「靜坐」結合起來，「修」與「悟」結合起來，寧心靜氣，仔細思考，那麼心量開闊，明心見性，加上滌心除慮，那麼作文也就如萬斛源泉了。

三、顧憲成論九大規範

　　顧憲成（1550～1612）字叔時，號涇陽，江蘇無錫涇里人，因創辦東林書院，世稱「東林先生」。萬曆八年進士，歷任戶部主事、吏部主事、桂陽判官、處州推官、吏部文選司郎中等職。其人不媚權貴、廉潔自守、正直無私，

〔註61〕高攀龍，《高子遺書》卷四《君子修己以敬章》，《四庫全書》本。
〔註62〕高攀龍，《高子遺書》卷八《與逸確齋》，《四庫全書》本。

多上疏直諫。萬曆二十二年，以「忤旨」罪削籍歸故里，與弟顧允成倡修東林書院，偕高攀龍等講學其中，諷議朝政，裁量人物。顧憲成和趙南星、鄒元標號為「三君」，又同顧允成、高攀龍、安希范、劉元珍、錢一本、薛敷教、葉茂才時稱「東林八君子」。現有《顧端文遺書》等。

顧憲成認為講學可以傳授知識，風範人物，扶持正論，為國家培養人才，所以在他回歸故里之後，與顧允成、高攀龍等人發起東林大會，制定《東林會約》，並擔任東林書院主講，其講學活動成為他一生的輝煌時期。他關心世道人心，以天下為己任，認為學問功名都必須為國計民生所用，不可空談玄理，或者將文章作為謀取功名的手段。所以，在八股文的寫作上，他提出「鑄意」「琢辭」「博古」「集成」「涉趣」「化格」「繼功」「詣極」「甘勞」等九大規範。〔註63〕下面簡略論之。

首先，「鑄意」與「琢辭」。顧憲成認為「文之妙未易言也，而其原皆起於意。意不立則行文不失之枯，必失之淡矣」，所謂「意」，有奇意，有古意，有玄意，有理意，有巧意，文章之妙皆取決於「意」，為了避免文章枯淡之病，則必須從破入結，一字一句不可無「意」。但是得「意」之途徑卻有多種，其中能成為「化工之意」者，乃「興致所得意，如湧泉而至者」，或者題旨牽纏，一時未就，則必須極力尋思，「未得則求其得，已得則求其妙，如金錫之數經火力鍛鍊，精純庶可耐咀嚼」，如此，則枯淡之病可免。同時，「意」與「辭」互為聯屬，相輔相生，如果「意鑄」而辭不琢，那麼其「意」將並失。如果鑄就奇古之意，但是發為腐爛冗雜之辭，那麼觀者當只會覺其腐爛冗雜之可厭，而不覺其為奇古了，況且「意」之難得，若無佳句以達之，則往往流入俚鄙可笑之境，這都是典型的「以辭害意」。所以顧憲成說「寧有辭無意，不可有意無辭，此辭之貴琢也」。辭之貴在於「琢」，要麼「短則欲掉」，則語短情長、言有盡而意無窮；要麼「長則欲逸」，篇幅較長，但韻致飄然動人。

其次，「博古」與「集成」。顧憲成認為作文必須詞意有根據，言之有本，也就是必須多讀古書，比如「上自『五經』、《左》《國》《呂覽》、諸史列傳、六子九流之言，下自歷代綱目性理、諸名家文集、策論，俱要揀閱精粹者一一讀記」，如此，則言之有物，自無時人杜撰疏脫之病，如果士子僅僅只讀《文章軌範》等捷徑之書，則自以為胸中有物，實際上乃「管窺蠡測之見，徒令識

〔註63〕顧憲成以下引文皆出自於袁黃著，黃強、袁珊珊校點，《遊藝塾續文規》卷六《涇陽顧先生論文》，武漢，武漢大學出版社，2009，第232～234頁。

者掩口耳」。士子讀書僅僅「博古」還不夠，還必須「集其成而用之」，如「《呂覽》《國策》則法其高古，如六子則法其玄博，如四大家則法其華裕，如程、朱澤法其性學」。要領悟到不同書籍的精髓，合而用之，方可時出不窮，令人莫可端倪，如同富人之家，隨取隨足，此乃「為善屬文者矣」。顧憲成認為能達到這種博古通今之境界者，國朝當首推荊川先生。

再次，「涉趣」與「化格」。要想文章生動活潑不死板，則必須胸中有「瀟灑不窮之趣」，否則就是淪入「煙火塵氛，迷障人目」的境地。這多是因為士子只侷限於讀舉業之書，舉業之書最為困人，人一困，則意趣不發。顧憲成認為讀書之暇可以看看唐詩或者諸如《蔡中郎傳》《北西廂記》這些書，「其含蓄感慨之趣，每每令人醉心」，其情思透迤、興致流麗處，「學者細味而吟詠之，則描神寫景處，自有一種仙風道骨，恐不減四家之文矣」。或者讀書深夜之時，讓童子煮茗焚香，瑤琴簫管，明月清風，盡釋胸中捆縛之緒，這是有益於為文的。此外，「得趣」的同時還必須「化格」，當今士子為文多為書旨縛住手腳，不得舒轉，所以下筆都是「纏擾牽合，絕無化工天趣」。要想文章得化工天趣，則需將看書與作文分開，明白看書作文之理，「看書死煞處多，圓活處少，作文圓活處多，死煞處少。若天分高、學力到，則死煞中求出圓活，圓活中求出死煞，變化如遊龍，不可捉摸矣」。當今能達此境界者，首推吳江杜靜臺，杜靜臺闡揚荊川、方山諸生之技，「大有加惠晚輩之功」。他之所以取得如此成就，「只緣他以看書工夫作文，所以理趣雖多，僅學得宋朝文字」，所以士子為文須將題格融化，「凡提掇呼應、關鎖起伏諸法，一氣渾成，絕無痕跡，方是高手」。

最後，「繼功」「詣極」與「甘勞」。「繼功」即用功一定要堅持不懈，不可中斷。「文義乃是理學生活，最忌心粗，若工夫間斷，則精神意氣便覺收攝不來。構思則枯而無味，泛而不切；遣辭則俚而不文，晦而不達」，所以要使工夫連貫，士子最好能夠在講貫之暇，命題為文，每日一兩篇，長此以往，則「文機自然橫溢矣」，為文則無「泛而不切」或者「晦而不達」之弊病了。用功的同時還要注意「士子造詣必須隨其質之憂為者而各造其極」，先儒所謂「習焉而各得其性之所近者」，文章家性格氣質都不同，「有奇古，有雄傑，有渾厚，有豐潤，有雅逸，有清爽」。我們常說「文如其人」，士子長期練習為文，往往在文章中將其性氣表露無遺，但是能作出好文章的人，則往往「隨其質之優為者而各造其極，若秦青之謳，韓娥之歌哭，甘繩之射，泰豆氏之御，方

成一家」，如司馬遷與司馬相如之文，乃漢文之極，程朱之文，乃宋文之極，「其文不同，而要於成名則一也」。而當今士子專門作應試之文，以求合主司之目，即使僥倖博得一第，其文章也絕不足以為世所法，這種情況反而有負其「英邁之質」，所以為文一味徇時，則必然降為齷齪卑瑣，終身不得有所成就，令人可歎可悲。顧憲成認為「出處有時，而文章不可加損。苟詣其極，則精之所通，天必祐之，未有不為世用者也。況仰棄高明，而俯就卑暗，即相過且捫心愧矣」。最後，作文還必須「甘勞」，顧憲成常說讀書做文乃人生第一勞苦事，人們談到下棋飲酒，往往欣欣然，而一談到讀書做文，就愁苦滿面，因為人之劣根性就是好逸惡勞。但是「博弈飲酒未嘗不勞，而人獨甘之，讀書作文非不可忘勞，而人獨苦之，是以詩書為世流毒，而尼父所以難好學也」，「第吾輩習此生活，憚勞不得，直須冬不爐，夏不扇，食不知味，寢不貼席，將讀書作文兩事循環無間，譬之僧家閉關坐定，從個中討出天趣，即有勞苦，且甘之焉，則雖未嘗假此幸福，而老蒼有知，當不令苦心人終墮地獄矣」，只要擺正心態，苦中作樂也能甘之若怡。

　　東林派的其他八股文批評，如論人才與講學，以及寫作八股時文的注意事項，留待後面趙南星節詳細討論，此不贅述。

第四章　從極盛到新變：隆慶萬曆時期的八股文批評（中）

　　除了大量的八股文批評流派以外，隆萬年間也出現了一批八股文批評大家，他們或者仕途亨通，或者屢試不第，對八股文創作都有自己獨特的看法和經驗，有的甚至批選時文、評點墨卷、撰寫專著，在當時引起很大的反響，如袁黃、趙南星、黃汝亨等人，他們從主體修養、創作技巧、鑒賞風格等不同角度對八股文做了較為全面的批評論述，其中涉及到不同的流派和範疇，如人才論、鍊心說、養氣說、風骨論、性靈說、氣機論等都深入到八股文批評的縱深層面，本章略作梳理。

第一節　袁黃的八股文批評

　　袁黃（1533～1606）初名表，號學海，後更名黃，字坤儀，號了凡。浙江嘉善人，明隆慶四年庚午舉人，萬曆十四年丙戌進士。曾任河北寶坻知縣，萬曆二十年調任兵部職方主事，恰逢日本侵略朝鮮，明廷出師援救，袁黃奉命渡鴨綠江，後遭提督李如松誣陷，罷職歸家，閉門著書。享年74歲。天啟元年，吏部尚書趙南星追敘袁黃東征功勳，贈尚寶司少卿。袁黃對天文、水利、農業、政事、術數、幾何、軍事、醫學、音樂等皆有研究，著述甚多，據不完全統計，大約22部，如《評注八代文宗》《袁了凡家訓》等等。袁黃乃明末江南非常著名的一位善書作者和善舉運動倡導者，其《了凡四訓》被譽為「東方第一勵志奇書」，其勸善思想和養生觀念廣為流傳，得到後世許多偉

人的推崇，在中國思想史上具有舉足輕重的地位。袁黃也是一位重要的八股文選家和批評家，其《遊藝塾文規》正續編是「一部具有全面總結意義的集大成式的明代八股文和其他時文的研究性撰著」〔註1〕，該書全面系統評點了從萬曆八年到萬曆二十九年大約二十二年的鄉會試墨卷，並摘錄了嘉靖、萬曆年間三十六家論文精要，記載了考試相關細節以及中式名次，並系統論述了八股文創作與鑒賞的相關理論，具有非常重要的文學理論研究價值。針對當今士子在八股文創作各個方面的弊端，袁黃提出了若干建議，以下分別從創作儲備、創作技法以及文章鑒賞等方面概要論及。

一、主體論

袁黃認為當今時文歪風橫行：「近世攻文者，上之不涵養性靈，下之不精研書意，但獵奇字、襲勝語，以相矜詡，讀之瞿然愕然，至不能句，而細求之，則全無理意，如嚼蠟耳。」文壇歪風邪氣，古風不存，多為鬼魅淺薄之語，毫無深意可言，急需整頓。袁黃引用程子語：「立言之法，不使有德者厭，無德者惑。」孟子也說：「言近而旨遠者，善言也。」此乃「聖賢立言之法」，也是「萬世操觚者所必宗焉者」，也就是說，文章當以孔孟為宗，以《論語》《孟子》為千古文章之典範，「其言何等平正，其意何等精深」，所以當今士子為文，必須「以明白淺易之詞，發淵永精微之理，使觀之顯然，而味之無極」。〔註2〕但是要達到這種文章境界，並非易事，也並非一蹴而就，而是要經過很長時間的鍛鍊和各種素養的積累，方可在場屋一筆當先。袁黃在專論和評點裏面，多次提到應試者的修養和素養的積累問題，筆者將之歸納為這樣幾個部分：涵泳性靈、正確讀書、勤奮用功以及請教前修、轉益多師等，下面分而論之。

（一）涵泳性靈

由於其恪道傳注、代聖賢立言的特點以及嚴格的形式要求，八股文的寫作，似乎很少有考生自由發揮的餘地，但是八股文作為一種散文體裁，也必須遵循作文的普遍原則，其抒情言志雖然多受束縛，但好的八股文仍然可以

〔註1〕袁黃著，黃強、袁珊珊校點，《遊藝塾文規》正續編《校訂前言》，武漢，武漢大學出版社，2009，第19頁。以下袁黃引文出自該集者，只標注篇目、卷數和頁碼，其他略。

〔註2〕《續文規》卷四《了凡袁先生論文》，第212頁。

是發自性靈、自然天巧、含蓄蘊藉之作，所以如何將才情與規矩平衡，如何
將人力與天趣融合，則成為為文之關鍵。要達到這種境界，在袁黃看來，創
作前的主體修養則是核心問題，所謂「作文之法，在涵泳性靈，使心苗常活；
不在躁急心熱，欲速求工；在打透機括，使詞源沛然；不在餖飣掇拾，疲精役
氣。不論作文不作文，常要凝定心神，屏除雜念，眼耳鼻舌身意都要在題目
上。凝之久久，則文機自活，文竅自通，譬之植木者然，根深則枝茂，乃氣實
生華，而非襲取也。用之則文章，捨之則性命，又何妨焉？」〔註3〕也就是說，
八股文的寫作關鍵仍然在於心性的修養，要想心苗常活、詞源沛然，則必須
凝定心神、屏除雜念，如此，根深則葉茂，作起文章，當取之不竭。

　　袁黃在《續文規》卷三《與于生論文書》中明確提出作文之法有五條：
一曰存心，二曰養氣，三曰窮理，四曰稽古，五曰透悟。這些方法作為作文
的必要儲備，袁黃曾在書中多次論到，雖各有偏重，但其核心論點仍然是「存
心」和「養氣」。「窮理」「稽古」「透悟」看似與修養心性無甚關係，實則關
聯甚大。八股文創作是代聖賢闡發義理，以理生文、言之有理乃八股文一個
基本標準。而要做到文章力透理路，則必須識見高、學問洽、精神聚、工夫
到〔註4〕，其中尤其以「精神聚」最為重要。只有聚精會神、摒除雜念，才
能提高識見、做足工夫，才能參透義理，發揮微言大義。「稽古」即提高古
文修養，借鑒古文技巧入時文寫作，「稽古」不是蹈襲和模擬，而是「得其
神不可竊其意，習其步不可蹈其詞」「始於擬議，終於變化，謂擬議以成其
變化者」〔註5〕，「稽古」的核心要點仍然在於凝神深造、出自性靈，方可不
墮蹊徑，成其「變化」。另外，所謂「透悟」，乃嚴滄浪以禪喻詩之鑒，時文
寫作，也須妙悟，「作文者須要有孔子問韶之志，使意氣凝聚專一，而不復
知有他。一日大悟，如斲輪者不疾不徐，如解牛者踟躕四顧，乃神解之文，
而非力索之文也。」〔註6〕要達到庖丁解牛、輪扁斲輪這種出神入化、爐火
純青的境界，必須「悟」，而「悟」的前提乃「意氣凝神專一」。所以，沒有
創作前長期的涵養性靈、收攝心神、修身養性，達到神完氣和的境界，無論
「窮理」，還是「透悟」，還是稽古創新，都只能是緣木求魚。下面僅就袁黃

〔註3〕《續文規》卷三《與張舉人書》，第204頁。
〔註4〕《文規》卷一《文貴說理》，第14頁。
〔註5〕《續文規》卷四《了凡袁先生論文》，第215頁。
〔註6〕《續文規》卷三《與于生論文書》，第205頁。

關於主體修養的核心問題「治心」和「養氣」略作論述。

第一、治心。

關於創作主體的儲備問題，袁黃論及較多的如正心術、積陰德、務謙虛，多讀書，勤奮用功，請教前修，揣摩墨卷等等，但是他最為看重特別強調的還是「治心」之說。袁黃認為「欲工文，先當治心」，此乃文之根本。因為「言為心聲」──「文者，枝葉也，其根本在心，故心無穢念則文清，心無雜想則文純；心不暴厲則文和，心不崎嶇則文平；心能空廓則文高，心能入微則文精。」〔註7〕所謂「文出於心，心粗則文粗，心細則文細。其心鬱者，其文塞；其心淺者，其文浮；其心詭者，其文虛；其心蕩者，其文不檢。歷歷驗之，若蓍龜然。願吾弟掃除外好，歸併一路，收攝此心，綿綿密密，無絲毫間斷。使腔子內精神常聚，生意常活，此秀才本領工夫也」。〔註8〕「心」與「文」之間，「如印之沙，如模出物，靡不相肖」〔註9〕言語乃思想情感的表現，不僅「言為心聲」，而且「言從心生」，這是為文創作的根本原理，作為考試而用的八股文似乎也不能完全撇開作者所思所感去單純客觀地闡發義理，所以要寫好八股文，也必須從「治心」開始。

袁黃的治心之法，並不是非要遠離紅塵或者閉目危坐，而是達到一種「息念以歸真」的境地即可，就好比「道家觀竅守中」，又好比「禪家念佛參話頭」，「皆是收攝念頭之法」。所以，讀書作文，都必須鞭心入題，斷諸妄想，收攝元神，掃除別念，口誦心惟，如對聖賢。即使讀書沒有所得，「亦可借之以收吾放心」，如果讀書有所得，「則超然於語言文字之外實是」。也就是說，不管是讀書作文還是做其他任何事情，要想達到最高境界，就必須「用志不分，乃凝於神」，也是莊子所說的「專氣致柔」「滌除玄覽」「雖天地之大，萬物之多，而唯蜩翼之知」的境界，達到一種心境完全虛空、純粹自然的狀態。忘掉宇宙萬物，忘掉知慮形骸，甚至忘記自己，那麼就會「神乎技」。對於這點，袁黃也有同感：「上不知有天，下不知有地，中不知有人，而惟知有此題；目不知有色，耳不知有聲，口不知有味，而惟知有此題。一念在文，萬營俱息，且不知我之為文，文之為我也。神豈有不凝，心豈有不存者哉？然待有題而後作文，無題即止；操筆而後為文，擱筆即止者，皆非善作文者也。蓋作文之

〔註7〕《文規》卷一《文有根本》，第13頁。
〔註8〕《續文規》卷三《與于生論文書》，第205頁。
〔註9〕《文規》卷一《文有根本》，第13頁。

功，有時間斷；存心之功，無時可息。是必不論有題無題，不論操筆擱筆，使眼耳鼻舌身意常要收斂，常如作文一般。日間應事接物，迎賓待客，穿衣吃飯，種種差別，而吾之提撕本念處，全無差別，則精神斂而愈邃，聰明蓄而愈深，雖不讀書而書日明，雖不作文而文日進矣。」這就是作文之根本，也是當今舉子為什麼年紀輕輕，就俗不可耐，而且「氣便衰而筆便窘」的根本原因了。相反，那些真正明白作文之根本，懂得修身養性的真正修行之人，即使七老八十，仍然「其知愈神，其文愈妙」。所以創作前的心性修養與創作時的息心聚念對文章好壞以及個人創作生命長短都具有直接的決定性作用。〔註10〕

　　關於佛道二家的靜坐息心之法，袁黃說他小時候得高人點化，「學問之道，只是收心」，而「靜坐一法，乃是捷徑要門」。除此以外，還需要明師指點，才能事半功倍。他介紹自己的靜坐修禪經驗，從喧入寂，從顯入微，從初禪到第二禪，到第三禪，到雜念頓空、滿腔澄澈，最後恍然大悟，如夢方醒。「初覺一指和暢，次覺滿身和暢，又次覺六合之大，蠛蠓之微，無不和暢者。蓋一念中和，而天地萬物一齊貫串，乃是實事」。到這種境界之後，從此讀書，不管「四書」「五經」，或孔孟之言，「句句皆是家常實話，而宋儒訓詁，如舉火焚空，一毫不著」〔註11〕。袁黃還說：「凡欲靜坐，順先息心，日常隨事練習。難忍處須忍，難捨處須捨。忍得一分，便有一分受用；捨得一分，便有一分安樂。習之久久，工夫漸熟，自然觸處有益。日間有暇，隨意靜坐一二時，調和氣息，放下身心，一切善惡都莫思量，遊情雜念，盡情拋捨，潔潔淨淨，常要完寂然不動之體，才覺昏憒，即奮迅振發，不容一毫懶散，就昏憒處，猛自提撕，修惺惺法以勝之。惺不離寂，寂不離惺，離惺而寂，是謂頑空，離寂而惺，是謂狂慧。但論對治之法，散亂時，須以寂治之；昏沉時，須以惺治之。然其惺也，單提一念，匪二匪三，惺也而未嘗不寂其寂也。惟滅妄心，不滅照心，寂也而未始不惺。大抵人生世間，只有忙閒二境。閒時吾不隨他閒，以吾之惺而寂者主之；忙時吾不隨他忙，以吾之寂而惺者應之。忙閒之境既合，則晝夜之故可通，晝夜之故通，而死生順逆無不一矣。」〔註12〕所謂「靜坐」「息心」無非是將佛家的修身養性與道家的「心齋」「坐忘」結合起來，在日

〔註10〕　《文規》卷一《文有根本》，第 13 頁。
〔註11〕　《續文規》卷三《與鄧長洲》，第 207 頁。
〔註12〕　《續文規》卷三《了凡袁先生論文》，第 203 頁。

常生活中要「忍讓」「捨得」，屏棄所有知慮形骸、善惡雜念，達到齊生死、等萬物的境界，也就是心靈極度虛靜空靈的時候，方是寫作的最佳狀態。除此以外，還要時常修德行義，「大抵人受命於天，生來之福有限，積來之福無窮」，要秉承「積善有餘慶」的觀念，為善積福。作文與修禪異曲同工，經過層級修鍊，由內而外，達到身心通暢，與天地萬物合而一體的時候，可以立定成佛，也可以寫出生花文章。〔註13〕

另外，袁黃認為進德修業須將讀書作文與身心性命聯繫起來，切不可只將舉業功名當成人生最終目標，否則就會墮入作文怪圈，不僅心性變得遲鈍，文字亦不可能工。「須掃除雜念，涵養性靈，即事即物，不厭不棄，偶有走作，即收拾歸來。時而讀書，則整襟對案，儼如聖賢在上，潛細默玩，藉以管攝元神；時而作文，則以潔淨之心思，發聖賢之旨趣，並不使一毫閒思雜想介乎其間」，因為人心是最難把握的，「心之不能不著於物，猶火之不能不麗於木也」，讀書作文「雖非息心之道，亦是聚念之方，能專精於此，而不以他念雜之，正所謂主一無適也。凝聚得久，精神自然收斂，智慮自然精明，定有一旦豁然貫通之理。蓋舉業文字，最沒緊要，費日力於此固可惜，而疲精神於此尤可惜。今能如此用功，借他規程，養吾心體，不但光陰不虛，而精神常斂，道德日新，聖賢用功不過如此」。袁黃舉例往年同沈介川、許星石讀書，萬緣放下，一塵不染，只是終日作文，行亦文，坐亦文，臥亦文，絲毫不間斷，如此鍛鍊，假以時日，恍然大悟，詞源頓開，不待構思，則能信口成文。這是他親身經歷的例子，足以說明不能為了讀書而讀書，為了功名而修業，而是「借他規程，養吾心體」，真正修養心體，方使光陰不虛，而舉業自得矣。〔註14〕他在《續文規》卷四《了凡先生論文》中也說：「大都修文者，貴覃思而致遠。」「精誠不極，則文字不工，不獨執管摛詞，貴於凝神遠慮，平居涵養，胸中有一毫他好，則精神漏洩，藝必不工矣。舉業至卑，然善習之，可以收心，可以養性，可以窮理，可以忘物。」〔註15〕都是一個道理。

所以，在「治心」的基礎上，達到一種真正的超然物外、息心養性的境界，那麼文章自然不鍊而工。「文章，小技也，然精神不聚則不工，識見不高則不工，理路不熟則不工，涵養不到則不工，有一毫俗事入其肺腑則不工。

〔註13〕《續文規》卷三《與陳穎亭論命書》，第206頁。
〔註14〕《續文規》卷三《與鄧長洲》，第208頁。
〔註15〕《續文規》卷四《了凡袁先生論文》，第215頁。

故習之者，必遠塵冗、屏嗜欲，綿綿焉束心一路，精神全注於文，而不復知其他。既而束心漸熟，妄念漸消，並文字之得失，亦不復置之胸中。如仲尼好學，憤心一發，寢食都忘，直須造三月忘味之境。其習之而未成也，如雞抱卵，如龍養珠，雖未脫化，亦足以收吾之放心；習之而既成也，如庖丁解牛，如大匠斲輪，不離技藝，而超然有心領神會之趣。以此習文章，亦以此養性命，又何間焉？」「性命文章合而為一，故人得其皮，我得其髓；人勞多而功遲，我薄施勞而厚取效。大抵修業之道，寂寂者常聚，營營者常分，聚則精專，分則蕩漾，精專則深入，蕩漾則淺收，此必然之理也」〔註16〕能夠將至卑之舉業內化為修身之捷徑，讀書作文，日常涵養，息心聚念，養氣凝神，超然物外，精誠至極，文章性命合而為一，此乃作文最高境界。

　　關於這種「修心」的境界，除了在考前要將自己心思調理好外，袁黃還論及如何對待成名之後的毀譽問題，這仍然是個心態問題。他以韓愈和蘇軾為例，二人皆名動天下，所以樹大招風，動輒得謗，坎坷終身，但是二人皆曠達超逸之士，對待升降沉浮、榮辱得失，都能有一顆平常心，處之泰然。袁黃認為名滿天下的時候，肯定是謗亦滿天下，如何對待這種情況就要看「修心」工夫是否真到家了，「致謗之本在此不在彼也」。所以，應該怎麼做呢？「不但當委之於命，而直當責之於身。謹將陳公之教，鑴之肺肝，不使須臾忘卻，如讀書而思及此，便當百倍加功；檢身而思及此，便當百倍收斂；嗜欲之發而思及此，便當百計消磨；窮途拂鬱而思及此，便當百凡忍耐；接人而思及此，便當百倍謙虛；處事而思及此，便當百倍謹慎。」因為即使是聖人也有遭誹謗的時候，但是謗毀與警省、挫辱與動忍是相伴而生的，只要自己能夠做到「達」這個字，那麼一切誹謗誣陷反而能夠為我所用，增添自己的修養與韌性，這也是屬於「修心」之一種。如王陽明，他的反對者認為應該把他殺掉，陽明卻「黏其疏於壁，早暮觀省，以求存進，年餘，果覺氣日柔，心日細，而動靜自能中節，如此然後不負天生調達之意耳」。所以只要保持平常心或者說虛靜之心，名望也罷，謗謗也罷，一切榮辱得失都可以從不同的角度增益其身。從這個角度看問題，那麼好與壞，是與非的界線就可以打破了，「彼言言設計攻人，我一一消歸自己。彼方污吾之名，吾藉以進吾之德；彼方阻吾之進，吾藉以改吾之非。就心體入微處，默默洗滌，切切磨練，不容絲

毫放過，則誹謗交加，皆良藥也，敢不稽首以拜明賜？」〔註17〕所以「治心」
不光是為文之根本，同時也是「為人」之根本，也是「言為心聲」與「文如其
人」之根本。

　　另外，袁黃還提出「修辭立其誠」的觀點。他在《文規》卷一列舉了前代
許多文論大家如魏文帝、沈約、劉勰、摯虞、韓愈、蘇軾、徐禎卿、王世貞等
人的文章觀點，這些觀點雖然玄妙深奧，但是歸結到一處，「皆修辭之法耳」。
袁黃認為，除修辭之外，作文最重要的一點是「立誠」，所謂「修辭立其誠」，
二者不可偏廢，「不尚修詞，亦不廢修詞，假借玄音，發揮真理。有時極其鋪
張，闔闢萬變，而胸中常含不盡之情；有時藻繪可觀，鏗然在耳，而終不使詞
勝於意」。好的文章不能以文害詞、以詞害意，必須出自真情、發揮真理，所
謂「誠者，真也」；「作文之法，其遣詞也，須出自真情；其敘事也，須直逼真
境。談理性，便當直透本源；說工夫，便可措之實踐。陳治道，真可用之經
世；論人事，真能曲盡人情。」〔註18〕「從容涵泳，真積潛思，恍然有得，
則啟口容聲，皆妙境矣。」〔註19〕《文規》卷四亦云：「文字有真有假。真者
闡之性靈，假者拾之口吻；真者發之厚養，假者競於筆端；真者見理精深，假
者措辭秀麗；真者透入題髓，假者見在皮膚。元魁易得，真假難分，透得此
關，則眉目相肖之中，而神情天地懸隔矣。然假者隨時泯滅，真者久而愈光。
予謂吾師之文，久當大顯，以其真耳。」〔註20〕真正能夠感人肺腑、觸動考
官的八股文仍然是從心中流出的天然之文。可以說，以真情抒發真理，是舉
子長期修身養性的一種延伸和外化。從心立論、以誠為文，方能歷久彌新。
如《文規》卷四袁黃評點說：「文貴真，真則自能壓眾」，評潘汝楨文也說：
「眾人皆就皮膚上描畫，而此獨從神髓上發揮一段真意，使讀之者心肯意愜。
如虢國夫人，本色既高，淡掃蛾眉，而三千粉黛相顧失色。作文但能闡發真
境，不患人不心服也。」〔註21〕「作文句句要從肺腑中流出，搜精剔微，愈
出愈新，令人閱之如入萬花春谷，舉目爛然，應接不暇，此必中之文也。」
〔註22〕可謂深得其中三昧。

〔註17〕《續文規》卷三《了凡袁先生論文》，第203頁。
〔註18〕《文規》卷一《前輩論文》，第8頁。
〔註19〕《文規》卷一《文貴自得》，第12頁。
〔註20〕《文規》卷四《正講一》，第71頁。
〔註21〕《文規》卷四《正講一》，第75～76頁。
〔註22〕《文規》卷五《正講二》，第83頁。

　　袁黃一再強調八股文的寫作必須遵循「窮理」原則，而要做到言之有理，也必須從「治心」開始。「大抵要識見高則理路透，要學問洽則理路明，要精神聚則理路專，要工夫到則理論熟。不濯去舊知，而日來新意，則識見不高。不遇高人講貫，不得奇書開發，則學問不洽。胸中有纖毫雜好則神便馳，有纖毫物慾則神便污，有纖毫馳騁則神便散，皆非聚精神之道也。或作或輟，似有似無，歲月悠悠，身心洩洩，甚至口誦書而意緣他務，身在館而坐廢光陰，不是昏沉，便屬散亂，工夫何由而純熟乎？今須力反前弊，一味用功，每遇作文，須借他題目，說我自家道理。道理既勝，彼區區修飾於句字間者，不啻退三舍矣。」〔註23〕也就是說，要想文章力透理路，則必須識見高、學問洽、精神聚、工夫到，其中「精神聚」尤其重要。如果不能排除心中雜念，摒棄各種欲望，那麼就不能聚其精神，工夫就無法純熟，那麼文章就不會以理勝。反之，要想文章理透紙背，則必須聚精會神，作足工夫，此乃作八股文之一要訣。

　　第二、養氣。

　　「氣」這個概念在中國文學史上源遠流長。早有莊子「無聽之以耳而聽之以心，無聽之以心而聽之以氣」，後有孟子「知言養氣」「吾善養吾浩然之氣」。莊子是把這個「氣」當作天地萬物宇宙起源的與「道」相契合的東西，而孟子之「氣」偏重於主體人格修身養性、培養儒家倫理人格的一種精神。「氣」作為個性氣質或者說才性這個意義講，應該始於曹丕「文以氣為主」之說。曹丕認為這種先天性的作家的個性氣質「不可力強而致」，「雖在父兄，不能以移子弟」，表現在文章裏面就是一種「文氣」。袁黃基本上繼承了這種說法，他認為：「文之詞可以精修而工，意可以深思而得，獨氣不可強。其渾然者，不可以力鐫；其浩然者，不可以襲取，此須善養而致之。養得氣和，文始雍容而大雅；養得氣壯，文始充實而稱雄；養得氣清，文始澄潔而無穢。」既然這個「氣」並非勉強而致，那麼這個「養」字就非常關鍵了，袁黃認為養氣之訣仍然在於《孟子》一書：「凡欲養氣，須先正其心，將萬緣放下，使心君泰然。蓋此志常凝，而一物不擾，則氣自然寧定；此志常潔，而一私不染，則氣自然清明；此志常寂，而一念不生，則此氣便是混沌未分之氣，是故當以養志為主。」也就是說，要養氣，先正心。在拋棄所有私心雜念的情況下，再以「養志」為主，如果一個人在精神上可以達到從容和緩、端祥

閒泰之境，那麼就會有沖和之氣充於四體，「我與天地同在一點太和元氣之內，由是而服氣養神也，則舉天地之生我者，而還以毓吾之身；由是而行氣以經世也，則舉天地之生萬物者，而挈之以立萬物之命；由是而發為文章，則自我之盎然者出之，而我與天地同在筆端矣。故蹲之則泰山，而氣極莊嚴，提之則流水，而氣甚活動，操縱闔闢，無不如意。」〔註24〕在《與于生論文書》中袁黃談到杜牧論文，也是以氣為先：「蓋氣和則文平，氣充則文暢，氣壯則文雄。凡欲作文須先養氣，毋輕喜，懼氣之揚也；毋暴怒，懼氣之拂也；毋多言，懼氣之躁也；毋妄動，懼氣之失常也。動靜語默，端詳閒泰，常使太和元氣周流於四體間，發為文章，自我盎然者出之而已矣。」〔註25〕但是這種「養氣」工夫必須在平日涵養，時時掛心，久久習之，要讓自己從內而外，修身養性。內心的虛靜，外在的從容，缺一不可，如此，方能形成自己獨特的「文氣」。

　　文章之「氣」即作者之「氣」的反映，反言之，要想文章體格新穎又不蹈舊轍，則必須以氣勝。袁黃借用詩歌「氣象」來類比時文之「氣象」：「詩而至近體之律詩，經義而至近日之時文，拘之以格局，限之以對偶，氣象衰颯極矣。然善作者，須於兩邊排列之中，有一氣貫通之趣，方為勝景。」歷來的詩歌名作都是氣象混沌、氣脈連貫，句句相接，如出一線，詩歌如此，時文亦如此。袁黃也多以「氣」評文，如「詞雖抽黃對白，而意則如線貫珠，乃是大家手筆，句之工拙，固不論也。若會元文字，多是一意到底」〔註26〕，「通篇文字，從源而流，打成一片」，「造詣深而脈路正」〔註27〕，「作文固貴用意，而場中閱文，全要氣好。古文惟太史公最渾雄昌大，蘇長公得其波瀾，便能雄視一世。近日惟茅鹿門之文專以氣勝」。評劉靚文曰：「凡文字氣順，極利場屋。散舉人、散進士以氣中式者極多，人只見其文無大意思，類多輕之，而不知氣好而中，固常理也。此六比不特氣昌詞順，而言皆入微，意皆破的。前二比以意遣詞，搜窮理窟；次二比憑空構景，出人意外；末二比如雁落寒汀，迴翔得所；此魁元高調也。」〔註28〕評湯賓尹「好善優於天下」文曰：「湯公之文，妙在一氣呵成，不雕不琢，而氣充格正，詞秀理明。墨卷初出，海內哄

〔註24〕《文規》卷一《文貴養氣》，第14頁。

〔註25〕《續文規》卷三《與于生論文書》，第205頁。

〔註26〕《文規》卷六《正講三》，第91頁。

〔註27〕《文規》卷六《正講三》，第92頁。

〔註28〕《文規》卷六《正講三》，第92～93頁。

然，及窗稿一傳，遂名雄虎觀，價重雞林，始知締造之有源，益睹名家之絕物。」〔註29〕評李廷機癸未「吾之於人也」文曰：「一氣呵成，略無斧鑿痕。沖夷之氣，輕粹之詞，愈讀愈見其難及，蓋由養深機熟，信筆成文，不加點竄，而風度令人可掬。」〔註30〕評李廷機「孔子有見行可之仕」文曰：「不雕不琢，不求奇，不刻苦，而色相渾成，氣脈雅厚。自昆湖『使禹治之』後僅見此文，但昆湖得《詩經》旨趣，有溫柔敦厚之風，九我純是蘇家口吻，有圓轉流麗之習，較是輸他一著耳。」〔註31〕評劉仲熹「本立而道生」文曰：「此文真似《南華》內篇，縱橫闔闢，肆談名理，非從模擬得者，又如神龍行空，不可以轡勒馭，不可以步驟拘，而倏往倏來，倏然莫測者。」〔註32〕這些評點可以說充分點出了「氣」在八股文中的作用。一篇好的八股文，即使破、承、起講和八比文字都結構謹嚴、安排得當，但是如果缺乏連貫始終、渾融無跡的內在氣脈，那麼也不算好文章，反而讓人覺得鍊格過分，機械蹈襲，令人生厭。所以，中式文字，大多「氣」好，通篇文字「氣」順，文氣如注，文氣流動，一氣接下，了無痕跡，方是至文。

　　「氣」暢，作文才可能有大方家數。袁黃認為：「離小之謂大，凡一切小見識，一切小聰明，一切小議論，盡情刷去，而獨依傍名理，把定規繩，如大匠作室，握得規矩停當，而千門萬戶，不勞而定也。又如王者行師，堂堂之陣，正正之旗，而見者自然辟易也」，「又有所包含之謂大，凡措辭說理，要醞藉涵蓄，以近而涵遠，以淺而涵深，以淡而涵濃，以一而涵萬。如李龍眠作尺幅山水，不盈數寸，悠然有長江萬里之勢」，「又雅正之謂大，凡山林寒薄之氣，不可施之廟堂；傖父倔野之風，不可進之禮樂。須要一字一句正大和平，如端人正士垂紳正笏，而立於朝廷之上」，「又無所不通之謂大，文字上要通法眼，下要通俗眼，深要通理窟，淺要通世情」〔註33〕，在袁黃看來，所謂「大方家數」就是一種雅正闊大之氣，必須離棄小見識、小聰明、小議論，要堂堂正正、高華典碩；必須含蓄蘊藉、意趣悠遠不盡；必須正大和平、典雅精暢；必須雅俗共賞，陽春白雪、下里巴人，無所不包。如此，文章才會有氣勢和分量。「試看前輩文字，雖疏疏莽莽，而局面雅正，且能雄勝諸方，如米元

〔註29〕《文規》卷六《正講三》，第 95 頁。
〔註30〕《文規》卷七《正講四》，第 111 頁。
〔註31〕《文規》卷七《正講四》，第 113 頁。
〔註32〕《文規》卷八《正講五》，第 130 頁。
〔註33〕《續文規》卷四《了凡袁先生論文》，第 216 頁。

章父子作畫，略施數筆而物態儼然，定非舔筆描丹者所能彷彿也」。〔註34〕

另外，要養成這種「正大」之氣，胸中不能有世俗情趣，方能維持文章真趣，「《學》～《庸》之文其氣邃，故淺近而造理不深者，類不能工；《孟子》之文其氣激，故卑弱委靡者，類不能工；《論語》之文其氣平，故涵養不深、胸襟不粹者，類不能工。邃者可以理造，激者可以勇及，而平者則理路不能到，意氣不能及，最難工者也，是故作文以涵養為主」〔註35〕。這裡袁黃提到了幾種「文氣」，如「邃」「激」「平」，其中「平」最難達到的，其原因就在於「涵養」二字。沒有日積月累、持之以恆的鍛鍊，是達不到這種境界的。同時，要想文章體格精鍊，還必須機軸鋒利，氣勢博大，通篇一氣呵成，有一瀉千里之感。如卷四、卷五評點說：「凡此須是眼界高、文機熟而縱橫無礙者，方能到此，不然，只如小兒之描摹寫字，摸壁行步者耳」〔註36〕，「文有敷衍發意者，鋪張揚厲，旁收曲映，舒之則文漪落霞，絢然悅目，收入正意，如千鈞之弩，一舉透革乃住」〔註37〕，評吳墨「知及之」文曰：「空中布景，卷舒自如，機鋒一發，節節流動，句有所不盡修，字有所不盡減，而完軸在膺，信筆寫意，蓋得機得勢者也」〔註38〕，評吳墨「憲章文武」文曰：「從起講至尾，一氣呵成，絕無蹊徑，自為雄偉不羈之談」，「養成機軸，自嚴靈襟，絕不落時文窠臼」，「文字博大者易中，纖巧者難中。欲變纖巧為博大，而徒於一句一字上求冠冕，此必不得之數也。試看此一起，何等氣概，何等雄傳，有憑空瀉下之勢……予謂能一口吸盡西江水，然後能作此文」〔註39〕，「得此四比，機甚活動，勢甚飛揚，局甚圓轉，今襲用之，又成套矣」〔註40〕。袁黃在評點中多次用到「機」和「勢」，雖然沒有明確作出界定，但是不難看出，「機」和「勢」都是使文章能夠文氣連貫、縱橫千里的巧妙方法，只有掌握了這一點，「文以氣勝」方為可能。

所以，無論是「治心」，還是「養氣」，歸根到底，即「涵泳性靈」，雖然八股文是「戴著鐐銬跳舞」，但是形式與內容並非水火不容，相反，在形式的

〔註34〕《續文規》卷四《了凡袁先生論文》，第216頁。
〔註35〕《續文規》卷四《了凡袁先生論文》，第212頁。
〔註36〕《文規》卷四《正講一》，第75頁。
〔註37〕《文規》卷五《正講二》，第88頁。
〔註38〕《文規》卷六《正講三》，第97頁。
〔註39〕《文規》卷六《正講三》，第98頁。
〔註40〕《文規》卷九《正講六》，第140頁。

束縛之下闡發性靈之音，方為文章至境，也即「言為心聲」是也。其「心」乃文之根本，其「氣」乃文之血脈，無不是作者「性靈」之體現。只有神完氣足、根於本心的性靈之作才是天下之至文，也只有發洩性靈之作，方可點鐵成金、化腐朽為神奇。袁黃有言：「繹先聖之秘旨，養吾氣之浩然，理趣融液，而不溺於遊辭；洞徹本源，而不牽於旁意。煉之如精金在鎔，不足色不止；裁之如美錦制服，必稱體斯完。止則如羅漢入定，行則如流水出山。莊重如端人入觀，袍笏儼然；蘊藉如美女惜春，有言不盡；其縱橫出入，如韓信將兵，多多益善；化腐臭為神奇，如鍾離丹熟，點鐵成金。以此而發洩性靈，以此而文名天下，庶無愧於斯文矣。」〔註41〕所以，「留心性命，屏除俗慮，誦中習存，作中習養，使腔子內精神常聚，生機常活，此舉業本領工夫也」〔註42〕。

（二）正確讀書

到隆慶、萬曆年間，八股文創作已經積弊甚深，士子舉人多不讀經書，只背誦程文墨卷或者名家選本，一時「高頭講章」庸爛時文充斥坊間，導致士風浮靡，文無根基，「士人不肖者，類束書不觀，遊談無根；間有讀書者，又汩於括帖，專事餖飣，拘牽講說以合注，又拘牽訓詁以合經，而聖賢之意遠矣」〔註43〕，究其根本原因乃不善於讀書所致。因為「時文雖小技，句法字法，須當均有源流，故貴多讀書」〔註44〕，「時文雖小技，亦有三昧在焉。要讀盡三代兩漢之書，又要胸中不存一元字腳；要包羅天地古今之態，又要赤灑灑不染一塵。蓋不讀書窮理，則波瀾易竭，潤色無資，然使塵詮不脫，理障未空，豈能臻文章之妙境？」〔註45〕由此看來，讀書方能窮理潤色，方能至文章之妙境，這個道理應該人人都懂。但是如何正確讀書，要讀什麼樣的書，在萬曆年間，估計這個問題無人能答。針對這種惡習，袁黃多次談到舉子如何正確讀書，下面略述一二。

首先，袁黃認為多讀書、讀好書的前提是讀書的心態問題。「讀書之法，必先整襟危坐，收斂元神，開卷伏讀，優游尋玩。其未得也，綿綿密密，如雞之抱卵，意氣專一，而百慮俱空；其既得也，一言會心，是非雙遣，如龍之騰

〔註41〕《續文規》卷三《答錢明吾論文書》，第 204 頁。
〔註42〕《續文規》卷三《答錢明吾論文書》，第 204 頁。
〔註43〕《續文規》卷三《與鄧長洲》，第 209 頁。
〔註44〕《文規》卷三《起講》，第 60 頁。
〔註45〕《文規》卷一《舉業三昧》，第 8 頁。

空，而翛然於塵垢之表」〔註46〕，良好的心境不光是作文之前提，亦是讀書之前提。只有心空萬物，方能凝神聚息，不會被傳注干擾，不會先入為主，不會被別人牽著鼻子走，方能獲得第一手信息。「故學文者，須先掃除鄙穢，涵泳性靈，有暇先靜坐三、四月或半年，否則亦須隨事遣情，於念中息念，將奔馳紛擾之妄心、豔慕紛華之妄見減得一分，便有一分乾淨，習之久久，自然塵芬漸退，澹泊虛融」〔註47〕，然後再取經典之書仔細閱讀，如：「五經」，《周禮》《老》《莊》《列》《荀》《韓非》《呂覽》《左》《國》《史》《漢》等皆是必讀之書。而具體的讀書之法，則是「將本文朗誦精思，先會通章大意，識其指歸；次將一句一字，求其下落，皆須體之於身心，驗之於日用。灼見其句句可行，字字不妄，然後將大注一體貼之，再將《大全》諸賢之說，一一考索之。有所不合，不妨再思，不可輕悖前賢，自是己說。極之而果有所不通，則當尊經而略傳，不可信傳以疑經；當借傳以明經，不可驅經以從傳。此尤今日學者所當知也」〔註48〕，確實是經驗之談。

所謂「當尊經而略傳，不可信傳以疑經；當借傳以明經，不可驅經以從傳」，也就是說，正確讀書必須講究次序：要先讀經，再讀注，再遍及其他諸儒之說，博採眾長。「今教子弟者，多不讀五經，務記臭爛時文，以為捷徑者入」，所以這些士子在還沒有寫文章之前，就「已有邪魔入其肺腑」，怎麼可能立言名世呢？修舉子業者必須熟讀五經，即使不能遍閱，也必須將所習本經，字字精研、首尾淹貫，朝夕把玩，涵泳揣摩，那麼以後碰到題目就可以迎刃而解了。好的經書對文風有非常強烈的指導作用，「精於《書》者其文必實，精於《易》者其文必深，精於《詩》者其文必逸，精於《禮》者其文必典，精於《春秋》者其文必斷制。昆湖之文從《三百篇》來，故其言溫厚而和平；鶴灘、靜臺之文從典謨來，故其言貫串而切實；獨荊川子有《易》之深，有《書》之實，蓋泛濫『五經』，而自成一家言者也，說者推為大家無忝哉」〔註49〕。除了經書外，還必須博覽群書，「今天下咸局於朱說，不復有看《大全》者矣。吾兒須先將經文潛心玩繹，次將朱注字字而體貼之，《大全》諸儒之說，亦須一一參考，務求至當。蓋博則眾長兼採，約則一字不留，此在豪傑之自得耳，

〔註46〕 《續文規》卷三《與鄧長洲》，第 209 頁。
〔註47〕 《文規》卷一《舉業三昧》，第 8 頁。
〔註48〕 《續文規》卷三《與鄧長洲》，第 209 頁。
〔註49〕 《續文規》卷四《了凡袁先生論文》，第 214 頁。

未易為眾人道也」〔註50〕。其他如《性理大全》《皇極經世》《律呂新書》《通鑑綱目》等皆要涉獵。袁黃認為讀書要博，但「不以泛濫為高，而以精詣為準」，要刪其繁猥，將書中精華處熟讀詳玩，會其旨趣，如「讀《史記》須要得其跌宕之氣；讀《漢書》須要得其嚴整之風；讀《老子》須養吾恬淡之心，會其無為之旨；讀《莊子》便須渺末世界，傲睨帝王，而使胸中常有一段不羈不局之趣，翕其精神，注吾肺腑，開口如在舌尖，下筆如在筆底，然後從而作論、作策，庶有三分古氣，可以壓倒元白矣」〔註51〕。「博」並非「泛濫」，而是「惟精故博」，正因為「精深」，方可「博大」。

　　袁黃還談及「看書易，記書難，開卷了然，掩卷茫然」的問題，該怎麼辦呢？他認為，記書要講究方法，前人有編成隱括，隨事記憶的。於是袁黃將《性理》《綱目》等書加以提要、稽古，每天將提要過目一遍，看過百遍後，以後若有閒暇，可以再瀏覽一遍。這種方法時間用的少，不費力，但是可以重複加強記憶，達到終身不忘的效果。他認為「蓋有至敏之資質，決當做至鈍之工夫」，即所謂「上乘兼修中下」也。〔註52〕

（三）勤奮用功

　　袁黃將士人應試也比喻為戰爭，「士人應試，亦可謂戰也」，戰而修其武備，試而修其文詞。袁黃曾比較「曹劌論戰」與「越王句踐報吳」兩個典故，說明戰爭並不完全靠兵力，而是靠人事。作八股文也是同樣道理：「今士人應試，亦可謂戰也。其怠惰而不學者毋論已，三年篤志，足不窺園，精其業，利其器，進而鏖戰於文場，然而有勝不勝者，蓋不講於所以戰之理也。夫古人論戰，不論堅甲利兵，而論事神治民、問疾葬死等事，此豈迂也乎哉？蓋戰而修其武備，猶試而修其文詞，此人事當爾，不必論也。進退得失，其機甚微，其來也，若啟之；其去也，若奪之，默主於人事之外，而人不得窺其緘者，此謀臣智士之所以栗栗危懼，而鄙夫淺儒見在眉睫者，固不虞冥冥之中有真宰也。」〔註53〕平常用功讀書，鍛鍊文詞，就好像戰鬥前磨刀擦槍作準備一樣。但是應試前的準備工作到底要達到一個什麼標準呢？袁黃認為必須「專」和「勤」，必須日積月累，珍惜光陰，用心鑽研，千錘百鍊，永不自滿。

〔註50〕《續文規》卷三《與鄧長洲》，第209頁。
〔註51〕《續文規》卷三《與鄧長洲》，第209頁。
〔註52〕《續文規》卷三《與鄧長洲》，第209頁。
〔註53〕《續文規》卷三《了凡袁先生論文》，第202頁。

惟其如此，應試時方得心應手。

　　首先，用工貴專，即「進德修業，工夫只要專」。這個「專」須包括兩方面內容，一個是「用功」，一個是「悟」。在袁黃看來，要想成就某事，此二者缺一不可，也即是孔子所說「學而時習之」之意。參佛如是，作時文亦然：「作文者果能念念思維，綿綿不斷，行住坐臥，心常在文，文既成，須呈明眼求正，有不安應時改定，改而未妥，不妨重複刪削，既妥，請題再作，但要借他題目收吾精神，一念常凝，萬緣俱斷，不消半月，定有豁然透脫之期。蓋改到無可改處，文字便佳，既佳之後，只不歇手，做十餘日，覺得輕省，便熟矣。使一日做，一日不做，即終年拈弄，亦必不熟。譬如種木者，要使根株時時著土，定然隨時生發，此時決定道理。」〔註54〕也就是說，作文好比種樹，要想根株牢固，必須時時用功，不可間斷，要有恒心和耐心，精益求精。最好像荊川先生和昆湖先生一樣，終日沉浸其中揣摩題目，達到廢寢忘食的程度，方能文機發見，登科及第。針對當今士子修業方法，如「今諸生修業，三六九日作文，餘日則看書幾板，隨將時文選定」，袁黃認為這種通行之法「實至陋之規」。他認為作文貴在專一堅持，如果三天打魚兩天曬網，那麼文思意趣無法聯屬貫通，作再多文章也是徒然。作文如此，看書也是如此，如果走馬觀花毫無心得，那麼看得再多，對於看過的東西也是茫然無所知。讀書作文之外，還有編選時文，更要嚴格對待，市面上好的時文少，壞的時文多，「好者入目，未必有益；而不好者入目，最能壞人真趣」，「如與不善人居，初亦甚惡之，既而默默薰染，不自知其肺肝之盡換矣」。袁黃認為子弟輩用功，當作「焚舟之計」：比如作文的時候，就把其他工夫都儘量省略，專心作文，作完後請友人批抹，應時改訂，然後立馬又換一題。如此用功，不出一個月，就會「文機便活，文勢便熟」。如果看書，那麼就集中精神看書，對於已經看明白的，就不必再看，只要稍微不明白的，則必須細心揣摩，一定要等到這篇融通透徹，方可看第二篇。如果真能「鞭心入微，反躬默體，玩之於虛閒澄寂之中，觸之於語言文字之外」，此時，再來看前日已明之書，則明白處更覺生意無窮，即使未明之書，也會因文會理，即刻參透，這就是「功之反求諸內者也」。至於編選時文，則須做到「不以時文看時文，而以我看時文」，要懂得他山之石攻吾寶玉的道理，要能看到時文批選中的精到之處，如哪裏是神到，哪裏是

<hr>

〔註54〕《文規》卷一《用功貴專》，第12頁。

意到，哪裏是理到，哪裏是詞到，如此，方可從舊破新，點鐵成金，化腐朽為神奇。此所謂「轉法華，不隨法華轉」。〔註55〕

其次，用功當勤。人生苦短，光陰有限，許多士子都是蹉跎場屋終生，他們不僅沒有掌握正確的修業方法，更是慵懶待業，缺乏勤奮刻苦之心，而這點卻正是舉業之要樞。所謂「民生於勤，死於逸。勤則血氣常運，疾用是寡，而後王之，逸適以短年。是故君子進德修業，貴及時也。農及工商，皆終歲勤動，而無一日之曠。士獨何人可以自逸？坎坎伐檀，顧為食力者所笑」〔註56〕。袁黃還將先輩讀書的三年圖畫出來以教子弟，即每月三十日，每日早中晚三次，每次如果修業無曠，則用筆抹上，以此自勵，用功方勤。不僅如此，進德修業還要日日見功程，才可看出「勤」之效果，「如讀書，前日看得書旨如此，今日看來又覺精深；如行事，前日看得道理如此，今日思之，又覺未盡；如改過，前日已知非而盡改之矣，今日體驗，又覺所改之中，又有過焉，此所謂日知其所亡也。若自謂前日所讀之書，所行之事與所改之過，皆已盡善，不復求進，則永斷日新之路矣。君子從知起能，能成知絕，是能也者，乃道之有得於心者也。時時存養，默默保任，豈可使月有忘哉？」進德修業如同讀書、行事、改過，必須日益精進，不斷存養，方有精深之境。〔註57〕

最後，學問要不斷精進，不斷錘鍊，百折不撓。所謂「天下無自是之豪杰，亦無自足之學問」，「凡欲成百圍之木，不知經多少風霜；凡欲成萬斛之舟，不知受多少錘鑿。古今豪傑，其學問得力處，皆從困苦中磨練出來，有遭一蹶而終身受用不盡者」。冰凍三尺非一日之寒，沒有人會不經磨練便一帆風順功成名就，舉業也是如此，「即舉業一節，已精益精，茫無盡期。句鍊矣，而刻琢太工即傷氣；氣暢矣，而馳騁太過即傷格；格正矣，而拘牽排列即傷意；意工矣，而描寫過當即傷理。使穠纖備至，精粗畢協，若豪傑稱工，而俗眼未識，亦是我輩欠缺處。作文之法，不但當仰合高縱，尤當俯循俗忌。」文章永遠沒有盡善盡美之時，句鍊，還要氣暢，還要格正，還要意工，即使這些都具備了，還必須慧眼伯樂，否則依然無法發揮文章之美。袁黃認為《論語》和《孟子》是萬世作文之典範，「其辭何等平正，其意何等精深」，「故善文者，以平淺之辭，發精深之意，使識者得其意，不識者得其辭」，舉業須日新月異，

〔註55〕《續文規》卷三《與鄧長洲》，第208頁。
〔註56〕《續文規》卷三《了凡袁先生論文》，第204頁。
〔註57〕《續文規》卷三《與鄧長洲》》，第208頁。

以此為楷模，但是沒有最好，只有更好，「故常慚往行之謬，則德日新；常知舊業之非，則文日進。如修德者執稱往行皆是，作文者而自謂舊業皆工，則終身不曾進步者矣。僕以豪傑待足下，故足下學業已工，而僕尤喋喋進規，足下果以豪傑自處，亦豈肯以今日所造為已足耶？況男子當讀之書，僕讀之三十年而未盡；男子當為之事，僕為之三十年而未得其涯也。足下英買夙成，正不當以鄙人為例，然遭躓而思奮，則野人之所親嘗而有味者。」〔註58〕如此勤奮用功，舉子不可不察。

（四）轉益多師

除了「涵泳性靈」「正確讀書」以及「勤奮用功」之外，作為應試準備，袁黃也非常重視前輩指導和程文墨卷的典範作用。

首先，為文須請教前修，「虛心請益，多訪高人」。因為「世間萬事，皆有法度，皆有源流，即小小技藝，亦須得人傳授，方可名家，況文章乎」，而且當今士風浮墮，急需整頓，「今之學者，師心自用，不肯屈志於前修，偶有一知半解，輒自負深玄，所作或稍清新，足驚眾目，便神歷九霄，志輕先輩」，「昔者，見賢思齊；今也，見賢生妒。昔也，見不賢而內省；今也，見不賢而外憎。內失己之益，外孤人之賜」。袁黃回憶他早年十八九歲時從師學藝的往事，說明「舉業自有的傳」，他所請教的老師如荊川唐先生，方山薛先生，昆湖瞿先生，雖然在技法上可能「同一杼軸」，但「每拜一師，輒覺有一番進益」。這其中，他所請教的方山薛先生也是一個典型的由前輩指點而中式的例子。雖然在當時他也是高才博學，有時名，但是久困場屋不第，後來請教同鄉前輩董中峰、來菲泉等人，來公對他說了一段至理名言：「文字有必中者，有必不中者，有歪文而可利中，有好文而必不中者，汝之文乃好而必不中者。」後來經過來公一番點撥，並將董中峰批點的墨卷授於他作參考，薛公受而習之，後高中第二。袁黃認為高師指點亦是修業之人要想事半功倍的關鍵因素，像管東溟、馮具區、董思白等先輩，「皆當造其廬而禮請之，得其一言半句，即奉如蓍龜，繹其旨趣，以點化吾之凡骨。大率與前輩相處，真誠領教，即微言微動，皆受益無窮。」〔註59〕所謂名師出高徒，前輩高人無論在作文技法還是閱歷見識方面都較後生為高，只要懂得虛心請教，定能得到點化，受益無窮。

〔註58〕《續文規》卷三《寄張公子書》，第 205 頁。
〔註59〕《文規》卷一《文須請教前修》，第 10 頁。

其次，正確閱讀墨卷。雖然當今士風不正，舉子多不看經書，專背誦庸爛時文，大壞士習，「今之後生未嘗不閱墨卷，亦未嘗不選墨卷，然得其皮毛，遺其神理，總之，在影響之間耳。甚有選定之後，束之高閣，並不翻閱，政如市娼倚門，閱人雖多而留意者少，後來相見，即素所賞契者，亦茫然不復憶矣」，但是程文墨卷作為中式之文，也確有可取之處，所謂「前日之墨卷，後日之法程」，也無不道理。當時士子包括袁黃自己，早年也是頗自負，不重視墨卷，每有墨卷在手，總是萬般挑剔，一一拈出瑕疵詆排。後得管男屏先生教誨，方才明白墨卷是中式文字，如果以此為非，那麼說明自己跟中式文字大異其趣，只有看得到中式文字之妙，方有自己中式之可能：「蓋風簷寸晷之文，誠有不必盡善者，然詞或未修，而意獨出群；意或未佳，而氣獨昌順；氣或未暢，而理獨到家。其他或輕清，或俊逸，或自然，或平淡，有一可取，便足中式，不必專摘其疵，亦不必曲為之護，政使瑕瑜不掩，亦自成家。」〔註60〕可見，每篇中式文章總有自己可貴之處，只要吸取精華，沉酣把玩，定能從中領悟神理，易於中式。而且流傳選本大多都是文章大家彙集會元墨卷精華詳加批閱，闡發精微，破其關鍵所得，更是積累了諸多學者文章技法經驗，若能稍加留意，甚利場屋。所以，「大抵學文如學射，須先擇前輩好文數首以為法程，貴精不貴多，貴專不貴泛。譬好學射，不先定標準，即終日執弓，何由中的？又須枕藉之，沉酣熟玩，使神與偕來，便可奪胎換骨，而陶鑄成家。若待招之而後來，麾之而後去，已落第二義矣。」袁黃友人馮開之就是一個例子，「丁丑未進場時，日日玩此一篇文字，藏之袖中，早暮披繹，寢食不廢，故場中七作，其風度悉與此篇相肖，此便是學文樣子」〔註61〕。又如《文規》卷六評「好善優於天下」文曰：「以上諸作，或詞新而意警，或氣暢而理明。如五百比丘縱談名理，各吐珠璣，各不違佛意。可熟玩之，自能開拓筆端，亦可以遍考得失，毋忽。」〔註62〕《文規》卷四有云：「應舉子業，須以墨卷為定衡，而每科會元，其文經十八房閱過，主試又翰林大老，所取必正大可式，士人不察，往往以和平為讕陋，以雅澹為無奇，不自知其識見之偶偏，而反憾主司取評之無當。由是終身呫嗶，取途愈遠，老死場屋而不見收。」袁黃以許獬為例，「首篇是一句題，誠難鍊格。初看似只平平，及遍閱十八魁，然後

〔註60〕《文規》卷一《墨卷當看》，第 11～12 頁。
〔註61〕《文規》卷四《正講一》，第 68 頁。
〔註62〕《文規》卷六《正講三》，第 97 頁。

知其格局平正，體裁冠冕，詞氣春容，理趣典暢，卒無加於許公也」，也就是說，應舉業者，必須重視墨卷，因為這些中式文字都是經過考官大儒評審過的，都是典型的「會元文字」，必須細加揣摩，方可得中。特別是有些中式文字看起來普通平凡，但其中精髓恰好就是中式利器，尤其需要重視。〔註63〕

二、創作論

關於創作技法，袁黃沒有專論，但是在評閱歷科墨卷的時候，他將八股文每個部分的做法、需要達到一個什麼標準，以及什麼樣的文章才是場屋利器，等等，都以精鍊絕妙的文字詳細地表達出來，稍作總結，大略包括創作原則與具體的創作技法，下面分而述之。

（一）創作原則

雖然八股文跟我們平常抒情言志的散文大不相同，其主要目的是考察士子對經書傳注的理解程度和闡發能力，有嚴格的制式要求，且需代聖賢立言，很少有自己發揮的餘地，但是作為一種需要超高形式技巧的文章，寫作八股文，仍然必須遵循「作文」的一般性法則，而且只有這種文章才能中式。袁黃認為，好的八股文跟好的散文一樣，必須發自性靈，要真誠，要自然天巧，要含蓄蘊藉，不能人云亦云，抄襲蹈襲，要能自成一家，方成場屋利器。

第一，文貴雅正。自嘉靖以來，文風巨變，特別是陽明心學的興起，八股文風也隨之怪異乖謬、機巧尖新，針對這種情況，袁黃又一次呼籲成化以來的「平正通達、典雅渾厚」之風。在評點中，他多次用到諸如「典雅」「雅正」「雅馴」「文字貴典，典則最利場屋」〔註64〕等詞，如《文規》卷四評王辰玉首篇：「其詞何等雅正，其氣何等春容！說理入微，而不犯艱深之態；用意周匝，而絕無斧鑿之痕。」〔註65〕評「我亦欲正人心」一節云：「此作極得肯綮，格既平正，意復精瑩，而春容典麗，大雅和平，語語刺心，可稱不朽。」〔註66〕等等。與「雅正」相關聯，袁黃提出「文貴精神」的看法。所謂「文貴精神」，即作文要有雅正精神。文有雅正精神，方可傳世，要有雅正精神就不可染世俗趣味，「文無古今，精神至於不可磨滅，斷然可傳矣」。袁黃引茅

〔註63〕《文規》卷四《正講一》，第 62 頁。
〔註64〕《文規》卷六《正講三》，第 99 頁。
〔註65〕《文規》卷四《正講一》，第 63 頁。
〔註66〕《文規》卷四《正講一》，第 71 頁。

鹿門語說「舉子業，淺言之則掇拾餖飣可以得一第，深言之謂之傳聖賢之神可也」，認為詩賦只不過流連光景、神到詞到之作，卻可以傳之後世，何況是舉子業這種「以道德性命之言，發聖賢之心髓」之文章呢，肯定是可以傳之後世的。所以，作文必須會其精神，再以文字輔之，方為入殼。而這種工夫必須在平日涵養，如果胸中帶有一絲一毫世俗趣味，那麼文章真趣就會被污染了。如「後生小子多玲瓏可玩，以其染世淺而心常清也；至三四十歲，文多窒塞者，塵累多而心雜也」。〔註67〕要想文章有精神，還必須忌下俚氣味：「凡私己求勝，喜聲譽，競是非，好談人短，皆是下俚氣味。」〔註68〕具體來說，要心地超然，光明潔淨，於日常交際，胸懷寬恕，包容六合，渺視古今，量含太虛，萬物一體，方可避之。

　　第二，文貴天巧。袁黃認為佳作應該還是自然天巧，不要有太重的人為斧鑿痕跡，很多中式作品都是初看起來平常無奇，仔細琢磨品味，個中精髓才會顯示出來。「文字不難於奇而難於平，不難於工而難於拙，不難於濃而難於淡。然平須從奇而來，拙須從工而出，濃須從淡而生，乃為正脈。故作奇者，初時當窮神極想，窺深入微，及琢磨既久，漸近自然，人力近融，天巧乃見。使泰山、華嶽不礙流水行雲，海錯珍饈恍若太羹玄酒，令人初誦之若平平無奇，再尋之漸覺雋永，三復之則擊節服膺，彷徨追賞，此千古作文之法也。」〔註69〕門人顧曾璘、元玉甫評「子貢問曰何如」三節云：「先生圓悟入微，而充養完粹，流於既溢，發於自然，故有透徹之見，而運之以沖夷；有銳精之思，而出之以雅澹。琢磨精巧，如良工製美玉，而絕無雕刻之痕；文勢順利，如老驥騁長途，而絕無奔逸之態。我朝會試六十餘科，未嘗見此文字。」〔註70〕凡是人為雕琢痕跡太重的文章，總讓人一覽無餘，讀之令人生厭，只有契合天工的巧妙文章才會韻味無窮，讓人愛不釋手。如袁黃評李廷機癸未「吾之於人也」文曰：「一氣呵成，略無斧鑿痕。沖夷之氣，輕粹之詞，愈讀愈見其難及，蓋由養深機熟，信筆成文，不加點竄，而風度令人可掬。」〔註71〕評李廷機「孔子有見行可之仕」文曰：「不雕不琢，不求奇，不刻苦，而色

〔註67〕《續文規》卷四《了凡袁先生論文》，第 214 頁。
〔註68〕《續文規》卷四《了凡袁先生論文》，第 212 頁。
〔註69〕《文規》卷四《正講一》，第 72 頁。
〔註70〕《文規》卷四《正講一》，第 69 頁。
〔註71〕《文規》卷七《正講四》，第 111 頁。

相渾成，氣脈雅厚。自昆湖『使禹治之』後僅見此文，但昆湖得《詩經》旨趣，有溫柔敦厚之風，九我純是蘇家口吻，有圓轉流麗之習，較是輸他一著耳。」〔註72〕另外，袁黃認為要想得文章天巧，要自成一家，則必須「完其天趣」，如同梅之清瘦，桃之綽約，牡丹之富麗，完其本色，方得其天趣。「正大中插一浮語便傷格，流動中插一滯語便傷調，一語相雜，則通篇不純，是天趣不完也。通篇純粹，而命意處不透根，寫境處不逼真，譬猶剪綵為花，非不英英可愛，終非本色也，天趣不完矣。命意寫境各到，而通篇神氣不流動，譬猶枯槁之物，生意索然，天趣亦不完矣。」〔註73〕也就是說，要想得文章天趣，必須通篇純粹，命意、寫境俱到，還要神氣流動、生機活潑，方顯本色天趣。

　　第三，文貴說理。八股文當然並非一般抒情言志之文，而是要代聖賢闡發義理，所以八股文必須以說理為主，這是由其先天特性所決定的。「萬形有蔽，惟理難磨。凡文之可傳者，皆其說理者也。如以詞而已矣，則朝榮暮瘁，東起西沉，縱有客觀，特暫時光景耳。」袁黃引用馮具區言：「文有真奇，有偽奇；有真平，有偽平。凡根極理要，而開人不敢開之口，本立而千條提秀，氣實而萬派生光，此真奇也。若無理無意，而徒掇拾生字怪語以炫人耳目者，此偽奇也。有深邃之見，而出之以沖夷；有真切之思，而運之以和易；言言說理，字字切題，而無齟齬之態，讀之衝然，而味之無極，此真平也。若不本之於理，而徒為率易之詞，乃鄙夫庸談耳，此偽平也。」他認為看一篇文章，有真奇，有偽奇，有真平，有偽平，其根本區別在於是否以說理為要，如果能夠以理生文，言之有理，那麼文章方有筋骨，方有支撐，方可傳世。所以要看一篇文章的好壞，「不當論其奇平，而惟當辨其真偽。欲辨真偽，須就理上分之，不然，欲取奇才，而為偽奇所惑，欲收平正，而老邁不材之士，往往濫收。今一決之於理，則無二者之惑矣。」至於文中之理也分很多種，「理有真有偽，有淺有深，有虛有實，有微有顯，有平有滿，有偏有正，只就題中尋覓」。袁黃在《文規》卷一以大量的篇幅具體介紹了什麼樣的理是真理，什麼樣的理是偽理，什麼是淺理、深理、虛理、實理、微理、顯理、平理、滿理、偏理、正理，等等。士子皆可作為參考。

〔註72〕《文規》卷七《正講四》，第113頁。
〔註73〕《續文規》卷四《了凡袁先生論文》，第216頁。

　　第四，文貴含蓄。中國文化向來就有含蓄蘊藉、婉而不露的傳統，無論詩、詞、散文、小說、戲曲，還是音樂、舞蹈、繪畫、雕塑等，無不以含蓄為美，講究以理節情、情在理中，言約義豐，以最少的詞表達最深最闊的境界，八股文作為文章之一種，也必須具備這種特點，方可醒目。「善作文者，須要以有限之詞寫無窮之意，自首至尾，紆徐委曲，如行九折之河，前顧後盼，令人應接不暇。要有含蓄，如維摩丈室，而三千世界俱在裏；須要首尾貫串，如有理供狀，一直到底，無一懶散字，又如岳家軍，人人奉法，無不以一當百。」〔註74〕袁黃在《文規》卷八也說：「文不難於做，而難於不做。此等文字，不由學問，非關理路，而金盤露屑，清耳可人，可玩而不可學者也。」〔註75〕如同詩詞，不要面面俱到，適當留有餘績，便可引發人無限想像，天然工巧，餘味無窮。又如《文規》卷四袁黃評點語：「凡文字直衍其詞，不如曲寫其意」，「並不實講，而春容醞藉，一洗俗套」，有很多文字不明說，但是「發揮透徹，昭然可想。如水中之花，鏡中之月，可玩不可執也」。〔註76〕如此，方有含蓄之美。

　　第五，文須實詣。所謂「時詣」，即「自家屋里人說自家屋裏事」，如同嵇康善於彈琴，所寫《琴賦》，從琴之實用寫起，所以「言之親切而有味」也。因此舉子讀書聽講，都不能作空談，句句都要自己切實理會。「聖賢亦只是個常人，無甚高遠，其心即是吾之心，其言即是吾之言」，只要我們掃除雜念，潛心把玩，肯定能夠感受到句句都是日常受用之言，然後作文，「問處如自家問，答處如自家答，言言有用，句句中的，方為入彀」〔註77〕

　　第六，文有十忌。關於為文之忌，袁黃在卷一作了系統論述：作文必須知避忌，一共十條，即忌頭巾氣、忌學堂氣、忌訓詁氣、忌婆子氣、忌閨閣氣、忌乞兒氣、忌武夫氣、忌市井氣、忌隸胥氣、忌野狐氣。所謂「頭巾氣」，即俗儒惡派、老生常談；所謂「學堂氣」，即死啃書本，無真知灼見，識趣卑庸，見聞穢雜；所謂「訓詁氣」，即指字釋義，蹈襲他人，略無變化；所謂「婆子氣」，即纏繞瑣碎，舉細遺大，叮嚀顧盼，嗒嗒不休；所謂「閨閣氣」，即妍飾眉目、獨逞嬌詞，粉黛情多，英雄氣少；所謂「乞兒氣」，即東借西移、捉

〔註74〕《續文規》卷四《了凡袁先生論文》，第213頁。
〔註75〕《文規》卷八《正講五》，第127頁。
〔註76〕《文規》卷四《正講一》，第74頁。
〔註77〕《續文規》卷四《了凡袁先生論文》，第214頁。

襟見肘；所謂「武夫氣」，即爭鬥交馳，干戈雜出，當場怒張，無禮樂揖遜之習；所謂「市井氣」，即藏頭露尾，飾偽為真，逐馬尾之塵，而語言無味，競蠅頭之利，而面目可憎；所謂「隸胥氣」，即欺己欺人，畏首畏尾，言局蹐而不暢，氣阻抑而不申，慣弄虛詞，全無實意；所謂「野狐氣」，如古冢老狐，神通白出，終非真正修行道路，即宗史所謂謬種流傳，禪家所謂天然外道。其中，頭巾氣、學堂氣大半表現在傳注中，「故凡天下秀才，讀得注爛熟者，必不能作好文，凡會做文字者，必於注不熟者也」。〔註78〕袁黃提出「作文十忌」，目的在於說明真正的好文章要直接、要撇脫、要軒豁磊落，要頂天立地、展布得闊，要雍容典雅、敦厚和平、清逸脫塵，要拋開傳注、發洩性靈，要格局闊大、氣脈貫通，要以真情抒真理、言語實詣，如此，文字自有真正脈絡，方可中式，方可傳世。這是作文之忌，亦是作文之法則。

第七，工而應時。袁黃認為「製衣所以禦寒也，有衣而不免於寒，則雖錦繡盡飾，皆為無用之物矣；醫之用藥，所以療病也，有藥而不能治病，則雖按醫經制奇方，皆為無益之舉矣。習舉業所以應試也，為文而不利於場屋，雖千椎萬鍊，枉費苦心，何益之有？」所謂「時文」必須應時而作，其目的是「應試」，不是束之高閣，也不是流芳百世。袁黃舉了一個非常突出的例子——歸有光熙父。歸有光可以說是名滿天下的古文大家，平日恬靜自持，不問生計，專閉門修業，對於作文之道應該是瞭如指掌，信手拈來，歷次主考官都稱他為「真巨儒筆也」。但就是這麼一個人卻「八上公車而不遇」，蹉跎場屋二十六年，如果不是後來考官憐其遭遇而「收之於繩墨之外」，估計歸公將終身淪落了。究其原因，難道是歸有光之文不夠精工？非也。袁黃認為其根本原因在於「古而不今，深而不淺，質而不華，奧而不顯，大非利中之具」，歸有光「以古文為時文」，文章太過於古奧難識，「用心愈勤而去時調愈遠」，「去有司之繩墨愈遠」，簡言之，即「文雖工而不時」。所以袁黃也說：「故舉業文字慕古者，必不合時；師心者，必不諧眾。雖濡筆腐毫，輟翰驚夢，吾見其愈眩也。善修業者，不獨自慊隱衷，須要博通眾志……熙父負盛名，雅自尊重，人無得而訾議其文者，譬之玉不受琢磨，終不得為美器焉；馬不受駕馭，終不得為良材。」〔註79〕關於這個問題，袁黃強調：「春而東風解蟄，夏而大火西流，秋而素瓦凝霜，冬而寒林綴雪。雷火霜雪，各司其候，惟其時

〔註78〕《文規》卷一《文有十忌》，第 15 頁。
〔註79〕《續文規》卷三《與鄧長洲》，第 210 頁。

也。時之來也，萬物無所避其蹤；時之往也，天地不能留其鑣。文而謂之曰時，決當隨方合節，局局爭新，過時不可，不及時不可。」袁黃引用荊川先生言：「時藝不可自適己意，須寒暑溫涼，各隨時態。」所以荊川先生的文章也時隨時合節，如己丑前文字「溫潤典雅，氣格甚正」，改官翰林後「精微淵懿，沉著痛快」，歸田後「脫盡浮華，獨抒真景」，「惟其不執一格，而能隨候效靈，不恃前之所修為已工，而惟恐今之所作為未善，故以蒼顏白髮之歌工，而聲調不減於後進也」。與歸有光相反，茅鹿門六十年來，文字大都一轍，就是因為「文雖工而不時」，就好像當今一些舉子閉門造書，無異於「當夏令而飛雪滿空，當冬天而炎威爍物」，不僅失時候之正，說不定還會招致災禍。〔註80〕

　　第八，才情與規矩並重。因為經義之學，代聖賢立言，必須宗經徵聖，恪遵傳注，發揮微言大義，一定要遵守嚴格的格式和制度。因此，八股文跟其他文學樣式的創作有本質的區別，袁黃明確提出時文寫作不可過分騁才情，不是說不能表現才情，而是不能太過於逞才使能、縱情恣意。「可用之以涵泳真性，不可因之以流蕩情塵；可用之以收拾放心，不可任之以過恣才思。故厚養邃衷之士，常能臻真妙境，而粗心浮氣之徒，雖習焉而不工者也」。各種文體自有其寫作規律，遵循規律，方為「本色」。寫作八股文，自有程墨可循，如果完全無視科場條例，太過於才情恣肆、縱橫自得，則非但不能中式，還會貽笑大方，如同「祖褐闊步於廟堂之上，歡歌笑語於君父之前，非其質矣」。所以，要想舉業文字工整，既要馳騁才情，又要合乎規矩，則必須將「才情」與「規矩」融合無間，「故才足以一日千里，而須範我驅馳，不失尺寸；情足以涵濡萬狀，而須循規蹈矩，入我殼中；是以貴涵養、貴中正、貴和平；但能循繩墨而濡之以化，則不出筌蹄而縱橫自在，鍛鍊之極，妙入自然，而文始稱工矣。」這種「從心所欲而不逾矩」的最高境界非厚養邃衷之士不可，能夠把「才情」與「規矩」糅合得親密無間，那麼其文章也定會風生水起。〔註81〕寫八股文，不能太過於逞才使能，但是八股文也是文章之一種，沒有才情也萬萬不可，關鍵是如何運用才情。袁黃在《續文規》卷四《了凡袁先生論文》中說：「人之才情萬品，約之惟有兩端，非過即不及也。作文而才情不及者，須抗之使高，縱之使遠，目盡八荒，胸含萬象，庶幾不為繩墨所窘；若才情稍過者，須範我馳驅，不失尺寸，猶人乘騏驥，逸氣勃如，當以御勒制之，勿使

〔註80〕《續文規》卷三《與鄧長洲》，第 211 頁。
〔註81〕《文規》卷一《舉業不可騁才情》，第 15 頁。

流亂軌躅也。」「時義最細，不可過，亦不可不及。過於說理，患在意深；過於修詞，患在意浮。然說理不透，修詞不工，自是文章大病。」〔註82〕不可過，亦不可不及，才情和規矩必須找到平衡點，既要發自性靈，抒寫真情，亦要規矩繩墨，聯絡貫通，方是中式佳作。

第九，考慮地域因素、考官好惡及文風遞變。《文規》卷八袁黃引千秋館評張以誠文云：「應天硃卷，獨榜首多用時尚綺語，似墮旁門，然亦絕無苦詭之病。他卷率歸醇正，不無庸弱疏淺之士參於其間，則一時尚平之致大概可見矣。」〔註83〕一時文風的形成或衰變，跟士子風氣、考官閱卷以及地域因素都有很大關係，袁黃認為此評頗中時弊。他在《文規》卷一中也談到「外省之文，大率與兩京不同」：「兩京以理，浙江以詞；兩京以意，浙江以氣；兩京多奇筆，浙江多平調」，「近來用京考，故文字頓改。數科以來，程墨說理用意，翻然一新。只如丁酉墨卷，若格調，若理趣，若意思，種種奇絕，駸駸有兩京風味矣。故今日之文，不貴典而貴新，不貴顯而貴邃，不貴淺而貴深。若稍有一毫塵腐、浮露、膚淺之態，決難望中。須要掃除俗套，掀翻理窟，自出一段精光，做天地間極好文字，庶幾合格。一切庸俗、鄙猥、掇拾、餖飣之習，往年所望以利中者，今皆用不著矣。」〔註84〕《續文規》卷十五也提到，「浙江文字，往年真與兩京不同，自差京考以來，漸脫塵筌，漸逼佳境，一科勝一科，榜首以下，各擅才華」〔註85〕，「浙江舊時文字只是循規傍矩，並未嘗懸空說一句話，此作（沈守正文）卻縱橫自在，於形色相貌之外別構面目，駸駸逼古矣」〔註86〕。浙江與兩京乃地域之差，浙江近日之文與往年利中之文，乃隨時變遷。無論是地域引起的文風差異或融合，還是時間引起的文風遞變與更替，都是影響考試結果的關鍵因素，但只要秉持作文之法，抒發性靈，新穎獨造，不落俗套，定能中式。

袁黃還談到試官閱卷之標準的問題：「試官閱卷，當為國家求有用之才，其庸庸者斷非偉器，而詭怪者亦非端人，若一主於平，則疏淺之夫雜然並進，毋惑也。前如具區所論，有真平，有偽平。深入理趣而運之以沖和者，真平也；無理無意而以淺詞塞白者，偽平也。是故閱文者當以理意為主，則浮薄者、淺

〔註82〕《續文規》卷四《了凡袁先生論文》，第213頁。
〔註83〕《文規》卷八《正講五》，第125頁。
〔註84〕《文規》卷一《浙江文變》，第17頁。
〔註85〕《續文規》卷十五《正講三》，第377頁。
〔註86〕《續文規》卷十五《正講三》，第379頁。

牽者，自當退舍矣。」〔註87〕考官閱卷，首要的一個標準就是為國家錄取有用之才，所以落實到閱文，則必須以「理意」為主，錄其端莊器偉者，黜其浮博淺簽者，方合標準。因此，士子作文之時，也必須考慮試官閱卷之喜好。

雖然有很多因素都可以影響到考試結果，但考官閱卷另外一個標準就是力秉公正：「浙江『曾子曰十目所視』一節，千秋館評浙場，而主試俱北方學者，大致尤在平正，錄中之書義，屬劉太史手筆，簡雅復古，力黜浮華，而覽者猶然等之嚼蠟。至後場亦爾，絕無藻色，則何以稱閎覽博物，屬饜都人士之腹哉？士子試卷，初場已有為臺使摘發者，簾內益動色相戒，聞奇卷多因一二字坐擯，功令之束縛，毋其泰酷矣乎？夫其意輕北方學者，此論未然，豪傑間出，豈可以南北為拘？程文亦就諸生原卷稍為刪改，非盡出劉公之筆，獨以一二字坐黜高材，誠為可恨。且丁酉中式類多名士者，以其特重後場，而績學邃養、博綜廣覽之英遂多入彀耳。庚子前場惟取平正，後場竟束之高閣，略不一撿，宜其遺逸者多，而無以饜眾望也。」〔註88〕北方士子與南方士子，北方考官與南方考官，因為地域、氣候、風俗習慣等不同，加上自古以來文人相輕，關於閱卷標準肯定會有所不同，或平正，或古雅，或重前場，或重後場，這都會直接影響到考生的錄取結果。所以，袁黃強調，排除這些客觀因素外，作為考場考官，一定要秉持公正、公平的態度，力求取得公正的結果，方能為國家錄取有才之士。

由此觀之，一篇好的八股文不光是闡發聖賢義理就行，還必須在言情、說理、含蓄蘊藉、天巧化工方面下工夫，有所避忌、有所獨善，應時應試而作。這幾個方面互相影響制約，缺一不可，若能將人力和天趣融合無間，那麼定能奪魁奪元。

（二）具體技法

我們知道，八股文之所以叫八股文，是因為其寫作格式大多包括破題、承題、原題、起講、入題、提比二股、出題、中比二股、後比二股、過接、束比二股、大結等等結構的一部分或者全部。其中入題之前的五個部分屬於闡發、破解題意部分，之後才是文章的主體，主要是「代聖賢立言」，設身處地揣摩聖賢心理以闡發義理。袁黃在專論和評點中詳細論述了八股文各個部分

〔註87〕《文規》卷八《正講五》，第 125 頁。
〔註88〕《文規》卷八《正講五》，第 125 頁。

的具體創作技法和規律，下面一一略作論述。

第一，認題。

作八股文首先必須「認題」。八股文作為嚴格的命題作文，其格式中的破題、承題、起講以及正文中的八比文字都是圍繞題目內容從不同角度展開闡述，如果沒有題目或者離開題意，那麼八股文也就不存在了，所以準確「認題」就顯得非常重要。所謂「認題」即準確把握題旨，弄清楚題面和題意，把握題目的含義、義理，以及該題的朱注，分辨該題的出處，弄清該題是哪位聖賢所說，其語氣和聲調如何。題旨把握之後，方可進行謀篇布局。袁黃對如何看題、辨題作了精到論述：「題上緊要字最不可忽，不但要挑剔分明，兼要體認精切。」如果題中關鍵字沒有把握，那麼「譬猶林下腐儒，妄談經濟，揮麈揚眉，豈不慷慨？竟無一語切朝廷事實，此文章大病也」〔註89〕。如此寫下去，定會離題萬里，讓人不知所云了。「作文全要理題目，有一段千古不可磨滅之見，方可破的」〔註90〕，他認為認題親切，說理精明，看得題意極透徹，然後鍊格鑄詞，皆有法度，最為利中。對於各種不同類型的題目該如何「認」、如何「辨」，袁黃在墨卷批點中也多次舉例詳述，如「凡政事感應題目，最無精意發揮，須講得入理，使淺流常蓄雅情，枯株時含古意，乃為出色」〔註91〕。又如浙江「丘也聞有國」二節，這種題目，最難駕馭，最難作得整齊。「若隨題下筆，不分輕重，縱詞語精工，必不中矣」，這種題目應該分清賓主輕重，文氣貫通，鍊格局，講法度，方才能作好。評張應完文曰：「題目參差，而文獨雅整，又輕重得法，凌駕圓融，當細玩之」，評第二名王三才曰：「看此二比，便格局正大，神襟軒豁，中式機括，全在於此」，「連珠敘下，如駿馬出峽，而且踟躕四顧，文勢便覺悠揚」，「收得精颼宏暢，題不整而文整」〔註92〕。其他評語，如「題目本俗，最難精彩，稍知鍛鍊，便出色矣」，「切實近理之文，最醒人目」〔註93〕，「凡場場遇此枯題，必當抖擻精神，極力抒寫。蓋小題當大做，枯題當腴做，淺題當深做，此自然之理也」〔註94〕，「凡作長題，第一要體制好，先看題中大意，何處當重，何

〔註89〕《文規》卷六《正講三》，第95頁。
〔註90〕《文規》卷七《正講四》，第108頁。
〔註91〕《文規》卷十《正講七》，第145頁。
〔註92〕《文規》卷十《正講七》，第149頁。
〔註93〕《文規》卷十《正講七》，第160頁。
〔註94〕《文規》卷十《正講七》，第163頁。

處當輕，何處當合，何處當分，一一酌量明白，理會成文。第二要格局新，或眾人做處，我偏不做，而化有為無；或眾人不做，我偏發揮，而化無為有，縱橫變化，不蹈常轍。第三要有斷制，如太史為諸人作傳，平平鋪敘中，時寓品騭之意，而懲勸儼然；又如漢廷老吏斷獄，據法立案，一字移易不得，方是老手。第四要渾融合縫，掀翻題目，任意衡決，而使人讀之若見其當然，是謂渾融；通篇凌駕，而於題目緊關意思纖毫不漏，是謂合縫。第五要神情流動，逐段鋪敘，而精神流貫，如出一線，若文輿可畫竹，不逐節生枝，先有成竹於胸中，然後一筆揮成，神采自然流動。」〔註95〕如何作政事類題目，如何作難題、俗題、枯題以及長題，等等，對於當時舉子來說，確實有很強的實際指導作用。

第二，破題。

破題，是一篇文章的開頭，袁黃認為，一篇好文章能否在第一時間觸動他人眼目，全在破題。所謂破題，即點破文章主旨，要用高度概括的幾句話破解題意，破題一出，文章的框架結構脈絡基本上就定下來了。所以古人說，未作破題，文章由我，既作破題，我由文章。從某種角度說，破題可以決定一篇文章的命運。考官往往一看破題，就可以看出全篇文章的水平高下，繼而決定該考生的命運。也就是說，考官閱文，最關注的地方就是破題，相反，考生作文，也必須殫精竭慮作好破題，「文字全看破題，一破陶洗不盡，全篇可知矣」〔註96〕，「看此十破，乃知得之者非偶然，取之者非孟浪，而欲發魁元者，不可不留意於破矣」〔註97〕。

袁黃認為，破題必須「新」「奇」「雅」「渾厚」，必須醒人眼目，如「場中觸目處全在破題，往時惟元破為出色，近則由魁而下，凡中式者皆欲爭奇矣。試觀新科墨卷，同一題目，而其破皆留神鍛鍊，各自爭奇，新新迭出，此亦須於窗下預先料理。前輩諸名公皆留意破題，故所傳題意於主意之後，各作一破，蓋書意明白，然後可以作破，此緊要工夫也」〔註98〕，「今歲場中諸破喋喋爭鳴，新新迭出，如笙簧互奏，各自成聲；如眾卉逢春，各呈一色，令人觀之，愈出愈新，則夫名士之不得入彀者，未必不因破之未煉也，慎之

〔註95〕《續文規》卷十五《正講三》，第 377 頁。
〔註96〕《續文規》卷十《破題》，第 299 頁。
〔註97〕《續文規》卷十《破題》，第 289 頁。
〔註98〕《文規》卷二《破題》，第 26 頁。

哉」〔註99〕，「凡元破最要大雅，此破格醇而氣厚，便得元之脈絡。若語意稍奇，便是魁破；若意味稍薄，便是散中式破」〔註100〕，「諸破或就題外渾融發意，或執題字靠實指明，或揚其所化而曰善俗易，或稽其所忌而曰利心忘，總之，刮垢見奇，不涉塵境，此文闈利器也」〔註101〕，「凡破以得意為上，只宜點書中大旨，而玲瓏寫意，若依樣畫葫蘆則俗矣」，「破惡忌庸，惡忌淺，惡忌無味，能於題中立意，自可動人」〔註102〕，「破貴渾融，貴雅俊，貴妥帖」〔註103〕，「往時中州之文，聞多舊套，今觀諸破，皆自出機軸，並不拾人口中唾，則亦不當以尋常目之矣」〔註104〕。也就是說，只有新奇典雅、渾融妥帖的破題方能抓住考官眼球，如果破題能夠在準確點出題意、把握主旨外，還能做到氣格純厚，由性靈而發，不落俗套，玲瓏寫意，自出機軸，那麼定是魁破。破題作好了，氣勢一順而下，不光是後文可以作的得心應手，整篇文章也會顯得新穎獨到。

破題固然要以醒人眼目為標準，但是也不能一味求新求奇，而是要將題意融會貫通，追求渾融雅樸的境界，將「新」和「奇」融於尋常語中，最好「斂奇為平」，如蘇東坡所言燦爛之極歸於平淡也。但是對於初學者而言，此種境界不易達到，初學者還是必須從「極新極奇」入手，多下工夫，鍊得純熟了，自然可以達到爐火純青的地步。「大率皆冠冕妥帖，舂容蘊藉，並不鑽研小巧，只是口頭語，令人無處覓，此便是會元家數也。但善戰者不鶩奇功，善賈者不圖厚利，善中者不必皆元。如會元文字定是大雅，定是平正，然刻意模仿而力量未到，便不能動人，往往坐消歲月而終身蹉過。且要平淡，亦須從奇特處做起，做得純熟，自然斂奇為平矣」〔註105〕。又如「破貴新，元破則不特新，而兼貴雅；破貴奇，元破則不特奇，而兼貴厚；破貴透徹，元破則不特透徹，而兼貴渾融；破貴精妍，元破則不特精妍，而兼貴正大」〔註106〕，「然文字必出自性靈，始有佳破；必千椎萬鍊，始有佳破；必胸襟蘊藉，始有

〔註99〕　《續文規》卷十《破題》，第 290 頁。
〔註100〕　《續文規》卷十《破題》，第 290 頁。
〔註101〕　《續文規》卷十《破題》，第 295 頁。
〔註102〕　《續文規》卷十《破題》，第 295 頁。
〔註103〕　《續文規》卷十《破題》，第 296 頁。
〔註104〕　《續文規》卷十《破題》，第 298 頁。
〔註105〕　《文規》卷二《破題》，第 27 頁。
〔註106〕　《續文規》卷十《破題》，第 287 頁。

佳破。聞諸省士子多記舊文，故破不甚出色耳」〔註107〕，「凡元破必大雅、必的確、必平正、必渾融，於新奇之中時寓以渾樸之意」〔註108〕，「凡作破，要發意於題中，而斷之於言外，方能動人」〔註109〕。所以「新」和「奇」並非破題一成不變的標準，「平淡真美」的普遍原則也適用於八股文寫作。所謂「言為心聲」，作破題也必須出自性靈，兼顧「新」和「雅」，兼顧「奇」和「厚」，兼顧「透徹」和「渾融」，兼顧「精妍」和「正大」，「於新奇之中寓以渾樸之意」，而且語意蘊藉含蓄，境界悠遠，方乃上乘佳作。

所以袁黃在評點歷科墨卷破題時多以此為標準，如《文規》卷二多有類似評語：「最有骨力」「便自奇絕矣」「各自獻奇，不相蹈襲」「破要有議論、有識見」「徑潔」「新警」「語新」「意奇」「平正典雅」「令人拔目」「虛論其理，甚為超脫」「刮垢見奇，工在象外」「皆新、皆巧」「便覺不塵」「輕而確」「皆奇而新」「簡而確」「語有含蓄，意亦正當」「意不新而語新」「平而新」「雅而整」「混成」「蘊藉」「脫灑」「各出機局，獻奇爭妍」「不由蹊徑，定是出群」「皆不著跡」「色相俱空」「意在言外」等等。《續文規》卷十有評：「脫套之談，出人意表」「便得題髓，而語新氣厚，自然大雅不群」「極意求新，說出人不敢說的話」「琢磨合縫，句字俱雅」「極新之語，出人意外」「心心相證，深得題髓，而語意新警，躍然動人」「機圓語脫，自是作家」「不落蹊徑，另立門牆」「空中布景，不著色相」「渾厚老成，正是元破」「以古調說新意，鏗然動人」「（諸破）大率多奇多警，多超卓，並無陳腐者雜乎其間」「鍛鍊皆工，不落窠臼」「此不求奇，而以正為奇者」「渾而不雕，含而不露，觀者當以意會之」「渾厚爾雅，不費椎鑿」「清新圓轉，不落凡境」「淘洗瑩淨，居然出塵」「溫潤妥帖，入口鏗然」，等等，皆可作為士子破題之參考。

第三，承題。

破題後面是承題：「承題只三四句，而句句要擔斤兩；只二十餘字，而字字要有斟酌；如良醫用藥，味味皆要道也，而修製配合，銖兩無誤。」〔註110〕承題的地位非常重要，緊承破題而下，或者將破出的題意繼續說明，或者將未破之意加以闡發。因為破題講究渾融，承題則將題意與作者之意融合起來。

〔註107〕《續文規》卷十《破題》，第 299 頁。
〔註108〕《文規》卷二《破題》，第 26 頁。
〔註109〕《續文規》卷十《破題》，第 289 頁。
〔註110〕《文規》卷二《承題》，第 43 頁。

所以承題必須與破題相關照，互相呼應，承上啟下。如果只是沿著破題一股作下，那麼就是長破題，而非承題。也就是說，如果承題也可以看成是破題，那麼這個承題肯定不恰當。一般來說，破虛而承實，破簡而承祥，破微婉而承顯達；順破則逆承，逆破則順承，合破則分承，正破則反承；「承題要有起伏，要有議論。嘉樂處或寓感慨，指斥處或寓進揚，或於淺處而發其所深，或於平處而求其所重，變化多方，格式亦異。大率承之用意，比破常要進一格，斯得之矣」。「近來承法更嚴，要簡而不繁，勁而不弱，稍有一二浮字，即懶散矣」〔註111〕。袁黃認為會元承題大多的確得體、圓轉不滯。具體來說一個好的承題必須有這樣一些標準：首先是合法。如正破反承，順破逆承，破虛承實，破分承合，倒破正承，合破分承，等等，皆為「合法」。其次，承題必須新警奇拔，最忌陳腐。袁黃在評歷科墨卷承題時多用這些字眼：「破亦大雅，疊疊有元氣，承亦雅確」「格新語新」「以新調發新意，自能動人」「末句警拔，且格語皆新」「皆新皆奇，不落常套」「承題不過三四句，而能就境外生意，如維摩丈室藏三牛法座，是為奇斷」，等等。但是，在追求「新奇」的同時，也必須兼顧「簡潔」「輕逸」「古健」「發意明白」。因為承題是順著破題而下，或者補充破題未說明題意者，或者就題外另生意見者，但都須起伏照應，立意高遠，簡且而渾融，一篇文章主旨才可完全顯出端倪。當然，如果在承題當中能夠有所議論，那麼效果更加鮮明，「承有議論最難，語不多而忽生意見，所謂寸山吐霧，尺水興波也」。但是承題跟破題一樣，也就三兩句話，一般人是很難達到以上標準的。最後，關於承題的分類，袁黃也舉了很多例子詳加說明，如開合承、溯流承、順敘承、羅紋承、呼應承、超脫承、正反承、議論承、斷制承，等等，皆各有技法講究，此不一一贅述。〔註112〕

《續文規》卷十一中袁黃對歷科墨卷承題做了詳細點評，可見承題之做法。如「往時承題並無一股做者，多有開合照應，如羅紋承則先用一句合住，次羅紋題意而收拾之；開合承亦用一句說，次則分疏而結之；推原承亦先用一句渾融罩住，次則推其由而發揮之，故會元墨卷，專看承題起句，便迴然與眾不同」〔註113〕。「近來作者多厭舊格，縱橫馳騁，不循規矩。善作者雖格調新奇，亦有起伏，亦有照應，如項藉以二十八騎分三隊，開合奇正，整然不

〔註111〕《文規》卷二《承題》，第43頁。
〔註112〕《文規》卷二《承題》，第44～46頁。
〔註113〕《續文規》卷十一《承題》，第300頁。

亂乃佳」〔註114〕，「有起伏，有照應，承之佳者」〔註115〕，「聯絡有情，遂為絕唱」，「貴精不貴博，是用智之道」〔註116〕，「語不黏帶，超然出塵」〔註117〕，「凡承貴有議論，貴有斷制，若依題直說，便無味矣」，「凡承最忌落寞枯淡，須稍理為佳」〔註118〕，「凡承最貴發意」，「翩翩有致，不乏風骨」「反意發揮，格新語勁」「一承而雅逸之氣已露筆端」「即小形大，翩翩不群」「運筆有神，風韻可掬」「名言切理，玉屑霏霏」「深入理窟，不泛不浮」〔註119〕。從這些評點當中，我們不難看出，承題跟破題一樣也必須講究新奇精警、吸人耳目。但是承題與破題有個很重要的不同，就是承題必須「承」破題而來，它跟破題的關係，應該是「流」和「源」的關係。承題必須以破題為前提，適當融合己意，必須起伏照應、聯絡關照，針對破題，或明或暗，或順或逆，或正或反，如此，行文方有根基。

第四，起講。

起講也叫「小講」，一般用三五句話將破題與承題闡明的題意作進一步的發揮展開，總括題意，抓住文章的發展線索，擬訂全文寫作大綱，而且必須「入口氣」，要設身處地揣摩聖賢古人心理神態，代聖賢和古人闡明題中大意，其聲態口吻都要符合聖賢古人的身份和當時可能所處的環境，而且揣摩聖賢口吻必須依據朱熹等人的注解。「起講是入門第一步，此處能動人，則閱者便知珍重矣」〔註120〕，「前面提得明爽，以後勢如破竹矣，所以文字起處，最當用心」〔註121〕，「起講是關節處，造語不工，則寡容色；用意不高，則涉庸境」，「但場中看卷，此處不能動人，便成塵閣，故須吃緊用心耳」〔註122〕。關於起講的做法，袁黃深有感觸，「起講要舂容，忌逼切；要冠冕，忌猥瑣；要切題，又忌太著題。從淺入深，由虛而實，句句要是起語，方為本色」。起講有對起，有散起，「對起戒俳，散起戒嫩。語對而意常連屬，詞散而格甚整嚴，斯合式矣」。「長題有括通章大旨作起者，須如副末開場，略說幾句戲文，

〔註114〕《續文規》卷十一《承題》，第301頁。
〔註115〕《續文規》卷十一《承題》，第303頁。
〔註116〕《續文規》卷十一《承題》，第304頁。
〔註117〕《續文規》卷十一《承題》，第305頁。
〔註118〕《續文規》卷十一《承題》，第306頁。
〔註119〕《續文規》卷十一《承題》，第307～309頁。
〔註120〕《文規》卷三《起講》，第53頁。
〔註121〕《文規》卷十《正講七》，第158頁。
〔註122〕《續文規》卷十二《小講》，第311頁。

大意不可十分道盡；短題有摘緊要字眼作起者，須如老隸前引，震聲一唱，行人辟易乃佳。」〔註 123〕可謂經驗豐富，句句中的。

好的起講，跟破題與承題一樣，都必須古雅精新，能夠觸人眼目，最好在起講處能發一段議論，那麼就會「寂寞處要尋音響，淺淡處要覓神奇」，總攬全局，語意鏗鏘，耐人咀嚼。雖然造語奇特就能醒人眼目，但是起講處於籠罩全篇的地位，主貴渾雅清徹、筆力遒勁，只要切題，將題意說透，就是佳作。如評許獬「是心足矣王矣」起講云：「凡會元文字，只平平說去，而道理自徹，不類小家，用句用意，須奇特也。」評戊戌「穆穆文王」一節云：「大率元之口氣，不過如此，不去鑽研小巧，亦不去意外爭奇，只以大雅勝人耳。」評湯賓尹乙未「仁者其言也訒」起講云：「大率會元起講，多從正龍正脈落到穴中，並無躲閃欹側。」評甲戌孫鑛「學如不及」小講云：「皆從正龍正脈說下，何嘗有一字不切題？是故作文者寧質無華，寧平無偽。」評南京「大戒於國」李大武起講云：「今人作文多苦思極鍛以求工，耳此數語只憑胸流出，筆端可愛。故有意求工者，類無嘉調；耳無意吐出者，常有至奇。」〔註 124〕其他點評如「全章題目作起講，最要包攝完全，又不可黏皮帶骨」，「有只重題中大意發揮，而不甚拘拘者」，「有小講不能盡而順發二比，總括大意者」，「提得明徹，以後文勢若建瓴而下，住手不得矣」〔註 125〕，「起講貴清虛，亦貴實詣」，「起講下將大意提得醒，則通篇有力，如良工織錦，頭緒既明，則不煩紐合而絲絲入扣；又如大將出師，號令既肅，自然三軍用命」〔註 126〕，「善作起者，數語便開，更不兜搭，如善乘馬者，一躍便上，更不遲疑」〔註 127〕。等等，都是好的起講，也可成為士子起講的評判標準。

雖然起講不以奇特為主，但是也還是要豁人耳目，還是要「創人所未嘗有之談，開人所不敢開之口」，「要精彩動人，須說人所不說的道理，方能醒目」，「小講是一篇之首，其起頭一二句又是小講之首，尤不宜草草」，〔註 128〕而是讓人一讀就覺得開口不凡，那麼即使不看全文，亦知此文是會元文字。另外，小講貴直截，開門見山發揮題意，而且要連貫一氣，了無痕跡，這樣別

〔註 123〕《文規》卷三《起講》，第 50 頁。
〔註 124〕《文規》卷三《起講》，第 50 頁。
〔註 125〕《續文規》卷十二《小講》，第 312 頁。
〔註 126〕《續文規》卷十二《小講》，第 313 頁。
〔註 127〕《續文規》卷十二《小講》，第 319 頁。
〔註 128〕《文規》卷三《起講》，第 53 頁。

人讀起來，才會耳目一新，神采自現。

　　《續文規》卷十二袁黃集中評點了歷科墨卷的某些起講，摘錄如下，可作參考：「包涵題意，不甚著跡，所以為佳」「暗含全意，而縱橫布置，不循舊轍」「脈絡甚明，語氣典雅」「理論既高，朗然成響」「微言要語，自足動人」「波瀾縈回，無限光景」「虛活圓融，新穎脫俗」「語語精工，琳琅滿目」「就題發揮，語不繁而意自足」「會文切理，情景俱真」「雅詞整步，英采逼人」「議論高華，抑揚有度」「語皆破的，精實不浮」「一起便徹，自是作手」「莊嚴雅瞻，神氣自疏」「一起意調超卓」「遣詞發意，清婉切題」「奇正相生，開合有法」「得此一提，便有頭腦」「依題遣詞，理趣流洽」「機圓調逸，旨趣悠然」「文意相發，神骨俱完」「起語整練，而章旨躍然」「起伏相生，卓然玄論」「精髓淋漓，有清風明月之趣」「精邃之思，圓活之調」「言言說理，更饒骨力」「正大之詞，最利科目」「整暇從容，不煩雕琢」「淡言雅意，燭理獨精」「秀雅雍容，風韻獨勝」「丰骨棱棱，一提便醒」「閱之平平，咀之有味」「思精詞雅，闡發得趣」「一起直捷冠冕，字字珠璣錯落」「鍊句渾成，絕無痕跡」「識高議徹，文氣沛然」「字字切題，神氣亦暢」「氣雄才朗，藻思翩翩」「提掇明朗，勢如破竹」「順題理論，風度藹如」「爽豁條暢，如食霜梨，味溢唇舌」，等等。

　　第五，正講。

　　袁黃曾經把正文中的八股文字分別比作自然界的春夏秋冬四季：「八股文字與天地造化相侔：首二比春也，次二比夏也，次二比秋也，末二比冬也。首二比是春，則生而未成，虛而未實，當衝衝融融，輕描淡抹，不可帶一毫粗造。次二比是夏，當承前二比漸漸說開來。邵子謂：『天地之大窩在夏，文之大窩實在腹也。至秋則生者成，虛者實矣，文可反覆馳騁矣，然亦須養，後二比不可說盡也。末二比是冬，一年好景，全在收拾處，回陽氣於陰極之時，發生機於凍剝之內，篇章將竭，而令人讀之有不窮之趣，此文字之大機括也。從源而流，由近而遠，血脈條理，各得其序，然後成文。』〔註129〕這四對對偶文字，分別承擔了八股文主體的幾個部分，其中起承轉合、聯絡關照，可謂千變萬化。怎麼樣將這八比文字安排得當，既深入、全面、系統的闡發題中大意，又獨出機軸、融會己意，既章法井然、聲律工整，又摹寫性靈、神遊象外，既理精詞妙，又能利中場屋，這裡面不光要講究篇法、章法、句法、字

〔註129〕《續文規》卷四《了凡袁先生論文》，第215頁。

法，還需要一些實地考場寫作經驗，袁黃雖然沒有專章系統論述，但是在歷科墨卷「正講」詳細評點中，介紹了諸多考場利器，下面略舉數例，管窺一二。

袁黃認為作為中式之文必然具有一些常作所沒有的特點，「魁作必奇、必高、必出色、必能發人不能發之意，必能開人不敢開之口。或以精鍊示工，或以豪邁騁采，或以跌宕見奇，或以冠冕壓眾。峻處薄蒼冥，而或不能帖然就矩；深處徹重泉，而或不能寓道於庸」〔註130〕。所以，「看會元文字，須先看體段，次看用意，次看修詞。其體段中，一要看其機關活動，二要看其脈絡貫通，三要看其接換無痕，四要看其始終繫應。如文錦千尺，絲理秩然，微吟一過，蕭然斂容，掩卷之餘，彷徨追賞」，如評顧起元「且夫枉尺」一文說：「一氣呵成，體段極雅，不煩繩削，而神理躍如，工在象外」，「機關甚活動，脈絡甚貫通，通篇如常山蛇勢，宛轉擊應，活潑流麗，有弄丸遊刃之風。此等文字，最宜熟玩。」又如評張維樞文說：「道理無窮，題意亦無窮，須發揮透徹，論義理必根極淵微，論人情必由盡變態。」〔註131〕只有這種機關活動、脈絡貫通、發意典當、修詞精工的作品才能稱之為「魁作」。這些作品也可當作士子平常揣摩練習的典範。但是當今士風浮薄，士子多不讀經書，只靠背誦參習模擬時文選本為途，每有題目到手，趕緊翻開選本，翻得越多，心思越封閉，即使一個字都不蹈襲，往往「見行見影」，綁手綁腳，很難出新意，這不是正確的作文之法。袁黃認為：「善作文者，每遇題目，將舊時見解盡情拋捨，潔潔淨淨，從虛空中別構臺閣，方寸生機盡自活潑，取之無盡，用之不竭，何必拾人口中唾哉？」〔註132〕魁作都是以「新」「奇」、獨出機軸、不落窠臼為特點，抄襲模擬都只有死路一條。正確的作文方法應該從虛空中構思，從自己的學識閱歷出發，發性靈之文，抒精誠之氣。所以，凡欲作文，必須「冥目靜坐」，先將題旨領會透徹，看題中有幾層意思，從頭到尾，胸中有成竹，一篇文字已經盡在胸中，然後才能下筆鑄詞。「有懇到之意，而和之以閒雅；有周匝之意，而運之以渾融；有奇絕之意，而出之以沖夷；有精深之意，而發之以平淡。如綿之裹針，如綿之尚絅，使不知者以為平平，而知之者觸目警心，意在言外」，如《中庸》所言：「淡而不厭，簡而文，溫而理」，那麼，「德必如

〔註130〕 《文規》卷五《正講二》，第 78 頁。
〔註131〕 《文規》卷五《正講二》，第 85 頁。
〔註132〕 《續文規》卷四《了凡袁先生論文》，第 215 頁。

此，然後為至德；文必如此，然後為至文」。〔註 133〕關於如何將這八比文字組織排列好，袁黃認為至少要做到以下幾點：

首先，講究鍊格，重視布局謀篇。

要想文章讓人一目了然、思理井然，則必須重視謀篇布局。所謂「文字不必逐句求工，但體段既正，則信筆寫去，皆成佳境」〔註 134〕，一篇文章，布局良好，那麼就會格局正大、氣象圓活，就是極好文字，所謂「組織甚工，鎔裁得體，高華典碩，最利場屋」〔註 135〕。要想格局正大，則必須「鍊格」，也即安排文章的框架結構。雖然八股文格式固定，但是哪些地方該詳，哪些地方該略，哪裏該用過接，是否需要大結，八股文字如何起，如何承，如何轉，如何合，都需要成竹在胸，然後順筆寫下去，才不會枯竭滯澀，才會生機活潑。袁黃認為：「鍊格之法，初學不可不知。鍊格則規模自別，便能出人頭地矣。文有俗格宜鍊之而雅，腐格宜鍊之而新，板格宜鍊之而活，宜齊整，宜闊大。」〔註 136〕《文規》卷五也說：「鍊格欲知輕重，用意欲擇正偏。詞欲鏗鏘，而描畫處須逼真境；氣欲順暢，而平淡處須蓄腴情。以時調洩道真，而要使愚人通曉；以玄言發題髓，而要使智士愜心。金石可鑴，此義難泯，思之慎之，毋忽也。」〔註 137〕只要「格正」，那麼就會「體備」，整篇文章就會一氣呵成、縱橫不礙。

袁黃曾著《舉業彀率》，主要討論鍊格之法，傳之四方，頗有益於時藝。但是方法用到一定程度反過來又會成為寫作之障礙，很多士子，一拿到題目，就按照鍊格之法，依題結構，千篇一律，讓人生厭。到考試的時候，「鍊者多而不鍊者少，則不鍊者反新，而鍊者反俗矣，此勢之所必然，而弊之所當革也」。因此，為了糾正這種不良風氣，袁黃又認為鍊格成法當拋棄。「鍊」但是不能被「鍊」所束縛，「須隨題酌理，會意成文，不隨眾人而俱鍊之，亦不徇舊格而不鍊，拿定題中血脈，自吐一段風光，必於大同之中有不同焉，使其文如鶴立雞群，如象遊兔徑，不俟誇張而觀者憮然失色，方為上乘」。〔註 138〕也就是說，鍊格作為日常功課必須鍛鍊，但是不能拘於定法，不能被所鍊之

〔註 133〕《續文規》卷四《了凡袁先生論文》，第 213 頁。
〔註 134〕《文規》卷五《正講二》，第 85 頁。
〔註 135〕《文規》卷六《正講三》，第 99 頁。
〔註 136〕《續文規》卷四《了凡袁先生論文》，第 218 頁。
〔註 137〕《文規》卷五《正講二》，第 90 頁。
〔註 138〕《續文規》卷四《了凡袁先生論文》，第 217 頁。

格束縛，而是要隨題酌理，靈活發揮。袁黃評點了許多中式墨卷，發現大多魁元都不鍊格，而是在考試中隨題生發，信筆而作。如此，反而能夠翻新出奇，與場中千篇一律之文大異其趣。所謂「文有格不必盡鍊，意不必太深，而造語獨至，秀色可餐」〔註139〕，「邇來諸生因奇思平，因過思矯，因鍊格態鑿，反思不鍊之為高」〔註140〕，「文有不必鍊格，不必說意，而措辭典麗，可以決中者，此類是也」〔註141〕，又如評王文教曰：「此卷於上下實講處多不甚著力，一過一繳，題旨躍然，此最利之格也」〔註142〕，「闡發精明，究極閫奧，有愈玩而愈不窮者，其得元全在此二比。此等文字極利場屋，後生輩不識場中脈絡，專喜格外虛花，往往不滿，可笑也」〔註143〕。等等，皆是強調「格」不必死鍊之意。

要達到這種化「鍊」為「不鍊」的程度，則必須見識、胸襟、氣度都超出一般人，「有大胸襟者，斯有大格局；有大識見者，斯有大議論。若非稷峰學識兼至，必無此作，乃知鍊格之法貴識高而養厚」〔註144〕，「文字有識見可元，力量可元」〔註145〕。如評袁中道文曰：「凡文字先論識趣，識高則才思有據，趣到則辭章不壅。細閱袁中道文，神清骨清氣清，含深詣遠到之致，於沖夷澹泊之中，望而知為積學士也。」〔註146〕只有這種識高而養厚之人，能夠在平常「鍊格」的過程中，化「鍊」為「不鍊」，方能獨出機軸、翻新出奇、靈活發揮、不落窠臼。

袁黃認為要寫一篇好的八股文，還必須注重篇法、章法，甚至句法、字法的鍛鍊。在《續文規》卷四《了凡先生論文》中袁黃引前人論詩語：「觀之如明霞散錦，聽之如玉振金聲，誦之如行雲流水，講之如獨繭抽絲。」〔註147〕他認為以上四個方面雖然是論詩之語，但對於時文寫作也非常符合，說的就是時文之鍊字之法、鍊句之法、章法和篇法。因為要想文章如明霞散錦，即使用同一句法，而用字或者粗俗，或者新雅當是關鍵，此乃「鍊字之法」；要

〔註139〕《文規》卷六《正講三》，第93頁。
〔註140〕《續文規》卷十三《正講一》，第330頁。
〔註141〕《續文規》卷十四《正講二》，第361頁。
〔註142〕《續文規》卷十七《正講五》，第425頁。
〔註143〕《續文規》卷十四《正講二》，第352頁。
〔註144〕《續文規》卷四《了凡袁先生論文》，第220頁。
〔註145〕《續文規》卷十三《正講一》，第330頁。
〔註146〕《續文規》卷十四《正講二》，第353頁。
〔註147〕《續文規》卷四《了凡袁先生論文》，第214頁。

想文章如玉振金聲，語調音節是否鏗鏘響亮則要看「鍊句之法」；要想文章如行雲流水、運而無跡，則起伏斷續全靠「章法」嫻熟，若能文氣貫通，那麼揮刀不斷；一篇好的文章就應該一絲到底，若獨繭抽絲，則須看「篇法」。所以，寫文章，特別是格式嚴厲的八股文，則尤其必須講究篇法、章法、句法和字法。袁黃在《文規》卷四中也說：

> 昔文與可畫竹，先有成竹在胸，然後舉筆一揮而就，是以色相完具，生意宛然。今畫竹者，逐節假湊，旋生枝葉，縱點綴極工而氣脈不貫。故作文先須識篇法，凡遇題目，輒注想其通篇大概，如何而起，如何而承，如何而轉，如何而合，使始末相涵，開合相應，輕重疾徐，各中其度，如今年許獬、王衡首作篇法極高，故備錄之。時文股法即古文之章法也，亦有起承轉合，脈絡相貫，展轉入深，絲理秩然，而變化無際……篇法之中有句法焉，句法欲雄健，不欲軟弱；欲高古，不欲卑瑣；欲瀏亮，不欲重滯；欲頓挫，不欲直致。句法之中有字法焉，字法欲新又欲穩，欲確又欲雅，欲秀又欲平。大抵篇法如良工築室，規矩一定，門戶任開，總要前後貫串，廟廡翼然；章法如百尺之錦，絲縷相承，綺彩錯落；句法如千鈞之弩，字法如百鍊之金。要專習之久，凝會之深，如釋子參禪，忽然大悟，捅底一脫，信手拈來，頭頭是道矣。作文不患無意，患在無以運之。〔註148〕

這段文字可以說詳細描述了作文之法。所謂「篇法」，即整篇文章的間架結構，起承轉合、前後貫串都要安排得當。「篇法」具體到文章中則表現為「章法」「句法」和「字法」。「章法」要氣脈貫通、連接無縫，「句法」要雄健高古，不能軟弱卑瑣，「字法」則新奇平穩、準確典雅兼而有之。同時，這四者之間並非孤立，而是一個有機聯繫的整體，「篇法之中有句法」「句法之中有字法」，鍊字成句，鍊句成章，鍊章成篇，方能通篇精妙。當然，袁黃也指出有些士子往往過猶不及：「近日作文者，專鍊句鍊字，而不知鍛鍊之訣以涵養為主，推敲次之。琢痕未化則傷渾融，句調過奇則傷步驟，此皆養之不厚，而出之不純也。故章法之妙有不見句法者，句法之妙有不見字法者。」〔註149〕也就是說，鍊字、鍊句，講究章法、篇法都是寫時文必須具備的技巧，但是過猶不

〔註148〕《文規》卷四《正講一》，第66～67頁。
〔註149〕《續文規》卷四《了凡袁先生論文》，第214頁。

及，任何具體的文章技法都必須以深厚的修養和學識為基礎，否則，單純過分追求鍊字鍊句只會產生浮薄機械之文。所以，鍊或者不鍊，亦或如何鍊，這些問題必須辨正對待。只有渾融蘊藉看不出雕琢鍛鍊的文章，方能既燦若雲霞，又玉振金聲，既行雲流水，又獨繭抽絲。

在這些作文之法當中，袁黃尤其注重「鍊字之法」，他在評點中多次提到「字眼」，「鍊句不如鍊字」等說法。如卷一云：「大凡文字潤澤者易中，枯槁者難中；富麗者易中，寒檢者難中；豐滿者易中，瘦削者難中；醞藉者易中，淺露者難中；醲鬱者易中，怯薄者難中；典雅者易中，倨野者難中；熱鬧者易中，寂寥者難中。所謂潤澤、富麗、豐滿、醞藉、醲鬱、典雅、熱鬧者，皆善用字眼者也。如無字眼，必然枯槁，必然寒檢，必然瘦削，而淺露、怯薄、倨野、寂寥之弊，種種出矣。」什麼樣的字眼易奪人眼目，最讓人感到新奇，則最易中式。由此足以看出「鍊字」之重要。袁黃在《文規》卷一詳細介紹了鍊字法中一字鍊法、二字鍊法、三字鍊法、四字鍊法以及換字法等具體方法。如換字法，袁黃說：「汝輩作文，全要曉鍊字之法，一字不新，全篇俱晦。蓋作文無他巧，只要知換字法，腐字以新者換之，俗字以雅者換之，瑣碎字以冠冕者換之。至於加減，全無定法。有減一字而直截，有增一字而悠揚者。但冗雜閒字，斷然宜去，若緊關字面，豈宜輕裁？」但同時，袁黃也認識到物極必反，過分鍊字往往又會適得其反，可以鍊字但不能為字眼所拘：「大率作文無理無意，而惟用字眼妝裹，蘇東坡所謂『厚皮饅頭』，誠為可厭，若藉詞以明理，用字以修意，骨肉停勻，華實並茂，如綿裏針，如璞包玉，乃天下至中至正之文，何得以字眼為拘乎？」〔註150〕「文字貴鍊，又貴不鍊，鍊者能悅人之目，而不鍊者能愜人之心。」〔註151〕袁黃評吳墨「捨己從人」文曰：「吳公之文，妙在不鍊詞，而直寫己意，透得此關，便有向止機括矣。」「此公作文不多，故少變化，而冥會潛神，打透機關，所謂詞源一開，滾滾不竭，此公有焉。」〔註152〕又如卷一「詞忌」篇，袁黃以庚子浙場為例，當時考官將考試墨卷裏面新奇字眼一一摘出，專揀有犯者黜之，許多人都因此被黜。所以，他認為時文字眼，如果太過新奇，則容易犯忌諱，往往適得其反，而許多積學邃養之士似乎更容易犯此等弊病，十分令人可惜。因此，時文字眼不必太過求奇，也不要自作主張用簡稱

〔註150〕《文規》卷一《白戰》，第 16 頁。
〔註151〕《文規》卷六《正講三》，第 97 頁。
〔註152〕《文規》卷六《正講三》，第 101 頁。

或者自己杜撰，須出自「五經」，則不須忌諱，「善作文者，只要描寫本題正意，豈必求奇於句字之間？只用尋常字，而發揮吾無限道理，乃是作家」〔註153〕適當講究鍊字之法，但是又不為成法所拘，才是「活法」，乃文章正道。

另外，作好八股文還必須筋骨分明。袁黃認為凡文字不可無筋骨，「股中之柱，蓋筋骨也，藏則渾厚，露則怒張。歷觀會元之作，藏者多，露者少」〔註154〕。袁黃沒有對「筋骨」明確下一個定義，從他的評點當中看，應該是將文章之血肉連貫起來的道理。在袁黃看來，「股中之柱」即是筋骨。「近來後生作文，都不喜立柱，故不知其精到耳」〔註155〕，但是作文必須用「柱子」，才能語新氣完，「往年文字後面多作二大比，用大柱子，近久不然。不難於用綿棄針，而難於錦上兆綱，不用柱子，而一字合掌非文也，即字字不合掌，而語意不新，神氣不完，亦非文也」〔註156〕。既要語新氣完，又要字字不合掌，全靠文中立柱。要想「股中立柱」，第一忌陳腐，第二貴切題。看題下筆，不可紊亂，「兩扇既立柱，其遣詞各宜聯絡照應，然須如灰中線路，草裏蛇蹤，默默相應可也」，而且一股當中也必須一意到底，「若用兩意便雜矣。假使一兩句說完題目，以下便難措手，須洞曉章法，庶不重複」〔註157〕。在評點中，袁黃也多次論及：「文字有風骨，有思致，珠璣錯落，理趣淵沉，神物在前，定當相賞」，「立意既高，隨手連詞，自有精光透露」。評傅宗皋文云：「通篇宏博碩大，嚴整細密，熟之可以開拓筆徑，助發文思。」〔註158〕文章有筋骨固然好，但是太過於瘦骨嶙峋又成為文章大忌，如評黃汝亨文云：「黃貞父三篇墨卷，識見甚高，體格甚鍊，逼真會元文。其所以不得元者，則以脫盡鉛華，獨存瘦骨。高人見之，則喜其寒梅古柏，風骨蒼然，俗人見之，如噬乾肺，頗少滋味。故爾輩作文須瘦不露骨，清不近寒，即洗淨繁妝，務要使素馨可掬，上既愜乎高襟，下不嗤乎俗目，然後萬選萬中耳。佛家有得二隨順之法，謂：『上可陪天子，下可陪乞丐也。』世人俗者多，高者少，故修應試之業，須入不二法門，勿作一路文字。」〔註159〕

〔註153〕《文規》卷一《詞忘》，第18頁。
〔註154〕《續文規》卷五《了凡先生論文》，第224頁。
〔註155〕《續文規》卷十六《正講四》，第406頁。
〔註156〕《文規》卷五《正講二》，第82頁。
〔註157〕《續文規》卷五《了凡先生論文》，第223頁。
〔註158〕《文規》卷十《正講七》，第158頁。
〔註159〕《文規》卷五《正講二》，第86頁。

筋骨必須要血肉包裹，因為雖然瘦骨蒼然也是種美，但是世上俗人多，雅士少，曲高和寡，美的文章不一定能中式，寫八股文還是走大眾通俗路線比較穩妥，在這個前提下，再求新、求奇、求超脫，也即「文字要骨肉停勻，而骨又要在肉內」，如此，文章方出眾。

除此以外，在歷科墨卷批點中，袁黃也零星提到一些精闢見解，如評蔡邦藩起講云：「凡文字格局太舊，則布勢造語必須不落凡境，然後可以出塵。此文兩段做，其格甚腐，得此一起，若從神話而來，不若分毫蹊徑，自能化臭腐為神奇矣。」〔註160〕「輕輕鋪敘，神理俱足，若米家父子寫水墨，妙在筆意之先，而絕不為俗套所束縛，最上一乘之文也」〔註161〕，「大抵場中應舉文字，全要有一種秀色，亦要有一段超眾處，方為利器」〔註162〕，「化淡為濃，甚耐咀嚼，可見文字不必句句求工，但一股中有幾句出色，便能令人改觀矣。大抵場中文字布格不拘一律，只要成家」〔註163〕，「大抵文字於濃題裝點得淡便佳」〔註164〕，「凡作文，最要濃淡相間，該濃即濃，該淡即淡，乃是大方。文字若一味求腴，便是小家數矣」〔註165〕，「凡文字貴有頭腦，提得明白，發揮甚易，不待苦思，而遊刃有餘地矣」〔註166〕，「當做處卻不做，人不做處卻發明，如韓信襲趙陳，船不用，而卻以木罌渡兵，正正奇奇，恍惚變化。不悟此旨，終難論文」〔註167〕，「淺堪『擇』字，便中肯綮，而究極情弊，由委及源，語不支離，意不直致，可謂簡而文矣」，「再用反語翻弄，入題似緩，而意實緊切，所謂空中布勢者也」〔註168〕，「作文要句句影照下文，句句不犯下文，如水中明月，可望而不可即，乃為妙境」〔註169〕，等等，這裡就不再一一贅述了。

其次，「意」「理」之外，重視修詞。

在評點當中，袁黃經常把「意」「理」和「詞」聯繫起來說，如「意貫

〔註160〕《續文規》卷十六《正講四》，第395頁。
〔註161〕《續文規》卷十五《正講三》，第386頁。
〔註162〕《續文規》卷十五《正講三》，第381頁。
〔註163〕《續文規》卷十六《正講四》，第395頁。
〔註164〕《續文規》卷十四《正講二》，第357頁。
〔註165〕《文規》卷七《正講四》，第102頁。
〔註166〕《續文規》卷十五《正講三》，第379頁。
〔註167〕《文規》卷十《正講七》，第152頁。
〔註168〕《文規》卷九《正講六》，第134頁。
〔註169〕《續文規》卷十八《正講六》，第437頁。

詞明」「意精語鍊」「言言精鍊，俱入理窟」「說理精，措詞雅，不俟湊泊，渾然天成」「理窺玄奧，語契先天」「獨談神理，氣揚詞逸」「以壯麗之詞，發精深之思」「一脈相聯，詞理俱密」「格新調新，而詞采秀逸，當是文場迅矢」「思雋意精，言言入理，如擊碎寶瓶，片片是玉」「用意極精，措辭極雅，通篇如渾金璞玉，讀之平平而味之無極」，等等。也就是說，雖然八股文核心內容是闡發義理，以「意」和「理」為主，但是八股文同時也是融合了詩歌、散文、駢文等多種文學樣式的一種文體，作為承載這些義理的修詞，在八股文寫作當中也佔據了一個非常重要的位置。試想，義理再淵邃、再精深，如果沒有適當的辭藻去表達，那麼也很難達到袁黃上述評點的高度，那麼八股文就會成為名副其實的枯燥文章，不會給考官以美的享受，那麼也就很難中式了。所以，袁黃在談義理的同時，也非常注重詞采，「蓋物相雜謂之文，若只順題直說，便無文采矣」〔註170〕，「前輩作文用句用字，皆有來歷，不似今人之魯莽也」〔註171〕，「夫作文之法，有懇到之意，又須出之以沖夷；有切實之思，又須潤之以丹彩；有奇特之思，又須潤之以渾融，故不特造理索意之難，而修詞亦未易也。一句未工，幾經椎鑿；一字未妥，累費推敲，寸心幾嘔，修髯盡枯，文何容易哉」〔註172〕。例如評陶望齡一篇文章說：「全用字眼裝裏，而詞采爛然。凡文字枯槁及露骨者，皆不利中，由其不知鍊字之法耳。」〔註173〕詞要修飾方才利中，但是也不能以詞害意，這是作文者都懂的道理，袁黃也提出要「以真意攄為麗詞」。在《文規》卷六評點中他說：「以上諸作，皆以真意攄為麗詞，入耳鏗然，而嚼之有味，所謂名言也，此便可作修詞之法。倘不根理意而獨騁浮詞，如光祿寺設宴，餖飣嚴整，不耐咀嚼；又如封節度東征，士卒披錦甲，持精矛，衣裝鮮爛，然多市人，堪戰者寡，不免一敗而已。」〔註174〕「詞」必須以「理」和「意」為前提，必須以學識、修養為基礎，否則只能稱為無根之浮詞，不僅不能起到錦上添花的作用，反而會淹沒義理，弄巧成拙。

關於文詞修飾，袁黃談到了一些經驗，如：「文字有反有正，反少而正多，此常體也。有反處多正處少，而題意愈覺明白者，此如莊子以卮言陳正理，

〔註170〕《文規》卷十《正講七》，第151頁。
〔註171〕《續文規》卷五《了凡先生論文》，第222頁。
〔註172〕《續文規》卷五《了凡先生論文》，第223頁。
〔註173〕《文規》卷七《正講四》，第104頁。
〔註174〕《文規》卷六《正講三》，第94頁。

又如司馬相如以微言解紛，不必十分指切而意思躍然是好手。」〔註175〕要想意思明白，並非一定要濃妝豔抹，可以講究其他方法，如莊子以三言說理，司馬相如以微言解紛，都是不直接說出原意，而是「正言若反」，含蓄蘊藉闡發，可以起到言簡意賅、事半功倍的效果。另外，作文切忌重複，很多俗儒作文，往往前面將題意說盡，後面又重新說一遍，不僅囉嗦，而且題意空洞。「國初諸老儒定舉業文字，一股中說盡題意矣，後股又說，取青媲白，開餖飣之門，不特意思重複，兼亦格式卑瑣。若會元之卷，多有不拘駢儷而蕭然迥出者，於對偶之中常涵頭串之意」，真正會元文章往往一篇氣脈貫通，從破題到大結，似乎只是一比，很難定量分析哪是承題，哪是小講，哪是提比，哪是束比，或者每股之間並非並列，而是遞進，從淺入深，層層發揮，雅有法度，此乃作文高手，必當中式。〔註176〕袁黃在《續文規》中也說：「文字最忌重疊，前既講盡，後須更進一步，如百尺竿頭，別求舒展，此等處正宜細玩」〔註177〕，「明知講意不可重出，而意外生意，婉轉發揮，此老筆也」〔註178〕。等等，都是忌諱重複囉嗦之語。

最後，取效場屋，趨時合式。

袁黃多次明確提出，作文的目的是符合場屋要求，是中式，而非自我蘊藉或者流傳後世，此乃「山林之文」與「廟堂之文」的最大差異。「山林之文與廟堂之文，分明兩路。脫盡繁華，獨存本色，一味清虛，不妨寒儉者，山林之文也。豐腴溫潤，萬寶雜陳，冠冕佩玉，燁燁可敬者，廟堂之文也。山林之文可以名世，而不可以趨時；可以沾沾自喜，而不可以取效場屋。若持之應舉，譬猶草履野服，則廁於簪纓黼黻之間，自覺面目可憎，語言無味，失之遠矣。汝看從來墨卷，或清或暢，或雄或逸，雖種種不齊，要皆弸中彪外，文理燁如。今欲擬之，寧過於典麗，毋失於空寂，斯為得體。然第一要書旨的確，第二要理苞塞而溢於詞，第三要意見出人，第四要精神透露，方是真正文字。彼徒以詞焉而已者，雖利於科目，終是謬種流傳，不足式也。」〔註179〕一個是「名世」，一個必須「趨時」，一個可以「沾沾自喜」、束之高閣，一個則必須「取效場屋」、贏取功名。山林之文可以「空寂」為美，場屋之文則寧可以「典麗」為

〔註175〕《文規》卷五《正講二》，第79頁。
〔註176〕《文規》卷五《正講二》，第80頁。
〔註177〕《續文規》卷十四《正講二》，第355頁。
〔註178〕《續文規》卷十四《正講二》，第356頁。
〔註179〕《文規》卷六《正講三》，第95頁。

高。所以，袁黃談到場屋之文必須具備的四個方面，缺一不可。一言以蔽之，作八股文必須要「合式」：「學者應試，當先求合式，不可浮慕元魁。凡中試之文，必有一段精光可掬，必自成家，或尊如峙嶽，或輕若行雲，或雋如海錯珍饈，或淡似太羹玄酒，或正如嚴師造士，動協規繩；或奇如雪夜偏師，萬人辟易；或變如臨濟談禪，棒喝交作，如此乃可以見重主司耳。」〔註180〕中試之文，或尊或輕，或雋或淡，或正或動，或奇或變，總有一段可取之處。這就需要在長期訓練的基礎上靈活發揮，適當講求以上一些技巧，方能利中。

三、鑑賞論

　　自鍾嶸以「品」論詩而下，明人也多以「品」論八股文。與袁黃同時的另一個八股文批評大家武之望在其《舉業卮言》中曾將八股文家分為「神品」「妙品」「能品」和「臭品」，袁黃在談及文品之時，可能互有影響，基本上也是按照這個標準來劃分，稍微略有出入。《文規》卷四有云：「文有定品，亦有定價。世之談文者，曰神品，曰妙品，曰工品，曰能品，各隨其力之所至而辨之。至於秤量高下，剖析錙銖，則文有可元者，有可魁者，有可中者，有必不可中者，若燭照數計而筮告，靡毫髮爽也。雖頭腦冬烘，眼迷五色間一有焉，而大致則靡忒矣。」〔註181〕這裡只是指出「文有定品」這個概念，粗略劃分文品，並沒有詳細論述。在《續文規》卷四，袁黃運用了另外一種劃分方法：「文有神到，有氣到，有意到。神到之文盎然而出，隨括鑄形，或緩若朱弦，而淡中有味；或急如發括，而至理躍如，按之則泰山，縱之則流水，步驟超脫，殆非人力。氣到之文，或浩然不可禦，或渾然不可鑄，或溫然有養，或充然有餘。意到之文，思人之所不能思，發人之所未嘗發，或沿枝而尋根，或因拙而索巧，或即無而生有，或責假而求真，妙騁心機，出人意妙。有意到而氣不到者，有氣到而神不到者，有俱到俱不到者，須細察之，則人品之高下不能逃矣。」〔註182〕這裡提出「神到之文」「氣到之文」與「意到之文」，是將八股文寫作的某個方面強化出來，並無高下之分，而是各有千秋。當然，如果一篇文章能同時做到「神到」「氣到」「意到」，那麼這篇文章就是上上品了。有氣到而神不到者，有神到而意不到者，這些都是需要仔細考察的。這裡又

〔註180〕《文規》卷五《正講二》，第 80 頁。
〔註181〕《文規》卷四《正講一》，第 67 頁。
〔註182〕《續文規》卷四《了凡袁先生論文》，第 216 頁。

涉及到另外一個概念——「人品」。

　　要論「人品」，首先看文之「神」。袁黃將「相馬」與「論文」類比，認為善於相馬的人看馬之「神」，善於論文的人也看文之「神」：「故文舒者，其神必泰；文溫者，其神必和；文清者，其神必雋；文冠冕者，其神必軒豁；文條達者，其神必通暢；文蘊藉者，其神必停蓄。若影之於形，修短曲直，未有不似之者也。人之貧富窮達，順逆壽夭，皆神之所為。故晨得美食，宵有佳夢，神告之也；凶禍將至，其事未發，先惕惕弗寧，亦神啟之也。今如所引古人弗敢妄論，即如近世桑民懌、唐伯虎、王稚欽輩，讀其文，或浮而躁，或肆而狂，其佳者，或促如急管，或淒苦繁絃，其神故颺颺不附體矣，安得不窮？安得不缺？又安得不夭也哉？伊尹、周公，身為先覺，位居冢宰，既壽且昌，福及萬國，文又安能窮之乎？雅頌之篇，推駢臻之福，咏萬年之壽，又何嘗不佳乎？吾願文章之士，廣其胸襟，平其意氣，勿騁其所有餘，而務養其所未至，一毫乖戾勿著於心，使詞氣所出，鏗然如金，溫然如玉，儼然如端人正士之立於朝端，此所謂臺閣之文也。」〔註183〕看一篇文章是好是壞，必須看其「神」，有什麼樣的「神」和「氣」，就會有什麼樣的文章，就好像人的貧富窮達、順逆壽夭，都由「神」所決定，即使日有所思，夜有所夢，也跟「神啟」有關。所以，由文章之「神」可看出作者之「品」。相反，作文者也必須胸襟廣闊、意氣平正，善養胸中磊落浩蕩之氣，這樣寫出來的文章就會屬泰溫清、軒豁暢達。

　　在其他文學領域，我們經常使用的一個概念就是「文如其人」或者「人如其文」，袁黃也認為，論文之品，必須涉及人品。《續文規》卷四提到，即使同一個人，不同時期的文章也可以看出不同時期的人品。以前作的文章，現在再看，覺得痛病百出，羞愧難當，主要是因為見識閱歷都增長了。如果自以為文章已工，不再修業，那麼就會駐足不前；人品也是如此，每天不自省其過，那麼就不會洞察內心，也不會有所進步了。〔註184〕也就是說，文品與人品一樣，是需要與時俱進的。同一卷中，袁黃用陽明先生「見文而知其人」，雲谷和尚「見人而知其文」兩個例子，說明「文由心生」「文如其人」「人如其文」的道理：「人之文字，靡不由心生，有大格局者，必有大胸襟，有大議論者，必有大識見。富貴膏粱之子，其文多磊落闊大，或疏爽通達，

〔註183〕《續文規》卷三《了凡袁先生論文》，第 201 頁。
〔註184〕《續文規》卷四《了凡袁先生論文》，第 213 頁。

而不能幽深含蓄；貧賤窮困之士，其文多鉤深入微，鑽研瑣碎，而無軒昂顯達之氣。文字斷續者多不壽，氣歉而不克者多不壽，詞有餘而神不足者多不壽。渾厚者必貴，溫雅者必貴，正大者必貴。條達而氣易盡者，貴而不久；意深而詞躓者，多主偃蹇。放肆而不檢者，怒號而氣不平者，浮靡豔麗、專務外飾而無實意者，皆非佳士。」什麼樣的氣質性格就決定有什麼樣的文章風格，讀什麼樣的文章，就會體悟到該文作者的人格，「讀杜道升之文，自然知其為切實近理之士；讀沈幼真之文，自然知其為深厚平正之儒；讀姚禹門之文，自然覺其有流麗和雅之風；讀鄧定宇之文，自然覺其有清淨無為之趣」。所以，「文品」與「人品」雖說不是絕對連在一起，但多少相互關聯、互相影響。「故善作文者，先正其心；善竄文者，先改其習」，比如馮開之，「一向以狂自負，到會試時收斂簡默，恂恂款款，大變其平生之習，而後其文亦變而雅馴」。所以要想文字變工變善，必須先整頓其心胸氣性。〔註185〕在評點中，袁黃也多次先評其人，後評其文，如「王騰程，舊曾識之於崑山，爽朗不群，蘭芳可掬，今讀其文，大類其為人」〔註186〕，「瞿汝說沉思入細，百鍊成瑩，無一字肯輕下，亦無一語不到家」，「朱文懿輕溫，而星卿沉鬱，朱文懿無心求工，而星卿著意刻鍊，朱文懿若祖師談禪，咳唾皆成妙境，星卿若良工琢器，毫髮盡屬。苦心掃除聞見而培養性靈，則文懿可復作矣」〔註187〕，「陳仁錫大有奇氣，縱橫發揮，中間多有俊語」〔註188〕，等等，可見一斑。

另外，即使同一個人同一時間，如果考試級別不一樣，心態不同，可能寫出來的文字也會大異其趣。《續文規》卷十三，袁黃舉了一個例子。有一次評浙江鄉試卷，某人文字甚工，他斷言此人來年會試定會中元。但是後來得其真卷讀之，發現會試之文與鄉試之文好像出自兩手，完全不同。究其原因，袁黃認為：「蓋鄉試之文，積學有年，蓄力待戰，知其嚴思滿志而出之者也，有心於元者也。會試之文，消遙自在，如不欲戰，知其任意開襟而成者也，無意於元者也，若遊於塵垢之外，而卷舒自如；若得鬼神之助，而冥然合轍，殆非肉眼所能識，亦非凡情所可測也。是以修業者平時之力索強探，乃積纍之

〔註185〕《續文規》卷四《了凡袁先生論文》，第217頁。
〔註186〕《續文規》卷十四《正講二》，第363～364頁。
〔註187〕《文規》卷九《正講六》，第144頁。
〔註188〕《文規》卷九《正講六》，第145頁。

粗跡；而一日之文緣湊合，則神授之真機也。通乎此者，可以言文矣。」〔註189〕我們知道，鄉試之文與會試之文是科舉考試兩個不同層次的文章，從這個例子可以看出，這兩級考試對考生心理的影響和對考生能力的要求是不一樣的，或者說，考生由低一級的考試逐漸過關斬將進入更高一級的考試，心態上會發生很大的變化。越是低一級的考試，考生的壓力可能越大，寫作起來越發小心翼翼、綁手綁腳，很難收放自如，文章中所表現的平時修業積累的痕跡越重；越是通往高一級別的考試，考生的壓力反而越小，壓力越小，文思就更活躍，舒卷自如，寫起文章若得鬼神相助。所以，考察文風人品，這種考試當中的微秒心理也必須考慮在內。

在《續文規》卷四中，袁黃對國朝開國以來時文大家作了一個簡單的回顧和定位：

> 國初時義當以解學士為宗……其詞調至今可誦……步驟雍容，氣象磊落，自是國手。商素庵起正統間……文亦溫潤典雅，挺然為一時之首。當時如岳季方正、王三原恕、夏華亭寅，彭莆田韶、李西崖東陽皆赫赫可稱者；

> 成化場屋之文，王濟之為宗，布帛菽粟，無施不可，所謂一代之宗匠非與？當時正大則有羅一峰倫，透徹則有儲柴墟巏，精鍊則有程樂平楷，警策則有鄒立齋智，皆後先相望，翕然稱雄者也；

> 弘正間，當以錢與謙福、顧東江清為總。東江脈正氣清，如萬里長空，纖雲絕點，而意味差薄；鶴灘舉業極細，閉闔起伏，曲盡變態，而少軒昂弘遠之氣；其於濟之，皆具體而微者也。王伯安守仁無意為文，而識見高邁，自是加人一等。一時並出：倫伯疇文敘如累土成臺，愈竣愈絕；湛元明若水如長老談禪，時露本色；陸子淵深如公孫大娘舞劍，空中打勢爭奇；呂仲木柟如純棉布袍，自然成錦；鄒謙之守益如山中宰相，不求榮達，而富貴有餘；馬伯循理如大海納流，無所不有，而波瀾湧然；崔子鐘固如老驥長驅，善識人意；汪青湖應軫如刻玉鏤金，良工心苦；王夢澤廷陳如老吏斷獄，言簡而意深；皆所謂盛明之文也；

> 嘉靖中當以唐應德先生為宗，瞿師道先生次之。唐文由精思而

〔註189〕《續文規》卷十三《正講一》，第 329 頁。

出，讀之令人整襟肅慮，起敬不暇，足以壓倒一時豪傑；瞿文由神
到而出，其精密處無跡可尋，不得以詞勝而貶之也；薛公山先生如
項籍入關，勇氣百倍，終有武夫態；諸理齋變如琴操學佛，刮垢入
淨，而輕浮風骨，時見於雅淡之中；張小越元如偏師入陣，直搗中
軍，而乏堂堂正正之氣；歸震川有光高古典雅，獨步一時；孫百川
樓直寫胸臆，而圓勁蒼健，詞調時時逼古；邵北虞圭潔玲瓏透徹，
而措辭構意，出於路徑之外；茅鹿門坤氣勢如長江大河，和平闊大，
描寫又復逼真；張虛齋祥鳶鈞深見奇，沉著細膩，而精到處令人難
解；杜道升偉會理切題，一字不可增減，而穿骨透體，遂鑿混沌之
竅；許敬庵孚遠脫盡斥調，另出樞機，而句句根心，見者知其為正
人君子。作者尚眾，未易殫述；

　　隆慶以來，又當別論。竊謂今日之文，欲極新又欲極穩，欲極
奇又欲極平，欲說理又不欲著相，欲切題又不欲黏皮帶骨。正大處
欲帶圓活，透脫處欲帶含蓄，流動處欲帶莊嚴，輕逸處欲擔斥兩，
蓋經義之學，自我朝始，我朝莫盛於成弘。近日所見唯黃白夫洪憲、
湯海若顯祖耳。湯文高古雅煉，絕似震川，而圓轉過之；黃文如『堯
獨優之』七句，舂容妥帖，愈玩愈佳。馮開之丁丑場前日日玩此一
篇文字，故其文氣文雅亦近似之。〔註190〕

由這段評論可以看出自開國以來八股文發展的大致脈絡。袁黃對主要的八股
名家以及各家時文風格都用精鍊形象的語言作了描述，這段論述可以說就是
一部明代八股文發展簡史，可作參考。

第二節　趙南星的八股文批評

　　趙南星（1550～1627）字夢白，號儕鶴，別號清都散客。河北高邑人。萬
曆二年進士，歷任汝寧推官、戶部主事、吏部考功郎中、吏部文選員外郎、吏
部尚書等職，亦為「東林黨」領袖人物之一，世以趙南星、鄒元標、顧憲成比
擬漢末「三君」，時稱「東林三君」。趙南星一生嫉惡如仇，「慨然以整肅天下
為任」，直言敢諫，要求整頓吏治，健全官制，倡導「振綱紀自皇帝始」「去邪

〔註190〕《續文規》卷四《了凡袁先生論文》，第217～218頁。

用正」〔註191〕，要慎選官吏，罷黜姦佞，引用正人，以致宦海浮沉，艱辛備嘗，最終被削籍歸家。現存《趙忠毅公集》《味檗齋文集》《史韻》《學庸正說》《芳茹園樂府》等。崇禎時吳門後學壬心一在《趙忠毅公文集序》中曾說趙南星精忠大節，深歎「世之不能用公，非公之不善用世也」〔註192〕。在此基礎上，他與鄒元標、顧憲成等人積極於東林講學活動，雖然名為舉業，實則推行他的實政思想。在八股文批評上，趙南星力主正文體，從重經術、明理、求雅等方面改變庸陋文風，認為朝廷應該正確對待取士的問題。在時文寫作方面，關於心、氣、情、識、思等範疇的辨析，他皆有所涉及。

一、正文體

趙南星的文學觀乃大文學觀，認為「天地間皆文也」，日月星辰，山川風雨，電閃雷鳴，草木蟲魚，花草樹木，所謂天之文，地之文，皆得之於人。「耳得之成聲，目得之成色，思之於心，宣之於口，書之於筆」〔註193〕，人之文乃成，最優秀的如《詩三百》，其次如漢魏樂府，再次如唐人之詩，再其次如宋詞、元曲，皆興會之際，有感而發，但是文章頹喪之勢卻無法避免。趙南星認為其原因在於「秦以焚書坑儒愚天下之人，而後世以讀書為儒愚天下之人，使天下之人漸漬於其中，日以迂腐趑起不能為亂，亦不能為治」，自秦以來，豪傑之士日益減少，即使有，也大多困屈不得志，此原因何在呢？秦吸取東周諸侯叛亂之教訓，創大一統國家，置守令，九州一國，統而治之，先秦諸子則再也沒有暢所欲言、百家爭鳴的環境了，即使孔孟再世，亦皆無用武之地。當時遊俠刺客之論尚在，但無養士之風，於是禍起匹夫，秦不妨此，卻焚書坑儒以愚天下人，致使享國最短。「後世師其意而反之，乃使天下之士人各受經，習其師說，而取之以勸襄鄙淺之文，凡生而稍有才智，欲富貴者皆使首肆習命運利者菽麥不辯而已，服官政數奇則日夜，吾伊望富貴而不至以老而已」。〔註194〕所以世風日下，文風日壞，皆由於此。他在《兩漢書選序》中也說：「夫文繇兩漢而上之，代高於一代，繇兩漢而下之，代卑於一代，至今之

〔註191〕趙南星，《趙忠毅公詩文集》卷七《闇幽錄序》，《四庫全書禁燬書叢刊》，集部第68冊，北京，北京出版社，1997，第151～152頁。以下趙南星引文出自該集者，只標注篇目、卷數和頁碼，其他略。
〔註192〕趙南星，《趙忠毅公詩文集》卷首《趙忠毅公文集序》，第6頁。
〔註193〕趙南星，《趙忠毅公詩文集》卷七《刻花草粹編序》，第149頁。
〔註194〕趙南星，《趙忠毅公詩文集》卷七《周元合文集序》，第163頁。

所謂時文無卑矣，時文不必博學也，遞相剽襲，而青紫可得，自非天性高明，有志者以為學在於是，往往驕矜鄙陋，此所關於士風世道甚大，至於文體之日壞不必言也，夫飫肥薰之味者食太羹而吐棄，習淫哇之音者聽綠水而不欣，士將立朝試觀漢人之奏疏何如哉？若不知其美者，則不可醫也已矣。」〔註195〕文章與士風世道關聯甚密，自漢而下，文章一代不如一代，到有明一代，專以時文謀求功名富貴，則文體之壞至極矣。

文弊至極則需正文體，自洪永以下，數代知識分子無不以此為念，趙南星一生憂國憂民，亦以此道為己任，他在《正心會選文序》中說「余不自量而以正文體為己任」〔註196〕，在《時尚集序》中也說「每欲正文體，故書之以識，余愧焉」〔註197〕，在《葉相公時藝序》中則明確發出呼籲：

> 文各有體，不容相混，今取士以時藝，言古無此體也，然主於明白純正，發明經書之旨，亦足以端士習，天下之太平繫之前輩，如王薛唐瞿諸公，皆高才博學，能古文詞，而其所為皆時藝也。斯事雖細，孟子不曰：生於其心乎？且進士之科日重，公卿大夫皆從此出，所關於士風世運大矣。嘉隆之間文體日變，然不失為時藝，浸淫至於今日，率皆以頗僻幽眇之見託之乎經書之言，而其詞非經書也，又非左國史漢韓歐三蘇之詞也，一切佛老異端、稗官野史、丘里之常談、吏胥之文移，皆取之以快其筆鋒，而騁其詞力，如颶風之起，卷草樹飛，砂礫拚覆天宇，不足日月，而以為奇觀，時藝古文都無所似，士大夫奈何作此以取富貴，此天下之亂，所以越至於今也。……夫救世者必得眾同心而後可，今風俗已成，言正文體者，其文體固未必正，將誰使正之？〔註198〕

趙南星認為雖然古無時文一體，但其本之經術的特點，亦足以端士習。早期王、薛、唐、瞿諸公皆是後世為文之表率，但自嘉、隆而後，時文寫作多以媚時，徒為攝取功名之工具，以各種鄉野俚俗、諸子百家之語雜而亂之，假以時日，風俗漸成，許多欲正文體的有識之士皆無力回天。由此種文風取士，必然錄取庸碌無為之士，由此庸碌無為之士治國，則國不亂不可得也。「天下

〔註195〕趙南星，《趙忠毅公詩文集》卷七《兩漢書選序》，第147頁。
〔註196〕趙南星，《趙忠毅公詩文集》卷七《正心會選文序》，第165頁。
〔註197〕趙南星，《趙忠毅公詩文集》卷七《時尚集序》，第166頁。
〔註198〕趙南星，《趙忠毅公詩文集》卷七《葉相公時藝序》，第166～167頁。

自上古之至八真人，以至於今之人，自上古渾噩醇雅之文，以至於今之所謂時文，猶播丸於高山之上，轉而之下，不至於深澗絕壑不止也。以今之文取今之人，而用之以治天下，欲以比於隆古，必不可得也。夫古取士之科不可復矣，則何不掄其有道義文學者而用之，其不然者，則皆俗人也，與之言人品而嗤笑，與之言名節而嗤笑，與之言報主救民而嗤笑，試與之言結權貴，取大官，置美田華屋，口珍味而身文錦，則陽氣溢於面目，而不覺其盧胡矣，此人者非無辦護之才，然不知大體，特小技耳，非不勤於王事，然意在得，直不可謂忠，時亦能卻賄賂，然意在取，息一母而十子不可謂廉，非風則暮，必露其本情，如此人者，用之累千百而不可以治天下。」〔註199〕所以文體文風與士習士風，甚至與國家吏治皆密切相關，不可掉以輕心。

在趙南星看來，當今文體之弊首先在於好奇。他在讀書靜坐之暇，選近科時文，以示諸生，雖然他認為今日文章頗盛，但「識超者或不合經義，詞勝者或達於時制」，皆不可取，其原因就在於「為文者皆好奇」。倒並非因為他厭惡「奇」，而是士子往往沒有弄清楚「奇」與「正」之關係，一味求「奇」。所謂「奇與正對，奇而離於正則邪也，正而不奇則迂也，豈惟文哉？古之聖賢孰非正人，孰非奇人，然其人皆無異於常人。舜在深山，鹿豕不驚，孔於鄉黨，恂恂吶吶，不見其奇，奇之至也。假使譎觚焉而以為異，矯亢焉而以為高，刻峭焉而以為俊，佚宕焉而以為豪，殘忍焉而以為雄，此皆奇之類也。離於正矣，君子不道也，是故子思之所為書名曰中庸，庸也者，常也，離於常則為怪，怪則為妖，衣服之怪識微之，君子憂之，況生於心而害政事者哉？夫燕趙之人自古少文，其文率正大明白如其人，今亦隨俗為邪僻，不類燕趙之產矣，世道人心之壞，此其章章者也」〔註200〕，所謂「奇正相依」，「奇」不能離於「正」方為「奇」，否則就是邪僻怪異了，即「中庸」是也。自古聖賢莫非奇人，亦莫非正人，都因為其「奇」亦無異於「常」，其「奇」乃從「正」出。明白此道，為文尚「奇」才有所根本。但是當今以文取士者，「是教人以求勝者也，不勝不足以取科名，不異不足以勝，故其始也，未嘗不正，正之久則求奇，求奇則易，至於支離，支離之久則反於正，而既奇則不能粹於正，此百世可知者也」。為文皆由「正」開始，但士子為了媚人耳目，只能選擇趨時，於是由「正」轉「奇」，為文之本根則視而不見。近來時文弊病更勝於往日，

〔註199〕趙南星，《趙忠毅公詩文集》卷七《張緯典時義序》，第 167～168 頁。
〔註200〕趙南星，《趙忠毅公詩文集》卷七《正心會選文序》，第 165 頁。

趙南星做出總結：「往者多用釋氏語，今多用講學語，一也。往者騁詞，或失之癡肥，今作者每力為玄淡，二也。往者滯於言詮，如人行路，寸而後尺，跬步不越，今據其要會，余皆可略，三也。往者逐字解詁如以為元善之類，今惟語神理而遺糟粕，四也。惟行移里巷之語未能盡去，亦緣講學者多用之，以求明快，而作者遂相沿不改耳。夫遠則楊子雲之擬論語，近則崔子鍾之作士翼，獨非講學者耶？亦何必乃爾，不二三年，當並此袪之矣，然則遂過於前輩耶？……何則以為巧乎？正不如其拙也，以為華乎？正不如其樸也，以為銛乎？正不如其鈍也，士皆巧而噓拙，皆華而噓樸，皆銛而噓鈍，則是皆新少年，非古君子。」〔註201〕此數條文病歸根於一條即「好奇」，士子皆嗜「巧」「華」，而摒「拙」「樸」，趙南星認為這是當今為文之最大弊病，應該堅決袪除。

另外一個文病即「今天下文盛，不患其不巧，而患其離於法」。趙南星罷官後里居授徒，時而為詩，時而為古文詞，亦時而為時文，但他已經不需要再考進士了，作時文純屬「自嬉」，但他仍然「稍依時格」，因為他認為時文必須「不違時」，違時之時文還不如不作，就好像是「為曲而不可歌」，也還不如不作。趙南星曾感歎古人造字之化工天巧，鬼斧神工，如同巫作，雖然人們用「工巧」二字來形容，但是仍然必須遵守規矩，然後為工，因為「巫事無形，亦有規矩焉」。當今之舉業亦然，「是以余之談舉業，不離乎唐瞿諸公之法，文之巧固無盡然必法焉，無法者，巫之不若也。今天下文盛，不患其不巧，而患其離於法。夫法也者，非獨結構脈絡之謂也，貪美者惡，銳往者躓，故妍之過也俗，新之過也臆，析之過也眦，邃之過也黶，雄之過也麗，疏之過也緩，奇之過也謬，皆不可以為法」〔註202〕，所以他選《庚戌癸丑房稿》四百餘首，以示門人及兒孫輩，皆以唐、瞿諸公之法為標準，否則文章亦會流於惡躓俗臆、眦黶麗緩之病。因此，此病亦當正之。

到底如何去正文體呢？趙南星認為至少要做到以下幾條：

第一，「教誨覺寤者必於童蒙之時，此父兄之責也」。人自出生時起，飽暖之欲不學而自同，及智慮漸開，則利欲漸多，理義之性汩沒其中，如果沒有教誨使之覺悟，則其人與禽獸無異，所以教誨覺悟必須始於童蒙之時，此乃父兄之責。同理，凡民百姓之教，則士大夫之責也。趙南星認為：「世道衰

〔註201〕趙南星，《趙忠毅公詩文集》卷七《時尚集序》，第166頁。
〔註202〕趙南星，《趙忠毅公詩文集》卷七《正心會房稿選序》，第165頁。

微，士大夫恒不知有理義，其所以教其子弟者，皆飽暖之計，往往讀書為文章，成士大夫，而終其身無一理義之言，亦可憐也，而女子為甚，凡民之家無論已，生於士大夫之家而不聞理義之言，不幸；而所適者又俗人華衣溽食，或乘魚軒，被象服，得意愈甚，容貌愈妍，而愈為不幸。何則享厚而德薄，容美而心醜，則不稱之極也。夫生而為丈夫者，不得聞理義於父兄，或聞之師友，女子則無從而聞之，知蜣蜋出於糞丸，不知有蘇合之香，豈不甚可憐哉？」〔註203〕士大夫尚且有可能終其一生不知理義，凡民百姓往往更甚，特別是婦女為最甚，皆無通義理之途。所以趙南星與吳昌期、王義華二君，翻閱群書，將世所傳《三字經》《女兒經》等句短而易讀、語淺而易知者，具列其事，被以俗語，令人人可解，合而刻之為《教家二書》，便於開蒙。從前孔子與子路論「成人」，就因為當時真正的「成人」已經很少了，而今論「成人」，首先的一個要求就是「見利思義」，但世人往往以「飽暖」為標準，自孔子時已然，何況今世呢？不光成人少，「賢嫂子」更少，究其原因，仍然是「其敗壞從士大夫始」。天地之所以生人，不同於禽獸，就因為能明事理，「有能讀二書而明其所言之意，法其所引之人，即不必為士大夫可也，即不必博群書可也，夫為賢士大夫豈不有益於天下而正，苦其甘為不肖而害天下也，博群書豈不有益於身心而正，苦其不為身心，徒以求飽暖也，誠欲以為身心，則此二書者可以當十三經矣」〔註204〕。教誨自童蒙始，人則知禮儀，其目的不是要其博覽群書或者成聖成賢，最起碼可以有益身心，讓「成人」之後為官作人皆入於「正」，則這種童蒙之書可以當十三經來讀了，其功不可小覷。

第二，「國家撰史論道而作事者，皆從時義起」。文章、政事一也，學者多有論之。常言道「巧者不過習者之門」，趙南星說他性剛才拙，不能為世所用，罷黜之後也別無他長，只能以時義授徒，課子興至，往往自為數首，亦隨時而變，所以於時藝之道，可謂習之久矣。「以是罕所許可，所許可恒必售，久之則恒不必售也」。趙南星談到其友人張質余瑰亮沉毅，治學甚精力，為文「其思密，其氣沛，其機圓，其取材古，其摛詞秀」，他屢次稱善相屬，令兒輩師之，但其科第數次不利。南星隱授約三十年了，其文愈變而愈奇，但「奇非人人能也，而繇時義起者，皆以奇售，何天下之多奇也？大氐以離於正為奇，然則奇者與奇，奇者皆莫知其所繇然也，而孰知其售不售哉？」南星知

〔註203〕趙南星，《趙忠毅公詩文集》卷七《教家二書序》，第149～150頁。
〔註204〕趙南星，《趙忠毅公詩文集》卷七《教家二書序》，第150頁。

道質余奇而依於正，所以不第。後來質余改變其路數，聯繫陳留政事，方得官，究其原因，「知質余之文章政事耳」，所以趙南星說「然此時吏治猶時義也」，其售與不售皆源於此，「迂闊之見偶合當路，天下事一一可知，是謂時之清夷，人鬼無權，而聽於道也，末世則否，然使事事皆不可知，則七曜塞而二儀毀矣」〔註205〕，由此可見一斑。

第三，本之「四書」。趙南星認為作文還是必須根本《學》《庸》《語》《孟》四書。《論語》乃後學或門徒編次仲尼及弟子之言，《孟子》乃孟子之所著，曾子、子思之所為書，以《大學》《中庸》名。概言之，「《大學》者，言其道之大也；《中庸》者，言其道之中正而平常也」，即二書之大旨。初學者往往覺得《大學》《中庸》難通，而尤以《中庸》為甚，南星認為「道一而已」，「言語文字則有詳略隱顯之異焉，猶厥之與其旀之與之也，且以二書之首章言之明德，則天命之性也，率之而為道，不待言矣。新民則修道之教也，慎獨所以誠意而正心也，中和在其中矣，家齊國治而天下平，即天地位，萬物育也，曾有一之弗合者乎？」當今世道大變，士子皆喜異說，浸淫於佛老之道，欲高出前輩之上。趙南星說他小時候受先大夫之命「習淺說」，至今已三四十年了，所得頗多。於是，他也命其兒孫輩仍守「淺說之學」，但是「往時風氣渾樸，學士家於聖賢之書，僅求通曉未甚精覈其解，多在廊廡之間，鮮窺突奧，余乃以淺說為主眾，以近日名家之說會稡折衷，晝夜思索，偶有所得，亦頗有先儒之所未發者，然自謂不害其為同，他日視之，殆有可以解，願令兒輩習之，知吾道之滋腴，無窮無庸，求異為也」〔註206〕。雖然名為「淺說」，但實乃根本，由淺入深乃學之規矩，如此，為文方不誤入邪僻之途，由此，正文體方有可能。

第四，讀書與養生。趙南星曾讀《嘉祐集》愛不釋手，認為「識見之精，文章之妙，無復過老泉者矣」，但是反覆讀過之後，才覺得蘇洵「於聖人之道，概未有覯，其所論五經皆非也，為文學戰國策士之捭闔從橫，而解悟未徹，如諫論謂龍逢比干無蘇秦張儀之術，及兵家不可用，間皆近於愚，然明論上田樞密諸篇皆致佳，為舉業者稍得其機鋒，即可以為棘圍之儀秦矣，餘因是而知人之宜讀書也」〔註207〕。因此，南星認為為文必須多讀書，否則，即使

〔註205〕趙南星，《趙忠毅公詩文集》卷七《張質余時義序》，第170頁。
〔註206〕趙南星，《趙忠毅公詩文集》卷七《大學中庸正說序》，第154頁。
〔註207〕趙南星，《趙忠毅公詩文集》卷七《嘉祐集選序》，第147頁。

七老八十也與十八九歲無甚區別，所以孔子才有「後生可畏」之說。就他自己來說，也是讀書不輟，日見進步，也由於此，可以看出蘇洵文章之利弊。趙南星還認為醫病與養生都需多讀書。他曾經病了，久治不愈，於是自讀醫書，不能竟讀，因為喜上古秦漢之文，嗜其蒼藻，但其中並無藥方，不能治病。己丑之歲，遇楊復所先生於長安，「聞其言乃讀宋儒及近日道學先生之書，略窺孔孟之旨，能脩志意不絪於富貴聲名，有以自樂，身亦無病。夫心有所用，則神明內守，血氣傳理，無菀結湫底之患，病安從生？及讀唐人胡悟所著黃庭內景圖說，稱人之五藏屬於五常，五常得則五藏合乎太和。乃知養生者，聖學之緒餘也」，所以從醫生醫病這個角度來說，治病不如養生，養生不如養心，而要養心，則需讀聖賢書，識孔孟道。修身養性，神明自守，血氣傳理，則五臟太和，百病自祛。柏鄉孔公乃楊先生之徒，輯前賢治心慎言修行之言，編次名為《砭己》。之所以名為「砭」，「以石刺病之名也」，「世之人皆知食與鬼之為病也，而不知非病之病。夫邪據於心而發言悖蠻，作事倒逆，無痛楚痛癢，而神明去捨，血氣溷濁，世人以其無妨於富貴，便於騁私追欲也，不知其為病，是謂非病之病，故有終其身不知仁義為何物。失口未嘗及之，斯其人而壽也者，是鄭瞞之類也，而強也者，是羿澆之力也，而寵盛也者，是虎狼之族也，而巧言能文也者，是鸚猩之偶也，試以前賢之名言與之，彼直以為糞土耳。」〔註208〕世人往往終身不知「仁義」為何物，則血氣溷濁，邪僻發於心，騁私追欲，以至倒行逆施，若疾苦之在身，此乃「非病之病」，所以須「砭」之。南星認為孔公博極群書，「取其精理以為繕性裎躬之助，視一念一言一動之非」，與流俗之意不同，可以「砭」國家天下而使民活之，並福澤子孫後代，能得此一書，即使「馹馬珙璧，唱腔靈蘭之秘，瓊笈之文」，亦不與之易。由此，天下為文者更應讀此類書，定會獲益匪淺。

第五，明理。趙南星指出：「今天下以文章取士，高才有志者，皆以文章自負，而明理者甚少，彼其泉湧而雲鬱，豈不以為博達辯智哉？然而無當於理也，何者？非吾聖賢之所謂理也，其談空說幻，欲超出吾聖賢之上，試與之以近代諸大儒之書略觀，輒棄去，曰是不足知，然實未嘗知也。彼以都試選舉，故讀孔孟之書，不然，則亦棄去之矣。如是而為文章，豈足道哉？舉業固不足為文章，然出於我而示天下人，亦何得漫漫而支離，浮誕猥隨俗尚日

〔註208〕趙南星，《趙忠毅公詩文集》卷七《砭巳明言序》，第 173 頁。

揣摩成而得科第已耳，然則其所謂舉業者亦非也，總之以不明理……即都大位亦何益於天下哉？」時文本之六經語孟，更應該以理服人，而當今之士明理者甚少，以至談玄說怪，與聖賢之旨大異其趣，即使偶中科第，亦支離浮誕，於人於己皆無益。所以「不明理則不知言，不知言則不知人，不知人則不知政事」。趙南星談到其友人王惟則乃高才之士，無書不涉，而專心於理學，特別是近代諸大儒之書，居家行路皆不釋手，所以其「存心處事皆欲與聖賢之道合」，待為官雄縣，令行古教化，則民無訴訟，不作俗事，而絕無阿上官、趨權要之舉，「事事皆實作，不自欺，不遺餘力，即舉業亦專精為之，摛詞必古作者，既深既博，既藻既雅，而其談理一出於孔孟近代諸大儒之書，不隨流俗」〔註209〕，此則謂高才有志之士。如果天下士子皆如王惟則，那麼國之將治不遠矣，而王惟則才之根源在於「明理」。昔司馬遷列《貨殖傳》，以天下人熙來攘往莫不為利，商賈褲販，蠅營狗苟，若居官食祿者，則乘勢而起，不數月，則新車大宅落成，躋身富貴行列，但這些足以為貨殖嗎？趙南星認為司馬遷列「貨殖」一傳，其目的在於「以此舞當世之士」，「至謂原憲季次為可羞，以為所榮在彼，即所羞在此耳」，而班固則以此為譏，則近於癡人說夢了。「夫讀書明理義者，肯用其智術於貨殖，亦有何難？獨恥之不為耳」〔註210〕。士人讀書明理，如果真能用其智力於貨殖，應該也是無所難者，主要是心有所恥，不願為之耳。但從另外一個方面來說，士子若能讀書明理，則於其他行業幾乎可謂無往而不利了。由此觀之，士子得益於「明理」者甚多。

　　第六，求雅。古文章「求雅」，時文亦「求雅」。趙南星認為洪、永以來，朝野多以「雅」取文，而如今天下求一雅語而不可得。所謂「雅」，即「正也，常也，古也，斐也」，「邪焉則不雅，怪焉、俗焉、俚焉則不雅」，不雅則不可以登於明堂。《詩》有大雅、小雅之分，「自周室東遷而雅降為風，自五言七言興而風雅俱亡，其所謂詩者截然與古判矣。後之篇家如韋孟之倫，間為四言，牒未必盡合於古，譬之被服，儒者必學善步，故曰擬之而後言，此之謂也」，自五七言之後風雅不存，後世文人難啟高峰。趙南星友人杜日章雖然世為大將，勳業宏偉，但無書不涉，好為詩，後擬二雅為四言，輯集為《雅什風流》。南星認為此集「雅」之四義皆備，可以登於明堂：「夫人之精神必有所用，位高而勢赫，金多而欲遂，世之人所竭其精神而求之者，不過如此耳，有能用

〔註209〕趙南星，《趙忠毅公詩文集》卷七《王惟則時義序》，第169頁。
〔註210〕趙南星，《趙忠毅公詩文集》卷十《賀劉公令孫入學序》，第275頁。

之於筆墨者，即雕蟲小技乎？余以為勝於求勢利也，為雕蟲小技而成，余以為勝於極富貴也。而日章乃為《雅什》，斯其志豈不超絕於人萬萬哉？日章家世大將，其奉入悉以養士，所在即窮荒絕塞四方之詞人靡至其宦遊里居者，悉使人持書幣求得片楮尺牘之善者，愛如琪璧，夫其精神之用如此，豈復有塵俗之意入其胸中？夫視其庭可以搏鼠，則不能歌，塵俗不入其胸中，而後神明宅焉，道德生焉，文章功業出焉。」〔註211〕日章有此心志，塵俗之意皆不入胸中，則文章自雅，功業自成。

二、論人才

自春秋戰國以來，朝野皆知「得人者昌，失人者亡」的道理，所以歷朝歷代教育取士制度無不皆為「人才」，自鄉舉里選到科舉取士，代有人出。自洪武開國以來，以八股取士，人才亦代有升降，自此人才與時文乃二而一的關係，密不可分。人才必須以時文進階，有司以時文衡人，士之遇與不遇關乎國家治與不治，國家興衰又直接影響士子遇合，所以人才論歷來也是八股文批評的一個焦點問題。

趙南星在多篇文章中論及取士制度，認為國初取士辟召最重，其後重歲貢，不甚重制舉，又其後則獨重制舉，到今天則家弦戶誦皆為制舉。國家設科以網羅人才，其禮遇甚隆，其養甚渥，其目的希望能取得人才以治理天下。在《賀李汝立應鄉舉序》中趙南星仰天長歎：「當今之人才其可謂盛耶，否耶？」「今天下其可謂治耶，否耶？」他明確回答當今天下不能稱為「治」：「三光曠曬也，百姓佂佂也，寇賊奸宄攘攘也」。但是國家仍然優待禮遇人才，其主要原因仍然在於「天下之民不過農工商耳，而士為之首，是天下之民所待以治者也」，而且士大夫無論有無深謀遠慮，只要誠心扶國家，安生民，即使人人食祿，必無所害天下，也不會亂天下，「而至於亂則在位者，有分外之害也」，如同種樹之人明明知道蛇蠍害樹，肯定是輕鑿脩鈎而去之，不可能還姑息培養。當時的所謂人才則相反，「世之所謂才者，其不害樹者寡矣，可不歎哉？蓋自古承平之久未有不若此者也，上焉者與人以富貴，而忘其所以與之之意，下焉者受富貴於人，而忘其與之之為恩，皆以其勞苦之所宜得，而文雅之所自致，亦甚可笑也」，但是「士」為百民之首，其本職工作即治理國家。古代教育太子者往往先教其如何成為一個合格的「士」，君尚且如此，何況是卿相

〔註211〕趙南星，《趙忠毅公詩文集》卷八《雅什流風序》，第 184 頁。

呢？所以「士」必須以天下國家為任，此非「自任」，而是如同「農之服田，工之飭材，商賈之牽車牛而四方也，其本業然也」。如果士不以天下國家為事反而害之，那麼還不如工商農之人了。但是「世之人顛冥於利欲久矣」，即使稍有覺悟者總覺得以一己之力無力回天，但如果每個人都這麼想，那麼必各營其私，國家肯定亂套，相反，如果「人人以天下國家為己任，則天下治矣」。同時，「士習若此，其學可知矣，其文之邪僻可知矣。夫其中豈無二三豪傑之士，而頻頻之黨甚眾，不得獨行其志，是以世道日非，而民生日蹙也。士者有能知國恩之不可負，則亦可以與言矣」〔註212〕，士習與學問、文章三者相互關聯，士習是直接影響學問與文章的。士子如果能明確自身的定位，肩負國家天下，而不僅僅為一身一家之計，那麼國家取士之意與科舉之重皆明矣。

　　關於人才，趙南星認為必須文武兼備，不可有所偏廢。所謂「古之人自君王以至於士人，未有不兼文武者也。朝無將相之分，野無兵農之異」，但是到春秋之後，則逐漸衰微。「晉文公謀元帥於趙衰，曰郤縠可，其人說禮樂而惇詩書，而單襄公之論文也，曰敬忠信仁義智勇教孝惠讓，此十一者天六地五，數之常也。經天緯地，文之象也，然勇在其中，故曰：勇，文之帥也」，在天地萬物之文中，「勇」乃其中之一。說到「武」，春秋時期，文武尚能兼綜；至戰國，則群雄並起，日尋干戈而善戰，相爭無寧日，文武有所偏廢；至秦以武力強取天下，文則偃矣；漢之興乃稍有文，而與武劃為二途，分道揚鑣；至唐宋則「以墨研毫素為文，弓矢戈矛為武」；到如今，「士不復知文武，而所謂文吏者，乃自貴而輕武，武亦鮮足重者」。所以南星感歎「世道之壞也，人才之乏也，無復之矣」。在趙南星看來，判斷一個人是否是人才，則必須從「文」和「武」兩方面來考慮了，所謂「士而僅能墨硯毫素者，甚無益於天下」，自文武分道之後，世以高爵厚祿惑士子，猝有夷狄盜賊入侵，則張皇失措，手不能提，肩不能背，讓人羞愧。相反，古之為士者，在進修問學之暇，則射鳬雁以供賓客，幾乎沒有不能射箭之士，而如今之士子則鮮有能張弓挾矢者。並且，射箭等武功可以讓人心智不至於懈惰，筋肉不至於駑緩，其益甚多。如此，則成勳業即日可待也。〔註213〕

　　人才關乎家國天下，而作為取士者的衡文者則尤為重要了。在《賀張珍夫應鄉舉序》中趙南星講了個寓言故事：「今有千金於此中衢，而下令曰能左

〔註212〕趙南星，《趙忠毅公詩文集》卷十《賀李汝立應鄉舉序》，第266頁。
〔註213〕趙南星，《趙忠毅公詩文集》卷十《賀熙甫成武進士序》，第268～269頁。

言者以此與之，則千萬人爭為左言，以賤得千金，忽有一人焉為左言，則眾大駭，何則彼皆市井之人，而此一人者，士人也，千金厚賂也，暫為左言，非遂伐夷狄也，而得千金可以養老恤幼，天下之惡始而美終，以晚蓋者有什百千萬於此，然而士人必不可者，以士人異於市井，若苟焉而逐利，則與市井不殊，今天下之士人其所為文去左言無幾，而皆用之以取青紫久矣。衡文者曾無一人出而正之，豈不異哉？」朝廷取士誘以高官厚祿，如同千萬人爭為「左言」，士子若也蠅營狗苟，那麼與市井無異。既然今天下為文者皆以「取青紫」為首要，那麼衡文者如何正文體，則需多費思量了。趙南星又舉江西某年秋試，衡文者乃江西吳太史、餘姚孫太史，此二君尚節義，孫太史還是忠烈之裔，文獻世家，南星以為此人必將端正士習：「蓋取文以險詖，是使工畫鬼者也。夫豈無工拙，觀者未必皆巧目而第，取其駭人者愈醜愈易售，即險詖亦得其似，則郭舍人之語，必有合於方朔之解，而郢人之書鮮不當於燕相之意矣，故倖進者恒多，惟以雅道取士，則所得必多真才矣。」衡文者衡文標準不同，則取士結果也不同，但歸根結底，還是必須以「雅」取士，方能獲取真才實學之人。而當今之世，「有天下者，皆闢富貴之塗以誘才智之士而用之，縶於正則得正人，縶於邪則得邪人，誘非其塗，則人皆失其常性，而壞其舊俗」，比如燕趙之士自古慷慨任俠，雖然慷慨任俠非聖賢之道，但其人讀書明理義則可以成忠孝之節。友人張珍夫等人應此科而中式，趙南星認為珍夫「溫夷可親而立志較然不欺，景慕賢豪如不及，疾惡如讎，意之所不樂，雖違眾必止，分之所不投，雖貴勢弗捐，蓋以慷慨任俠之氣而成忠孝之節者也」，如果不是吳太史、孫太史等人以雅道取士，則珍夫必不得用，如此則「衡文者所繫豈輕乎哉」？南星感歎：「余退廢田居，憂世之心不已，覩文體之衰，不揣而以筆舌正之，第空言沮之，而厚利招之，誰吾從者則有仰天歎耳，不謂首善之地得二太史與余之見合，而雅士如珍夫者得列於賢書，計燕趙之間得人必多，天下之士習將自此遂正，而國家生民賴之哉，譬若鸕鶿飛且鳴矣，君子修之己以救天下，豈有息焉？」〔註214〕衡文者身繫家國天下，不可不重。

但同時，趙南星也認為只要是有才之士，博取科名並非唯一出路，條條大路通羅馬，不必去擠科舉這條獨木橋。所謂「造化可預定，安在其莫為莫致，且人生亦何必第」？自古取士之法，鄉舉里選固然不能無詐，但其意則

〔註214〕趙南星，《趙忠毅公詩文集》卷十《賀張珍夫應鄉舉序》，第 267 頁。

近雅。自此而後，或以對策，或以詩賦，漸入鄙俚，至時文而極。「舉天下聰明才辯之士聚之橫舍，課之以老儒腐生之說，試之以聲病對偶之文，而誘之以高爵大祿，命運利者忽而富貴，莫知所以然；其不利者愈苦愈拙，拙摩萬方而不得；猶庶幾一遇也，而不能自己。如孺子之逐鶉也久，鶉者飛於蓬藋之間，非若鷹隼之高且疾也，孺子隨而逐之，相去步武而竟不能及，倦而稍息，則亦息焉，追之則復飛，哮喘罷斃而後已。夫士之求富貴者，運命不利而矻矻不休，日復一日，以至於老，此孺子之見也」〔註215〕，上以富貴誘之，下以時文求之，士子以老生腐儒之說消磨聰明才智之氣，或遇或不遇，如同大象鼻子上掛的香蕉，永遠也吃不著，豈不悲哉！所以，「仕宦之塗豪傑之所藉以策動垂名者也，何必運士科，趦趄之徒得之而無所軒輊者多矣」。

　　趙南星在《賀載甫二令子同入學序》中指出：「古人之學不徒為富貴，國家或有賴焉。」士子求學只有摒棄富貴之心，國家錄取人才才有可能，所以士子之品德就尤其重要了。「昔漢之萬石君家，蓋以孝悌醇謹稱，天子愛而用之，然無功業可見，至以不知馬足見笑，彼皆得之天性習染，不知為學，是以其居朝居家，惟孝悌醇謹而已，迨其子孫貴盛之久並其家法而壞之。夫貴盛者常人之所喜，君子之所患也，今天下皆不知學，以學為取富貴之計，不知有君，繇未聞古人之學也」，求取富貴乃當今士子之一大心病，而「孝悌醇謹」之質則失而不見，為君子所患。古之初入學者往往教以《小雅》之《鹿鳴》《四牡》《皇華》諸篇，「《鹿鳴》者君燕群臣也，飲之食之，而又以筐篚將其厚意。《四牡》者，勞使臣之來也，勤於王事，至不遑將父與母。《皇華》者，遣使臣也，送之以禮樂使之周，爰諮詢君之愛敬其臣如此」。童子不能作詩，則先學習這三篇，其目的就是要培養士子品德，使其知「君臣之一體，養其忠愛之心，他日服官能示周行念靡鹽勤採納，以酬主上之知遇也」，總結出來就是「孝悌醇謹」四字。如果童子學會此種品德，那麼就可以允許入學。「童子輩聞神聖處玄宮，便如視天而不知學，即所以事父，即所以事君，即所以事天也，父果遠乎？則君也，天也，皆不遠也，以不學不悟，故以君為遠公卿大夫，孰非繇童子入學始者耶？」〔註216〕童子悟得此論，那麼日後出將入相成棟樑之才，皆不必慮矣。當然，凡事皆有例外，如「酒」德，並非人人得之

<hr>

〔註215〕趙南星，《趙忠毅公詩文集》卷十《賀元仲入太學序》，第272頁。
〔註216〕趙南星，《趙忠毅公詩文集》卷十《賀載甫二令子同入學序》，第273～274頁。

皆可成才。所謂酒星天懸，代有好之者，而無過於晉人。雖然世人往往說晉衰於清談，而清談者都是酒人，所以很多人認為晉是亡於飲酒。趙南星卻認為「是晉衰而後清談盛，非清談盛而後晉衰」，相反，「酒人者，皆有絕世之才，昭曠之識，豁達之度」，能稱為「酒人」者大多豁達大度之曠世人才，因為只要心中塵情俗態一絲未盡，必不可以成酒人，所以，「晉之多酒人也，則其人才之盛焉」〔註217〕。

三、重講學

東林派眾人因為將學問與政治時局聯繫起來，而且以東林書院作為安身立命之所，所以特別重視「講學」。「講學」不光可以研討經義，切磋技法，為科舉中式打好基礎，同時更是有識之士宣揚思想，同姦佞邪黨鬥爭的有力武器。

趙南星在《中山學約序》中梳理講學之源流特性曰：

> 古之講學者始於堯之執中，未言其所以執也，至舜而益之惟精惟一，皆未言其為學，至傅說而後言學。孔子之《論語》，講學之書也，其所言雖多，要不外於精一之旨，固未嘗揭一二字以為入學之門戶也。近代之儒者始有之文《論語》之書，不輕言道，道屬於天，學屬於人，學誌於道，其所學者皆日用飲食之事，久之而後可幾於道，夫亦惟顏曾之徒得之，其他有終身學而不知道者，然道在其中矣，故夫子自謂下學而上達，若下學者人人上達，則皆大聖大賢矣，然則學者亦遵聖賢之遺訓，而防簡於身心之間，沉潛體究以俟時，至而自悟耳。若夙無涵養而奇之，以直透性體，不假修習，遂能目下領會，終身無進，則夫子之聖尚言三畏九思，擇友改過，亦好勞甚矣，夫學以盡性，謂之無所增益，則可安得云無所修習乎？乍聽之則可喜，而徐釋之則甚謬，蓋釋氏之邪說，而昧者竊之以為至寶者也。〔註218〕

自堯舜孔孟而下，無不以講學為明道之途。講學亦為下學上達，或上學下達之必由途徑，除少數聰慧之人可以自悟而入，其他則必須修身養性以待其時，有時甚至終身不得其解。講學即可點撥一二，致使豁然開朗。遠者如孔子，以學之不講為憂，《論語》之說，即其與弟子講學之書。及曾子、子思、孟子

〔註217〕趙南星，《趙忠毅公詩文集》卷七《酒史序》，第175頁。
〔註218〕趙南星，《趙忠毅公詩文集》卷七《中山學約序》，第161頁。

之所闡明者，都是講學之語。近者如國家取士，士授之於師而摛為文詞，亦講學語也。當今士子卻往往將舉業、講學判為二途，務舉業者以講學為迂，認為記誦剿襲即可取功名富貴，為什麼要講學呢？稍微聰明者也說「學在躬行耳，何必講也」？所以得大位稱賢者皆以講學為可笑，認為躬行則不必講學。南星認為此論大謬，雖然現在孔曾思孟之書具在，但有誰能一一領會呢？還有人認為「絲稱詁訓則能舉之於口，操鉛槧則能達之於，以為學在是矣」，此種人亦未明白聖人之學並非要示人以難，而是示人以「易」。但實際情況卻是其「易」即使近在目前，學者往往所見為非，甚至取佛老諸子之說穿鑿附會，則愈失其真。所以，趙南星說「夫學何可不講也？豈惟學舉業亦何可不講也？不講於舉業即能得志，終不知舉業不講於學，即能為善，終不知學」，所謂「舉業講學合而為一者也」〔註219〕，哪裏有取富貴之躬行可以為聖賢的呢？學不可不講也。

　　趙南星以往也認為學在躬行，不必講，因為世之講學者往往以事親宜孝、事長宜弟教授士子，感覺人人皆知之事不必多此一舉。後己丑之春，與楊復所先生同事禮闈，睹其人似有道者，知其講學，於是問他「何修為而可為聖賢」？楊復所回答「吾人與聖賢之性無二，何用修為」？趙南星則說「譬如世子之生即為侯王，若曰吾安得此分神明去之矣」。楊復所先生才認為趙南星得其要領，於是與他言近溪先生之學，趙南星方知「吾身之大也，為聖賢若此之易也」，「若鳥之出於籠，而免觸隅之拘，見宇宙之廓也，欣喜之深不可為」。其後多讀近溪先生之書，並與楊先生切磋，然後再讀孔孟之書，乃稍知其旨趣，讀諸子之書乃能辨其是非，獲益良多。至此，趙南星頗為自責，認為「余向言學不必講，則聖賢之罪人也」，如果學不必講，那麼孔子之「修德徙義」將是空話，無人不可以為學了。講學可以與師友相切磋，道在天下，古今相傳，彼此相授，如果不遇其人，雖讀書窮年亦不知其解，「世之號為讀書者，語之以爾，即聖賢皆不敢任，故其自待輕，自待輕則何所不為？居為地蠹，仕為國蠹，從此生矣，故孟子當戰國之時，諸侯爭殺人，而孟子闢楊墨不休，斯亦甚闊於事情，不知人，不知學，則謂之無士，無士則無吏，雖虎狼噉，盡不足怅也。得一有道之人，足以救一世之人矣，余以是為同志者望焉」〔註220〕。如果學之不講，那麼無學無士，更無吏了，為禍甚大。

〔註219〕趙南星，《趙忠毅公詩文集》卷七《四書會解序》，第172頁。

〔註220〕趙南星，《趙忠毅公詩文集》卷七《刻羅近溪先生語錄抄序》，第155頁。

　　自宋儒昌明道學，而國家遂以經義取士，行之既久，則士子皆以此為取青紫之具，而不知有道學。「高才者攻古文詞，其餘則青紫而已，既得之則讀書之事已畢，而學為吏，其所為吏不過簿書期會之間，下焉者以竿牘苞苴為事，求富貴而已，有談道學者不曰迂，則曰偽」，從上到下，由士而吏，士習頗濫。趙南星說他自己早年也未脫此病，自從己丑春受教於楊復所先生，才稍從事於聖賢之學。但是道不足以化俗，考慮到學者頗為不信，於是歸隱以來以經義授徒，將自己所得與諸友共商榷之。此後又逢馮仲好先生與龍公、張公講學關中書院，三公乃講明聖學，南星因此而讀到《聖學啟關臆說》，方才明白：「夫聖學者學為人而已，人之所以為人者，以心無邪思，身無苟動，口無妄言，入則為孝子悌弟，出則為信友，仕則為忠臣良吏，此非求異於人也，僅可為人耳，否則與禽獸無異。此緣於上無教，下無學，學之不可不講也如是。夫人誠自循省吾人也，為不善則非人也，非人則禽獸也，貴人不肯同於隸圉，良人不肯同於倡優，華人不肯同於蠻髳，人奈何同於禽獸哉？學者必有學為人之志，而後可以講學。夫聖賢諸儒之書其中多高遠深奧，淺學者不能測其崖，略而曰僅可為人，則言之似若太易，然言語名目容有高遠深奧，究竟則不過人之所以為人者而已，孔子之言多下學之事，子思作《中庸》，乃始言天命，言性言道，然天命即性也，性即道也，性者即喜怒哀樂之未發者也，道者即喜怒哀樂之發而中節者也，人孰無喜怒，孰無哀樂，發而中節，則可以盡性，可以盡道，可以合天，合天僅可以為人，夫天豈遠乎哉？即吾人舉目所其見者也，是吾之父母也，人必合天而後可為人，子必肖父母而後可為子，知此而講之不已，則知為人非易，為聖人非難，學聖人而未至，僅可為人，不欲為聖人者，不欲為人者也，人不欲為人而孰能強之？」〔註221〕所謂聖學，即學為人而已，但是學為人則必須上教下學。而學為人先必須有學為人之志，然後可以講學，因為聖賢諸儒之書多高遠深奧，初學者不能盡解，其實聖賢言天命、性道皆人之所以為人之根本也，明乎此，則講學之義明，聖賢之道學亦明。

　　從前孔子曾歎天下無聖人君子，而思善人有恆，並不是以聖人君子為絕德，所謂「善人者，生而善者也，有恆者，忠信之人也，故曰：無而為有，虛而為盈，約而為泰，非有恆也。自古無不學之聖人，亦無不學之君子，善人有恆可以為君子，以至於聖人，而皆不好學，何則彼固生而善，生而有恆也。且其列於士人之林，則亦嘗從事於學矣，以為吾自不為不善，何必更學。

〔註221〕趙南星，《趙忠毅公詩文集》卷七《刻聖學啟關臆說序》，第 155～156 頁。

夫資質之美者，既不好學，而二人者之外又皆困而不學，天下安得有聖人君子也？聖人尚矣。世有君子必講學以明道，使彼二人者，皆能為君子，與之持宇宙而康民物，然所講者必聖人之學乃可耳」，所謂聖人君子都必須學習，而世之君子則必須以講學明道，其所講亦聖人之學，此乃二而一的關係。在《馮少墟先生集序》中趙南星認為馮少墟即可謂明於聖學之人，明聖人之學然後躬行，行之與明，亦相輔相成。如同「學射者，不操弓矢而談射，非惟必不能射，其所談者必無當於后羿。學弈者不涉碁局而談弈，非惟必不能弈，其所談者必無當於秋儲」，如果行之生，則明之淺，行之熟，則明之深。如果不能行，而徒以臆測猜想，如此談道，肯定是差之毫釐，謬以千里了，而馮少墟先生之於道，則能躬而行之，且其講道亦「平淡而融徹」，所謂「平淡」即聖人之正學，所謂「融徹」即體會乃真。比如《論語》所載夫子之言，沒有一語不平淡，而至玄至妙蘊含其中，此乃聖人之言。《孟子》闡孔道之妙，時而露其玄妙。所以聖賢氣象有所不同，學者要有所覺悟。趙南星認為談聖學之要，只一「敬」字即可，即致良知之說，也不如「敬」之一言，所謂「正大而無弊」，但後之講學者又過於玄妙，「捨所戴之天而言九天之上，又言無天之天，捨所覆之地而言九地之下，又言無地之地，此與白馬非馬之辯何異？」愚蠢之人且不論，即使忠信之人必以此為妖言，而忠信之人有可能成為君子，而如果先令其駭，那麼天下幾無可與言之人了。趙南星高度讚揚馮少墟先生，「是以少墟先生之言是真能學聖人者也，是真能為君子者也，是真能使天下人為君子者也」，說他進則直諫以匡時過，退則修身以正人，是真正的「知行合一，天下之真知也，言行相顧，天下之至言也」〔註222〕。但同時趙南星也說「講學者未必皆君子也」，不講學者更談不上都是君子了。趙南星認為當世於元時先生乃真正的君子，其「面不能為妹，骨不能為媚，口不能為諛，其好善惡惡皆甚」，並且此先生自幼講聖賢之學，出則講學，入則讀書，抒情記物，或文或詩，皆主於「明聖學，扶世道，憂國家，憫時事，語及古今之忠孝直方，則忻慕形於翰采，語及古今之凶邪讒佞，則譏刺溢於詞鋒，其持論皆依於孔孟，絕不為空虛恠誕之談，率發揮其所躬行，傾吐其所解悟，而莊重和雅，即聆其聲響，而知為君子無疑也」〔註223〕，從講學、讀書而為君子，則依據孔孟，好善惡惡，忠孝節義，皆由此而出。

〔註222〕趙南星，《趙忠毅公詩文集》卷七《馮少墟先生集序》，第159頁。
〔註223〕趙南星，《趙忠毅公詩文集》卷七《浮雲子山居稿序》，第160頁。

四、心、氣、情、識、思之辨

關於心、氣、情、識、思等範疇，前人多有論述，趙南星雖然沒有系統闡發，但是在多篇文章裏也有所涉及，頗具理論深度。

趙南星曾經編選時文集五種，其中一種名為《開心集》，他認為「文之善者，慧心之所發也，慧而後開，乃可以開人，閉其心則幕然晝宜，安能為文與選言者乎」？與其他文體的寫作規律一樣，時文寫作也須開慧心，由心而發，「均之賢者，顏淵沉潛，孟子英發，性質之殊，陰陽之化也。文章之士亦然，斯集所取大氐思巧而機利，發幽眇之義，若指白日釋糾纏之疑，若數一二而狀轉臻妙，若痀瘻之承蜩，揮霍如意，若市南之弄丸，讀此而有得，足使瘖者能語，吃者能辯矣」〔註224〕。作八股文也必須達到為文之虛靜狀態，集中精神，由心感發，出幽渺精微之義，方為好文章。當然，也有心不開而能為文者，但是在趙南星看來，這種狀態不能稱為最佳狀態，不能稱為能作文。能「開」其心則能「知」，無所不知則為聖人，能知其知，知其不知，則為賢人，然後可以「開」心，然後能為文。

趙南星認為：「天下之所以治安者，君子之氣恒伸也，天下之所以危亂者，君子之氣恒鬱也。」〔註225〕天下之治與否，可以觀君子之氣，由君子之氣亦可看出天下之治亂。有明一朝，從萬曆壬辰以後，君子之氣漸鬱，至丙辰丁巳而極。在趙南星看來，君子之「氣」必須包括這樣幾個方面──「夫氣節未可即謂之剛也，惟剛乃能仁，惟仁乃能剛」。「剛」作為氣節之一，必須輔以「仁」。「剛」而不「仁」，僅足為氣節之士，但士子必須好學，必須著書立說，必須闡明聖人之學，其學即「仁」。相反，學習而得「仁」，「仁則靜合於太空，而動緣於天倪」，若無其「剛」，亦無氣節，二者缺一不可。但世人所謂豪傑之士皆以氣節為名，甚至終身求之，此舉未必值得傚仿。「惟剛乃能仁，惟仁乃能剛」，且古之聖賢未有不能文者，「不見夫龍乎，與天同德至剛也，代天育物至仁也，而體被五采，興而為云為卿為裔，倏變忽化，無攸不有，何文如之」〔註226〕。由君子之「氣」到為文之德，趙南星曾經說古之聖賢其才德皆同，而文章不能無異，比如周公之詩文，綺婉古奧，孔子不能及，所以孔子大肆稱讚他

〔註224〕趙南星，《趙忠毅公詩文集》卷七《刻開心集序》，第164頁。

〔註225〕趙南星，《趙忠毅公詩文集》卷七《闇幽錄序》，第151頁。

〔註226〕趙南星，《趙忠毅公詩文集》卷七《鄒爾瞻先生文集序》，第158頁。

「郁郁乎文哉」，並自謂君子，稱其後世為「野人」。由此，則可知其為文之意。有明一代時義變化亦如此，成、弘、嘉、隆間，也可稱為「鬱鬱」，其後作者則為「野人語」，因為「其談理必極盡其布，格必極奇，其造詞必極新，而其取材必極廣，遂至於雜，一切禪家鍊士之邪說，謠俗之俚語，吏胥之文奏，與墳典丘索，併入篇章，此亦何可令前輩諸君子見也？」如此則離聖賢之道益遠。近年來許多有識之士有所覺悟，「日就於沖澹閒雅」。不管前者還是後者，一言以蔽之，即「天地間渾厚淳樸之氣亦幾於盡矣」〔註227〕。所以，真正好的文章必須以「氣」盛，要有「君子之氣」，要「剛」，要「仁」，如此，天地間之「渾樸之氣」具矣，文章則亦可重新達到「鬱鬱」之盛況。

　　人們談詩總會說「詩緣情」，並以詩道性情。而天地萬物莫不有性情，「端居一室而通其性情於天地萬物者，其惟詩乎？」趙南星認為如果真能通性情於天地萬物，任何文章都可由心而情，由情而文，所以不獨詩歌如此，其他文體亦如此。「自昔詩人之才與其所養懸絕無等，乃其言天地，而天地言鬼神，而鬼神言山川，而山川言草本，而草木言清廟明堂，而清廟明堂言閨閣，而閨閣舉相似也，變幻無端，而歸之於溫柔敦厚，舉相似也，故薦楊雄者以為似相如，雄之賦自以艱深勝耳，安得相如之綽約神妙，顧其所相似者自在也，且既有似也，則亦有適讐之樂聲，太巨太細，太高太下，太清太濁，皆為弗諧，不可聽也，故昔人之詩有格卑而傳，有淺而傳，有險而傳，則其似與適猶存焉耳，弗似弗適，雖高才博學弗傳也」〔註228〕，所以趙南星多次強調「夫人能端居一室，而通其性情於天地萬物，則其進退何所不可」？不光是用世，不光是作詩，做其他任何事情亦然，作時文更是如此，亦必須以「性情」為根基。

　　趙南星經常感歎：「歎夫有識之難也！」他對世交之子章甫頗讚賞，說他虛心苦思，習之既久，入於五通四關之域，興與妙合，文先筆至，甚覺舉業之不足為也。所以說「識」對於舉子來說至關重要，「士必識定而後軼俗，軼俗而後卓立，卓立而後可以為君子，天下之事皆無足為者矣」〔註229〕。趙南星同時也說「舉世之人罕有用思者也」。孟子說人皆有心，而心是主於思的，「思而得之為大人，弗思為小人」。世人往往缺乏「思」，「有人於此，遺我以壺餐，

〔註227〕趙南星，《趙忠毅公詩文集》卷七《呂輔季制義序》，第169頁。
〔註228〕趙南星，《趙忠毅公詩文集》卷七《明十二家詩選序》，第152～153頁。
〔註229〕趙南星，《趙忠毅公詩文集》卷七《喬章甫時義序》，第168頁。

束脯其意，必有所為，吾思之而知其所為，則必思有以報之，而世之人所受有百倍於壺餐束脯者，若以為固有之，不以與之為德至，乃忍於相負，此未若無心之愈也，而何標季之世皆其人也」。同理，國家在諸生中設食廩，這難道是為了士子能為文嗎？即便能文，估計也跟國家政事無關了，因為凡食廩者皆飽食終日，不會去「思」其所為。自食廩而進之則為鄉舉，則升第通籍，疏爵享祿，榮及父母妻子，潤及姻族，更不可能去「思」其所為。市面上「不見夫綏之若若，冠之峩峩者乎？有不括利圮物者乎？」〔註230〕此皆起於廩食之諸生，所以趙南星認為「廩食之是聚狼而飲之也」，其根本弊病在於無「思」，這些所謂的諸生士子就更談不上為文了。也就是說，士子要思其所為，再才能談為文之事。也由於此，所謂的豪傑忠義之性往往得之於天，雖然其後桂冠繡服，受爵祿之榮，仍然會不由自由的思其所為。因此，趙南星發出強烈呼籲：「夫不癡不狂名不彰，彼夫垂頭塞耳者自以為得保富貴之術，而不知國家設爵祿以待士之意，謂何非弗思之過耶？又況夫害民誤國，重朝廷養士之恩者哉？」〔註231〕可謂對症下藥了。

第三節　黃汝亨的八股文批評

　　黃汝亨（1558～1626），字貞父，錢塘人，明萬曆二十六年進士，官至江西布政司參議，有《天目記遊》《廉吏傳》《古奏議》《寓林集》《寓庸子遊記》等。是晚明著名小品文家、書法家，同時他也是萬曆年間著名的八股文家與八股文批評家。李光元在《寓林集敘》中稱黃汝亨為「深根茂實之士」「抱本真者」〔註232〕。張師繹在《寓林集序》中也說貞父有「五能」皆百不得一之才能，「以奉紫窺貞父，百不得一也」「以世法調貞父，百不得一也」「以筆花概貞父，百不得一也」「以經濟求貞父，百不得一也」「以理學盡貞父，百不得一也」〔註233〕，一時海內賢士大夫造請貞甫者，堪比梁之任昉，漢之馬鄭，唐之李北海，門生滿天下，影響頗巨。顧起元將其比成詩歌領域晉宋之陶、

〔註230〕趙南星，《趙忠毅公詩文集》卷十《賀賈元禮食廩序》，第272頁。

〔註231〕趙南星，《趙忠毅公詩文集》卷十《賀賈元禮食廩序》，第272頁。

〔註232〕李光元，《寓林集敘》，見黃汝亨《寓林集》卷首，《四庫禁燬書叢刊》集部第42冊，北京，北京出版社，1997，第13頁。

〔註233〕張師繹，《寓林集序》，見黃汝亨《寓林集》卷首，《四庫禁燬書叢刊》集部第42冊，北京，北京出版社，1997，第6～7頁。

謝，唐之王、孟，文章領域漢之董、賈，唐之韓、劉，宋之歐、蘇，千載而下，一人而已。貞父之文於天文地理、政治民生皆有涉及，其高才豪逸，制藝一道尤為卓著，英俊豪士皆出入其門，在文風日弊之日，能有這種觸心動情之文確屬難能可貴。貞父平生傾慕蘇子瞻，其所歷之境，或出或處，或悲或喜，情所動，心所會，神所業，皆與蘇子瞻相似，其文之淵源亦由此而來。作為制藝大家，黃汝亨的八股文批評觀點，如取士制度、學本經術、文從心出、如何學古、選文救世、關於師道等，多有獨到之處，下面簡略論之。

一、「出有本源，學有積貯」──學本經術

萬曆以來，士子為文多剽竊勦襲，荒誕不根，針對這種情況，前賢強調通經博古，學本有源，從根源上糾正士子為文之惡習。黃汝亨也認為時文與經義可謂二而一的關係，「從文窺道，從制舉義窺文學」〔註234〕，「以文章經世務」〔註235〕，「文者，言語之華而政事之先」，「文所關乎世至重」〔註236〕。士子從事問學之事，發之文章，則文章必須關乎政事，制舉業猶然，「其人之貞邪，學之醇疵，關乎天下之理亂盛衰者，智者觀乎人文而得之，不必問著蔡而占符應，孟氏推究政事生心之害。欲正人心，而汲汲乎放淫辭，息邪說，如洪水猛獸之不可一日容於人世，豈好為引繩批根之論哉？國朝取士以制義，所謂論定而官，論官而爵，用世之儒皆出乎此，故其理亂為尤著」〔註237〕以制藝取士，文章則必須觀乎理路。取洪永之文、成弘之文與隆萬以後之文相比較，如同取三代之典則、秦漢人之鑴篆、六朝之靡、宋末之弱相比較，從中也可以看出取士制度之流變。但是不管何種取士之法，皆關乎世道政治，且歷朝歷代，正文體、端士習之詔亦多次下達，但文風日益靡弱，士風日下，士子之心亦跳蕩奔逸，所作之文則體不可辨，士子獵名釣譽，沾沾自喜，宋學小生相與效顰學步，學術固陋。文章不成服，憂危一念，為識者所憂，皆由於文之無本，士子為文亦不知學之本源之何在。

在黃汝亨看來，學本經術就要求不光一般的文章關乎政事，就連兵家武

〔註234〕黃汝亨，《寓林集》卷七《易義分編序》，《四庫禁燬書叢刊》集部第42冊，北京，北京出版社，1997，第194頁。以下黃汝亨引文出自該集者，只標注篇目、卷數和頁碼，其他略。
〔註235〕黃汝亨，《寓林集》卷三《十齋堂文集序》，第90頁。
〔註236〕黃汝亨，《寓林集》卷一《西江校士錄序》，第57～58頁。
〔註237〕黃汝亨，《寓林集》卷一《西江校士錄序》，第57～58頁。

書也需從孔孟經術而來。黃汝亨在《江西武舉錄後序》中就說「兵道莫過乎一孔孟之言」。歷史上多有文士不得志，則憤而請纓、投筆從戎。歷來兵家之書，自三略六韜十三篇而下，其論兵法甚詳，皆為戰勝攻取之計，「總不出吾孔孟之微言」。孔子說「無求生以害仁」，孟子言「舍生而取義」，這兩點乃古往今來英雄豪傑的立身準則，但是真正能夠做到的人則少之又少，因為「生死之論」關聯深遠。用兵打仗本來就是兇險之事，兵士隨時會為國捐軀，但如何看待生死，以及如何運用生死之心態，則尤為關鍵。人都會死，但是有重於泰山，有輕於鴻毛之別，而且俗人往往以死為諱，此乃兒女子之態，壯士所羞，更何況是悖義以求生呢？有的人「居戶牖之內，呼吸喘息，左顧妻孥，右昢醫藥，前慮世業，後憂子孫，慊慊忽忽」，這種怕死之人是很難成就大業的，更何況是在千鈞一髮的戰場之上呢？所以說「兵者，死道也，不死者其法，而敢死者心也」，真正上戰場的時候必須懷著必死之心，方能叱吒風雲，建功疆場，留名史冊。「智者以死處兵，而生門啟焉」，懷必死之心，而講不死之法，則有可能所向披靡。相反，抱鼓臨陣，滿心狐疑，瞻前顧後，則雖有驍騎強弩，奇書秘法，必不為之用，此人亦離黃泉不遠矣。所以這種心態往往造成「求生者不生，舍生者不死」情況，如同「昔者田單攻狄不下，懼而見魯仲子，魯仲子曰：將軍有死之心，無生之氣，所以破燕也。今者黃金橫帶馳淄澠之間，有生之樂，無死之心，所以不勝者也」。無敢死之心，亦不能為不死之法。臨戰之時，如果有必死之心，則力合氣，心與手、器與馬致一而務精其能，勝者十九也；相反，耳目亂營，心與手、器與馬分顧而不相攝，負者十九，即使勝利，亦屬僥倖。在黃汝亨看來，古代大英雄如諸葛亮、岳飛等人則是孔孟生死之論的典範。諸葛亮鞠躬盡瘁，死而後已；岳飛曾經說：「武臣不惜死，斯天下太平，斯爾武士之鵠，而成仁取義之符也。」〔註238〕所以，無論生死之論，還是用兵之策，還是成仁取義之準則，一言以蔽之，「兵道莫過乎一孔孟之言」。兵道如此，更何況是代聖賢立言的八股文呢？

因此，文章若能以通經為本，使學有本源，文章底氣充足，其他弊端就易於根除了。後生學士多以文紹宋，殊不知宋人乃推揚孔孟之功臣，所以「宋人雖椎於文，猶得依經立訓，俎豆素臣之例，其精可用也」〔註239〕，學習宋文必須看到其「本經立訓」之特點。當今士子為文「往往棄玄而啜醨，以為吾

〔註238〕黃汝亨《寓林集》卷一《江西武舉錄後序》，第 56 頁。
〔註239〕黃汝亨《寓林集》卷七《陳孟常本經草序》，第 177 頁。

古則為秦為漢，玄則為老莊為列，微妙則為楞嚴為圓覺，而宋人所著理學諸書，一切麾置之若臭腐腥穢不可近。夫麾置床儒之論，出自千鱗元美諸大家，以定古文辭之衡者，而非以論制舉也。嘗妄言之宋儒之書，腐者若塵垢，繁者若葛藤，心目為障而精者，參微入妙為繭絲牛毛，若越人視五臟，而庖丁解眾理」，提到學古則對之以秦漢老莊，宋人理學諸書則置之不論，而宋人「本經立訓」之特點亦湮沒無聞。所以，「舉業眇小技，然應世之具，竊以為兩司馬復生恐不能捨是而馳，私心揣摩之，竊以為學人所範無過震澤毘陵之業，大略原本經術，參伍於宋儒精微之論，得之心，而書之紙，要於傳聖賢之旨耳」。〔註240〕在《儒林全傳序》中黃汝亨也說：「儒者之道，自孔子而來數子載，盛稱宋代，尤推尊周程紫陽氏之學。漢唐諸儒有表章疏注之功俱在，所略不知論大儒之宗，其微心相印。繇堯舜文至孔而顏，顏子語言最簡少，曾孟已不能加其上，其他賢聖尤難同域，猶之嫡祖血胤絲毫不相貸，如以羽翼紹明而已，流支譜族無一人可芟，如董仲舒、孔安國、鄭玄、杜預、王道、韓愈、孔穎達諸人、卓然燦然，發明而嗣續之以逮子，今何可謂？遂出程朱下。宋以前微此數人輩，譬渡亡楫，木亡枝，此道必至槁落斷滅而不可起，倘沿流率募則影響之，與支離訓詁之與詞章等敝也，又何當乎？」〔註241〕漢唐諸儒雖有表章注疏之功，但真能「論大儒之宗，其微心相印」者，只能功推宋儒，如周、程、張、朱、濂洛諸君子，及王、陸兩先生。為文者滌其穢而鏤其精，則文方有根本。制藝本來就是傳聖賢之旨，更應該熟參宋儒精微之論。

據此，其友孝若編《策衡》《論衡》《表衡》行世，黃汝亨認為學子讀此三選，則「出有本源，學有積貯」。「策」之興盛者，當屬戰國與三國之人才，皆偶機觸辨，以權智相傾軋，因人際事，乘時展用，各就一代之變，一人之才，一事之則，而極其用。明代科舉取士，終之以策，欲網羅千古，苞孕眾智，綜錯萬變，而又先以經義，為排偶章句之文，「書生執理，即遺事騁辭，即迷務喜偶儻非常既卑鄙學究一人之身耳，而舉天人治安屯田實塞，古人之所分長而以寸晷尺幅兼擅之，其學必無本，而其言論必不可以施於用，亡怪也，一人之筆而可以羅千古，苞眾智，與億萬之變，庶幾可施於用者，亡如主司之自為程策，而冠諸錄者，何者，其所對之人即所問之人，非其有本而多貯為生平之所得，力而勝乎物，其言不出也，故言成文章，施於當世亦成用，如弘

〔註240〕黃汝亨《寓林集》卷二十三《與陳孟常》，第492頁。
〔註241〕黃汝亨《寓林集》卷二《儒林全傳序》，第62頁。

治山東之澤遺德而藹仁義至矣，其次如新鄭乙丑之深，江陵辛未之悍，瑯琊湖廣之淹雅雲杜，陝西之英奇允寧蕭孔之篇，公望騷雅之作他，名公鉅人，靈珠隋璧，雲蒸霞變，不可勝紀，要皆傑識匡時，宏文託志，書生之所窘，俗吏之所疵，腐儒之所拘，恭伍以變會通，其觀古可以適於今」〔註242〕如果學無根本，則文章必然不用於世，流於膚淺腐爛之境，而讀古人之策，則可以理氣充沛，文有本源，如此，則《策衡》不可不讀。此刻一出，當時很多讀者皆說「我輩得此，可以策當世，取高名矣」。於是，經十年之功，孝若重又編訂《論衡》。自賈誼作《過秦論》，「論」體始興，後有東方朔、韓愈、柳宗元等人皆創作此體，雄起變化。自明科舉取士以來，科舉之論則稍有差異。所謂「朝各有體，文各有時」，經義與策、表、論皆稱為「時文」。如果「違時而乖體」，那麼即使「論」作得如同賈生、東方，也無濟於事。所以雖然韓愈文起八代之衰，終身求以制科而不可得。究其原因，就在於「其違時」也。但「風簾之中有時未必有體，有體未必盡有學術辭章以瞻之，獨程論兼三長，綜異代，而運以己筆，庶乎隨時見奇，而爛然可讀」〔註243〕，所以孝若之《論衡》不可不讀。雖然以「表」取士古之未有，但表亦有其特點，「論以極其情，策以盡其略，草野倨侮者，未嘗無焉。試之以表，而君臣之體絕廊廟之文嚴，雖猖狂無忌，亦必諧宮商，蕭仗伍，始曉然知告君者，當如是，然此祖宗之意，而不料後之日赴於浮淫也。表者，裏之反，猶云明耳」〔註244〕。太史公用世、年、月分別表三代、六國及秦楚之際變，班固有「古今人物表」將人分為九等，其後如孔融、諸葛亮以及唐宋以來諸多以表名者，皆光明宣朗，了然於口。偶有以雕繪為精新，以襞積為有學，皆時代使然，論與策皆不可能避免。所以，黃汝亨認為若能將策、論、表皆詳而讀之，則學有根本矣。

除了策論以外，「學本經術」還意味著打牢基本功，從「字學」開始。周禮記載，學童八歲入小學，先學六書漢典，待十七歲以上才能循序漸進參修別的典籍。徐鉉闡明許慎的《說文解字》說：「字者，經藝之本，王政之始。」如果不習六書，不明字意，文義舛錯，則無以作經義之文，授之以政也肯定不達。眾所周知，士子自童蒙所修《學》《庸》《語》《孟》之書，乃經義之首。許多俗師村學口耳沿襲，不加考證，於是訛以傳訛，半讀旁竊，手畫心迷，少

〔註242〕黃汝亨《寓林集》卷七《策衡序》，第 168 頁。
〔註243〕黃汝亨《寓林集》卷七《論衡序》，第 169 頁。
〔註244〕黃汝亨《寓林集》卷七《表衡序》，第 169 頁。

成惡習，則試於場屋，未嘗有中者。黃汝亨門人郭無虞讀書討義，廢寢忘食，日以繼夜，搜考古籍，以國家《洪武正韻》成均定本為據，比勘校讎，編訂《字考》一書，「其於形聲點畫，母子孳乳，所以浸多，詳為注釋，學予童年詞章未汨時，先於此從入，引而伸之。凡經傳子史之書，篆隸真草之文，聲音切轉之變，徐可會通，譬之入林寶炬，涉海慈筏，不至失路迷津，追遡無從者已」〔註245〕。還有其友人陳錫玄氏有《四書經言枝指》一編，不光是「字說」，也詳載古今人物本末，窮討字意，與《字考》可以合而觀之。士子若成博文通道之士，為文自然得心應手。所以常說以意逆志，不害文辭，「亦必先識字而後悟入之」，不高談玄虛，做好紮實的基本功方為正途。

二、「文字之從心體出」──為文之要

　　黃汝亨認為今日之時文庸譾腐爛，耽奇喜僻之士皆有套路，若將其所習用者驟禁，那麼人人將自廢矣。許多人將之歸因於「時代」使然〔註246〕，時賢趨時之作多人棄亦棄，人取亦取，毫無主張，好似秋霖夏潦，蛙蚓雜鳴。要改變這種狀況，必須以湛深之思寫粹精之理，拋棄浮豔之氣，掃除庸譾怪奇之習。要做到這點，除了踐行學有根本之外，還須認識到「文字之從心體出」的心理動機，以及明辨「虛實」「神」「情」等為文之要。

　　在《西江校士錄序》中，黃汝亨提出：「人者，天地之心也，萬物之靈也，而士稱人中之秀，苞孕靈心，從事乎問學，身在奧漾，無可以自見，則見之乎文章。」雖然經義關乎政事，但是「文從心出」的道理，制舉業亦適用。而當今的實際情況則是「今謬承簡命，提衡江以西十三郡之士，江以西理窟才藪也，學問有宗，名儒輩出，證性命而譚經濟者，狎主齊盟，海內莫敢望。士耳濡目染於其際，宜不至漂沒晦塞以為心憂，而或亦不然，大都標旨於縉紳先生，而旗鼓相向，泥蟠蠖伏之士居多，或用伸而隱於道，或道詘而託之言，諸生介嚮用未用之間，以文為諧，世應科名之技，謂此迂濶不必急之務，而不知文字之從心體出也」。今日為文之一大弊病即宥於理窟，士子不知文字從心體流出的道理。除江西而外，其他地方皆腐敗乳臭，括貼套俗，即使能文之士，雖然雲蒸霞蔚，頗有才氣，也往往沉滯經籍，積為蕪累，或放浪志意，雕刻屑琚，以呈其智巧，「實則有學究之悔，虛則有才士不遜之習」，兩者皆心病也。也有偶

〔註245〕黃汝亨《寓林集》卷二《四書字考序》，第75頁。
〔註246〕黃汝亨《寓林集》卷七《志遠齋會課序》，第187頁。

中性命之微並且合當世之務者，卻並非實據。士子為文，臨用覓體，當政事而遡其害，如同「拔本塞源，提名責實」，所以必須慎重其事。黃汝亨認為諸生士子應該「先理法而後才情，約題於格，循俗於意，原意於旨，使學者之心有所歸攝，與古聖經賢傳之心，天地之心，即藝文一途，有合無離，可以立天下之本，通天下之故，不必當官應用之日，而吾方寸有耿耿而不磨，井井而不可亂者，可以山林，可以廟堂，可以為處士，而不盜虛聲，可以為名臣，而不苟富貴，即斤斤中人，亦不失為規矩繩量之士，倘亦國家興文育才之雅意，而明詔所諄切者」〔註247〕。為文如同作官，「大抵從官者大上心術，次學術，次才術。心術欲真欲醇，學術欲大欲密，才術欲敢欲練」〔註248〕。為文也是如此，先心術，再學術，最後才術。心術乃根本，需真需醇，否則文章浮薄無根，入於時套。

　　首先，「小心文」與「放膽文」。黃汝亨認為要做到文章從心流出，須將「心」與「膽」聯繫起來考慮。「心無大小，而小之則針芥微茫皆足以為囿，至於膽則浩瀚奮決，無所不可極，書生為文，臨戰而虞，勝負未陣而亂非譽，制於人而不能制人，膽怯耳。吾觀屺生落筆無之非膽題，亡問短長，亡問理學，亡問花草律度，而橫膽而出，灑然成篇，篇幾千言，譬之江河怒濤，排山震嶽。又譬之鉅鹿之戰，以一當百，呼聲動天地，淝水之陳，草木風鶴，無非兵氣，足以奪百萬之魄而制其命，斯亦楚之雄師悍將，天下其孰能難焉？雖然膽有所使，亦虞有所挫，夫風恬浪靜，則不怒樽俎折，沖則不戰，斯天下之要言妙道也」〔註249〕。膽大心細也是為文之準繩，如屺生一樣為文落筆，橫膽而出，灑然成篇，雖然縱橫恣肆，一瀉千里，但是必須小心過猶不及。風平浪靜與驚濤駭浪需此起彼伏，文章方有跌宕。瞿景淳也說：「作文只有小心、放膽二端。小心非矜持把捉之謂也，若矜持把捉，便與鳶飛魚躍疑似相妨矣。放膽非任情恣肆之謂也，若任情恣肆，則逾閑蕩檢無所不至矣。蓋人之心體愈檢束則愈灑脫，何也？步步無失，而後脫然無礙也。愈展舒則愈精微，何也？所見廣大，而後能入細也。小心只從放膽處收拾，放膽只從小心處擴充，非有二事，亦非有二時也。」「小心」並非矜持把捉，「放膽」也並非任情恣肆。人之心體，往往愈檢束，則愈灑脫，從有法至無法，步步無失。「小心」要從「放膽」處收拾，「放

〔註247〕黃汝亨《寓林集》卷一《西江校士錄序》，第58～59頁。
〔註248〕黃汝亨《寓林集》卷二十三《與茅薦卿》，第491頁。
〔註249〕黃汝亨《寓林集》卷七《王屺生三言小序》，第183頁。

心」要從「小心」處擴充。如此，「心」與「膽」方配合無間，入至妙之文境。

第二、出於心脈，發乎性情。雖然八股時文取之經義，代聖賢立言，但文章發於心聲、文章發乎性情這個總的為文原則，時文亦不悖。在《見後齋近草序》中，黃汝亨談到其友人張生為守母孝至哀至痛，於是感歎「此情至之人，必能文者也」。後來以其文相詢，張生泫然泣曰：「此母氏之教也。」張生之文沉厚深情，「有據於中而為之言，哀樂不貸於人，執則痼矣，疏則達矣，知其然而然，與不知其然，自情至者也」。文之深厚來自情之真切，如同「椎輪之為輅，積水之為冰，素絲之為組繪」，皆以情為基石，所以「其文即不盡能至，然有其至者矣，非無情者也」。〔註 250〕

在《楊氏塾訓序》中黃汝亨又說為文之道，發自性情，意有所鬱結，有所觸及，激發神智，通微御變，則發之為文，天性自至。但是有些士子溺情結習，背理礙義，有父師所不能誨，刀鋸所不能斷者，所以「提性不如規理，規理不如證事，事觸理，理觸性」。即「凡愚可以憬然有作，而豪傑之士於以通神明之德，益志氣之用，古之人著書垂訓，修道立教之意如是為至，非苟為侈而已。吾讀蘇門先生《楊氏塾訓》而知之。夫古之尊經蠟史，著書立名字者多矣，往往博而失實，尊而至於畔，乃如《說苑》《世說》，雋而遺俗，《齊諧》《虞初》怪而不經，抑或不該不偏，不要諸雅馴，則孰與夫關倫常，通日用，磨礪身心，經緯世務，鉅之忠孝節義，機智才略，細之單辭雙行，閭巷房闥之事，凡古人所已行，今人所不逮者，靡不臚列而標揭之，若是編者之深切若明也，蓋令讀者於天性事理交觸互證之間，其中若有所開，而所謂油然而不自己者於是乎出，豈非豪傑之戶牖，而庸愚之津梁乎？」〔註 251〕古之著述多有偏失，皆在於不明天性事理交觸之機，文章發乎性情，但亦觀乎日用。天性與事理交融，自然出乎心脈，方能不該不偏。

第三、心通於神，神動於氣。黃汝亨頗推崇孔子之「言神」語，認為「妙萬物而為言者也，惟心之謂與？夫文者，心之精微也。心通於神，神動於氣，氣發於聲，故精微出，而文章以成，可以鏤塵吹息，質往俟來」。文從心出，心、神、氣、聲是一以貫之的關係，心之精微，通於神，動於氣，發於聲，文章乃成。雖然這種為文之神氣父不能傳於子，但是可以從先輩聖賢之語中參悟而獲得，如此，則孔子曰「辭達而已」。所以，從這個角度說「凡辭聖賢所

〔註 250〕黃汝亨，《寓林集》卷七《見後齋近草序》，第 186 頁。
〔註 251〕黃汝亨，《寓林集》卷二《楊氏塾訓序》，第 68 頁。

以傳神者也，學庸論孟皆是也」。但當今為文之士卻「挾才摹古，意相擬測，其言愈高，而去神愈遠」，緣飾聲色以為工，殊不知離「雅」益遠，所以說「神明之道，精微之域」〔註252〕乃為文之本。在《復茅鹿門先生》中黃汝亨又說：「婉曲淋漓而入詩處，風騷寥廓出之愈奇，此畫家所稱神品也」，為文亦如是。太史公為人立傳，古人早已逝去，不見其人，不聞其聲，更未交臂接談，全靠遐想，但其文「如吳道子之仲由，閻令公之昭君，千年色肖，亦豈必覿面揮灑乃稱神哉」？〔註253〕為文如同作畫，要想出神入化，亦不必質實親臨，只需心、神、氣水乳交融，自然發為至文。

第四、才道相融，虛靈之妙。黃汝亨之虛實觀與莊生頗同，都認為天地萬物之用，「惟虛以動者為至妙」。水流花開，鱗游翼飛，雲霞草木，眾籟之作，群動之宣，皆由虛而動，文章亦然。雖然六經之文與才子之文不同，但虛動之宗，千古同理。黃汝亨認為千載而下，能傳「虛」之妙者，惟蒙莊、子瞻兩人而已。子瞻之文，風行波屬，汝亨稱其為秦漢以來作者第一。但是很多一味尊古者卻因為子瞻乃宋人而多有微詞，只能說此種人完全不知行文之妙。汝亨引佛印言「子瞻胸中有萬卷書，下筆無一點塵氣」，所以，「惟以萬卷之貯而行無一點塵氣之筆，故無者可有，有者可無，多者能少，少者能多，隨性效靈，驅役於古，如淮陰之將兵，鄧林之伐材，恣其所取，而從橫左右，無所不宜，故按於事而後知使事之妙，解於書而後知用書之妙，覽天地，知圜方，歷山川知紆曲，學者誦習子瞻而不知其學問所貯、神智所繇，益與搏虛躡影何異？豈惟不解實事，並其所謂虛動之妙亦未解也」〔註254〕。所謂「虛以實為母，動以靜為君」，動靜虛實本來就是互動辯證的關係，不可分而論之。唯有「虛」才能「動」，先「無」才能「有」，虛中有實，動中有靜。所以子瞻胸中儲萬卷書，方能實中出虛，虛中有實，方能無一點塵氣。學問所存儲，乃神智所由出，明白這點，才明白子瞻之妙以及為文之妙。

黃汝亨在《歇庵集序》中也說：

> 夫人具天地之心，虛而已，虛躍而為靈，靈通而為道，道演而
> 為經，經散而為文，而詩賦傳記序述之篇溢矣，故文者，道之器，
> 而虛靈者，才之籥也。文不明道，不發乎虛靈之源，即鏤金石，爛

〔註252〕黃汝亨，《寓林集》卷七《近稿自序》，第 191 頁。
〔註253〕黃汝亨，《寓林集》卷二十三《復茅鹿門先生》，第 491 頁。
〔註254〕黃汝亨，《寓林集》卷二《蘇長公文選集注序》，第 61～62 頁。

雲霞，垂不朽之業，聲施後世，亦才子之文耳已。然而風氣所幟，
擅才斯霸，波流所扇，偏理而王。故才矜其道者，秦漢之文也，理
掩其才者，宋文也。我明之有北地信陽、曆下、瑯琊輩也，負秦漢
之鼎而霸焉者也；其有金華、天台、毘陵、晉江輩也，握宋之符而
王焉者也，大雅哉！約奇淫而振靡薾，其孰能軼之？雖然虛靈之妙，
至道之旨，其合離離合，吾不得而定也。三代而後，其人實難，吾
於漢得董子焉，唐得韓子焉，宋得歐陽子、蘇子焉，吾明得陽明王
子焉，之數子者，吾不謂其吐即經，詠即雅，然而董之醇，韓之剛，
歐陽之逸，蘇子之通，而陽明子之悟於道，皆殆庶而出入於虛與靈無
滑也。〔註255〕

天地萬物，皆以虛為靈，通而為文，於是有詩賦傳記序述之體。文不明道，不
發乎虛靈之源，也只能算才子之文。秦漢之文才矜其道，宋文理掩其才，及
明代之文虛靈與道離合合離，不得而定。在黃汝亨看來，自三代而下，真正
能將虛靈之妙與文道融會貫通的就只有漢之董仲舒，唐之韓愈，宋之歐陽修、
蘇軾，明之王陽明等人了，其「醇」「剛」「逸」「通」及「道」皆出於「虛靈」
之妙。汝亨還認為有明一代，自王明明歿，雖然文士輩出，甚至有人「壇壝秦
漢人而俎豆宋人」，但這些所謂的「才士」皆才為才矜，理為理掩，文病甚烈，
唯有陶望齡是個例外。陶望齡為文「有史漢，有騷雅，而長於序記，其譚遺證
性略物綜事炯如也，於詩為陶為柳，間為長吉，而品置泉石，嘯唫煙雲超如
也，其才不敢謂出秦漢諸文人上，而取理出新，不為宋人之修學，陽明子而
不為辨說，得禪之深，而一秉鐸於孔氏，無跡踐形摹，而虛靈之所契，追琢成
文，遊戲成解，結撰成法，篤古而耦，時卓子為陶子之定行，千載無疑也。陶
子淨寂如處女，清瘦如山澤，臞而靈活，之後流露眉宇，棲巖十七，簪笏十
三，模楷人倫而不為，標經緯當世而密其緒，臨歿無散亂，亦無奇特，啟手足
而修然已矣」〔註256〕。陶望齡文之所以有史漢騷雅之氣，就是因為他能將「才」
與「道」融合，出之「虛靈」，取秦、漢、宋、明諸儒之長融會貫通，追逐成
文，結撰成法，所以高出時人一籌。

　　黃汝亨認為要想達到虛實之妙，還需輔以「動」。天地間善用萬物者，莫

〔註255〕黃汝亨，《寓林集》卷三《歇庵集序》，第77頁。
〔註256〕黃汝亨，《寓林集》卷三《歇庵集序》，第77頁。

妙於「動」文、「動」物，能讓文章出奇無窮、靈機耦變，令作者神躍，覽者心開，皆歸功於「動」。比如國朝之唐荊川「子濯孺子」「諸埋齊父母之年」二作，胡思泉「桂北海忞」之文，都可謂「動之至極者」。筆之所至，往往有域外之見，意表之辭。究其原因，就是因為「意之所命，勢與俱至，板者能活，有者能無，如古之舞劍弄凡者，流搏萬象而摯遠空，斯亦妙，文章之用而致其動者已」〔註257〕，文章能「動」則能活。雖然其分寸甚難掌握，可能會有縱橫跳脫之病，但要想文章虛靈無滑，則必須善用「動」。

三、「文章家古今亦無二法」──善學古人筆法

　　黃汝亨認為三代之時，「無文字之瞽，與抱質私謁之禮」，民風淳樸，士智敦厚，而越往後，士風澆漓，「士子以文為徑，已向其為利」〔註258〕。士大夫皆興才好文，市而懸之，上下相矜，與古道日遠，所以文風日弊。因此，要救此弊，則須「行古之道」，學古法。時文雖然與時俱進，但其源流與古文同宗。自正、嘉以來，多以古文筆法入時文寫作。特別自萬曆始，時文日弊，許多學者明確指出，要救時文之弊，則必須援以古文筆法。如黃汝亨在《重刻茅鹿門先生史記抄序》中就指出雖然代有才人為《史記》作注評，但大多就事以參，或者就人以隃，或者就語音以詮證，唯獨茅坤將《史記》作文之筆法批點出來，「司馬氏之文章神解，所為本末之旨，提結之案，與夫通接關隘，摹畫淋漓，句字點綴之妙，獨鹿門先生之《史記抄》，若列眉點眼，令覽者豁然……蓋先生以跌宕之才縛結於法，自言得史遷之遡，以嗣歐蘇二子，而與唐先生相印合者深也」〔註259〕。此舉為作文者提供了具體的參考依據，並且指出古文大家自史遷以來，以歐、蘇為高，乃學古人筆法之楷模。

　　在《范光父程文選序》中黃汝亨也談到自古以來，三代之所以鼎盛而居就是因為法度。殷襲於夏禮，周襲於殷禮，所以昌盛。相反，秦不師古，焚書坑儒，此亦為秦法，如同戰國之六王，唐之五季，互以其智巧相攪攘，只能導致凌夷崩壞之境。「文者之心精微也，人心之靈千百億變，出奇無窮，而古今取材者壹稟於法」，但是所謂的「法度」並非由天地降生，而是源自古初、證於神明，如同匠之規矩準繩，如同詩家之聲律法度，還有當今時文之程序，

〔註257〕黃汝亨，《寓林集》卷七《丘毛伯制義小序》，第180頁。
〔註258〕黃汝亨，《寓林集》卷七《聶侯校士錄序》，第189頁。
〔註259〕黃汝亨，《寓林集》卷一《重刻茅鹿門先生史記抄序》，第50頁。

即士子赴於主司得以中式之「儀的」。主司要為國家選拔人才，即必須用此「程序」，即「法」，是「制義之三尺聰明奇詭者不得逞」。文章與時高下，黃汝亨認為本朝文章之變，「成弘之間三王也，隆萬以來屬氣而取精，先秦也，至於今橫意之所出自二氏、百家以及稗官里諺之眇論，皆可肆而獵之，以希遇合。而先民之三尺若弁髦，倘亦有戰國末季之憂乎？夫人心不甚相遠也，救亡法，以法救法之苟，以三代前事之不忘，後事之師，各有所自起，其故微眇不可得而言，在我者，皆古之制也，之法也，操於上則行，操於下則明」〔註260〕。以法救法，以古法救今法，乃必由之途。所以在此序中，汝亨高度讚揚范光父此選本，認為光父於書無所不窺，精心於經義，探微抉律，以期無悔於良匠之攻苦，「操先民之三尺以救世而已」，非無功於士林。

黃汝亨在《十齋堂文集序》中說：「余每論古文詞，六經為奧窔，史漢為堂皇，而唐宋數大家則門戶託焉，不出門戶而遽可躋堂以入於室者，唯鬼魅盜賊耳。士大夫窮年兀兀，志古人之學，為古人之文而不悟，與鬼魅盜賊等真可長數而痛哭也。夫空虛修謬，高語玄微，以逃於形，將跡象之表，非鬼魅歟？聲摹字襲，竊往飾今，以自解其窮，致非盜賊歟？此無異，故不得其門，而務虛聲喝人，出此下策耳。」〔註261〕也就是說，為文要想達到六經史漢之堂皇，則必須借唐宋大家之門戶。如果能不經門戶而直接登堂入室，那麼就是鬼魅盜賊了。當今為文者不得其門，大多剽竊模擬，虛張聲勢，以艱深文其淺陋，恰如盜賊鬼魅，所以士子為文首先必須學唐宋大家。在黃汝亨看來，秦漢以降，「作者惟韓歐學本經術，追蹤遷向，柳有沈力，王有偏識，曾有模質而才不遠，獨蘇子瞻之才貫串馳驟，而又得之禪悟，頹然天放。白香山次之」〔註262〕，後世學子皆學無本源，動輒歐、韓，動輒「蘇白」，粉飾淺陋而已，其師法皆無當，沒領會這些古文大家為文之精髓。近代作者蔚然，唐應德之淹通，歸熙甫之簡核，其才並非絕代，而性情頗異，「性地鏊則可以鎔萬有，而無可以提萬無，而有又若不盡繫乎學術之鴻殺，而吾獨於馮開之先生深有當焉，何也？開之記序碑誌之文，不必一一盡學古法，而簡素夷朗，無近世藻績襲積之習。其小傳小記尺牘短韻之文，任筆所及，有致有裁，而所譚禪那之宗，遊三昧而戲六通，澹宕微妙，尤宛然蘇白風流也。詩七言與長

〔註260〕黃汝亨，《寓林集》卷七《范光父程文選序》，第178頁。
〔註261〕黃汝亨，《寓林集》卷三《十齋堂文集序》，第90頁。
〔註262〕黃汝亨，《寓林集》卷三《快雪堂集序》，第77頁。

歌，或不能並驅，古人選詩及五言近體，得趣山水琴尊間，觸物賦詠，出入顏謝，今亦不多見也。別有日紀若干卷，隨事漫識，取適臨時，應手疾書，不避淺俗，而自有意表之辭，物宜之象，如點滴甘露，鋸屑寒玉，尤足珍焉。余獲交先生廿餘年，其道俗環應，若與物諧，而具體澄冽，不受涅緇，佳惡貴賤，曠然無繫於懷，放似莊，慢似長卿，澹遠似彭澤，而於蘇白全領其神，故其交真性地之文，與天為徒，以際近世藻繢襲積之流，豈非所謂一龍一豬者哉？先生衣冠作止，笑語諧謔俱妙，有天解，惜其人俱往，而可見者僅此緗，余乃遡韓歐而上下於文人之間，噫！嘻乎先生有知，亦歡曰文而已矣。」〔註263〕黃汝亨獨贊馮開之，就是因為他的文章深得古人之法，但是又不一一盡學古法。不管是五七言近體詩，還是記序碑誌之文都能靈活變通，沒有近世為文之毛病，將其才氣與真性情溶於莊、劉、陶、蘇、白之中，並能「領其神」。在《十齋堂文集序》中黃汝亨還說：「鹿門先生業於唐宋大家書，既已咀英吐華，又侵淫於三史，沿沂六經，故其為文俊韻朗氣，湛識古姿，追攀往哲，凌跨一時。」〔註264〕此乃學古文之正確方法。

學習古文必須得其「法」。黃汝亨認為文之難言歷來已久，「法度之論非所以繩末世，至法亡而趨利捷，效顰學步，以套為法，令覽者欲嘔」，如何運用古文法度是個關鍵問題。因為今文不必盡如古文，但是如果能多讀古人之書，那麼下筆之時，即使尋常字句亦不同凡響，如果能夠靈心相通，即使無古人之句而能有古人之神，那麼為文則更高一籌了。如果「沿襲可嘔之句必不令其竄入筆端，善用古人書與能行古人之神者，即一字一句必為之歡喜贊數，以拔其頹落腐朽之氣」〔註265〕，這也算是救弊之良藥了。所以「文之必以法，猶匠氏之必以規矩。然而庸者局之所法非法，薰習成俗，猶竇之人見甕牖，不見天地，而高才之士又破法而逃之，狂象逸猿駭不存之地，去而目而索其人，人亡有也」。雖然文必有法，但是世人往往要麼所法非法，要麼破法而逃，很難有一定之準繩。比如其友人孫子齒之文，黃汝亨談到：「吾以法求子齒，子齒弗繫也。以心取識，以識取意，以意取篇，而詞傳焉。其入於微者遠，而致平力者鉅，俗士之所膠，子齒之所去也。吾以非法求子齒，而子齒之意之力之所至，相剌相擊，相虛實散合，率其中所欲出盡然古

〔註263〕黃汝亨，《寓林集》卷三《快雪堂集序》，第78頁。
〔註264〕黃汝亨，《寓林集》卷三《十齋堂文集序》，第90頁。
〔註265〕黃汝亨，《寓林集》卷七《素業五編序》，第173頁。

之制也，古之制，子嗇之匠也。」〔註266〕這種「非法之法」與「破法之法」可謂行之久矣。嚴格來說，行古文之法，若能如子嗇一樣「破俗而呈為法」，求諸意之匠，那麼古法則為「無法之法」了，「無法之法」依然為古文之方圓規矩之一種。

雖然今文需以古文為法，但是黃汝亨認為「文章家古今亦無二法」〔註267〕，今文之法與古文之法實則二而一的關係。唯獨俗士不通經學古，力圖走捷徑，媚時文耳目，往往得意，殊不知離古法遠矣，文章也破壞殆盡了。今法承襲於古法，若能將古法化於無形，融入今文寫作中，那麼古今二法則融為一體了。在《易準序》中黃汝亨說：「夫文之有準，猶奕之有譜，匠之有繩，而射之有鵠也。不按則不名為工，不遊神不名為化，夫有神化而廢準者矣，未有廢準而神化者也。余致謂習者之門，而令天下盡失智巧哉？老僧以毀戒印宗，法吏以破案舞律，余與玄父將不免多事之誚，所甘心焉矣。」〔註268〕所以，要將法度化於無形之中，必須先從「法」入，行「有法」方能「無法」，從「有法」入於「無法」之化境，只有「化」才能廢法，沒有廢法之後還能入於化境者。因此，「在循本題理格以盡其法，擴自己心性以盡其才，而又能澠洗剝換以盡其變，要於不改其素而止」〔註269〕，要能將「法」與「才」和「變」融會起來，則能入於化境。就時文來說，自來經書藝與策論不同體，先輩往往循越立格，不越繩尺，而近世高才輩出，變化無窮，不能再以此概量天下。一般的弱才渺識為文，沒成調而去題已遠，只有豪傑奇博之士，往往「能盡變於所不同而歸於同」，就是能將有法化為無法。比如其同年軫南張公所攜郎君與諸社友《白社草》即是如此，「諸君之才既受異於天，而胸中所苞羅探抉，能獨闢戶牖，往往緣題超意，駕乎題之上，而不為題縛，緣意命格，超乎格之表，而不為格囿，翔寥廓而標英靈，豈繩趨尺步之流所能望涯而至哉？夫款段下駟百里而蹶十駕不及，而穆王之駿馳千里，遊西極，鷽鳩決起，槍榆不至，而控於地，鵬之怒飛，激水三千，搏風九萬，以此而當諸君之文，又何讓焉？余故序而歸之，非敢毀繩削墨為中庸之人誤也」。〔註270〕此書就是化用古法之典範，士子可以揣摩學習。

〔註266〕黃汝亨，《寓林集》卷七《孫子嗇稿序》，第186頁。
〔註267〕黃汝亨，《寓林集》卷七《茅孝若書義序》，第181頁。
〔註268〕黃汝亨，《寓林集》卷七《易準序》，第190頁。
〔註269〕黃汝亨，《寓林集》卷七《素業六編序》，第173頁。
〔註270〕黃汝亨，《寓林集》卷七《白社草序》，第184頁。

四、「作者之心與主司之眼」——以選文救世

　　當今文弊多為有識所憂，「朝家日以正文體為事，而正之甚難」。上自朝廷，下至文人學士，無不為正文體而憂心，所謂「捉名心而引之，正墨卷其目也，自文士以淪落憎命，而作者之心與主司之眼，若有司焉而不得自主。賈人以文為市，又從而澠之，魚目夜光雜陳莫辨，迨夫時過情定，循題按理，虛中而品置之，則文章之權伸矣」。〔註271〕所謂「正文體」，其實最終依靠的還是「作者」與「有司」。一個作文，一個選文，基本上主導了士子學習以及行文之方向。而這兩者又是二而一的關係，因為士子作文多從讀選文開始。所以，要正文體，首先得「正選文」。在《鍾山集序》中黃汝亨說：「常人習於所見，學者溺於所聞，況夫世之經生家，識迷訓詁，心搖得失，眼障玄黃，而賈人以文為市，又秦火所不能燼。當爾時欲探幽奇要渺之致，總浩蕩之言，標繩墨之格，非好學深思、高才夙慧者不能，而世有幾人？吾自束髮降心，此道今種種矣，其先輩其刑後來雋異所目挑心賞，不為不多，亦未遂。」〔註272〕選文優秀者，除好學深思、高才夙慧者不能。賈人都以文為市，引導市場消費與士子行文方向，所以黃汝亨認為改革選政乃當務之急。

　　黃汝亨與其友人元素志同道合，同嗜先輩名法。童時所見如《復古錄》《從先錄》《明文品匯》《原始錄》等選集現已散逸各處，元素在長安歸院之暇，收攬成、弘以來業舉作者彙集一編，題曰《正始》，汝亨為之作序，慨末流之濫以及先輩名家之不可及。後元素又復取隆、萬以來業舉文，不背作者之旨而不謬成、弘精神者合成一編，名之曰《昭代文通》，汝亨亦為之作序。在序文中，汝亨強調他從少年時就酷嗜成、弘間作者之文，「成弘間作者非但文章典刑，而治世之氣象亦隱隱隆隆，可想見也」，「即才華學術不同，各根本所學而致其才，俱以理為宗，格為律，氣為御，詞為經緯，精如絲髮不相亂，而天然自在，如眉目頂踵之不易位，無論已至者之妙，發即漫漶敗筆，而先輩氣格自見，譬猶商周彝鼎，王謝衣冠，自是人間清貴之具，凌遲至今，無論敗筆不足觀覽，其佳者已如貧兒富扮，市門喬妝中無所見，而名相流浪於傲僻之聲，傑襲於近似之理，追維成弘，如以戰爭六國馳想揖讓之代，可為人情世道流涕太息。江河之流，誰為砥柱，而豪舉之士以細過失之，又可

〔註271〕黃汝亨，《寓林集》卷七《酉戌墨卷選序》，第 179 頁。
〔註272〕黃汝亨，《寓林集》卷七《鍾山集序》，第 190 頁。

慨已」〔註273〕。成、弘間文根本經術，以理為宗，氣格詞律，謹嚴有序，而天然自在。但沿襲至今，如貧兒扮富，失先輩氣格，外強中乾，不足觀覽。黃汝亨認為要想制科取士，則必須「正心術」，要「正心術」則必須自少年習文字開始，而少年習文字必須從成、弘間作者開始。元素所編《正始》一編「剝碩果不食，而魯靈光尚存」，文內元素所評騭，汝亨一讀，「如隔世而見故，人移身而獲其心，其欣暢歡喜真不知手之舞而足之蹈也」，如果將此作為教育子弟之書，則「即未遂成文必不至流壞心術為無家蕩子」〔註274〕。而且文章與時相高下，閱世可以觀變，人心之不同有如其面，「不同之心，機智徂詐之心也，與時高下之文，寒暑之遷，而榮瘁之態也。若夫本始之心，含具靈妙條達義理，為物不遷，與時偕行，古聖賢以之作經立傳，而昭代定以為制，文士稟以為程，傅辭宣意，隨題賦形，鳧鶴之脛不容斷續，山水之音互有寂喧，若川會海，若血周身，隆萬以前，成弘而後，皆是物也。故曰：天下之動貞夫一者也，聖人有以尼天下之動，而觀其會通以行其典禮，夫禮豈通之所岐，而通豈變之所礙哉？」〔註275〕這說明昧信疑存乎學者，學者如果不識本始之心，而一味逐時偶變，那麼先輩氣格必然阻斷不存。只有本其心，隨物賦形，才如同血脈周身，文章才有生氣，才能盡通便之理。汝亨認為元素選文「至於削除之嚴，有同郅斤採取之廣，不遺漁罟，而篇章句法指示前津，幾乎室燈眼鏡」，其有功於末學甚偉。其他選集如《三先生墨選》，乃其友吳生於歷科諸墨擇其佳者而編之，自宣德至萬曆之卯辰，篇為之評，句為之摘，合汝亨及湯嘉賓、張世調兩先生之評點，合而成集，於時徵變，於文徵巧，以期豪傑之士有所觀覽，趨時者有所借鑒。另外如《鍾山集》，乃汝亨之門人唐宜之、卓左車所匯，選取此二百年間世所希見者錄之，多鉅麗特奇之作，亦可作為參考。

　　所以，關於如何選文，黃汝亨有一套自己的理論，他說：「今日制舉之文求如先輩之爾雅渾厚不易復矣，清深雄秀亦不多矣，簡淡平夷益復少矣。余之為此選也有三種，上出蒼天，下入黃泉，題旨不相螯而意無近習者，一種也。鎔鑄古人之書，掀翻才人之調，戛戛乎陳言之去者，一種也。即清而不必深，秀而不必法者，一種也。闊之五行之取偏殺，相法之取古怪，時之所為，

〔註273〕黃汝亨，《寓林集》卷七《正始編序》，第176頁。
〔註274〕黃汝亨，《寓林集》卷七《正始編序》，第176頁。
〔註275〕黃汝亨《寓林集》卷七《昭代文通序》，第176～177頁。

使人固無如何也。吾所深厭有四惡：曰俗套，曰杜撰，曰畔理，曰裂法。」〔註276〕汝亨認為選文需如先輩之爾雅渾厚者，清深雄秀者，簡淡平夷者，要摒棄時習與陳言俗套，秉承法度，本之經術，有所創新，不管士之遇合與否，文之乘時尚未可定，但「理」與「法」不可不遵守，為文如同用兵打仗，不可大意。黃汝亨認為要選好文，正文風，必須遵循以下原則：

首先，辨「程墨」。黃汝亨在《王逸季墨卷選序》中提到「文章之變，人心之符，道有升降」〔註277〕，「文章之理萬世不能易，惟是氣格與時升降，中人後時以趨知者先之，而當其時拔幟標勝以移世俗之觀者，亡如中式之墨」〔註278〕，真正能移風易俗的往往是中式程墨，也即，要「正選政」，則先辨「程」「墨」。自王安石罷詩賦，開經義之科，王安石亦有「驅進士而學究之悔」。明開國以來，不改其制，士子皆奮筆屬意，競相攻伐，導致雄雋之才往往內厭，而思遁去以為快。有士子云：「是高皇所以欺英雄，而挫其銳，磨厲其流宕不屑之氣，塞於大道。」此言雖有偏頗，但確實描述出士子無奈之態，其文章亦江河日下。「六經四子精微之言，詎減詩職賦，庸者泛涉無歸，寧如一尊而博通之儒，兼總條貫，奚不可者，厭生玩，玩生逸、生淫，於是浮華相標，虛氣相誇，渝忠信，裂繩墨，生心害政，流於無窮，上標之為軌，下蕩之為風，文章之變可勝悼也」，那麼為了端其範，移其風，「如響斯應，如倡斯隨，神而化之，使士不厭，則亡如程墨」，即以程墨救時弊。但「程」與「墨」之體有別，「程範人嚴，墨入人易，程所以為軌也，墨風之漸也，然程居方，墨行圓。程備精多收、物博積思、長裁文斷，墨儲精少收、物簡思窘、寸晷文、束尺幅。程上潔道，下博名，高有是非，而無得失，墨不盡斷，合道斷，遇主不盡為名，高慮不成名，內攖於是非，外亂於得失，是故墨之難為工也。有用短而成，用長而敗，有律而負，有浪而勝，有奇而之庸，有庸而之奇，其候忽如風雨千百億變，巧歷不能盡其凡，大都行其思之所際以與氣符，而溢之乎詞，而寡特操。故鑒程者不偏貴格，沖夷自理，如風行水，雲行空；鑒墨者不偏貴氣，奇精醇自完，如金在鎔，珠媚淵，程以立常，墨以盡變，常統於一變散為萬」〔註279〕。所以，要學時文，需先辨「程」「墨」，但當今文壇，

〔註276〕黃汝亨《寓林集》卷七《丙辰房稿選序》，第 189 頁。
〔註277〕黃汝亨《寓林集》卷七《王逸季墨卷選序》，第 174 頁。
〔註278〕黃汝亨《寓林集》卷七《墨卷選序》，第 195 頁。
〔註279〕黃汝亨《寓林集》卷七《王逸季墨卷選序》，第 174 頁。

多文少質，奇詭橫厲，常變龐雜，程墨之體稍難辨也。

其次，去俗。黃汝亨曾說「吾眼所不入，而心所痛絕者，俗之一字而已」，當今墨選行世，坊刻肆出，玄黃雜陳，還有贗託姓字者，多不盡如人意，其根源在於隨俗遷移，媚時媚俗。汝亨認為為文之法應該是「據吾之眼，行吾之意」，以此，作者「有高奇，有夷暢，有短而雋，有長而博」，皆不捨，亦能脫俗，即為文之定法也。雖然人之多方，而文之流俗，如同「秦越人見垣知即日生死，吳公子聞樂並後世存亡而知之，物有所起，有所止，吾學有所以定於文之先者，不可以告人矣」〔註280〕。他在《西江巨觀錄序》中引賈誼之言：「移風易俗使天下迴心，而鄉道類非俗吏之所能為。」黃汝亨不以為然，認為：「吏束身奉三尺守文亡害，而斤斤乎刀筆筐篋，可謂曰能而題之以俗，斯不亦少年狂論哉？已而深維之人，非生而吏也，吏亦非生，而受之俗，俗者道之反也，試則吏，不試則士，吏習士，士習文，蓋有所漸靡，非一日而然。精水層冰，變而加厲，而水不與。夫當其士有吏之質，當其文有士之質，當其道有文之質，失道而後俗，俗以靡士，士以靡文，言乎含章不成服施於當世之務，猶石裏華櫝而無可貴於用醇疵之化。」〔註281〕「士」與「吏」是相互轉化的，吏以文衡士，士以文成吏，皆由「俗」而化。如同水凝結成冰，非一日之寒，俗以磨士，士以靡文，吏以道合俗，周而復始，移風易俗，影響至深，不可不察。在同篇序中，黃汝亨舉例江西有道之鄉，原本弘文砥節，拔俗之彥往往而出，後郡縣國吏無問俗美噁心，一味廣布學官之功，「自今日俗士而襲陳言、媚有司，必俗吏而務刀筆筐篋，與其佞俗而得也，寧迂道而失三覆三射以核於有司，而取量於徑寸，不敢以故事應也，浮者汰，蕪者汰，冗長者汰，虛驕而放浪者汰，淺而飾之艱，庸而獵竺乾，柱下之似以為玄妙者汰，本於性，暢於情，各極其才之所至，上稟六藝，下綜百家，短長不同體，奇正不同變，淺深不同，致繁簡清濁不同調，要歸於道槀質，質成文，文成用，俾天下無俗士之目而已」〔註282〕。由此可見，文章之所以日弊於天下，俗不可耐可謂一關節點。所謂「浮」「蕪」「冗」「虛驕而放浪」「淺而飾之艱」「庸而獵竺乾」「柱下之似以為玄妙」等弊病皆源自於「俗」。黃汝亨認為要去俗，就得源本性情，發揮才氣，本於經術，正變短長，奇妙變化，方能成文。士子須

〔註280〕黃汝亨《寓林集》卷七《沈無回十八房文定序》，第184頁。
〔註281〕黃汝亨《寓林集》卷七《西江巨觀錄序》，第191頁。
〔註282〕黃汝亨《寓林集》卷七《西江巨觀錄序》，第192頁。

看此種文，選家亦須選此種文。

最後，辨「異」。黃汝亨認為「今人見異人異書，如見怪物焉」，因為天下尋常人太多了，文章亦平庸。能稱為「異人」的他認為當代就只有桑民悅、唐伯虎、盧次楩、與山陰之徐文長。特別是徐文長，其生平偏宕亡狀，但皆從正氣激射而出，「如劍芒江濤，政復不可遏滅，其詩文與書畫法傳之而行者也，畫予不多見，詩如長吉，文崛發無媚，皆書似米類，而棱棱散散過之，要皆如其人而止，此予所為異也」〔註283〕。文如其人，有如此異人，方有如此奇文，文氣皆從人格激射而出。要打破慵爛淺薄的時文格局，就必須此種異人，黃汝亨因此發出「世安可無異人如文長者」之呼聲。所以，好「奇」也成為打破千人一面慵爛時文的必備之策。但是「夫世之亡奇而偶於時者多矣」，黃汝亨非常讚賞其友人彥林的《香樹林文》，彥林就是這樣一個「寧不偶，不能不奇」之人，其文「畫然有所據於中，而恢然肆乎其外，精英之所出，從天橫地，而旁無人，且恥夫世之慧人蹈輕襲虛，徼一時之利，而獨處其實者，任其重且遠者，以甘為鈍，而號天下之愚人，至以文章之技，而比於禹之治水，周公之居東，其自許不亦甚奇矣哉」〔註284〕。在此文序中汝亨引老子之說「不笑之不足以為道」與昌黎之言「余為文小稱意則人必小怪之，大稱意則人必大怪之矣」。他卻認為「笑與怪」只有庸人才會躲避，古往聖賢皆有意為之，因為他們自信其言必傳。所以，在時文如此平庸的時代，確實需要有這種奇人異士來脫臼拔俗，力挽狂瀾。但是過猶不及，好「奇」得有個度，真正的「奇」仍然是與「正」相協調的，所謂「歸不於正，源不於清，即奇焉，浪花蕩子焉而已」，「奇而正，正而犬」，真正能成為「奇」文者，乃「彼自有無方之方，不行之行，無師之師，如出空之雲，倒峽之泉，其形模勢至不可圍，不可狀，而必有所歸，受世之人未見也，而不可以為訓，不可以訓者，彼有所天授，而此學步，彼陶鑄於古之入，而此猶在繩樞甕牖間也」〔註285〕，能出於法度之中，又能寄於豪放之外，這種能力世人不可見，師父不可教，乃「天授」，無法學習和模仿。黃汝亨友人鍾陵陳仲來、李仲章兩人俊爽絕倫，齊學並駕，為文絕塵而奔，浩浩蕩蕩幾無際涯，「幾使天下繩墨之人驚怖其言，而奇服者辟易而不敢當」，此乃真「奇文」。

〔註283〕黃汝亨《寓林集》卷三《徐文長集序》，第82頁。
〔註284〕黃汝亨《寓林集》卷七《香樹林文小序》，第183頁。
〔註285〕黃汝亨《寓林集》卷七《重刻二仲制義序》，第188頁。

五、「庸師之誤人甚於庸醫之殺人」——論師道

　　古往今來，歷朝歷代皆重師道之說，自三代以下變養士之法為庠序學校，訓之德藝孝悌，含醇漱藻，耀於休明。而有明一代為經義之選，重在科名，好的文章也可以通「道」，但是大多卻浮靡冶艷以媚有司，非性靈之作，更談不上通「道」了。上所觀，下所習，逐漸風靡朝野，有識之士頗為憂之。黃汝亨認為「士者，四民之首，而他日良吏所繇顯」，士需以文入仕，為吏之後又以文選士，皆由興賢育才之事而起，所以「文固士之先資，而靈心呈抑於世變俗流」。黃汝亨以《易》為例，「夫易之巽風也，其性為入，入而後說之為兌，為朋友之講習說而散之，行乎水上則渙為沿廻曲折，波瀾蕩漾，稱天下之至文。然則六經之為文，固未有無所入以為說，而能渙以散之者也。入乎道則醇，入乎才情則雅，入乎詞藻聲華則麗而駁，而他日之人品功業徵是矣。故曰下之所習，上之所觀也。易亦有之風行地上曰觀，而其行乎水曰渙，觀以觀其所渙者也，故先王以省方觀民設教神道，設教而天下服矣。余即樸邀少文，不敢謂古者庠序學校所以為觀之具盡屬於此，然教先士，士先文，捨是將何觀焉？因錄之與諸士為質，士誠繇之以講習，端所從入舉末世，而三代之勿謂非此具也」〔註286〕。為文都必須將文道、才情、詞藻、聲華結合起來，同時其人品功業亦有所顯示，如此這些皆由下之所習，上之所觀，先有師教，再有文士，再有文章。士習影響師道文章，文章同時反應士習風俗，皆由此理。

　　但當今之世，師道之患在於「好為人師，非人師之可廢」。古今師道差異頗大，「古者父兄之詔子弟，師之訓士，惟孝悌力行，通道略物，束於廉恥，雍容禮節，亡煙其本，始隳其所有事而獨後於藝文。今則不然，父見之於子弟，自童年乳臭玄黃，初剖學一先生而授詩書，輒以科名相艷，文辭相矜，委蛇世資，遷徙如圓，屈志滅質，移才驚俗，背畔先生之道，而有所不恥，師以之教弟子，以之學道，喪世俗溺心，若投珠於淵，沉金於沙，輾轉相屬，幸成而驕，敗亦亡悔，若毒藥之憂鼓，百餘年後且聞其氣以死」〔註287〕，古之師道先德後文，而今之師道以科名為重，屈志滅質，移才就俗，媚俗溺心，層層相因，不敢越雷池一步。若此，浮文蕩心俗趣，讓有識之士為之太息流涕。在《素業二編序》中黃汝亨也說：「余嘗懼夫庸師之誤人甚於庸醫之殺人。」此

〔註286〕黃汝亨《寓林集》卷七《兩浙觀風錄序》，第 193 頁。
〔註287〕黃汝亨《寓林集》卷七《靈鶯山素業序》，第 170 頁。

無他，所謂庸者不庸，而故者非故，先賢有言「溫故而知新，可以為師」，師道如同醫病，三人行，必有我師，師與弟子相互切磋探討，「胡以立宗題，胡以立指？信者安據，疑者安伏，適者安往，亂者、廢者、惰者之念安起，一者安在？譬猶抱病之人，各自索其病所自受，而醫者亦密察其所受，循脈按方，以融通其意，相與歸於無病而後已」。由此觀之，方可知「新之非故，而故之推新也。法證心，心證題，題證文，衣被乎布褐，而滋味乎藜藿，凡夫無所關才，士不得馳天下之神奇，果無有越臭腐而得之者，精動而變，蒸蒸然不自止矣，雖然醫者際病為病，醫者亦病，則又轉而望救於他師，吾懼夫庸之誤二三子，而殺人之為禍烈也」〔註288〕。如同醫病，如果師道不嚴，師者亦病，則轉望於他師，風氣日漸，俗惡相承，如此循環，為禍甚烈。他在《壇石山素業序》中還說：「以俗吏之目繩天下恢弘偶儻非常之士，士不俯首，下即奔焉自放，此墨翟所以悲絲，楊朱所以臨岐而泣也，要以即心為習，緣習見故，所業不同，今囊可覆無違心之事，必無違心之言，亦各言其素也已矣。」〔註289〕在《庚戌十門人稿選序》中也說：「末世師道之不立，其弟子所學習具以浮文相高，聲名相援，引其附也，如羶其畔而去也，如徙乃浮淺，若余所居林壑。」〔註290〕如今文病種種，很大程度上是由於師道之誤，有俗吏之目衡天下士，則士習浮薄，文風糜爛，一線相連。黃汝亨認為古之名將往往提挈百萬，出生入死而不悔，虛實奇正，增減多少，不可勝紀。今之藝文者實則同理，與古之道術相似，其動如生，其靜如死。今日士子多膠其師說，不相上下，循繩守墨，奉法稟道，斤斤於程序，不能靈活施展，亦由師道之故。所以，「為之師者，提挈天下之材雋，亦宜不遜於古之名將」〔註291〕。

〔註288〕黃汝亨《寓林集》卷七《素業二編序》，第171頁。
〔註289〕黃汝亨《寓林集》卷七《壇石山素業序》，第172頁。
〔註290〕黃汝亨《寓林集》卷七《庚戌十門人稿選序》，第188頁。
〔註291〕黃汝亨《寓林集》卷七《王逸季門人稿序》，第175頁。

第五章 從極盛到新變：隆慶萬曆時期的八股文批評（下）

　　萬曆以降，受文壇主情風潮波及，八股時文領域心學、禪學思想泛濫，士子多以性靈、真趣、本色相號召，如湯賓尹、三袁、陶望齡等人，反對復古，力求創新，對於提高時文地位、認識時文的發展規律有促進作用。同時，理學的聖學理想與科舉入仕的動機之間日益背離，士子一味鑽營名利、崇新慕奇，八股文寫作或求機法，或逞才情，或抄襲模擬，或弄虛作假，士習空疏狂躁，文風蕪靡詭譎，科場習氣敗壞，舞弊手段層出不窮，各大科場案頻頻爆發，有識之士皆起而振之，上至權臣宰輔，下至學官士子，無不以「正文體」為己任。萬曆年間首輔如徐階、高拱、張居正、申時行、張位、李廷機等人，皆對改革八股文文風提出要求，認為文章須有益於國家社稷，文章要本之於道，發抒學術，反對雕琢，禁繁倡簡，崇尚本質實用，等等，對當時文風走向有一定的指導作用。

第一節　湯賓尹的八股文批評

　　湯賓尹（1567～1628）字嘉賓，號睡庵，別號霍林。安徽宣州人。自幼聰穎，11歲時，「文不草，落紙就數義，一座皆驚」。萬曆二十三年榜眼及第，授翰林院編修。內外制書、詔令多出自其手，頗得神宗皇帝獎賞。後歷任右春坊右中允、左春坊左諭德、太子庶子、南京國子監祭酒等職。時朝廷朋黨泛濫，有東林黨、宣黨、昆黨等，各黨間互相攻訐。宣黨首領即湯賓尹，他獎

勵人才，廣納門徒，世人稱其為「湯宣城」，待其罷職歸家，亦「遙執朝柄」，可見其影響頗大。曾三次出任鄉會試考官，其中萬曆三十八年的科場舞弊案由其門生韓敬而起，並以此演變成三黨之間長達十餘年的黨爭。湯賓尹擅長詩、文、書法，以制舉業名聞天下，人稱其「文采爛然」，「以參禪之語而談詩」。著有《睡庵文集》《宣城右集》《一左集》《再廣曆子品粹》十二卷等。雖然湯賓尹在明末黨爭中，處於「東林黨」的對立面，歷來頗受史學家的批評和指責，但在其友人眼中，其人品、文品皆高。湯顯祖說他道與文新、文隨道真，情智所發，兼具「俠骨」與「深情」：「道心之人必具俠骨，具俠骨者必有深情」，其文章「篤於功名世法之外」，將長存於天地間〔註1〕。梅守箕認為其人豐神高朗、胸次豁然、高材遠識、博學厚志，能「忘情於真俗之中，得情出於骸之外」，其文是「真文」，「倫品不凡」〔註2〕，並將其作為力挽時俗、矯文之蔽的良藥，是廣大士人舉子學習時文的楷模。湯賓尹是制藝大家，對八股文創作有許多心得，他認為時文與詩文小說等其他文體一樣，具有同等的社會地位和功用，但當今文弊日盛，整治文風乃當前首要工作。同時，他認為「求將於倉卒，固不若儲將於平日」，人才乃國家之本，取士制度不可忽視。湯賓尹最大的貢獻在於提出八股文創作中有關主體修養的「養氣說」和「洗心說」，只有洗去塵俗，涵養性靈，神完氣暢，才能靜悟機法。另外，在創作原則與衡文標準方面皆有獨到論述，下面簡略論之。

一、「文之用大矣」——重申時文作用

雖然先輩對文章的地位和作用做出過精闢的論述，如立功、立德、立言之說，如「經國之大業，不朽之盛事」等等，但是「時文」一詞，自其誕生開始，一直處於「小技」「末道」的地位。自正、嘉而後，時文日趨靡麗，士子創作時文大多出於功名富貴之心，真正將時文擺在「文章」的地位，真正重視時文的社會功用和價值的人，已經屈指可數了。湯賓尹雖然主張為文以機法取勝，非常醉心於時文技巧規律的探究，但是對時文作為「文章」之一種的功能及文體特點依然做出了應有的肯定。

湯賓尹大聲疾呼：「予聞之古今人不朽之業莫盛乎文章。士大夫有蓄於中，

〔註1〕湯顯祖，《玉茗堂全集》卷二《睡庵文集序》，《續修四庫全書》集部第 1362 冊，上海，上海古籍出版社，2002，第 380 頁。

〔註2〕梅守箕，《湯嘉賓睡庵集序》，見湯賓尹《睡庵稿》，《四庫禁燬書叢刊》集部第 63 冊，北京，北京出版社，1997，第 4 頁。

則形之歌詠，盲經腐史楚騷蜀賦流傳異代，等神明之尊追索當年鮮亨嘉之遇，豈非通人所賞，即俗人所忌，一時之詘，博萬年之信乎？」〔註3〕湯賓尹仍將文章置於「不朽」之地位，在此基礎上，他重申「文」之為「文」的根源：「文者，神明之用也。道有行不行，而神明無所不徹，徹於上曰天文，日月星辰，風雷露雪之屬，皆是也；徹於下曰地文，山川草木，飛潛牝牡之屬，皆是也；徹於天壤之間曰人文，詩書以載之，禮樂以潤之，神聖之典謨，生儒之課業，皆是也。然則何以卜其所在？曰：一代之風會必一人焉繫屬之。奉一人於上匠太平，還一人於下振聾瞶，代筆代舌，紛於雨涕，衰能興之，晦能明之，必茲人焉獨也。」所謂「天之文」「地之文」「人之文」交錯成彩，共同構成宇宙天地間「文」的全部，湯賓尹在這裡將「生儒之課業」劃入到天、地、人三才之「文」，與「神聖之典謨」相提並論，再次重申了舉子業的存在理由與必然性。同時，「文」之所以為「文」，不光有感性的外觀，同時內藏深刻的含義。湯賓尹說：「德者，一人之私也，天實私之不可得而如何也？文者，萬世之公也，天實公之不可得而如何也？聖人直以德私諸其身，以文垂諸天下後世也與哉！」〔註4〕所謂「文」，一方面有絢麗的外表，同時也必須是「道」的彰顯。

因此，文章的功用重大，時文亦然。湯賓尹在《四書文選序》中以問答方式加以論述：「問者曰：文之用大矣，寸之管，尺之牘，以今科目之媒爭古謨誥之烈可乎？應之曰：所謂經者，亦通行文告而已，途謠巷咢而已，小夫偶至之語流染不歇，縣帝制以為的，群天下之英雄豪傑，畢精力以攻之，而有不傳者哉？素王刪述之後，楚傳騷，漢魏傳古，唐傳律，宋傳道學，元傳曲，我明必傳制舉文，一代之精神畢聚於斯，自斯以外力皆用半，而不暇用全，未有能精遠者。」〔註5〕湯君再次將舉業文字與古代謨誥等而論之，認為有明一代，天下英雄豪傑畢生致力於此，沒有不傳之後世的道理。如同唐詩、宋詞、元曲之傳，明代制舉文也是明代士人畢生學問、才情精力的濃縮，也鮮明地記錄了明代士人的心理路程，必將與唐詩、宋詞、元曲一同傳而遠之。他在給好友徐聖有文章序文裏也說：「天下惟斯文一統，必不可劃滅。厄於秦，

〔註3〕湯賓尹，《睡庵稿》卷六《馬蒼麓黔中草》，《四庫禁燬書叢刊》，集部第63冊，北京，北京出版社，1997，第97頁。以下湯賓尹引文出自該集者，只標注篇目、卷數和頁碼，其他略。

〔註4〕湯賓尹，《睡庵稿》卷五《四書文在選序》，第89～90頁。

〔註5〕湯賓尹，《睡庵稿》卷五《四書文在選序》，第90頁。

帝王之統斷矣，其碑版文字之妙直掩商周；厄於元，中國之統斷矣，詞曲流佈，轉為人間必傳之物。蓋文章一脈，如日月之麗光天，雖復走山陷海之力不可得而劃滅之也。近年以來門戶羅織，士子所遭之既，烈於焚坑，薄譴於丙辰，而科目之統幾斷，此亦天地以來斯文一大厄也。然共間英人望士項相次於冊牘，文字奇變之相伯虎仲熊，驚馳山谷，不致與科目俱塵。惜哉！我力不能與於筆削之任也。」文章一脈，如日月中天，「雖復走山陷海之力不可得而劃滅之也」，近年文道日敝，幾為厄運，而且科目舉業事關人才國運，正人、奸人得之，其結果完全不同，湯賓尹評徐聖有云：「吾友徐聖有起而專之，素王素臣實挾有權，而斯文一統亦欲借是以稍暴白於天下。嘻，一科目也，正人得之為忠為良，奸人得之為亂賊。資一舉業也，深其解者，扶世界，羽翼聖；真不知其解者，直以為頷饗富貴之媒而已矣。」〔註6〕可謂深知舉業文章之重。

二、創作儲備：論「洗心」與「養氣」

（一）洗心說

雖然湯賓尹等人強調技法，注重文章機巧與起承轉合之法，但是作為文章之一種，時文依然是人之心聲的體現。特別是在隆、萬時期，時文日趨糜爛，士子為文一概繫之功名富貴之時，湯賓尹強調靈心悟性、洗去塵俗、靜悟機法，無異於一副緩解糜爛風氣的清涼劑。

當時時文幾乎都出自程文墨卷，都是揣摩剿襲的結果，真正發自性靈的作品幾不可見，湯賓尹說：「吾異夫今之為文者，已則無胸，而借人舌也。借於舌則卑，吾直以舌代聖，而反下借諸子則益卑，又厲唾之餘也，何今之橋然自命豪者，不羞人餘也。」〔註7〕而真正的為文之境界則是：「古今英人望士所不能自除者，口有舌，手有筆，最不堪忍之胸極當心之境，決於舌則流屬於筆，則永當其淳焉忽焉之會，搤胸斷頭不能禁其所自出也。予生平筆少而舌多，又其為性也。柒室之憂，許伯之哭，觸處迸裂一如寫水於地，略無方圓，潘景郭伏後先囊清紀自紀，見貽襟情之詠，寓寄清婉□四交，不覺入其玄中，此人胸胃之際，定無世物也。語曰：口可入也，不可出也。」〔註8〕只

〔註6〕湯賓尹，《睡庵稿》卷六《徐聖有隨喜錄序》，第107頁。
〔註7〕湯賓尹，《睡庵稿》卷四《陸伯承稿序》，第65頁。
〔註8〕湯賓尹，《睡庵稿》卷六《吳寧野小憲自紀序》，第98頁。

有這種發自心口，無法遏制，不得不出之而後快的文章才能稱為性靈之文，才是真正的文章，八股文亦然，否則只能稱為借人口舌、拾人殘唾。

要寫出這種發自內心、出自性靈的文字，就必須「洗心」。早在正、嘉時期，瞿景淳就提出：「以淨、明為首務，只此二字，乃是舉業之要領。凡胸中有一毫鄙穢，有一毫疑惑，決不能作好文字。」舉業之要領就在於「明」「淨」二字，即洗盡心中雜亂蕪穢，以澄澈明淨之心為文，方能寫出性靈之文。「塵務既絕，諸緣盡省，一意作文，目不敢妄視，耳不敢妄聽，口不敢妄言，念不敢妄動。一題到手，輒百慮俱空，固不知我之為文，文之為我也」〔註9〕。要達到這種「百慮俱空」的明淨狀態，首先得認識到時文寫作並非單純從經義到墨卷，從技巧到技法，時文亦是文章之一種，亦是融入自己的觀念和心智的文章，如此才能端正時文寫作的態度。所以瞿景淳提出：「作文須要從心苗中流出，句句字字都要作不經人道語。」他認為日常生活，交際應酬、柴米油鹽、琴棋書畫，皆不入心，則可染世緣頗輕，「自靜養百日之後，始覺夜氣漸清，良心漸復，自己真精神亦時時有透露處」〔註10〕。所以說到底，作文要從心苗中流出，最好能保持赤子之心，拋棄陳言舊說，拋棄師友雜說，拋棄胸中一切阻礙之物，甚至拋棄文字，由心而發，悟那無字句處，可至妙境。如同莊子的「心齋」「坐忘」之理，當心與道合二為一之時，也必定達到神乎技的狀態，那麼為文必可發自性靈。湯賓尹評倪生有云：「倪生來自淮海，眼光落落，不可一世。予館之山笑堂中，鎮日瞑坐如枯禪，莫知其意之所往，間試以文，文出如饑鷹渴驥，挐振奔掣，有不可條□之狀，猝然逢生，而欲盡其丰韻，吾未信，眾人之目獨捷□餘也。」〔註11〕可以作為此論之佐證，也可以看出瞿景淳的觀點對湯賓尹的直接啟發作用。

雖然時文寫作也必須發自性靈，但是時文畢竟與功名前途聯繫在一起，具體說來，「洗心」之說要滌除的無非是功名利祿之心。湯賓尹曾說「養心莫善於寡欲」〔註12〕，在《秋水堂稿序》中說：「夫道與文非兩物，經書為文之祖，道之輿然。固今科第之媒而功名富貴所必借之路也。結因於凡，而發想

〔註9〕袁黃著，黃強、袁珊珊校點，《遊藝塾續文規》卷一《昆湖瞿先生論文》，武漢，武漢大學出版社，2009，第180頁。

〔註10〕袁黃著，黃強、袁珊珊校點，《遊藝塾續文規》卷一《昆湖瞿先生論文》，武漢，武漢大學出版社，2009，第180頁。

〔註11〕湯賓尹，《睡庵稿》卷五《倪文純稿小序》，第87頁。

〔註12〕湯賓尹，《睡庵稿》卷一《陳鳴周制義序》，第58頁。

□聖，其微眇宜有所不入，故學道者必先湔其功名富貴之心，而舉業猶是焉，左念操觚，右念揣世，逢不逢、賞不賞之態百關於胸，雖有慧心不及發矣。」〔註13〕在《王叔子四書義序》裏也說：「為文不可漫，漫不可為常……制舉之業今試之，則一代王制也。前探之□萬古聖心也，適今適古，擬王擬聖，豈易事哉？而世故嘗漫習之而漫稱能，漫試之而漫效，彼以漫為可常也。今日讀本草書，明日思活人；今日學挽弓，明日思殺人矣。一第橫其胸中，六脈皆亂，思豈能復入？才豈能復出哉？百里奚爵祿不入於心，飯牛而牛肥，在甕外者乃能舉甕，故忘其效而後可能，並忘其能而後可習也。」〔註14〕在《劉叔夏制義序》中也說：「舉子業售世之具也，而為之者莫患乎有佞世之心。科第之得不得，與其高下蚤莫，亦自有數焉。急於售世，捷欲得之，所取數不能以有加而肺腑□志，薰習於逢迎揣響之中，滑澤其音聲，韶嫵其□貌，拾眾共舐之味，希一賞遇，此佞因也。自處子而已，然後尚何望哉？故為舉子業者，必先湔浣其為佞之心，而後有文品，而後人品出焉，可以立於世。」〔註15〕由此觀之，道與文本來合二為一，士子以科第為媒獲取功名富貴，即「售世」之具，如果在考試前心心念念科第名次、富貴幾何，必定心神散亂。文章致於「散」和「漫」，那麼此時有再高的才華，再妙的才情也無法發揮出來。所以要想寫好文章，首先得洗去心中念想，空明澄澈，自然文思泉湧。比如湯賓尹評陶路叔云：「路叔生長高門，道德文章如數譜牒，如舉家廟中器物，攬筆調墨與眾角，事了於耳，察於目，成孰於心，乍脫於手亦不知此物用以得科得第、博進賢冠也，蘊其粹精，裁為鴻藻，少焉，意得之音，遂為天下快絕。」〔註16〕評劉叔夏云：「以吾所讀劉叔夏文，剷自胸次，傳以古先歷落溪刻，寧據本懷而未得，不甘與眾人同其味者也。叔夏今古文海內具著，自不乏玄賞其人，天下方詬文字，瓌才蓄學之士交予臂者，動為人所摭捶，後雋亦各引避，惟恐浼而叔夏猶數千里移質。夫叔夏者，所謂獨行其志者耶？不為佞者耶？文品人品高視一世者耶？」〔註17〕如果能做到寫作的時候都不知道此文是用於科第，那麼自然出得妙文，而且文章字裏行間少了功名利祿之心，文品自高，人品也自現了。

〔註13〕湯賓尹，《睡庵稿》卷四《秋水堂稿序》，第70～71頁。

〔註14〕湯賓尹，《睡庵稿》卷四《王叔子四書義序》，第64～65頁。

〔註15〕湯賓尹，《睡庵稿》卷六《劉叔夏制義序》，第94頁。

〔註16〕湯賓尹，《睡庵稿》卷四《秋水堂稿序》，第71頁。

〔註17〕湯賓尹，《睡庵稿》卷六《劉叔夏制義序》，第94頁。

（二）養氣說

機法派諸人瞿景淳、董其昌皆主張為文要調息凝神、涵養性靈，文章方能神完氣暢，在此基礎上，湯賓尹提出「養氣」說：

> 文者，人之生氣也。今文之有舉業，猶唐之有詩。上懸之為制，下群而赴之。數百年豪異所共攻之物，鍾氣莫盛焉。唐前後稱詩者，代不乏矣，窮工極變，抉宇宙之殊靈宜無唐，若今之為詩若古文者，亦既琅琅，要以竅無不開，而才無不竭，最工以變，必舉業焉歸也。私嘗謂一代之業必傳無疑，何者，氣有獨鍾矣。夫惟氣有獨鍾，而攻之者眾，故其肥瘠修短，濃淡疏數之狀，譬之人貌，不可以取同觀者，第從其神氣索焉，而賢不肖貴賤壽夭之概，於是乎畢得而無遁。襄陽之詩於唐獨步，然其自為山人逸客讀者知之，郊之寒，島之瘦，賀之鬼，其不得志久遠，於時可必也，而其盛而為燕許諸公，語雖不必至，氣格別矣。且詩之途寬而難跡，舉業之旨約而易尋。寬而難跡者，耳目見聞，動可採也，人得以其聰明力量滿意為之。約而可尋者，我態時情，無所復用，而壹受成於聖之諦、王之制，故詩久而逾入，老而逾工；而舉業一道，得者不待年辭其韶，今輒有沉頓枯削之憂，故其氣尤為難完。然而唐之善詩者不必遇，即遇也，所傳省試之詩不必善；至於舉業，收士盡善而不遇者，蓋亦寡矣。豈非彼之滿意發籟於獨此之受成合諦於聖，聖情相焰，彼我合融，亦神氣之為也耶？十餘年來，舉業之病極矣，平不平，奇不奇之界莫知，所適其於人為貌壯而神稿，舉止陽喬氣奄息以盡也。〔註18〕

湯賓尹將舉業與唐詩相提並論，認為明代之制舉業如同唐詩一樣都會傳之後世，其共同的原因就是「氣有獨鍾」。然詩歌之「氣」和八股時文之「氣」在涵養上還是有所區別的，所謂「詩之途寬而難跡，舉業之旨約而易尋」，詩歌是「久而逾入，老而逾工」，雖然取材寬泛，內容自由，但是義蘊微渺，難以捉摸；而舉業不待年歲，內容固定，格式死板，義蘊容易捉摸，但是「氣尤為難完」，很難將文章寫得渾融一體。這也是當今舉業之弊病——「貌壯而神稿」，氣脈晏息。

湯賓尹認為要「養氣」得認識一個道理，即「氣之用在虛」，他說：「人之膚革肉骨，遞湊為形者，皆蘦物也，其生動全在氣，氣之用在虛，捨虛無以為

<hr>

〔註18〕湯賓尹，《睡庵稿》卷三《沈季彪新義序》，第52～53頁。

宅，氣之所物，未有離氣能自支行者也。天以下，地以上，虛空之處多矣。其運行亦橫縱闔闢而亡窮，耳目之必靈於手足也，其竅係殊也，手足塊然而以其能掉運處為虛，能掉運則亦不為靈矣。凡天壤之物未有不部發於虛際者也，而聲為甚，傳聲者之必於虛谷也，任舉一物焉迎之以孔而聲出焉，故萬聲之用無不以虛為宮，文章者，尤聲之幼眇者也，其致虛不精者，其集靈不遠矣。吾嘗持是說自課課人，而解者少也，胸藏富則盛排纘，腕力彊則捷馳驟，此亦足以動眾矣。有諫之以板直則又勉而為瘠為佻，以塗所不知誰何之人，於乎絕跡易無行地，難致虛之用，而可與尋常學問人道哉？」湯賓尹評黃進士文也說：「棰字必藻，結響必逸，士大夫爭傳諷之，乃吾所甚旨於公者，不在使實而在使虛，虛善遊，故口發而采烈，虛善頓，故淵蓄而思回，筋轉脈流之會，別有周還，非肥瘠敏鈍之分也，經之言求民情也，曰辭聽，色聽，氣聽，耳聽，目聽，五聽皆用虛之物，是以悉民曲折而中其隱微，其以於理天下也，無異術矣，內宿智，外宿學，自驕謂有所用之，今之聞人也夫。」〔註19〕又如在《李六觀近課序》中他借前人之語「學人如貓捕鼠，如雞抱卵。精氣顓壹，無今歇斷，忽地省發，訖如透水月華」，悟出「文人之於文亦然」。〔註20〕此論直接繼承老莊「虛靜說」，以虛為用，虛則空，空則動，動則氣生焉。宇宙間所有看似實用的東西，如房屋、車輛、器皿等，無不產生於「虛」。如果沒有「虛空」，那麼實物也就無用了，只有虛空才能產生生生不息之「氣」，萬物方能靈動，方能一脈貫通。為文亦然，真正會作文之人用力「不在使實而在使虛」，以虛運實，淵緒思回，筋脈流轉，文章自然渾融圓潤，品格自高，如湯賓尹評沈季彪新義「自腸胃肥滿中發之，貼經附傳，繩尺炯如，而豐王之氣浮動楮墨」。〔註21〕說的就是這種狀態。

（三）其他儲備

八股時文的寫作固然束縛較多，但作為寫作文體之一種，創作前的其他儲備也必不可少。湯賓尹有「才人，學人，文人」之說：

> 文人未有無才者也，以鈍腕操枯竹不靈也。文人未有無學者也，以貧腹供薄蹏不贍也。雖然文須才、須學，而才人之才，學人之學，終不可試，以幾於文豈惟不幾且裂也。滋甚文之耦無端而變無，倪

〔註19〕湯賓尹，《睡庵稿》卷五《序黃進士松關捉筆》，第84頁。
〔註20〕湯賓尹，《睡庵稿》卷四《李六觀近課序》，第77頁。
〔註21〕湯賓尹，《睡庵稿》卷三《沈季彪新義序》，第53頁。

鈍思之士沈頓揣摩於起伏進退間，或一遇焉。才人耳目聰明，手口滑利，咄嗟之會，驅風走雨，徐理之風雨者無存，而揚塵飛螠蚤已眯一世人之睫，而易位東西，故才者，文家之魅也。經也，子也，言胸之所有，史也，各言世代之所有，文如是止矣。昔之日已往而不來，纘疏故歷可以當歲乎？腐腐之味不濯於胃，可復鮮乎？謂金玉貴，削金而食，緝玉而衣，可乎？故學者，文家之瘍也。自有才人，有學人，而文章一器不白於天下，故曰其裂滋甚，雖然吾以懲高才宿學之士，非為庸陋者設之牖也。自吾事今古文四十年，於先王之敗簏名物之橫間，一漁弋執簡臨箚而責，可以奏成於手者，不復知徵何語也。時文字謝之久遠，今指猶搖從應酬之政，勉效為古文詞，宿昔仰屋，無胸中一字、人間世一物，湊萃可採取者，愧恨平生問學不力，稟受卑劣也。〔註22〕

所謂「才人」「學人」「文人」其實是三者合一的，文人沒有無才無學的，「才」與「學」乃「文人」必具之素質。但是，才人之「才」與學人之「學」不能太過偏激，否則就是「文家之魅」與「文家之瘍」了。高才宿學之士未必就能寫出好的文章，如何將「才」與「學」融合到「文」的統領之下才是問題的關鍵。在《歸愚庵初學集序》中，湯君談到了積累才學的根本問題：「蓋今之讀書者少矣，楊用修、陳晦伯諸君子，蓋代鴻碩通人所驚，然實之文部猶需□論，弇州以後攜異差肩而出，士大夫縣市之業幾敵開闢以來書數之半，流傳異時而得以薦日月者，顧不知當屬誰氏，仍啟於茲時固已橫歷中原，詘服老宿，其益傴俛伏抑，以詣文心之所極，毋徒以才與學與士子角雌雄為也。」〔註23〕士風空疏乃隆、萬時期的弊病，而醫治此病的良藥即讀書。董其昌在《俞彥直文稿序》中也曾談到讀書要廣博，其友人俞彥直「文心益深，文氣益壯，其所著制舉義，有宏肆剽疾，鬼起鶻落者，有虛和淡泊，餐霞吸露者；有激昂震歷，劍拔弩張者；有高華沉重，四瑚八璉者，而文衷以游道之見聞，助以江山之悲壯，其在都下，所造請往來者，為理學，為經濟，為劍俠，為空玄，皆在轂中，而皆收之以為文用」〔註24〕。彥直之所以文章奇博，主要得

〔註22〕湯賓尹，《睡庵稿》卷六《歸愚庵初學集序》，第101頁。

〔註23〕湯賓尹，《睡庵稿》卷六《歸愚庵初學集序》，第101～102頁。

〔註24〕董其昌，《容臺文集》卷二《俞彥直文稿序》，《四庫全書存目叢書》集部第171冊，濟南，齊魯書社，1997，第289頁。

益於讀書之廣博，理學、經濟、劍俠、空玄，皆為所用，思路開闊，積累深厚，為文方可手到擒來，如此才氣勢宏大，沉厚高華。

湯賓尹認為為文雖然「才」「學」不可無，但是太過高才宏學對於作文來說未必是好事，他說：「貴富壽考、文章功業之類，物之美者，人爭取之矣，夫美物必有神焉司之，物忌完，取忌多，天之數也，人之情也……夫貴官顯爵，殊功偉伐，高才能文章，名譽驚絕，皆造物之忌也，有道者之所不兼取也。博物多才美詞華，剽剟今古，又文章之忌也，作者之所不出也。」〔註25〕在《曾先生寓拙草序》中也說：「聰明之為道忌也。昔人嘗言之，至於酬世無不才智之推，曰愚，曰拙，曰不肖，皆世所指辱，不足收採者也，然而有道之士恒願託焉，何哉？凡天下之多過多敗，必才知者之為。夫恃其才知，必無鮮事焉者也。凡天下之保，無垢跌美終始，必拙焉者之為。夫安其拙，必無生事焉者也。且世以才知者足世用，手事之臨也，利害沓雜，靈機巧慧之人，前有瞻，後有顧，擇便而赴，頓身有術，而後投足焉。」〔註26〕湯君認為天地宇宙之規律即「物忌完，取忌多」，為文與造物一樣，切忌完美與過度。天下許多過錯失敗都是智者所為，主要是因為恃才傲物，前瞻後顧，往往事與願違，所以靈機巧慧對於為文來說，反而不利。比如蘇軾，「自負奇博，不肯捨置，千載而下，猶未免為人所窺誚，才勝而不能降，學博而不能割，斯亦多取之報也」〔註27〕。所以，「昔人有言曰：事外無道，道外無事。余亦曰：文外無道，道外無文。聰明而試於道不可也，聰明而試於文，於事可乎？」「使昌黎諸君子與今人鬥字，不今人勝乎」〔註28〕？今人為文多逞才使能，矜奇鬥豔，以技巧為之，與世爭巧，反而文章日敝，確實諷刺。

基於這種認識，湯賓尹認為：「舉業一道，極其至，非沉思不得也，然吾意夫思之沉者，其資必拙，其起家必於賤貧。慧異之士手口便疾，出之有餘，於度而入之，不必深取勝，材情足以駕矣。士之生長高門者，飽其濃佚，不耐辛艱，誠有意乎奮飛之業，而文章科第皆家物耳，深心走苦，宜亡所用之。夫惟賤貧而拙者，進無前門，退無後地，困頓之致，窮於尺幅，即欲簡恬其思，而有所不可。蓋余既拙絕家，寒□無聊，當其事舉業之時，每手一

〔註25〕湯賓尹，《睡庵稿》卷一《王西華先生半山藏稿序》，第22頁。
〔註26〕湯賓尹，《睡庵稿》卷二《曾先生寓拙草序》，第41頁。
〔註27〕湯賓尹，《睡庵稿》卷一《王西華先生半山藏稿序》，第22頁。
〔註28〕湯賓尹，《睡庵稿》卷二《曾先生寓拙草序》，第42頁。

目，魂氣闃寂，舌數轉未敢輕吐也，心謂拙者之政如此耳，以遇材士，伸紙淋漓，輒赧然發汗。」〔註 29〕舉業一途，聰明才智之士與生長高門之人，文章科第如探囊取物，他們不會專心精研，文章不會達其極至。相反，起家貧賤之人，資質稍拙，迫於境遇，當全身心投入，文章自然酣暢淋漓，發深沉之思，自然非同一般了。湯賓尹評王季木文說：「為文舂胸擢髓，極思力之變，吾不謂慧異之士之出於斯也。以季木之才試之舉業，猶用沉思天下事，其可以聰明用哉？相法篇云：藏不晦，發不露，材人無浮薄相，富貴子弟無輕肥相，其福必大。吾以舉業知季木，以季木知天下士矣。」〔註 30〕以季木可以推知天下士子，為文不需要太聰明，機巧慧點無法達文之極致。在《包儀甫制義序》中湯賓尹評儀甫云：「蓋儀甫研精此物者亦既有年，當其尋微之時，日月都忘，雷霆不能晌，至於今精苦之極，化而為甘，一字未設，而前後結構之形，了了在目，奇偶吐納之數，隱隱沖喉，借成於手而不自知其至也。」〔註 31〕從儀甫為文可以推知資質稍拙之人比聰明之士更能刻苦精研，更能達到日月都忘的境界，精苦之極，全文在胸，文不難而自至也。

　　除此之外，為文還必須在品質、交友、交遊方面有所儲備。在《程撞生集序》中，湯賓尹強調了品質的重要性：「不孝不弟不可以為人，尚可以為學乎？君子與小人對，人與非人對，學之中有君子焉？亦有小人焉？兩界並行，是否糅雜。凡今之竊名正學以蓋其無忌憚之習者，皆小人之尤者也。孝悌為人，門出於孝悌即為傛門，從入門入者其去聖也不遠矣。予於學問是非真偽之間，爭之甚力，匪徒嚴君子小人之防，正以人傛之界，不可不辨。」〔註 32〕一個人是否孝悌決定其人品，人品就決定文品，所以為文也須看人品，文如其人，人如其文，不可不察。

　　多交朋友，也有助於為學為文。湯賓尹說：「問士之所交必於其人，問士之所遊必於其地，人與地皆助靈發性之物。豪傑之所蚤有事也，雖然其合也，遞往遞來，精氣必有所以，而其交相助發也。茹吐之概，各以其本分力量，為差行庸人於異人之中，背而過之，兩不相晌也。樵夫漁子日夜交於山川，詰

〔註 29〕湯賓尹，《睡庵稿》卷三《書王季木製義》，第 56 頁。
〔註 30〕湯賓尹，《睡庵稿》卷三《書王季木製義》，第 56 頁。
〔註 31〕湯賓尹，《睡庵稿》卷四《包儀甫制義序》，第 72 頁。
〔註 32〕湯賓尹，《睡庵稿》卷五《程撞生集序》，第 91 頁。

以此中何味口呿而不能對,趨至亡命洛陽,求索叔夜,盛孝章一逢文舉結為兄弟,升堂拜親,千古衿契,非庸庶人所能量度也。子厚之文奇於永,少陵之詩奇於夔,千百年以來出入黃溪鈷鉧白鹽赤甲之間者,踵不絕於道,江山眅發之靈於兩公後,抑何其多恢乎?」湯賓尹評其友人黃上珍文有云:「夫上珍所交多名流,遊涉多佳山水,攬結之餘,擴為文事,意所獨匠,手能赴之,所得於知交遊歷不薄矣。」〔註33〕在《陳汝礪詩序》中也說:「山水之與人交相益者也,雖有名勝,不經文人筆舌,則黯晦不揚,然文人之奇於文,山水之助,居其大凡焉。潮之於韓,柳之於儋,耳之於蘇,盡南方之奇變,以佐數公之吞吐,而數公之文於是乎始變化而不可窮。杜氏詩,余所尤愛者,梓夔以後也,蜀山水富天下,杜氏飽之,迫而迸出,千狀萬態,各極其致,而詩之變化不可窮矣。山水之與人其適相值耶……斯人特處之勝地以相長益耶。」〔註34〕交友與交遊對於文事來說,互相助益。名勝借文人筆墨名揚四海,文人借山水之奇陶冶情操,洗滌塵埃,交相輝映,相得益彰。所以,對於作文者來說,多交友,多交遊,百利而無一害。

三、創作原則

(一)「文之弊而不返」──明確文弊

關於文弊,梅守箕在《湯嘉賓睡庵集序》中談到文風日趨浮靡的現象:

> 夫文章之日趨而靡也,其由趙宋之末季乎,其起於程蘇分黨之後乎,程門弟子求竟於世,而列立道學於文學之外,效禪宗語錄,而以不成文之言筆之為書,於是訓詁多而事詞名理紛雜無紀。元人重詞曲戲劇而略於行文。國朝承宋元之舊而益匯其波流,積習溺苦率多經子史所不載,限以制舉益愈離披,故北地所為欲振之者,不得不援古人以為立懂之地也。自茲學士多望風奔塵,文必莊韓左馬,或之而盤誥禮經,詩必蘇李曹劉,及開元大曆而止,句其句,篇其篇,調其調,格其格,一切襲取剿說遞相遞延,即事與情不協,變與時不通,境與詞不以,亦不復能較矣,此其病在矯枉之過,工於形似而失質真體也,夫古所稱著書立言以垂不朽者,豈賤儒湊學所能辨哉?文以明道,仲尼曰:文不在茲,是安得有文外之道而道外

〔註33〕湯賓尹,《睡庵稿》卷四《黃上珍如練草序》,第76頁。
〔註34〕湯賓尹,《睡庵稿》卷一《陳汝礪詩序》,第41頁。

之文耶？宋季倡文外之道，而近代又創道外之文，此所以終不振也，
以道非道，而文非文也，所謂惡似而非者此也。〔註35〕

梅守箕認為今日文敝之源頭乃在於宋末文道之爭，歷經宋元而推波助瀾，至
今日積敝不振的局面，雖有文士起而挽之，但是矯枉過正，文必秦漢，詩必
盛唐，以至於「工於形似而失質真體」。梅君認為改變文敝的途徑仍然在於「文」
與「道」之關係上。湯賓尹卻認為當今文弊之根源在於「失真」，而梅守箕認
為湯賓尹之文乃「真文」，其「真文」就是救治文弊之良藥。

　　冰凍三尺非一日之寒，文弊也是長期積累的結果，湯賓尹總結了從洪永
到萬曆時文之變：「氣孳於洪永，孩於宣成，壯於嘉，當其季而敝，無稽之口
動費數千言不可覆也。隆之初則已友矣，今萬則再壯矣。嘉之盛為博頰豐頤，
衣冠儼然，其患也肉多精少，形漫而神浮。萬之盛為新眉妍步，幽杳可□□
患也，妖冶之資，陰蝕壯氣，中於浮不年□已矣，中於妖其發甌無已計，是
故君子慮之□。吾讀嘉以前文多見瑕，萬以後多見瑜，嘉以前如鳥鵲也，白
者自白，黑者自黑，於十數牘中得一牘而能舉其名也，於乙牘中得一行兩行
而能舉其語也，見瑕者多，有真瑜者存也。萬以來如鳥之雌雄，同命黑白之
名，而不能分其物也，欲舉數十牘中誰氏奪目，則皆奪目也，欲別一牘中誰
語為佳，則皆佳也，敵題面視之未必是，掩題面視之未必非，是見瑜者多，而
不知所以瑜也，於乎此亦人心世道之概也。」〔註36〕湯賓尹認為從洪永以來，
文氣日益浮蔓，特別是萬曆以來，非「浮」即「妖」，如果說正、嘉文黑白分
明，那麼萬曆文黑白難辨。所以，當今文弊除了上述借梅守箕之言在於「失
真」外，還有「人心世道之概」。

　　之所以造成文病積重難返的原因，湯賓尹認為：「今人舉業從坊刻入，從
試錄策論入，安得有佳？子往往獨造其入處居，然先輩無復嘉隆以後模子孟
義，尤最百年來惟歸太僕先生，差解此也。於戲時文者攫時之物耳，髻之高
下，眉之廣纖，娼者之笑顰，賈者之貴賤，朝更夕易，而不能以自主，且人亦
走其便，秀易與者耳，迎世之心急，而獨行之思寡，獨一舉業哉？」〔註37〕
其友人董其昌也說：「今士子一受嗤於拙日，輒不能自信，又何能信主司？往

〔註35〕梅守箕，《湯嘉賓睡庵集序》，見湯賓尹《睡庵稿》，《四庫禁燬書叢刊》集部
　　　　第63冊，北京，北京出版社，1997，第3～4頁。
〔註36〕湯賓尹，《睡庵稿》卷六《選歷科程墨漫書》，第96頁。
〔註37〕湯賓尹，《睡庵稿》卷一《兩孫制義引》，第60頁。

往遷業以迎時，宜受滅裂之報矣」〔註38〕士子為功名一途，早就將經義束之高閣，無不以揣摩程文墨卷、參究具體技法為入口，迎合主司考官之心，所以文風日敝。上行下效，舉業一途，乏善可陳。湯賓尹將這種文章稱為「光華浮動之物」，認為只要是脫之手腕，行於牘者，都稱為「文章」，而這些所謂的「文章」，也不過是「市科名，弋貴富，極之軒赫功勳」而已，於舉業皆無當。〔註39〕他還將舉業之途與詩賦之途作比較，認為「詩賦之途廣，內傾才情，外拾天上天下海內外之物，以供筆舌，而無不足也。經義之途隘，綺口笥腹都無所用之，而才人學人之致窮矣，馬窮於蟻封，射窮於貫蝨，馳陸稽天，何難之有哉？微心靜氣參對聖情，一代收士之思良亦精苦，有志憲章者，其毋忽於斯道也」〔註40〕，相比詩賦而言，經義之途太過狹隘，因為士子專攻程墨，揣摩技巧，才情學問都無所用之，有志之士於斯道無益，此道亦難以選拔有志之士，所以文風日敝。

除了「迎世之心」的原因以外，湯賓尹還談到士子之「醉」與「癖」。他在《張蕭仲香雪房稿序》中說：「凡人有所偏好，斯謂之癖，癖之象若癡若狂，手口耳目不可以自喻，恩不能喜，讎不能怒者也。士患無癖耳，誠有癖，則神有所特寄，世外一切可豔之，物猶之未開其鑰，何自人哉？故凡貴賤窮通，得喪毀譽，動能驅遣人意與之為喜怒者，其人皆胸中無癖者也。劉備之眊，嵇康之鍛，阮孚之蠟，屢千載人想其狂達，卒以名不廢，至今嗜痂嗜燭，看牛□，聽驢鳴，試之人，人不解意味，所以皆癖也……諸生之淫舉業，捨之無塗進耳。」〔註41〕在《醒言小引》中談到「醉」：「一舉業也，而有多醒，拾人殘閣，臧水淋溲，其臭□甚，不堪聞也。大醉之人不復檢繩平日胸臆，有觸輒發，憤懣狂張，手口俱亂，則今之自矜有得，敢為怪誕者，皆醉中語耳……夫破夢之開為覺，破醉之開為醒，苟非沉酣者久，大醉之後安望大醒乎？」〔註42〕當今士子對於舉業之途，幾乎非「癖」即「醉」，無論是「癖」還是「醉」，皆若癡若狂，不能自已，是故拾人殘臭、髒水加身而不自知，反而醉心癲狂，剽襲擅掇，以為自得，確實悲哉。

〔註38〕董其昌，《容臺文集》卷二《金伯發稿序》，《四庫全書存目叢書》集部第171
　　　　冊，濟南，齊魯書社，1997，第290頁。
〔註39〕湯賓尹，《睡庵稿》卷六《梁溪二王闈業題辭》，第105頁。
〔註40〕湯賓尹，《睡庵稿》卷六《選歷科程墨漫書》，第96頁。
〔註41〕湯賓尹，《睡庵稿》卷二《張蕭仲香雪房稿序》，第36頁。
〔註42〕湯賓尹，《睡庵稿》卷一《醒言小引》，第58頁。

湯賓尹曾經以繪畫中畫犬馬和畫鬼魅之別來類比當今舉業。他認為畫犬馬難而畫鬼魅容易，因為犬馬在人目前，必須仔細描摹，要做到形神兼備就很難了。而鬼魅無形，畫者無從依據，天馬行空，無所不可畫，是為容易。他說：「今之文家取不可解詰語，互相陵高，雖甚奇異，畫鬼魅之類也。依經貼傳，取之目前而求其肖，雖甚淺近，畫犬馬之類也。夫語何淺，何深，何近，何遠，凡夫之口而證聖，徑寸之筆墨，而傳千百年之精神，模形賦象，畢肖而止，政復辨才，蓋世幽想□朝不易辦矣，而世概以淺近忽之，略不省嘗不可解詰之語，並其耳目頭足多寡橫豎之數，而一以意為之，此不亦最易可笑恥乎？而世或為其所欺，轉相高也，以可相欺，代不必賞，而走其便易，夫非人情乎？文之弊而不返，何惑乎？雖然世有志士，必不背聖諦而逐鬼趣，有明眼人必不白畫蒙魘，吾為世道憂之，久堅持其論，為士友懲曰庶幾瘳此者，一二有志之士遇乎？」當今為文者拋經棄傳，以不可解詰之語互相高下，如同畫鬼魅一般，雖然奇異，空洞無物，有志之士應該「必不背聖諦而逐鬼趣」，「必不白畫蒙魘」。所以，要改變這種空疏士習，最根本的辦法依然是「依經貼傳」，例如他評好友戴君之文曰：「緣題發，緣思遣格，緣格伐詞，遍讀之未見有不可解詰者，而春容和靜，實深以遠，竟以是魁兩闈矣。觀君之所以遇，與上人之所以收，君文之正體，宜不戒明焉？」〔註43〕以此作為「正文體」之計，方可矯正文敝。

（二）正本清源，改革文弊

關於如何改革文弊，無論具體技法還是創作原則，前人已經論述太多。湯賓尹強調三點：言之有物，遵循法度，古為今用，這是針對當今文弊之良藥。

首先，言之有物，言之有理。言之有物這個觀點自古以來多有論之，八股時文雖然依經貼傳，從經義義理出發，看似與社會生活隔閡，但是時文作為文章之一種，也必須發自性靈，表現自己對社會生活的觀點和看法，果能為之，也不失為矯正時文空疏弊病的一劑良藥。湯賓尹說：「古之君子未有無具而空言者也。或身所跋履，手所擘畫，徐理之以紀成事；或意識所到，器具所懷於乾坤，界壤問別，有領略而猝不得試，迸而筆之於書，藏之名山，以俟知己。徐理之以紀成事者，如禹貢周官，管氏乘馬地員等篇，千萬年胸圖宛然在目，

〔註43〕湯賓尹，《睡庵稿》卷三《戴會魁稿序》，第55頁。

前人之功業，後人之文章也。藏之名山，著述者皆託焉，申韓荀賈，治安兵事，鹽鐵諸說，長言短言，採而行之，焯然見效，前人之文章，後人之功業也。平生未有獨得獨領之趣，至鬱浮而必吐，亦未有獨創獨濬之奇，可鼓掌以疾書，而掉筆弄舌，接應人於誦生詠死之間，如今贊銘贈記之為焉者，豪傑之士必有所不屑。」「管子曰：飛蓬之問，不在所賓，燕雀之集，道行不顧。生而無益於世者，燕雀之屬也，無為貴生也；言而無益於世者，飛蓬之屬也，無為貴言也。」〔註44〕在《選歷科程墨漫書》中湯賓尹還說：「先輩文絕無潦草結者，或通括行文之意，或於本文外別立一意，寸幅之中精神倍出。今士……心與手俱無，余欲索之行卷，而受木者絕已少矣，容頭過身，不顧其尾，獨一文事哉？聶聶厭厭、枯散緩瘠之狀所在而是，獨一文事哉？剞劂之道大興，時文彌甚，每一科卷子出輒數十副橫行稍檢之，踳駁迭見，欲存其雅馴，而不接於耳目者仍多，雖復孔氏安所盡得十五國之風，別其大小雅而刪定之。漢以前之文患少，災於火也；今之文患多，災於木也。雖然木者，火之母也，母不旺則子不傳，故與其去也寧存。」〔註45〕自古以來，為文必須言之有物，或者抒懷，或者敘事，或有獨得，或有獨創，或者藏之名山，或者傳之後世，都是「言而有益於世」之文，否則如同飛蓬，轉瞬即逝。先輩作文，態度嚴肅，行文立意，遣詞造句，絕不敷衍行事，所以多有精品。而當今士子心術不正，時文寫作不過科第之媒介，態度敷衍，功利心太強，所以文多而雜亂，絕少精品。

　　第二，超越法度，熟能生巧。湯賓尹屢次將舉業與唐詩相比：「四股八比之制與五言八句等俱一代收士之律也。選體歌行絕句之類，人各以其資材為之，滿縮縱橫，單行累幅，取境之便與趣之所極，雖聲調宮商微有出入，不害為瑜，故每得以自伸其筆，今之好拈小題者是也。至五言受律，四十字之中置一瑕字不得，今之大題類之。李賀、盧仝、西崑、長慶諸家，刻腸決吻，各造峰嶺躋之，王孟座中，未免憋退，即王之去孟，亦尚在聲色有無間，然世厭襄陽，老布衣不解其奇，亦今文正變之例也。」〔註46〕律詩五言八句與時文四股八比，本為前承後繼之關係，確多有相似之處，雖然律詩多有法度，但有唐一代產生諸多名家，此乃當朝舉業之楷模。

　　湯賓尹認為有法度束縛不要緊，關鍵是熟能生巧，化法度於無形之間：

〔註44〕湯賓尹，《睡庵稿》卷五《韓衢州集序》，第88頁。
〔註45〕湯賓尹，《睡庵稿》卷六《選歷科程墨漫書》，第96頁。
〔註46〕湯賓尹，《睡庵稿》卷四《睡庵大題選序》，第75頁。

「讀千賦則善賦，觀千劍則曉劍，應制之文非必盡善，繩尺矩矱具在也，又發之以一時之靈心，為終身饗受之地，後先取高第者，非必宿名盛氣，制義固可復也。操觚之子驚絕其所不能，曰期之必至，於是厭薄其所易與，曰敲門磚，子即此亦云足矣。諺曰：習伏眾神。巧者，不過習者之門。」〔註47〕雖然舉業如同敲門磚，士子頗覺容易，但是要想將法度運用無痕，並非易事，唯一途徑即「熟能生巧」，多加練習，自然能運用自如。在《蘿縣閣社義序》中他說：「人之精神著於面，寄於舌，於手為文章。眉居衡鼻居，從萬人之所同也，聚萬人之面而索一同圖不可得，此亦造物之大巧也。一語也，同事同情脫於兩人之舌則兩，十人則十，付之手而行之牘，數字之題，尺寸之幅，聚萬人於日中，責一行數語之同訖不可得，此亦人心之大巧也。伸鼻上頂，勒眉下目，易從橫之位而錯出之，可謂人乎？顴偶瘤，欲擢天下之衡，頰偶思，欲鑿天下之頷，慕倉史目，人增兩眶，跂陶聖眉，日施重采，以一文字相繩天下，無萬豪傑而疆之，同其悖謬，何以異？……造物人心之變累景疊研，既吾安敢以吾所不能為格天下士也？」〔註48〕造物之大巧如同人心之大巧，千人不同面，千手不同文，雖然文有法度，但是法度千變萬化，在大家手中開合轉變，如同造物天工，無跡可尋，所以如果以一成法來衡天下士，如同要求千人一面，何其荒謬。為文者亦然，遵循法度，化有法為無法，則天巧生焉。

　　第三，古為今用，合二為一。自「以古文為時文」出，如何用古，如何擬古，一直是時文作家的一塊心病，湯賓尹認為：「以古之書御今之世，某人酷似某人，某事依稀某事，脈理相對，應手即除，其不善用者泥古，方以殺人者耳。」〔註49〕這是擬古之人必犯之錯，「館課今文也，非必古，而非深於古者為之，則不長經生之語可知矣。跂其衍腐載薦法筵毋論，人愧我，我乃內愧，然而古焉者，非一躒登也。今之於唐宋，若而時周秦，又若而時旦暮，之所未嘗，而或才焉？或志焉？寄徑於棘刺，而刻跡以潘，吾畢世之拔邈於一曙乎，此不然物也，余嘗以是憎為今者矣。矧語於古館課之為也，法在今古之間，循之可見鍾鼎，而意不離匏匭，要以仍其本業毋邊棄，故則上人之深教也，海內大已諸兄弟以其初力開登古之塗，且人而張幟焉？而留微於今，將征夫

〔註47〕湯賓尹，《睡庵稿》卷六《選歷科程墨漫書》，第97頁。

〔註48〕湯賓尹，《睡庵稿》卷六《蘿縣閣社義序》，第105～106頁。

〔註49〕湯賓尹，《睡庵稿》卷二《駢志序》，第47頁。

操翰之士，寧居其未嘗，無居其不然，不亦茂乎？」〔註50〕「往天下好為奇俶詭異之文，予守以靜正，一語一字之出入法表，不敢厝也……善琴者不由譜入，善書者不由古入學，一先生之訓局，故步而錮靈心……」〔註51〕。循其故說，尺步繩趨，封錮靈心，只能事與願違，湯賓尹認為正確的用古應該是「古文之古，今文之今，合而為一」：「凡物所貴於古者，搏其氣韻而已，筆墨形象無取焉……吾與子論今，夫孰非今也，雙股八比今也，版章碣頌記今事說今人，尤之今也。吾與子論古，夫孰非古也，韻言而詩，雜言而文，古也；經書之義代賢代聖，尤古之古也。贋古者曰：選體不宜使魏晉以下事，律體不宜使唐以下事。嘻，吾業生於吾明矣，吾自為選而非以古選，吾自為律而非以古律，下上天地，何事不可使，則盍反而嚴之制義，堯典禹謨也，宓畫也，何哉？俯拾五三以下語聖人大賢之意，若曰何哉？旁漁老莊韓列諸非聖之書而以為奇乎？且子好古乎？所謂古者，不嘗新乎？舉目見日，誰言今日不如古日之曜？著足成壤，誰言今壤不如古壤之廣？子之於今文也，猶欲以古用也；吾之於古文也，直欲以今用也。」〔註52〕真正深知於古法是不會拘泥於古法的，古今之間，法脈相沿，但時以代變，並不是說今天的月亮不如古代的圓，今天的土地不如古代的廣闊，古今是相對的，今之視昔如同後之視今，學古不能擬古，更不能拘泥於古，而是「搏其氣韻而已」。學古要學古人之精神，古人之神采，古人之方法，與今日之人，今日之事融合起來，這樣才不會為古所拘，才能古為今用，合二為一。

四、衡文標準

湯賓尹在《歷科鄉會程墨序》中談到：「閱文之任百於作，難亦倍蓰之。」〔註53〕考官主司閱文比士子作文要難上百倍，其中的厲害性十分重大，如果主司隨意閱文，會導致有才之士不能仕進，也有可能錄取庸碌無為之人，為國家造成損失。所以如何衡文，或者以一個什麼標準來衡文，也是歷來主司士子爭論的焦點，幾乎代有不同。隆、萬時期，士風趨向華靡空疏，湯賓尹提出數條衡文標準，為有司閱文和士子作文提供參考。

〔註50〕湯賓尹，《睡庵稿》卷四《館課序》，第 67 頁。

〔註51〕湯賓尹，《睡庵稿》卷五《東山近藝序》，第 87 頁。

〔註52〕湯賓尹，《睡庵稿》卷四《朱康侯稿序》，第 70 頁。

〔註53〕湯賓尹，《睡庵稿》卷四《歷科鄉會程墨序》，第 74 頁。

　　首先，「不以成敗論英雄」。湯賓尹以自己為例：「漢穎蕭先生往每逢人，必指目余曰：某子異才，每一文出，必曰第一。辛卯見余試卷，急曰是必第一，已而不中，人皆笑之，先生曰：子有手在，我有目在，必無改弦，知不落第二也。」〔註54〕畢竟科第舉業跟功名富貴聯繫在一起，有諸多限制和束縛，是否中式並不能作為評判文章好壞的唯一標準，並非中式的就一定是好文字，不中式的就是不好的文字。在湯賓尹看來，只要是出自性靈，文章內容與技巧渾融一體，就是好文字。在《選歷科程墨漫書》中，湯賓尹說：「有必不可倖之聲光，百事可假，而寸心獨出之文章不可假也。有必不可誣之功名，百物可販，而萬目齊瞪之大科不可販也。」〔註55〕在《何象明稿序》中也說：「雨者，天之大利澤也，萬物之所養也，然而至於此者，則不德豈惟匪德也，且怨害甚。昔人論文譬之水風，以為此二物者，非有求於文而文自生，此天下之至文也。夫無求於文而文生者，順流披拂，若驟若馳，狀態悠然，故文稱焉。設以淫潦橫逆之衝，怒颶抵迫，萬揭號呼，此亦水風相遭之不善矣。故凡吾之所貴於文者，情與景，傳觸幾而徐應之幾得，則言之短長，無不中格，聲之高下，無不成響。」〔註56〕天下實物皆可作假，唯獨文章和科第不可作假，作文要像風生水起，自然而然，無求於文而文自生，情景交融，逸趣橫生，方為天下之至文。

　　其次，不錮於成法，注意雅俗之辨。湯賓尹說：「余所睹近代聰明之士……不堪受法，不得已而託於詩、於禪、於酒，本以消耗其肮髒不平之氣，迨其託而逃也，自以為身在世外，無復顧忌，嬉笑罵弄，勢益狂張，造物者遂不得不以法收之，其或流落崎嶔竟以無耦，彼唯不肯受世乃墜世中，其不為法，使正其自為才俠者也。伯倫以彼其人一吞吐、一點畫，無不緣法而趨要於大雅，何論篤行，其以出入人世，周遊貴賤之間，無之不宜矣。」〔註57〕董其昌也說：「山谷嘗為子弟言，士生於世，可百不為，惟不可俗也。宋人之以為不祥也，俗也。侍御公之結集也，醫俗也。世有不俗者，定不作書畫觀矣。」〔註58〕當今士子為文一大弊病就是子史禪道、方言俚語無不入文，給人雜亂粗碎

〔註54〕湯賓尹，《睡庵稿》卷四《雨生近義序》，第63頁。

〔註55〕湯賓尹，《睡庵稿》卷六《選歷科程墨漫書》，第97頁。

〔註56〕湯賓尹，《睡庵稿》卷四《何象明稿序》，第66頁。

〔註57〕湯賓尹，《睡庵稿》卷二《燕石齋小草序》，第37～38頁。

〔註58〕董其昌，《容臺文集》卷一《蘇黃題跋序》，《四庫全書存目叢書》集部第171冊，濟南，齊魯書社，1997，第259頁。

之感，於是主司強調法度，企圖以法收之，湯賓尹認為在求法的同時也必須注意格調高雅，千萬不可像黃山谷一樣俗不可耐，即「無不緣法而趨要於大雅」，此乃作文衡文之又一標準。

第三，講究法度的同時，還須出自性情，講究意趣。湯賓尹多次將作文與就醫問病相比較，他在《西山雜詠序》中借友人口說：「世所傳種子方皆誤也，人之五情六脈各有病處，但按其虛實調之使平，法自宜子焉？有執方待人，以人就方者乎？」看病不能拘於古方，要根據病人實際情況作出診斷，為文也是如此，「昔有醫者之言，醫，意也，意之所解，口莫能宣，虛設經方，何益於用？余謂人苟自得於意，觸目觸口皆中脈趣，其於神醫何殊？無特然有主之衷，與突然相感之會，捃句拾畫，連續篇章，損費紙墨，猶之不善切脈，而徒抄襲方書，博安藥味，以庶幾一物之倖其費人不既多乎？」〔註 59〕在《秦華峰先生倚雲樓集序》中也說：「今之為文者，遠黨古人，依採隻字，近復鄙薄題贈紀序一切應酬詩文，云非吾業也。夫舉目辨景，舉足置形，朝朝暮暮之間，吾我轉換，孰非酬應，孰非文章，借事於今而非今也，授詞於古而非古也，窅然默然之時，性情必有所寄，吮毫研麋之際，意響必有所尋，殆其一語出一牘成，詞還古，事還今，而吾性、吾情、吾意、吾響，必有不還者，斯千百年而如在昔。興公賦天台以示人曰：卿試擲地當作金聲。今讀賦中語，大要寄其體靜心閒、超然遐想，而所屬於臺者，自赤城霞起瀑布飛流外數語耳，使今人為之搜索殘晬，排比名象，必更加富也，要其極一中手畫人而止，安在其有聲乎？秦先生平生著作直攄性情，不規規一字一句，爭古者之為故足術也，而說者猶謂穉於前人，夫矜偽不長，蓋虛不久，有如今人之效古先生唾之耳。」〔註 60〕不拘泥於成法，觸意得趣，為文則猶如神醫看病，以人求方，水到渠成，生鮮靈動，直攄性情，意響可尋，不規於一字一句之間，方為妙文。

第四，講究文境。湯賓尹曾回憶自己的舉業之途說：「我行年五十矣。八歲治書為舉子文，十年而庠，十年而第，二十年間腐心粹掌，文字之變庶乎無境不窮。今離舉業想又二十餘年，此二十餘年間，崎嶔歷落身界目界，橫極宇宙之所未曾計，所為文字之變亦略與世變。等蓋吾出內朝野尋廻章牘，忽忽泛泛幾不自攝。偶薛進士未刻稿若干首授自吳學博所，三復之恍然，腐心焠掌之日，

〔註 59〕湯賓尹，《睡庵稿》卷二《西山雜詠序》，第 38 頁。
〔註 60〕湯賓尹，《睡庵稿》卷二《秦華峰先生倚雲樓集序》，第 37 頁。

得所為故吾者也，文之境差數萬狀，豐者、瘠者、釀者、澹者、侈者、弇者、罍者、疏者、噪者、嘽者、平者、橘者，其善皆可以架厲區域，其不善悉歸外道而已。」〔註61〕四十多年的舉業生涯幾乎窮盡文字之變。文境萬狀，略與世變。但當今士子為文卻文境淺顯，弊病甚多，湯賓尹說：「時文，舉子之職任也。賈趍虛，農力田，託生命於其中，精神筋力，必無遺委。開賤斂貴，抱母徵子之法，雖有范伯不精於時賈也。深耕疾穋，養兄去弟之法，雖有后稷不精於下農也。遠科名之地，去括帖之場，櫛比句讀，嘗試而謢為之，雖高賢大人知不能與措大爭工。雖然課任於舉子，而時文之境淺矣。經書者，聖賢精意之所幽寄也，疏傳訓詁去之已遠，童子裁入塾，父師盡以此迷昧之，陳物宿於胸，不可復鮮。夫既以挾冊圖遇合矣……日夜思以其道，控揣貴人之耳目心志，惟恐其不我好也。委廬隘巷之與處，寒賤之與遊，不逢異人，不讀異書，鴻奇高壯，邃遠浩淼之思未有以動焉，此三者皆舉子之局陳也，故時文之境必至於離舉子而始深。今之作者動稱毗陵，吾聞毗陵早第所傳佈人間諸義，皆其田居論道時為之，然吾自離舉子以來，不敢復拈一題，吁，亦其難也。」〔註62〕士子為文多依經貼傳，而疏傳訓詁之類本來離聖賢之意已遠，而童子從入學開始，夫子以此教學，詞調更趨腐爛，加上士風影響，士子為文多從程文墨卷入手，經義疏傳皆不入眼，不讀書，不交遊，所以文境愈淺。

　　要改變這種狀況，湯賓尹在《採真稿序》中指出：「皖有客卿吳先生者，弱冠揄上第入承明，以文章名天下，久退而兀棲一室，盡繙內外諸經，所為宗論釋論性善諸書，既已抉三聖人之藏昭融異同矣。間以暇治舊業，稟經以制式，酌雅以賦言，理之淵泓，韻之華綺，離舉子而為之不能，舉子時為之固必不能也。所謂百家騰躍，終入寰中者乎？吾嘗妄謂時文一道無處著書，然非盡讀天下書，無由措字也，無處著事，然非盡更天下事，無由措思也。身世之概不謂不歷矣。楗門讀書一案，吾愧吾客卿先生甚也，於此道將終廢焉而已乎。」〔註63〕在《薛進士四書義序》中還說：「昔聞養生之言，調氣者以肩息，而舒以關息，而衍以踵息，而還肩息踵息，下上通流其要乃在致氣於關，徐出徐人，鴻毛不驚，文之妙境有似此者。數十年不逢此文境久矣。君之人如其文，廣德之治如其人，予倦且戀，擬斷文字之緣，覓性命之訣，夫予所得

〔註61〕湯賓尹，《睡庵稿》卷六《薛進士四書義序》，第 106 頁。
〔註62〕湯賓尹，《睡庵稿》卷六《採真稿序》，第 106～107 頁。
〔註63〕湯賓尹，《睡庵稿》卷六《採真稿序》，第 107 頁。

於薛君者，文章政事而已哉？」〔註64〕因此，從有司角度來看，士子們要想文境深厚，必須讀盡天下書，方能稟經制式，酌雅賦言。另外還要借鑒養生之術，打通關脈，上下協調，那麼自然文境厚重，渾然天成。

第五，流韻在筆墨之外。關於「言意之辨」，歷來作家辨析較多，此不贅述。時文寫作固然敷衍經傳，發揮義理，但是自正、嘉以來，古文筆法多入時文寫作，特別在隆、萬時期，古文時文趨於合二為一，追求言外之意、韻外之致也成為有司衡文的一大標準。湯賓尹在《鄒臣虎稿序》中說得比較透徹：

予曰：固也，文尤非文之所能盡也。夫文非文之所能盡，何居經書之章句，則聖賢之文矣。孔子解仁為人，而孟子解仁為人心，增一心字，固不若直指為人者之親切也。孔子偶言性相近，而孟子顓言性善。有善之說，斯有不善之說，有善惡混之說，固不若相近之虛圓也。一人之言，重脫於一人之口，為富為仁，速貧速朽，識趣差別，其懸已甚，況今之制舉業乎？以功名富貴之凡心而擬聖諦，以尺寸之幅而馳驟，神聖以來，千百年之精神於此中，妄置一語，累劫拔舌於此中，堪就一語，當下舌墜矣。予談無弦之琴，無聲之曲，無字之文，筆還筆，墨還墨，義成之際儼如故紙，而人以為謎也。凡情之往竭於思，聖意之來迎於息，思還息轉而語徐吐焉，此其境直在語無語、字無字之間，政使聰明英特之士傾橐為之，手口俱盡，寧復留人以餘乎？年來與臣虎神交，各挾獨往之思，臣虎領解時讀其文，間未免有英氣，此忽何自鏟華戢景，每義所就，流韻在筆墨之外，若不欲設一語然者，知臣虎意響所在也。臣虎別有文心，非文之所能盡，然甲乙名之數，亦足以觀矣。往讀長公琴詩曰：若言琴上有琴，聲放在匣中，何不鳴？若言聲在指頭上，何不於君指上聽？嗟乎，琴無弦，聲在指，彈不以手，聽不以耳，通斯解也，而文章之道思過半也。夫微臣虎吾誰與微言。〔註65〕

時文如同詩歌、古文一樣，也是「言有盡而意無窮」。言是不能盡意的，大音希聲，大象無形，無聲之音方為至音。湯賓尹在這裡也談到了無弦琴、無聲曲和無字文，這都是藝術的至高境界。時文雖然闡發聖賢精義，但是如果能在語言文字之外有所悟，那麼聖賢精義自然不發自出。所以士子在深厚的

〔註64〕湯賓尹，《睡庵稿》卷六《薛進士四書義序》，第106頁。
〔註65〕湯賓尹，《睡庵稿》卷四《鄒臣虎稿序》，第69頁。

積壘之上，如果能悟到「琴無弦，聲在指，彈不以手，聽不以耳」這個道理，那麼文章之道基本了然在胸了，寫出來的文章必然技高一籌，更符合有司口味。

第六，以氣骨為高。湯賓尹認為：「凡為文者，必有文章之骨。意象崚嶒，孤來瘠往，寧與一世人違其好惡，而倔強磊塊之氣時時凸出於襟項間，此文骨也。有文章之趣，樂山樂水，吐納具有風流，非黛非鉛，淑姿生於盼倩，此文趣也。有文章之識奕抵一先不爭數於多寡，神傳河堵，毋□□於肥羸，此文識也。具斯三者以語於天下，曰文人其亦庶乎。」〔註66〕為文必須具備「骨」「趣」「識」，三者缺一不可，其中「骨」尤為重要，如同辨人，也須先驗其「氣骨」：「文章功業，人物之大凡也。欲辨人物，須於其中先驗氣骨。無氣則立為尫腐之具，無骨則什矣，雖復扶連依倚，不可支以久行。予於人賞其骨強而氣定者，於文亦然。柔筋滑脊，伺人仰俯，甚至拾所不知何從之矢，惡急舐之以為上味，文界之阨莫甚，今茲人界則今不敢問矣。」一個人如果沒有氣骨，那麼如同死屍，無法支撐行走。一篇文章也是如此，骨強而氣定，文章方氣脈貫通，筋骨分明，硬朗厚重，擲地有聲。湯賓尹評其友胡濟甫云：「胡濟甫來自蜀，與吳中士子程飛卿輩，頡頏為文，所伐構皆兩間獨物，宰自匠心，必不至連掇人一唇半喙者，崚嶒之骨法，靜定之神思，往往流突紙縹，間可搏掬。予所聞濟甫節烈自矜，寧以其身赴有義之溝瘠，不拔無義之隆□。蜀山川奇異嵯峨澒湃，郁為人文，政中原一時所著目也。」〔註67〕要達此境界，「骨法」與「深思」缺一不可。

第七，文需傳神。所謂「善作者傳神，善觀者相神」，不管是辨人還是辨文，「神」乃事物的主要精神面貌，是善是惡，是俗是雅，在「神」的統帥下，一無遁形。湯賓尹在《刪選房稿序》中對此有詳細論述：「問者曰：苦而不甘若何？曰：苦則甘矣，不甘非苦之極也。曰：以若之功力試之人，人可必效乎，曰可。曰何可也？曰：心統於靈，靈統於聖，彼亦一極也，此亦一極也。作者立聖人於其前，如或見之，觀者立作者於其前，如或見之，神者相告也。夫善不善則吾不敢知，苟其逢也，未有不以神相告，吾見希詭一至之說有不達者矣，未見統於聖者之有齟齬也。問者曰：竟子之論則亦齊矣，曰：不齊者，神未極也，神所以齊也，聖所以齊，其不齊也，歷萬年周八方而永無隔

〔註66〕湯賓尹，《睡庵稿》卷六《齊進士稿序》，第100～101頁。
〔註67〕湯賓尹，《睡庵稿》卷六《胡濟甫就正稿》，第94頁。

者，其惟神乎？」〔註68〕心統於靈，靈統於聖，所謂代聖賢立言，為文者漸入妙境之時，如同聖賢立於眼前，就是因為聖賢之「神」傳之後世，千古不滅，所以善於作文者，傳其神而已，時文代聖賢立言，尤其必須如此。他在《張象先四書義序》中說得更加明確：「今寫照之家字曰傳神。文章者，傳聖人之神者也。人之有神，如花之香，水之味，月之光，形於口不可下一語也，而可形於手哉？寸穎尺幅之用，鉤摭字句，雕繢滿眼，吾之神不知於何遣泊，而曰前人之神在，是吾不信也。有試畫者以古詩為目，嘗命『踏花歸去馬蹄香』，諸名手遞進無當者，其一但於馬後作數蝶相邇，試者遂亟獎賞。徐熙之畫，意不在□，有真似者也；張吳點畫離披，手纏一二，舉神□備應，筆不周，而意已周也。古今文人之工於文，忘歲月廢寢餐，幽思密緻，恍然所為聖人者，立乎其前，與之相酬答，吞吐之間，息息皆調，此外欲復攙入一語，自不可得矣。意在筆先，筆盡而意不止，文之神理與畫相類。而近世率以才情從事，至於舉業一道，傾心力赴之，解此者益鮮。」文章者，就是傳聖人之神者也。雖然「神」看不見，摸不著，如同水中花、鏡中月，無從著手，但是文之神理與畫類似，不求形似，但求神似即可。這就需要聯繫前面談過的「意」和「象」，意在筆先，筆盡而意不止，「神」乃出焉。由物到「意」到「象」到「神」，這個過程不需要太多的才情，能「悟」就好，能悟出句外之句，字外之字，這就是「神」，所以「文而惟意之求，高才奇情自可不用」。〔註69〕

第八，辨別平奇。萬曆以來，士子好奇已是不爭的事實，新奇花巧、空疏狂躁之風愈演愈烈，「今科舉家言平言奇，張甲李乙，若相鬩然。予謂國朝二百餘年不見何物能奇，獨臨川舊槁本在耳，毛取一二宿食，登之席豆而曰好奇、曰詈奇，以溺自照，不愧醜哉？」〔註70〕但士子對於什麼是「奇」，應該如何追求「奇」，卻不甚了了。對於「奇」「平」之辨，湯賓尹作了詳細解說。

湯賓尹說：「文猶食物也，宿則不可以薦，故天下務為鮮奇之文。鮮奇之文又非剪刻花鳥，搜剔神鬼，駴心驚目者之為，有靈氣焉。嘿，行於悲歌節奏之中，而別出於聲音笑貌之表，即之實與人近，而舉之令人自遠，易名代字而疆傳曰鮮奇，亦吾所不許也。吾鄉陸伯子砥如與諸名士共結社龜峰上，予

〔註68〕湯賓尹，《睡庵稿》卷三《刪選房稿序》，第51～52頁。
〔註69〕湯賓尹，《睡庵稿》卷三《張象先四書義序》，第57頁。
〔註70〕湯賓尹，《睡庵稿》卷三《王觀生近義序》，第60頁。

得而縱觀之，每屬砥如文，頎秀疏越，旁魄陰煙，有英英泠泠之致，似其文心有以異乎人者之靈心，各無所不具，眯以童子之訓詁，薄士之坊刻，一陷其中，不可復脫，故無緣以自見其靈，閱砥如文足一洗也，天下之陷人不可復脫，而自失其靈者，獨一文事乎哉。」〔註71〕湯賓尹認為文章有如食物，好鮮求奇，皆人之本性，但是作文畢竟不同飲食，不能單純翦花刻鳥，搜神剔鬼，易名代字，而必須參之靈心靈性，使文章真正生動活潑起來，這才是真正的「奇」，奇而不失其靈則為真「奇」。

眾所周知，「奇」與「平」是一對相輔相成的概念，「平」與「奇」是相對的，沒有絕對的「奇」，也沒有絕對的「平」，能否將二者在文章中靈活運用，也是評判文章的一大標準。湯賓尹認為：「奇之為言奇也，奇對平，奇對偶，天下之奇物不可以數於世，數於世則多偶，失其所以勝，而生天下厭薄之心，故有志之士吾不欲其為偶，而操必無偶之志，與其學奇不若學平也，平則無可偶之跡，而大奇出焉。」〔註72〕「文之平奇皆善物也。作者不能平，相與騎重奇，夫重奇者非真奇也。靚妝冶服，觀者滯目焉，西子即洗妝美矣。當其景傳神合，標妙義於目前，吐微言於胸內，人人若意所欲出又意所不到，亦足極人文之致矣，何必奇？政何嘗不奇也？」〔註73〕「奇」可以對「平」，也可以對「偶」，學「奇」不如學「平」，「平」則無可「偶」之跡，則大「奇」出焉。所以，單純的求「奇」反而讓人懣目，令人生厭。相反，若景傳神合，義蘊混融，看似平淡，反而大奇至焉。這就是平與奇的辯證關係。在《刪選房稿序》中湯賓尹說得更精闢：

> 往者之牘常陳矣，信師說守，故規有常儀的也。今學子之競異詔令之數新，無常儀的也。彼曰禁奇，此曰愛奇，此曰厭平，彼曰尚平，將奚準也？有喉不以直吐，有足不以直步，平而不平，奇而不奇，將奚適也？問者曰：今之文多態也，世多才與猗其盛與，曰嘻聲日曼矣，力枯瘠矣，氣以薄矣，奚其盛，奚其盛？曰：子之所謂盛善者，可得聞與曰奇也，吾有取焉，問者慎而前曰子欺我也。曰觀子以牘踔子史，躡老禪，眾驚異之，子曾不以昫，亦嘗既子之

〔註71〕湯賓尹，《睡庵稿》卷五《陸伯子元兆閣草序》，第82頁。
〔註72〕湯賓尹，《睡庵稿》卷四《四奇稿序》，第75頁。
〔註73〕袁黃著，黃強、袁珊珊校點，《遊藝塾續文規》卷七《霍林湯先生論文》，武漢，武漢大學出版社，2009，第251頁。

牘矣，庸庸耳無奇，而子曰貴奇，是子欺我也。曰吾之所謂奇非子
之所謂奇也。物不世見命曰奇物，事不數經號曰奇事，有一無兩奇
之至也，私嘗謂一目之立必有一義，破止一破，承只一承，此名為
奇？若復可另架一局，另鑄一意，另匠一詞，此名為偏，不名為奇。
曾言為曾，思言為思，孔言為孔，孟言為孟，各不相借，此名為奇？
若復學義似庸，論義似孟，此名為通，不名為奇。今有華人而儶言
太人，而襲小兒百綴之衣，富人也，而拾鄰之殘豆以為飽人，必曰
是有廇疾矣。今以代聖代賢之筆舌，而僅爭佛老子史之殘，有識者
識之必曰：是有廇疾矣。子之所謂奇，其有廇疾者也。問者曰：奇
若是也，平則奚若？曰：證聖者至奇也故至平，無平也故無奇，其
次能言自胸之所欲言，出之條達則亦平矣，能言其所欲言，則亦奇矣，
子之所謂平奇分言之，我之所謂平奇合言之。〔註74〕

湯賓尹認為要明白「平」「奇」之辨，首先得明白什麼是真正的「奇」。真正的
「奇」並非標新立異，並不是說另鑄新意、另架構造、詞采絢爛就叫「奇」，
也不是說以《論語》論《中庸》，以《大學》談《孟子》就叫「奇」，更不是以
佛老子史、方言俚語入時文就叫「奇」，這些充其量只能叫「偏」，叫「通」，
叫「廇疾」，而不能叫「奇」。「平」和「奇」的關係應該是「至奇也故至平，
無平也故無奇」，「平」和「奇」不能分開論述，而是應該合二為一，平中有
奇，奇中有平，並且要言所欲言，條達通暢，是為真「奇」，所謂燦爛之極，
歸於平淡是也。湯賓尹評湯顯祖文有云：「制義以來能創為奇者，義仍一人而
已。吾嘗牘義仍曰：公制舉文不可無一古文詞，不能有二，然聞義仍課子，但
取天下之至平，如我輩者而轉自諱其奇也。吾每入闈必薦得一二奇士，如戊
戌阮堅之自華，丁未李能始光元孫子薈谷，庚戌丘毛伯兆麟王永啟宇郭季昭
澆，姓名皆驚海內。今海內盛行毛伯文，後生小學案頭皆是，吾慮夫學奇者
無已，奇變為偶，而奇物轉失也。急呼振曰：好毛伯文，非我輩不可，因取素
所賞絕加繩譖焉。建昌朱璽來自義仍所合李孫王數存稿授行之，以告學人，
使知夫出於奇者，必有諸子之材，諸子之學，而後可倉頡作書，龍藏鬼哭，盡
占書之人，而欲邀異倉史，則吾不知矣。」〔註75〕天下之至奇乃天下之至平，
湯賓尹認為制藝以來能真正為「奇」之人，只有湯顯祖一人而已，此評論實

〔註74〕湯賓尹，《睡庵稿》卷三《刪選房稿序》，第 50～51 頁。
〔註75〕湯賓尹，《睡庵稿》卷四《四奇稿序》，第 75 頁。

高，亦可作為「奇」之參照。在評太乙卷時他也說：「予得太乙卷，浩博奇妍，似長於縱橫者以其才而亟收之。然予平居論人，意遠情真，貴在筆墨之外，不欲以才見也。取太乙舊語視之，平蘊而徐引，落落焉，庶無呈妍逞博之態。嘗見以為今人之雄，急射名而好嘩眾，不問雅俗，羅而為奇，及其卒然之試，時不暇鍊而雜出，益以見穢，而得氣易涸，多應則更貧；又間者，聞禁而始易步以徇之，失其故矣，是以兩歧俱廢。以太乙其才，使不能力自洗削，豫以磨折其雄，而徒自矜也，縱而出之，豈有既乎？伏抑於素持，滿而始發，太乙可謂善用才也。今好太乙卷者，必以為勝舊語，夫合兩者觀之，而文之變始見。為才士者宜有以自處矣。」〔註 76〕真正的「奇」並非以才現，意遠情真，意蘊無窮，文不難而自奇。

　　那麼如何來獲得這種「奇」呢？湯賓尹說：「至愚必專，專則極，極則靈。吾嘗試之矣，自我少時觸而滿意，縱而疾書，蓋亦易之矣。尋復之十餘年，而始覺其難也。每拈一目焉，舌若撟，眶若曨，形若槁木，胸若鐵壁，持目迷茫，不記何冊，俄而一線微沖，駁雲穿隙，須臾之頃，劃然開豁，窮天窮地，目前歷歷，盡世所有都如可攝，及亟趨而赴之，障焉忽失，世之所有與胸中所了，可擾入者，復無一物。返吾盛氣，轉掉微息，已乃伏首徐書，一若吐出，作無所作，說無所說，及義之成也，檢而眠之，儼如故紙，不著一墨。蓋方其少而易之也，食頃可三四義，後乃竟數日夜不就一義，後乃不就一語，環牘數朝，面目陷隤，形容黧黑，當此時，不知舉業之為舉業也，人之我許我詈不知也，終我之身逢與不逢不知也。此亦愚之至也。……愚者如此，智可知也，然非至愚，恐其以聰明從事而不必專極。」〔註 77〕也就是達到「赤子之心」，滌除乾淨，心無阻擾，甚至形容枯槁之時，達到萬物皆忘，不知我為舉業、舉業為我的狀態時，就是寫作的最佳境界了，「奇」也就不求而自至了。

　　其實說到底，衡文標準也是另外的創作原則，無非是從有司這個角度來評判什麼樣的文章更容易中式。所以，在當時文病縱橫的情況下，士子除了明確時文寫作的一般要求外，還需深知有司之好惡，畢竟，時文寫作的最終目的是中式。雖然有司的某些好惡或有偏頗，但舉子之作文和有司之衡文大體上還是與文風士習的總趨勢是一致的。

〔註 76〕袁黃著，黃強、袁珊珊校點，《遊藝塾續文規》卷七《霍林湯先生論文》，武漢，武漢大學出版社，2009，第 251 頁。

〔註 77〕湯賓尹，《睡庵稿》卷三《刪選房稿序》，第 51 頁。

第二節　公安三袁的八股文批評

一、公安三袁與公安派

　　文學史上的「公安派」是一個以地域命名的文學流派，主要成員以公安袁氏三兄弟為核心，前承徐渭、李贄、湯顯祖等人，後啟江盈科、陶望齡、黃輝、梅守箕、雷思霈、陶孝若等人。公安派步入文壇之時，正是復古之風全面侵襲之時，詩文領域皆抄襲模擬，陳陳相因，公安派可謂為救治復古弊病應時而生。因此，在文學觀念上他們主要針對當時的復古派，主張創新，反對抄襲模擬，明確提出「獨抒性靈，不拘一格」的創作口號。「真」與「變」是三袁詩文理論的核心，高揚個性，以情為勝，推崇小說、戲曲等俗文學，由此提出「性靈說」「通變說」等文學理論。三袁與李贄、湯顯祖等人私交甚密，其文學思想也互相啟發，李贄主「童心說」，湯顯祖主「至情」論，三袁「性靈說」與二者前後相承。相比較而言，「性靈說」更強調情感的自由靈動與心靈的無往不適。

　　三袁的詩文創作如其理論，多通俗活潑、不假雕飾，抒寫真情真性，講求逸趣橫生。《四庫全書提要》稱「其詩文變板重為輕巧，變粉飾為本色，致天下耳目一新」。其實，所謂「性靈」即純真、活潑、自然的人性，即真的性情。不光是表面的張揚狂狷，也是心靈上的自適無礙。就是要擺脫塵俗雜物，達到心靈的通透澄淨。在文學創作中要擺脫種種束縛，顯露真性情，張揚被壓抑的情感和欲望，讓主體得到伸展和發抒。要富有獨創的個性表現，講究「趣」和「韻」。時文創作雖然不同於詩文，但是其寫作的根本出發點是一樣的，三袁也是從詩文理論的角度來討論八股時文的。

　　「公安派」的發展流脈，總的來說，從袁宗道濫觴，反對復古派，經袁宏道推揚，明確提出「獨舒性靈，不拘格套」的流派觀點，到袁中道的修正，經過了一個漫長的過程。具體說來，從萬曆十七年袁宗道任職翰林院到二十三年袁宏道任吳縣知縣，為公安派的醞釀期，核心人物是袁宗道，文學觀點主要是對復古派的反駁。從萬曆二十三年到二十八年袁宏道歸隱，是公安派的興盛期，核心人物是袁宏道，提出求新求變、張揚個性、抒發自我的文學主張。從萬曆二十八年到三十八年袁宏道逝世，是公安派的修正期，核心人物是袁中道，反思心學和禪學的利弊，文學觀念傾向於「淡」和「質」。三兄弟於萬曆二十六年結成「葡萄社」，以期更好參禪論佛。在打擊異端思想的風

潮中，萬曆三十年李贄之死應該說是晚明心學、禪學思潮的一個轉折點，談禪之風逐漸隱退，「葡萄社」成員也零星散去。隨之而起的則是東林派與閹黨之間道統與政統之爭。東林派更意欲修正禪學化了的心學思想，重建士大夫的精神家園。

袁宗道（1560～1600）字伯修，號玉蟠，又號石浦。萬曆十四年會試第一，官至右庶子。有《白蘇齋集》22卷行世，他的詩文創作多有感而發，率真自然，但多閒情逸致、談禪說理，內容較為貧乏。獨推崇白居易、蘇軾二人，取其書齋名為「白蘇齋」。錢謙益說「公安一派，實自伯修發之」。袁宗道認為文章「辭達而已」，古文講究「辭達」，學古則更應該講求「辭達」，文章則必須言之有理，要有真情實感，所以，他更推崇通俗易懂、明白曉暢的文字。萬曆十七年，袁宗道以冊封使事歸里，同時也帶回了心性之學。其後三兄弟日夜精研禪學，皆有所頓悟。袁宗道也確定了以禪詮儒、儒禪互釋的思想旨歸，他對儒、禪思想的融會貫通，也反映了晚明士大夫知識分子三教合一的思想潮流。萬曆二十五年，袁宗道選任皇長子講官，雖然此職是對其學識與德行的充分肯定，但是基於當時的政治鬥爭，他仍然如履薄冰，仕途充滿猜忌與坎坷。到萬曆二十八年，「竟以憊極而卒」。袁宗道總的來說多才多藝，書、繪、詩、文兼備，雖然其生平數遭巨厄，親人先後而逝，其個性氣質多抑鬱憂愁，但是基於長子、皇長子講官這種典範性角色的束縛，他不可能隨性而適，放任自流，在文章理論上亦有其保守的一面。《刻文章辨體序》《士先器識而後文藝》《論文》上、下等，皆是其論文名作。

袁宏道（1568～1610）字中郎，也字無學，號石公，又號六休。萬曆二十年登進士第。傳世的作品有《瀟碧堂集二十卷》《瀟碧堂續集十卷》《瓶花齋集十卷》《錦帆集四卷》《解脫集四卷》《敝篋集二卷》《袁中郎先生全集二十三卷》《梨雲館類定袁中郎全集二十四卷》《袁中郎集四十卷》《袁中郎文鈔一卷》等。袁宏道的一生徘徊於務實與審美之間，既積極入世，又追求生命的自由與自適。他從宗道那裡聞得性命之學並深浸其中，更曾先後三次拜訪李贄，深受當時啟蒙思潮的影響。萬曆二十三年，袁宏道出任吳縣縣令，因更追求生命的舒暢無羈和自適極樂，於萬曆二十五年掛冠辭職。在萬曆二十七年左右，其思想完全發生轉變，意圖從禪理的頓悟中獲得心靈的自由，至萬曆二十八年歸隱，絕世離俗，隨緣任運，登山臨水，訪禪問道，希望能獲得自由無礙的天人合一之境。其創作與理論以萬曆二十七年為界，前期倡導「性

靈論」，後期理論與創作皆發生很大變化，更傾向於「淡」和「質」。

　　袁中道（1570～1623）字小修，萬曆四十四年中進士，官至吏部郎中。著有《珂雪齋集》二十卷，《袁小修日記》二十卷。他也強調「性靈」，在反思公安派末流的弊病後，形成以性靈為中心、兼重格調的思想。總的來說，公安派發端於袁宗道，袁宏道為中堅及領導人物，袁中道主要起擴大及修正作用。中道推崇王陽明、王龍溪、羅近溪等人的禪學思想，強調頓悟本體的同時，不廢漸修工夫，其思想由「悟」轉「修」，在文論上對袁宏道做了部分修正。

　　時文領域自正嘉而來，講究機法，務為靈變，翻新出奇，極盡變化之能事，三袁出，此風遂矯。梁章鉅有云：「談元派、元度者，謂始自石城，至昆湖而大，至定宇而神，其後有月峰、九我，至丙戌而始變，袁宗道科。至己丑而更變，陶石簣科。迄於壬辰而其派遂亡，吳因之科。」〔註78〕「前明宦途非由進士出身者不貴，而進士一科非得元者不榮，故舉世趨之若鶩，至有元度元派元脈元訣元鑑之目」。〔註79〕1586 年袁宗道中丙戌科會元，此科考官為王錫爵，厭平易，喜峭刻，宗道以風格峭瘦而中式。1589 年陶望齡以奇矯得元，開凌駕之習。1592 年，吳默繼而蹈之，復中會元，袁宏道與其同科。可以說，公安一派完全改變了正、嘉以來的平正典雅之風，也改變其後學互相因襲之風，較多發抒個性與創意，求新求變。三袁就在這種文風轉折時期出道，加上王學左派的推波助瀾，在時文領域很快也形成了一股與詩文領域相伴而行的解放潮流，他們高呼「獨舒性靈，不拘格套」，用性靈解讀經義，要求有自己的獨到見解，反對盲從模擬，主張以新奇取勝，倡導自然文風。

　　鄭灝若說時文「至萬曆一變而為凌駕，再變而為蕪穢」〔註80〕。何焯說：「壬辰元卷布置原本於先儒，非若己丑之有意於奇也，人自不明理耳，惟俗調則自茲始。」〔註81〕萬曆時期的文風經歷了從「奇矯」到「蕪穢」，由「奇」向「俗」的轉變，而三袁即為轉變文風的關鍵人物。錢謙益評袁宏道云：「中郎之論出，王、李之雲霧一掃，天下之文人才士始知疏淪心靈，搜剔慧性，以蕩滌模擬塗澤之病，其功偉矣。」〔註82〕以袁宏道為例，其八股文批評也經

〔註78〕梁章鉅，《制義叢話》卷十二，上海，上海書店出版社，2001，第 232 頁。

〔註79〕梁章鉅，《制義叢話序》，上海，上海書店出版社，2001。

〔註80〕鄭灝若，《學海堂集》卷八《四書文源流考》，道光五年（1825）啟秀山房刻本。

〔註81〕何焯，《義門先生集》卷十《兩浙訓士條約》，清道光三十年（1850）刻本。

〔註82〕錢謙益，《列朝詩集小傳》，上海，上海古籍出版社，1983，第 121 頁。

歷了一個漸變的過程。袁宏道早期序文，如《諸大家時文序》《敘小修詩》等都強調反復古，反模擬，將八股文提高到與詩文相同的地位，要求作八股文也必須才學兼備、手眼各出，對八股文充滿盛讚與推崇。到萬曆二十七年即1599年，袁宏道升國子監助教後寫的幾篇論時文的文章，如《四子稿序》《時文敘》《竹林集敘》等，對當時時文文風的「新」與「奇」做了更為冷靜的思考。士子追求新奇，乃應「時勢」而變，是時代的要求，但同時也反應出士子空疏不學之弊，於是袁宏道借「時文」來強調「真」，要寫真人，寫真情。至萬曆二十九年即1601年，袁宏道歸隱後，其思想更為理智沉斂，提出「淡」和「質」的文學觀念，如《郝公琰詩敘》對時文的新奇之風有了更為客觀的認識。萬曆三十七年即1609年，袁宏道主持陝西鄉試，其《陝西鄉試錄序》總結了從洪武以來時文風格的變化，更加推崇淳樸文風。雖然對文風的看法也有袁宏道個人心理變化的投影，但也可以看出時代風氣的轉移。袁宏道成長的時代正是李贄思想傳播天下的時代，李贄可以說是袁宏道早期的精神領袖，是其為人與為文的思想準則，比如主張以自我為中心，追求個性自由與人性張揚，皆由此而來，這些是公安派諸成員的一貫主張，同時也是公安派八股文批評的核心論點。

袁氏三兄弟受陽明心學影響頗深，其八股文批評與其詩文批評一樣，皆主張「獨舒性靈，不拘格套」，反對擬古，主張創新。從其八股文批評傾向來看，他們的觀點與奇矯派相近。袁氏三兄弟與奇矯派諸人，如陶望齡、湯顯祖、吳默等人也皆有往來，其觀點也互相影響。三袁的八股文批評多集中於文集序跋中，較零散，下面從性靈、通變、人才、師道、文趣等方面簡略論之，奇矯派其他人的相關論點也一併列敘如下，以互相參考佐證。

二、「詩與舉子業，異調同機者也」──論時文地位

關於對八股文地位的看法，三袁亦承襲前代諸賢，認為八股文作為取士文體之一種，也不可小看。三袁強調文以代變，反對貴古賤今，強調民間文學、俗文學的價值，舉子業亦然。袁宏道在《諸大家時文序》中就說：「今代以文取士，謂之舉業。士雖藉以取士資，弗貴也，厭其時也。夫以後視今，今猶古也；以文取士，文猶詩也。後千百代，安知不瞿、唐而盧、駱之顧，奚必古文辭而後不朽哉？……其體無沿襲，其詞必極才之所至，其調年變而月不同，手眼各出，機調亦宜，二百年來上之所以取士，與士子伸其獨往者，僅有

此文。而卑今之士，反以為文不類古，至擯斥之，不見齒於詞林。嗟夫，彼不知有時也，安知有文？」〔註83〕今之視古，如同後之視今，一代有一代之制，一代有一代之文章，今之舉子業如同唐之詩賦，八股文體窮極才情辭調，堪當有明一代之時文。李贄也認為：「詩何必古選，文何必秦漢。降而為六朝，變而為近體，又變而為傳奇，變而為院本，為雜劇，為《西廂記》，為《水滸傳》，為今之舉子業，皆古今至文，不可得而時勢先後論也。」他將舉子業提到與詩文、傳奇、小說並立的地位，皆「古今之至文」，都出自於「童心」，都是「真」文，所以不能當成小道末技。他在《時文後敘》中也說「文章與時高下」，時文雖然都是取士之文，但是未必不能「行遠」，相反，只有能「行遠」之文，才可以取士，「國家名臣輩出，道德功業，文章氣節，於今燦然，非時文之選歟？」就是此理。

袁宏道在《郝公琰詩敘》中明確提出：「詩與舉子業，異調同機者也。唐以詩試士，如《桃李不言》《行不由徑》等篇，束於對偶使事，如今程墨。然而集中所傳，多奇行卷贈送之什，即今之窗課也。今代為詩者，類出於制舉之餘，不則其才之不逮，逃於詩以自文其陋者，故其詩多不工。而時文乃童而習之，萃天下之精神，注之一的，故文之變態，常百倍於詩。迨於今，雕刻穿鑿，已如才江、錦瑟諸公，中唐體格，一變而晚矣。夫王、瞿者，時藝之沈、宋也；至太倉而盛，鄧、馮則王、岑也；變而為家太史，是為錢、劉之初；至金陵而人巧始極，遂有晚音，晚而文之態不可勝窮矣。」〔註84〕唐之詩賦對偶連珠、行卷贈送等特徵如同今之程墨與窗課，而舉子業乃童而習之，方能集中精力，兼備各體，但其行文之抑揚開合卻百倍於詩。時文創作從正德、嘉靖以降到今日，由恪遵傳注變為巧豔之極，如詩之漸入中晚唐，所以舉子業於明如同詩之於唐之地位。

三、「獨舒性靈，不拘格套」──論性靈

受心學影響頗深的三袁都講究文章從心而出，縱情使才，文章就會新巧絢爛。時文寫作亦然，雖然代聖賢立言，但是不能完全依經傳注，經義本文必須經過自己內心思考鎔鑄而出，方為佳作。袁氏兄弟皆主「性靈」之說，袁

〔註83〕袁宏道，《袁宏道集》卷十《諸大家時文序》，季羨林總編《傳世藏書》集部第 9 冊，海口，海南國際新聞出版中心，1996，第 27 頁。
〔註84〕袁宏道，《袁宏道集》卷三十五《郝公琰詩敘》，季羨林總編《傳世藏書》集部第 9 冊，海口，海南國際新聞出版中心，1996，第 175 頁。

宏道說文章「大都獨舒性靈，不拘格套，非從自己胸臆流出，不肯下筆。有時情與境會，頃刻千言，如水東注，令人奪魄」〔註85〕。袁中道在《馬遠之碧雲篇序》中說他自小沉酣舉子業，常持鋒穎與造物戰，但不勝，於是逃於山水間。由於多年不親筆硯，疏於此道。至後來操觚，則覺斷綆枯井，心無微瀾。後得冶城舊社友馬遠之文，讀之靈潮汨汨而生，於是方知「天地之名理，與人心之靈慧，搜而愈出，取之不既」，馬遠之為人「有逸韻，饒俠骨，急友朋，愛煙嵐」，所以隨筆而出，自有仙風異致，所謂「一一從肺腑流出，蓋天蓋地者也」〔註86〕。難怪自古畫家重「逸品」，乃重其由心而出、超然物外之貴。袁中道在《成元岳文序》中還說：「時義雖云小技，要亦有抒自性靈，不由聞見者。」〔註87〕時藝要從自己胸臆中流出，此乃文字三昧，就如同「剪綵作花」與「出水芙蓉」，一看便知高低。他在《珂雪齋前集自序》中也說：「千古詞人之於詞，亦猶慈父之於子也。子息託體於形氣，文章亦受孕於靈腑」，才與不才父各言其子，文章工與不工亦各言其詞，慈父不會因為子不才而棄子，詞人亦不會因為辭之不工而廢文。慈父或有溺愛，以不才為才，或者有苛責，以才為不才。但是「文章之道，己憎人愛，己愛人憎。箕畢殊好，未能自定」〔註88〕，皆看是否出自真心，出自性靈。

三袁受李贄思想的影響頗大，他們的「性靈說」可謂直接承襲李贄的「童心說」而來。李贄一貫認為「童心者，真心也，若以童心為不可，是以真心為不可也，夫童心者，絕假純真，最初一念之本心也」。失去童心也就失去了真心，失去真心也就失去了真人，人如果不真，那麼一切皆假。人之初心皆真，但慢慢長大，道理聞見漸增，多讀書，識義理，知道美醜尊卑，慢慢掩飾假借，而童心漸失，童心既障，於是發為言語，則言不由衷，從於政事，則事無根底。因為童心既障，則出之口者，皆出於聞見道理之言，而非出自童心，既然不是出自真心，那麼「豈非以假人言假言、而事假事、文假文乎？蓋其人

〔註85〕袁宏道，《袁宏道集》卷十《敘小修詩》，季羨林總編《傳世藏書》集部第 9 冊，海口，海南國際新聞出版中心，1996，第 27 頁。

〔註86〕袁中道，《袁中道集》卷十《馬遠之碧雲篇序》，季羨林總編《傳世藏書》集部第 9 冊，海口，海南國際新聞出版中心，1996，第 116 頁。

〔註87〕袁中道，《袁中道集》卷十《成元岳文序》，季羨林總編《傳世藏書》集部第 9 冊，海口，海南國際新聞出版中心，1996，第 116 頁。

〔註88〕袁中道，《袁中道集》卷首《珂雪齋前集自序》，季羨林總編《傳世藏書》集部第 9 冊，海口，海南國際新聞出版中心，1996，第 24 頁。

既假，則無所不假矣，由是而以假言與假人言，則假人喜，以假事與假人道，則假人喜，以假文與假人談，則假人喜，無所不假，則無所不喜，滿場是假，矮人何辯也？」所以，天下之至文，沒有不是出於「童心」者，只要童心常存，「則道理不行，聞見不立，無時不文，無人不文，無一樣創制體格文字而非文者。詩何必古，選文何必先秦，降而為六朝，變而為近體，又變而為傳奇，變而為院本，為雜劇，為西廂趨，為水滸傳，為今之舉子業，皆古今至文，不可得而時勢先後論也」。因此，有童心則有真文，為舉子業者，本於六經、《語》《孟》，這些經典也無非是史官過於褒揚之詞與臣子極為讚美之語，又或者乃其門徒弟子斷章取義記憶師說，或者有頭無尾，或者得後遺前，多有錯漏之處，而後學不察，便以為皆出於聖人之口，將之目為經典，豈不謬哉？即使有出於聖人之口者，也多為有為而發，如同因病發藥，隨時處方。而後學則無視時過境遷，依然盲目奉為萬世至論，何其可笑。李贄認為：「六經語孟乃道學之口實，假人之淵藪也，斷斷乎其不可以語於童心之言明矣。」〔註89〕因此，為舉子業者，要有懷疑精神，察其經典之真偽，並以自己之真心寫出真文。

莊子早就發出「真者，精誠之至，不精不誠不能動人」之言，所謂強笑者不歡，強和者不親，只有真人才能發出真言。所謂「真」即「識地絕高，才情既富，言人之所欲言，言人之所不能言，言人之所不敢言」，言人所欲言，能寫出人人心中所想，其筆與舌之妙令人豁然開朗。言人所不能言，將千古未能模寫之情景片言釋之，如風雨江河，何其痛快。言人所不敢言，則膽識勇氣皆讓人側目。以此作文，則「如山之有雲，水之有波，草木之有華，種種色色，千變萬態，未始有極，而莫知其所以然，但任吾真率而已」，由此觀之，「不能自成一家言，而藉古人以文其短，是強笑強和之類也。使其必古之人而後可，則號為一代作者，遂掩前良，何以其喜更倍也」。雷思霈認為袁宏道本人亦是「胸中無塵土氣，慷慨大略。以玩世涉世，以出世經世，婞節高標，超然物外，而涇渭分明，當機沉定，有香山、眉山之風」〔註90〕，其文或古人所有，或古人所無，並不像同時代諸子文必秦漢、詩必盛唐，而是由胸臆

〔註89〕本段引文皆出自李贄，《李溫陵集》卷九《童心說》，《四庫全書存目叢書》集部第 126 冊，濟南，齊魯書社，1997，第 271～272 頁。

〔註90〕袁宏道，《袁中郎全集》卷首《袁中郎集序》，《四庫全書存目叢書》集部第 174 冊，濟南，齊魯書社，1997，第 370～374 頁。

中自出真文，「以性命之學證大智慧，具大辯才」，如「鵝王之測水乳，罔象之探玄珠」。袁中道在《潘方凱墨譜序》中強調：「然予所言辨墨者，以能辨人也。友人潘方凱，其人為真人，故其所製墨為真墨。」〔註91〕在《方澹玄墨譜序》中也說：「澹玄工舉子業，並詩文皆有致，今所製墨，不惟見其慧心，而誠心為質，甚可欽也。」〔註92〕在《成元岳文序》也說：「讀元岳兄諸制，無論為奇為平，皆出自胸臆，決不剽襲世人一語……夫有真文章，自有真人品，真事功。」〔註93〕袁宏道在《答李元善》中也說：「文章新奇，無定格式，只要發人所不能發，句法字法調法，一一從自己胸中流出，此真新奇也。」〔註94〕輸瀉胸懷，毫無城府，此皆一「真」字而已。

　　袁中道在《中郎先生全集序》中評價其兄說：「其才高膽大，無心於世之毀譽，聊以抒其意所欲言耳」，並引黃魯直言曰：「老夫之書，本無法也。但觀世間萬緣，如蚊蚋聚散，未嘗有一事橫於胸中，故不擇筆墨，遇紙則書，紙盡則已，亦不暇計人之品藻譏彈。譬如木人舞中節拍，人稱其工，舞罷又蕭然矣。」此與袁宏道心態相似，袁中道認為其兄立言，不效顰學步，不隨世俛仰，而是逸趣仙才，非世匠所及，「真天授，非人力也」。其少年所作，即「或快爽之極，浮而不沉，情景大真，近而不遠，而出自靈竅，吐於慧舌，寫於鈷穎。蕭蕭冷冷，皆足以蕩滌塵情，消除熱惱」，而後學以年變，筆隨歲老，「無一字無來歷，無一語不生動，無一篇不警策。健若沒石之羽，秀若出水之花」，如果假以時日，受以天年，則「不知為後人拓多少心胸，豁多少眼目」〔註95〕。湯汝楫在《新刻袁中郎全集序》中也談到這點，「一代英偉，可謂人以地重，地以人靈」，「時人謂其字句中自有一段逸氣，挾之而行，一種靈心託之而出，說得破，道得出，自有宋坡老以後惟中郎有焉。」〔註96〕只有胸中無俗氣，無俗物，方能

〔註91〕袁中道，《袁中道集》卷十一《潘方凱墨譜序》，季羨林總編《傳世藏書》集部第 9 冊，海口，海南國際新聞出版中心，1996，第 129 頁。

〔註92〕袁中道，《袁中道集》卷十一《方澹玄墨譜序》，季羨林總編《傳世藏書》集部第 9 冊，海口，海南國際新聞出版中心，1996，第 129 頁。

〔註93〕袁中道，《袁中道集》卷十《成元岳文序》，季羨林總編《傳世藏書》集部第 9 冊，海口，海南國際新聞出版中心，1996，第 116 頁。

〔註94〕袁宏道，《袁宏道集》卷二十二《答李元善》，季羨林總編《傳世藏書》集部第 9 冊，海口，海南國際新聞出版中心，1996，第 127 頁。

〔註95〕袁中道，《袁中道集》卷十一《中郎先生全集序》，季羨林總編《傳世藏書》集部第 9 冊，海口，海南國際新聞出版中心，1996，第 129 頁。

〔註96〕袁宏道，《袁中郎全集》卷首《新刻袁中郎全集序》，《四庫全書存目叢書》集部第 174 冊，濟南，齊魯書社，1997，第 374～375 頁。

寫出「真」文。袁氏兄弟不僅在理論上倡導獨舒性靈，同時亦是其理論的積極實踐者。袁中道評其友人劉玄度說：「大都玄度急於一第，以少酬其志，故一生精神，用之時藝；而以其餘力，旁及詩文。是以輸瀉有餘，淘鍊不足；性靈應酬，合併而出。然其雕龍吐鳳之才，吞牛射虎之氣，一段精光，自不可磨滅，豈與效顰學步者等哉！」〔註97〕評畢東郊先生《西清集》也說：「故以無用而為大用者，泰山之泉是也。今觀先生之詩若文，其滂湃激射，幽咽涵澹者，不猶泉之聲也耶？其瀑雪界練，乳碧膏澄者，不猶泉之色也耶？若夫片語隻字，皆屬心精，係神京之命脈者等耶？……至於文章一道，天特賦以敏捷之才，若繡虎七步，倚馬萬言。故率然揮灑，口能如心，筆能如口，隨其大言小言，而一段精光不可磨滅，又何必練《都》研《京》，然後不朽耶？」〔註98〕文章只要能口如心，筆如口，暢所欲言，抒發性靈，則必然為天下之至文。

所謂獨舒性靈，——從肺腑中流出，從最初一念之本心而發，方為「真文」，方為佳作，那麼其心理發生動機又是怎樣呢？楊起元認為：「澹者，水之無味者也，是水之本體也。而以之狀心，實心之本體也。」水之本體，如果著之以味，則不澹，而心之本體，如果著之以言，則如同水著之以味。水可以澹而心不可以澹，因為水有形，而心無形，有形則有味，雖澹也有味。心是無形無味的，如果勉強命名為「澹」，那麼實際上已經落入言詮了。以此類推，不可勝數。「《中庸》曰淡、曰簡、曰溫」皆強而名之，以此求之心，則差之毫釐，謬以千里了。所以，「善學者惟自識其真心，而不留一言」〔註99〕，天下之至言皆由心而出，而真心一出，則無需以言語束之，一旦以言語束之，則非真心矣。袁中道認為所謂「心」，即「唐虞所傳之道心也」，「人心者，道心中之人心也。離人心，則道心見矣。道心見，則即人心皆道心矣。見道心故謂之悟，即人心皆道心則修也。悟到即修到，非有二也。聖賢之學，期於悟此道心而已矣。此乃至靈至覺，至虛至妙，不生不死，治世出世之大寶藏焉」。在他看來，「人心」即「道心」，這種「道心」的領悟必須靠「悟」和「修」，而且此二者亦二而一的關係，「悟」到即「修」到，如果能「悟」，則性靈出之。

〔註97〕袁中道，《袁中道集》卷十一《劉玄度雲在堂集序》，季羨林總編《傳世藏書》集部第9冊，海口，海南國際新聞出版中心，1996，第120頁。

〔註98〕袁中道，《袁中道集》卷十一《西清集序》，季羨林總編《傳世藏書》集部第9冊，海口，海南國際新聞出版中心，1996，第127頁。

〔註99〕楊起元，《續刻楊復所先生家藏文集》卷四《題澹然冊》，《四庫全書存目叢書》集部第167冊，濟南，齊魯書社，1997，第257頁。

世人以為儒家無此學術，而歸之於禪，袁中道以為此其大可不必，所謂「心體本自瀟灑，不必過為把持。而儒者又為莊敬持守之學，其桎梏拘攣莫甚焉。世間之大智慧者，豈肯米鹽瑣碎，而自同木偶人哉？宜其厭之而趨禪也」〔註100〕，只要能將瀟灑之本心悟而出之，則性靈也會不期而至。

陶望齡曾說「讀書人聰明聞見自塞自礙耳」〔註101〕，如同讀佛經，要想有所領悟，則必須具備靈根，而知識學問反而成為靈根之障礙。袁宏道也如此認為：「文章最上乘曰妙悟，人病求妙悟而不識妙悟。妙悟非高深之謂，易簡之謂也。人不能鏤空畫天，亦烏用鏤空畫天？而反尊可鏤可畫者，號為天與空可乎？文有題，題有竅，一竅已具萬竅，何必將心覓心，象外起象？譬如衲子不尋著衣吃飯家風，而先注心於纓絡寶珠，不足當蝦蟆禪，況云悟耶？」〔註102〕要想達到這種「悟入」階段，則必須「調心」，袁中道說：「人心如火，世緣如薪。可愛可樂之境當前，如火遇燥薪，更益之油矣。若去其脂油，灑以清涼之水，火亦漸息。吾嘗見人閱除書，則進取之念愈熾；睹廣柳，則謀生之意少灰。乃知心隨境變，可用吾斡旋之法。是以修行之人，常處逝多林中，借其無常之水，以消馳逐奔騰之火，此亦調心第一訣也。」〔註103〕此其實質也即修身養性，將道心之障礙與欲望祛除，心隨境變，斡旋修行，則心靈亦調。然而世人往往為世俗所縛，「情慾薰其心，利害怵其慮，窺覬縈其志，名根掣其肘」，讓心靈不得舒展，「天下惟堅忍澹泊之士，靈機以震撼而出，故其謀慮深長。紛紛繁華濃鬱，最能若英雄之骨，而塞慧人才士之竅。世以拂意開之，以如意塞之者多矣」。所以要「悟入」，要「調心」，必須「養」，「惟是養其智刃以遠謀，而澹然無欲，以濟時艱，以成光大之業，則此舉信能為國家得人」，因人慾而成功，此亦用人之機秘，「士何不從至澹至愨中，裕為經綸；而乃捨康莊，走間道，苟且以收錐刀之效為也？」〔註104〕歷代謀略之士，如

〔註100〕袁中道，《袁中道集》卷十《傳心篇序》，季羨林總編《傳世藏書》集部第9冊，海口，海南國際新聞出版中心，1996，第107頁。

〔註101〕陶望齡，《歇庵集》卷十二《甲午入京寄君奭弟書》，《續修四庫全書》集部第1365冊，上海，上海古籍出版社，2002，第432～434頁。

〔註102〕袁黃著，黃強、袁珊珊校點，《遊藝塾續文規》卷七《玉蟠袁先生論文》，武漢，武漢大學出版社，2009，第250頁。

〔註103〕袁中道，《袁中道集》卷十《苦海序》，季羨林總編《傳世藏書》集部第9冊，海口，海南國際新聞出版中心，1996，第113頁。

〔註104〕袁中道，《袁中道集》卷十一《應天武舉鄉試錄序》，季羨林總編《傳世藏書》集部第9冊，海口，海南國際新聞出版中心，1996，第122頁。

張子房、諸葛亮等人,皆「由涵養抒為智略」,後代諸將領,如果不能自制其奢欲,雖功勞至偉,亦聲色貨利之人耳。所以國家用人,亦以養其韜略以遠謀,以淡然無欲謀其光大之業,此亦國家取士之本。

四、「於尺幅之中,閱今昔之變態」——論通變

縱觀文學史,復古與反復古之爭幾乎從未中斷過,文章的「通」與「變」,文章該如何繼承、如何創新,是每個時代的作家都會遇到的問題。從「風雅正變」到「質文代變」,到公安派主張的通變說,可謂由來已久。公安派更是反復古、主創新的健將,袁宏道多次明確提出反對貴古賤今,主張文以代變,提高俗體文地位,他在《諸大家時文序》中說:「今代以文取士,謂之舉業。士雖藉以取士資,弗貴也,厭其時也。夫以後視今,今猶古也;以文取士,文猶詩也。後千百代,安知不瞿、唐而盧、駱之,顧奚必古文辭而後不朽哉?」八股文「其體無沿襲,其詞必極才之所至,其調年變而月不同,手眼各出,機調亦宜,二百年來上之所以取士,與士子伸其獨往者,僅有此文。而卑今之士,反以為文不類古,至擯斥之,不見齒於詞林。嗟夫,彼不知有時也,安知有文?」李贄在《焚書》中也反覆強調:「詩何必古選,文何必秦漢。降而為六朝,變而為近體,又變而為傳奇,變而為院本,為雜劇,為《西廂記》,為《水滸傳》,為今之舉子業,皆古今至文,不可得而時勢先後論也。」他們都將八股文提升到與詩文同等的地位,認為一代有一代之文學,每個時代都有應時而生的文體,不可貴古賤今,一味復古。這在當時明代復古潮流中可謂振聾發聵,擲地有聲。

袁宏道可以說是公安派各學說的集大成者,他的「通變說」也是袁氏三兄弟中論述得最為成熟最為完整的,這其中不僅包括了詩文理論,也包括了時文理論。他在《山西鄉試錄序》中明確提出:「夫文章與時高下,今之時藝,格卑而意近,若於世無損益;而風行景逐,常居氣機之先,蓋天下之精神萃焉。故臣每於尺幅之中,閱今昔之變態,無不驗者。」他認為「昔之士以學為文,而今之士以文為學也」,士習不同,文風也異。以學為文者,言由心生,厚積而發,如雲族而雨注,泉湧而川浩,所以「昔之立言難而知言易」。相反,以文為學者,皆拾唾於他人,架空言於紙上,如貧兒之貸衣,假姬之染黛,所以,「今之立言易而知言難」。此乃今昔之別。袁宏道曾從坊間取得選本讀之,有感於洪永以來文風之變化與世道之興衰,並詳細論述之:

稍從坊市取時刻讀之，而心切切然懼也。洪、永之文簡質，當
時之風習，未有不儉素真至者也。宏、正而後，物力漸繁，而風氣
漸盛，士大夫之莊重典則如其文，民俗之豐整如其文，天下之工作
由樸而造雅如其文。嘉、隆之際，天機方鑿，而人巧方始。然鑿不
累質，巧不乖理，先輩之風猶十存其五六，而今不可得矣。臣嘗以
今日之時藝，與今日之時事相比較，似無不合者。士無蓄而藻繢日
工，民愈耗而淫巧奇麗之作日甚。薄平淡而樂深隱，其頗僻同也；
師新異而鶩徑捷，其跳越同也。夫紫陽注疏，載在令甲，猶爰書之
有律，禮例之有會典也。今有人焉，以《春秋》案獄，以《周禮》
起例，世必以違制坐之。時義而廢注疏，此奸紀之大者，天下翕然
以為新，不惟見原，而且以得雋，後學何創焉。夫高皇帝範圍天下
之道，託於經傳，而章程於宋儒，此其中自有深意。故洛、閩之學
脈窮，則高皇帝之法意衰，臣見天下之以令甲為兒嬉，而變更之無
日也。夫士之競偶也，猶射之望的，貿者之走廛也。冒焉以為及格，
則群然趨之；趨之而不得，勢將自止。故文之至於瀾頹波激，而世
道受其簸蕩者，取士者之過也。〔註105〕

從洪、永之簡質到嘉、隆之機巧，再到今日之模擬剽竊、淫巧靡麗，「薄平淡
而樂深隱」，「師新異而鶩徑捷」，廢注疏而棄傳注，皆以時文為兒戲，以至今
日文章弊不堪言，皆由時勢使然。袁宏道深知取士衡文之重要，素以「簡樸」
為取士、取文之標準，並且告誡士子「勉矣多士，慎毋以未純之質，而輕於試
焰也」，「士如是即學問，吏如是即經濟，未有二道也」。〔註106〕

袁中道在《花雪賦引》中也說：「天下無百年不變之文章。有作始，自
有末流；有末流，還有作始。其變也，皆若有氣行乎其間。創為變者，與受
變者，皆不及知。是故性情之發，無所不吐，其勢必互異而趨俚。趨於俚，
又將變矣。作者始不得不以法律救性情之窮，法律之持，無所不束，其勢必
互同而趨浮。趨於浮，又將變矣。作者始不得不以性情救法律之窮。夫昔之
繁蕪，有持法律者救之；今之剽竊，又將有主性情者救之矣。此必變之勢

〔註105〕袁宏道，《袁宏道集》卷五十四《山西鄉試錄序》，季羨林總編《傳世藏書》
集部第 9 冊，海口，海南國際新聞出版中心，1996，第 259 頁。
〔註106〕袁宏道，《袁宏道集》卷五十四《山西鄉試錄序》，季羨林總編《傳世藏書》
集部第 9 冊，海口，海南國際新聞出版中心，1996，第 259 頁。

也。」〔註107〕天下文章皆隨時而變，或者以法律救性情，或者以性情救法律，創變交替，繁蕪、剽竊相交，乃文章變之必然趨勢也。而由古觀之，東周之詩變於屈原，唐代之詩變於杜甫，這些人皆楚人，所以袁宏道認為「變之必自楚人始」。雖然楚人才情未必勝於吳、越之人，但其膽量遠勝之。因此，每當文章相沿已久，變乃必趨之時，楚人則自我鼎革，不守故常，獨出新機，絲毫不顧世間毀譽是非，於是叱吒文壇，改革文風，其功甚偉。

　　袁中道多次疾呼：「前之人以為新矣，而今視之即故；今之人以為新矣，而後視之又故。」〔註108〕袁宏道也說：「今代以文取士，謂之舉業，士雖藉以取士資，弗貴也，厭其時也。夫以後視今，今猶古也，以文取士，文猶詩也。後千百年，安知不瞿、唐而盧、駱之，顧奚必古文詞而後不朽哉？且所謂古文者，至今日而敝極矣。何也？優於漢謂之文，不文矣；奴於唐謂之詩，不詩矣。取宋、元諸公之餘沫而潤色之，謂之詞曲諸家，不詞曲諸家矣。大約愈古愈近，愈似愈贋，天地間真文漸滅殆盡。」〔註109〕此皆欲說明今之視昔如後之視今，如果一味剽摹擬古，則古文之精神亦漸滅殆盡。所謂「天地間之景，與慧人才士之情，歷千百年來，互竭其心力之所至，以呈工角巧，意其餘無蘊矣。然景雖寫，而其未寫者如故也；情雖洩，而其未洩者如故也。有苞含，即有開敷；有開敷，又有苞含」〔註110〕，造物者之工巧即無窮盡也。比如牡丹，本盛於洛陽，其品種花色名目皆繁榮燦爛，歷代譜之為詳。但後世牡丹，皆月異而歲不同，奇奇怪怪，變變化化，無有窮盡，還將繼續變異下去，所以，「以前視今，故者復新；以後視今，新者又故」。牡丹之變幾無窮盡之日，文章之變亦同此理，今之以文取士猶古之詩賦取士，今之瞿、唐猶古之盧、駱，每個時代有每個時代之風氣造化，「文必秦漢，詩必盛唐」全無必要。因此，「其體無沿襲，其詞必極才之所至，其調年變而月不同，手眼各出，機軸亦異，二百年來，上之所以取士，與士子之伸其獨往者，僅有此文。而卑今之

〔註107〕　袁中道，《袁中道集》卷十《花雪賦引》，季羨林總編《傳世藏書》集部第9冊，海口，海南國際新聞出版中心，1996，第108頁。

〔註108〕　袁中道，《袁中道集》卷十《牡丹史序》，季羨林總編《傳世藏書》集部第9冊，海口，海南國際新聞出版中心，1996，第112頁。

〔註109〕　袁宏道，《袁宏道集》卷十《諸大家時文序》，季羨林總編《傳世藏書》集部第9冊，海口，海南國際新聞出版中心，1996，第27頁。

〔註110〕　袁中道，《袁中道集》卷十《牡丹史序》，季羨林總編《傳世藏書》集部第9冊，海口，海南國際新聞出版中心，1996，第112頁。

士，反以為文不類古，至擯斥之，不見齒於詞林。嗟夫，彼不知有時也，安知有文？夫沈之畫，祝之字，今也；然有偽為吳興之筆，永和之書者，不敢與之論高下矣。宣之陶，方之金，今也；然有偽為古鐘鼎及哥、柴等窯者，不得與之論輕重矣。何則？貴其真也，今之所謂可傳者，大抵皆假古董贗法帖類也。彼聖人賢者，理雖近腐，而意則常新；詞雖近卑，而調則無前。以彼較此，孰傳而孰不可傳也哉？」〔註111〕「時」也，勢也，知「時」方能知文，在沿襲基礎上極才變調，只有手眼各出，機軸各異，方能以真人做真文，方能傳之久遠。

袁宏道在《敘姜陸二公同適稿》中感歎「詩道昔時之盛而今之衰，且歎時詩之流毒深也」，並且由此角度梳理了自弘、正以來詩文流變之脈絡：

> 高季迪而上無論，有以事功名而詩文清警者，姚少師、徐武功是也。鑄辭命意，隨所欲言，寧弱無縛者，吳文定、王文恪是也。氣高才逸，不就羈紲，詩曠而文者，洞庭蔡羽是也。有為王李所擯斥，而識見議論卓有可觀，一時文人望之不見其崖際者，武進唐荊川是也。文詞雖不甚奧古，然自闢戶牖，亦能言所欲言者，崑山歸震川是也。半趨時，半學古，立意造詞時出己見者，黃五嶽、黃甫百泉是也。壽苑書法，精絕一時，詩文之長因之而掩者，沈石田、唐伯虎、祝希哲、文徵仲是也，其他不知名詩文可觀者甚多。大抵慶曆以前，吳中作詩者，人各為詩；人各為詩，故其病止於靡弱，而不害其為可傳。慶曆以後，吳中作詩者，共為一詩，共為一詩，此詩家奴僕也，其可傳與否，吾不得而知也。聞有一二稍自振拔者，每見彼中人士，皆姍笑之。幼學小生，貶駁先輩尤甚。揆厥所由，徐王二公寔為之俑。然二公才亦高，學亦博，使昌穀不中道夭，元美不中于鱗之毒，所論當不止此。今之為詩者，才幾綿薄，學復孤陋，中時論之毒，復深於彼，詩安得不愈卑哉？〔註112〕

弘、正間人才彬彬極盛，以「簡質」為高，後世風氣大變，剿竊成風，萬口一響，詩文之道寢弱。到今日市井胥吏之徒爭相謳吟，束書高閣，雙眼如漆，遞

〔註111〕袁宏道，《袁宏道集》卷十《諸大家時文序》，季羨林總編《傳世藏書》集部第9冊，海口，海南國際新聞出版中心，1996，第27頁。

〔註112〕袁宏道，《袁中郎全集》卷一《敘姜陸二公同適稿》，《四庫全書存目叢書》集部第174冊，濟南，齊魯書社，1997，第417～418頁。

相模擬，雷同反覆，令人生厭。所以詩道日弊，文風益衰，二者互為表裏。袁宏道在《敘小修詩》中也強調：「蓋詩文至近代而卑極矣，文則必欲準於秦、漢，詩則必欲準於盛唐，剿襲模擬，影響部趨，見人有一語不相肖者，則共指以為野狐外道。曾不知文準秦漢矣，秦漢人曷嘗字字學《六經》歟？詩準盛唐矣，盛唐人曷嘗字字學漢魏歟？秦漢而學《六經》，豈復有秦漢之文？盛唐而學漢魏，豈復有盛唐之詩？唯夫代有升降，而法不相沿，各極其變，各窮其趣，所以可貴，原不可以優劣論也。」天下萬物皆以「變」為宗，雷同剿襲則必不能傳之後世。傳之久遠者必「真人」作「真聲」，不效顰於漢魏，不學步於盛唐，任情而發，通達人之喜怒哀樂、嗜好情慾，所以情至之語，方能感人，是為「真詩」「真文」。且此「真詩」「真文」不可以「露」衡量，因為「隨境變，字逐情生，但恐不達，何露之有？」〔註113〕

　　舉子業也稱「時文」，乃應時之文也。如果「時文」不「時」，那麼定為失敗之作。袁宏道說：「舉業之用，在乎得雋，不時則不雋，不窮新而極變，則不時，是故雖三令五督，而文之趨不可止也，時為之也。才江之僻也，長吉之幽也，《錦瑟》之蕩也，《丁卯》之麗也，非獨其才然也。體不更則目不豔，雖李杜復生，其道不得不出於此也，時為之也。……余自是始知時藝之趨，非獨文家心變，乃鑑文之目，則亦未始不變也。夫至於鑑文目變，則其變蓋有不可知者，雖欲不殫力之所極，而副時至所趨，何可得哉？故余謂諸公文之極新也，可以觀才；不如是，不足以合轍也，可以觀時。」〔註114〕今之時文猶唐之詩歌，皆由「時」而為之。時文之趨，亦由時所趨，須窮新極變，殫力所極，以負時趨。所以由「時文」可以觀才，亦可以觀時。在《張茂才時藝小引》中談到有人拿張茂才之時藝求評於他，袁宏道笑曰：「少而習之，今忘去久矣。」其每見坊間時藝，則昏昏然，究其原因，「唯余衰朽不入時，乃不知彼之佳，若使余以為佳，則彼亦故機老錦，非復入樣花纈也。」其友潘去華乃場屋老手，其弟小修以文求之，潘去華則閉目搖手說「時過矣，恐誤君」。由此觀之，不光是作文者要求「時」，閱文者亦須與時俱進，否則落差懸殊，於文頗不利。所以，袁宏道說：「君以今日之袁生質余，而余以舊日之潘生正君，

〔註113〕袁宏道，《袁宏道集》卷十《敘小修詩》，季羨林總編《傳世藏書》集部第9冊，海口，海南國際新聞出版中心，1996，第27頁。

〔註114〕袁宏道，《袁中郎全集》卷一《時文敘》，《四庫全書存目叢書》集部第174冊，濟南，齊魯書社，1997，第420頁。

君所尚者，成周之文，而余所守者，結繩之治，其能誤君審矣。余服膺此言，故凡以舉業質者，皆謝卻之。」〔註115〕皆由此理而生。

雷思霈在《袁中郎集序》中強調袁宏道之文乃「真文」，其胸中無塵氣，慷慨大略，超然物外，其人其文皆是其理論的表率。雷思霈也非常同意袁宏道之通變說，認為：「六經之外別有世界者，蒙莊似易，荀卿似書與禮，左丘明似春秋，屈原離騷似風雅，皆楚人也。古之人能於六經之外崛起而自為文章，今乃求兩漢盛唐於一字半句之間，何其陋也？……昔人見先輩質其文曰兩漢也，復質其詩曰盛唐也。夫兩漢之文而已，非我之文也；盛唐之詩而已，非我之詩也。石公之文，石公之自為文也，明文也。石公之詩，石公之自為詩也，明詩也。設有一人焉，稱之曰子真兩漢，子真盛唐。其人象喜。又復有一人焉，稱之曰子文一代之文也，子詩一代之詩也，直超漢唐而上之矣，其人更喜萬倍，由此觀之，不能自成一家言，而藉古人以文其短，是強笑強合之類也，使其必古之人而後可，則號為一代作者，遂掩前良，何以其喜更倍也？」〔註116〕不論是從個人情感還是從歷史發展之必然來看，文章與時高下，乃不可偏廢之至論，文章須從心靈發洩而出，而非剽竊模擬可得，精誠之文方能動人，方能傳遠，如同四季遞變，千變萬態，未有極致，但任其真率而已。袁宗道在《論文下》中也說：「有一派學問，則釀出一種意見，有一種意見，則創出一般言語。無意見則虛浮，虛浮則雷同矣。故大喜者必絕倒，大哀者必號痛，大怒者必叫吼動地，髮上指冠。惟戲場中人，心中本無可喜事而欲強笑，亦無可哀事而欲強哭，其勢不得不假借摹擬耳。」〔註117〕是為同理。李贄在《時文後序》中亦有同感：「時文者，今時取士之文也，非古也，然以今視古，古固非今，由後觀今，今復為古，故曰：文章與時高下。高下者，權衡之謂也。權衡定乎一時精光，流於後世，曷可苟也。夫千古同倫，則千古同文，所不同者，一時之制耳。」〔註118〕王錫爵也說：「文章與時高下，書契以來凡幾變矣。自帖括比偶舉子之業興，而綴學少年

〔註115〕袁宏道，《袁中郎全集》卷三《張茂才時藝小引》，《四庫全書存目叢書》集部第 174 冊，濟南，齊魯書社，1997，第 443 頁。

〔註116〕袁宏道，《袁中郎全集》卷首《袁中郎集序》，《四庫全書存目叢書》集部第 174 冊，濟南，齊魯書社，1997，第 370～373 頁。

〔註117〕袁宗道，《白蘇齋類稿》卷二十《論文下》，《續修四庫全書》集部第 1363 冊，上海，上海古籍出版社，2002，第 398 頁。

〔註118〕李贄，《李溫陵集》卷十一《時文後序》，《四庫全書存目叢書》集部第 126 冊，濟南，齊魯書社，1997，第 300 頁。

耳劃目涉不中說，以古義風流既然極，則有憤悱之士，馳驚之儒，一切厭棄
膚俗，而求所謂薤書竹簡於荒郵頹墓中，於是乎說經者玄，陳書者史，務在
詭音竄句，以多端叵測為新奇，而卒之雅鄭相糅，去古愈遠。辟猶族庖操刃
不師於神，而師於官，未得國，能而刓缺，隨之今六藝家好古之弊，何以異
此？」〔註119〕其子王衡也說：「陰陽有老少，時有春秋，花有跌萼，大抵人
力不能與造化爭，後時不能與先時爭，物之理也。」〔註120〕為舉子業者，
多童而習之，以多年剪綴括貼之精神而作文，則何事不可為呢？所謂時之
至也！

俞長城在《題陶石簣稿》中說：「夫學者，開風氣者也，非雖風氣者也。
固陋之後，濟以文明，靡麗之餘，返於樸實，為正為變，為斂為縱，若循環
然。預識所至而力開之，斯為豪傑之士。隆慶改元，去繁蕪而歸雅正，之於癸
未，沖淡極矣。石簣鄉試，尚仍其舊，丙戌遇太倉，目為『七作平常』，有激
而歸，力求遒鍊，己丑遂冠天下。夫平常之言，丙戌通場之文，非石簣一家之
文也。通場仿其習則失，石簣矯其習則得。文本不論得失，即以得失論，開風
氣者得乎？雖風氣者得乎？己丑後，尚凌駕者為俗法，尚斫削者為俗調，皆
石簣開之。然癸未之習不改，其弊亦同於此。君子於風氣所趨，開則錄其功，
趨則著其罪，此餘論文大略。」〔註121〕文章由微而盛，由盛而衰，通變循環，
總有一個開風氣之先的人物，有此種人物為轉折，則為正為變，理所當然。
陶望齡即是這樣一個人物：尚凌駕者為俗法，尚斫削者為俗調。有了開風氣
之先的人物，文章與時高下方有可能。陶望齡自己卻認為：「不通古而欲襲今，
如拾人敗繒，可作錦段否？」〔註122〕雖然文章與時高下，但今之基礎乃古，
如果不通古，何來今之創新呢？陶望齡回顧自己年輕時候的經歷，少時為流
俗所誤，頗薄唐宋以下文，後年長看之，多所愜意，於是以此為進益，並勸其
弟多讀古書，於古書中總結出機杼，就好比書法，也是古今同法，同理，古文
與時義亦源出同流，殊途同歸。

〔註119〕王錫爵，《王文肅公全集》卷一《重刻名世文宗序》，《四庫全書存目叢書》
　　　　集部第136冊，濟南，齊魯書社，1997，第194～195頁。
〔註120〕王衡，《緱山先生集》卷九《商明兼制義序》，《四庫全書存目叢書》第178
　　　　冊，濟南，齊魯書社，1997，第733頁。
〔註121〕俞樾，《可儀堂一百二十名家制義·題陶石簣稿》，康熙三十年刊本。
〔註122〕陶望齡，《歇庵集》卷十二《登第後寄君爽弟書》，《續修四庫全書》集部第
　　　　1365冊，上海，上海古籍出版社，2002，第430～432頁。

　　文章與時高下，還涉及到文章是否傳世的問題。陶望齡認為文章傳世有如此幾種情況：「文有如其人，不知其文而傳者；有知其文，不知其人而傳者；有知其人，知其文，而不能以不傳者」，具體來說即「蓋典冊之文非一家一士之業，如五緯麗於霄漢，五色絢於雲霞，故或人以文垂，而藝苑不名，文以人顯，而姓氏無別。皋謨伊訓旦奭之誥播諸經傳而不以文稱，所謂知其人不知其文而傳者也。燕公述作，衛公手筆，編列國史，而不以人繫，所謂知其文不知其人而傳者也。至若元文之近於與謨、白樸之重於六典，可謂後進型模，詞林膾炙，知其人知其文矣，烏能以無傳哉？」〔註123〕袁宏道卻認為「物之傳者必以質，文之不傳，非曰不工，質不至也」，袁宏道力主文章「簡質」，所以亦以此作為文章傳世之標準。他認為：

> 　　樹之不實，非無花葉也；人之不澤，非無膚髮也，文章亦爾。行世者必真，悅俗者必媚，真久必見，媚久必厭，自然之理也。故今之人所刻畫而求肖者，古人皆厭離而思去之。故之為文者，刊華而求質，斂精神而學之，惟恐真之不極也。博學而詳說，吾已大其蓄矣，然猶未能會諸心也。久而胸中渙然，若有所釋焉，如醉之忽醒，而漲水之思決也。雖然，試諸手猶若掣也。一變而去辭，再變而去理，三變而吾為文之意忽盡，如水之極於澹，而芭蕉之極於空，機境偶觸，文忽生焉。風高響作，月動影隨，天下翕然而文之，而古之人不自以為文也，曰是質之至焉者矣。大都入之愈深，則其言愈質，言之愈質，則其傳愈遠。夫質猶面也，以為不華而飾之朱粉，妍者必減，媸者必增也。噫，今之文不傳矣。〔註124〕

在袁宏道看來，只有「真」才能「質」，求「真」之文必然「質」，必傳之後世。今文之大弊在於裝飾剽模過度，「文」掩其「質」，所以不傳。嘉、隆以來，雖然名公哲匠頗多，但「古者如贗，才者如莽，奇者如吃，模擬之所至，亦各自以為極，而求之質無有也」，唯獨方定之先生之文頗得「質」之精要，「有長慶之實，無其俗；有濂洛之理，無其腐」，可以斷定，百世之後，先生之文獨傳。所謂「夫質者，道之幹也，載於言則為文，表於世則為功，葆

〔註123〕陶望齡，《歇庵集》卷四《鑾坡制草序》，《續修四庫全書》集部第1365冊，上海，上海古籍出版社，2002，第243～245頁。

〔註124〕袁宏道，《袁宏道集》卷五十四《行素園存稿引》，季羨林總編《傳世藏書》集部第9冊，海口，海南國際新聞出版中心，1996，第268頁。

於身則為壽」〔註125〕，文章若得「質」之精要，則為得道之文，將與事功並之垂為不朽。

除此以外，文章與時高下，還需注意語言問題，所謂「時有古今，語言亦有古今」。袁宗道認為：「口舌代心者也，文章又代口舌者也。展轉隔礙，雖寫得暢顯，已恐不如口舌矣，況能如心之所存乎？」孔子論文「辭達而已」，袁宗道卻認為「達不達，文不文之辨也」，唐虞三代之文，可謂「達」矣。但是今人讀古人之書，卻不甚通曉，總說古文奇奧。此乃古今語言文字之差異，今人所謂奇字奧句，有可能就是古代之街談巷語。袁宗道舉出很多例子，比如：

> 《方言》謂楚人稱「知」曰「黨」，稱「慧」曰「𤟇」，稱「跳」曰「蹯」，稱「取」曰「挺」。餘生長楚國，未聞此言。今語異古，此亦一證。故《史記·五帝三王紀》改古語從今字者甚多：「疇」改為「誰」，「俾」為「使」，「格奸」為「至奸」，「厥田」「厥賦」為「其田」「其賦」，不可勝記。左氏去古不遠，然傳中字句未嘗肖《書》也。司馬去左亦不遠，然《史記》句字，亦未嘗肖《左》也。至於今日，逆數前漢，不知幾千年遠矣，自司馬不能同於左氏，而今日乃欲兼同左、馬，不亦謬乎！中間歷晉、唐，經宋、元，文士非乏，未有公然摽擡古文，奄為己有者。昌黎好奇，偶一為之，如《毛穎》等傳，一時戲劇，他文不然也。〔註126〕

此種情況頗多，如果不明古今文字之差異，一味模擬，則易出差錯。而今人卻一味擬古，並定為制度，尊若令甲，凡有一語不肖古，則即刻罵為邪門歪道。其人完全不知空洞模擬之害，若一人為之，不為可厭，若以一傳百，以訛益訛，則愈趨愈下，概不可觀。更有甚者，嫌今日時制不文，取秦、漢地名、官銜以文之。閱者如果不翻查《一統志》，則幾不可識。且「文之佳惡，不在地名官銜也」，比如司馬遷之文，其佳處在於敘事如畫，議論超卓，而後世說者卻以為司馬遷文之所以佳，在於當時封建宮殿、官師郡邑其名之雅馴，否則，司馬遷再才高八斗亦不能成史。宗道認為此言謬甚，完全不懂得司馬遷

〔註125〕袁宏道，《袁宏道集》卷五十四《行素園存稿引》，季羨林總編《傳世藏書》集部第9冊，海口，海南國際新聞出版中心，1996，第268頁。

〔註126〕袁宗道，《白蘇齋類集》卷二十《論文上》，《續修四庫全書》集部第1363冊，上海，上海古籍出版社，2002，第397～398頁。

文章佳處何在。又有說者說：「信如子言，古不必學耶？」袁宗道認為：「古文貴達，學達即所謂學古也，學其意不必泥其字句也。今之圓領方袍，所以學古人之綴葉蔽皮也；今之五味煎熬，所以學古人之茹毛飲血也。何也？古人之意期於飽口腹，蔽形體。今人之意亦期於飽口腹，蔽形體，未嘗異也。彼摘古字句入己著作者，是無異綴皮葉於衣袂之中，投毛血於肴核之內也。大抵古人之文，專期於達；而今人之文，專期於不達。以不達學達，是可謂學古者乎？」〔註 127〕所以，文章與時高下，語言文字亦古今有異，袁氏兄弟並非反對學古，而是反對完全不顧古今差異，一味剽竊模擬。正確的態度應該是學古須學其意，而非泥其字句是也。

五、「擬議以成其變化」──論古法

公安派諸人皆主張文章新巧機變，所以更注重文章的創新，陶望齡曾大聲疾呼士子可以讀古書，但是不能襲其語，並引《易》曰：「擬議以成其變化。」承繼之外，更重「變化」之「化」。陶望齡說：「予生平喜人讀古書，而憎襲其語。」他將襲古人語稱為「食生物不化」，將摹擬古意稱之為「盜」，而學者往往安其陋，反而以此為新奇，所以文體日下。陶望齡認為士習之所以不可挽救，文體之所以不能釐正者，皆由於「下不明，而上不信也」，「上所謂勦襲庸熟，而下反謂奇，禁之則曰黜奇，有所取而不能無所略，則曰上固好奇也，而謬我不知彼所指者，主司固嘗訾之，而特不可棄耳。吾顧從事斯文者，開胸探腸，一一己出，毋徒寄人廊廡下食其唾，其為平與奇且勿論焉可也」〔註 128〕，由好奇之風而直接導致勦襲之風，而士子與有司卻不甚明瞭。他認為為文者作文要學習蜜蜂釀蜜，釀稻為酒，所謂「釀花為蜜，蜜成而不見花也；釀稻為酒，酒成而不見稻葉。文入化處，自非精深內融，神光外滿，又不區區以學問為長者不能」〔註 129〕。文章精貴處在於「化」，不管是「化」用古人，還是「化」用自己，只要能了然於心胸，宣之於詞藻，則文必工。

陶望齡出自公安派，從陶望齡的「創新觀」亦可以看出袁氏兄弟的觀點。

〔註 127〕袁宗道，《白蘇齋類集》卷二十《論文上》，《續修四庫全書》集部第 1363 冊，上海，上海古籍出版社，2002，第 397～398 頁。

〔註 128〕陶望齡，《歇庵集》卷四《門人稿序》，《續修四庫全書》集部第 1365 冊，上海，上海古籍出版社，2002，第 249 頁。

〔註 129〕袁黃著，黃強、袁珊珊校點，《遊藝塾續文規》卷七《石簣陶先生論文》，武漢，武漢大學出版社，2009，第 250 頁。

袁宗道明確提出：「有一派學問，則釀出一種意見，有一種意見，則創出一般言語。無意見則虛浮，虛浮則雷同矣。」所以大喜者必大笑，大哀者必大哭，大怒者必大吼大叫。只有戲場之人，才強笑，強哭，強怒，其勢乃「假借摹擬耳」。如今之文士，浮浮泛泛，從未踏實做過學問，其胸中亦無一絲意見，「徒見古人有立言不朽之說，又見前輩有能詩能文之名」，於是剽竊拾唾，不亦樂乎，實則因襲陳腐，面目可憎，此人皆不知二《典》三《謨》乃天下之至文，果如此作文，則其誰可抄襲乎？〔註130〕袁宏道說：「文之不能不古而今也，時使之也。妍媸之質，不逐目而逐時，是故草木之無情也，而糧紅鶴翎，不能不改觀於左紫溪緋，唯識時之士，為能堤其瀆而通其所必變。夫古有古之時，今有今之時，襲古人語言之跡，而冒以為古，是處嚴冬而襲夏之葛者也。」文章之古今如同花木之代謝，皆「時」使然，襲古人之語言，乃不知「通變」者也。比如《離騷》不襲《雅》詩，因為《雅》詩體窮於怨，《離騷》有所寄託，後之士子模擬仿傚，皆不肖，究其原因即「彼直求《騷》於《騷》之中也」。到漢之蘇李體與《古詩十九首》等詩，於《離騷》又遠矣，其音節體制皆變。古人為詩，「有泛寄之情，無直書之事」，古人為文，「有直書之事，無泛寄之情」，此乃詩文之區別，所謂「詩虛而文實」，晉唐以後，作詩者有贈別、有敘事，作文者有辨說、有論敘，至此，「是詩之體已不虛，而文之體已不能寔」，〔註131〕古人之法，不可一言概之。所以，袁宏道說「法因於敝而成於過者也」：

> 矯六朝駢麗飣餖之習者，以流麗勝，何餖者固流麗之因也，然其過在輕輕纖。盛唐諸人，以閣大矯之。已閣矣，又因閣而生莽。是故續盛唐者，以情實矯之。已寔矣，又因寔而生俚。是故續中唐者，以奇僻矯之。然奇則其境必狹，而僻則務為不根以相勝，故詩之道，至晚唐而益小。有宋歐蘇輩出，大變晚習，於物無所不收，於法無所不有，於情無所不暢，於境無所不取，滔滔莽莽，有若江河。今之人徒見宋之不唐法，而不知宋因唐而有法者也，如淡非濃，而濃寔因於淡。然其敝至以文為詩，流而為理學，流而為歌訣，流

〔註130〕 袁宗道，《白蘇齋類集》卷二十《論文下》，《續修四庫全書》集部第 1363 冊，上海，上海古籍出版社，2002，第 398～399 頁。

〔註131〕 袁宏道，《袁中郎全集》卷一《雪濤閣集序》，《四庫全書存目叢書》集部第 174 冊，濟南，齊魯書社，1997，第 416～417 頁。

而為偈誦，詩之弊又有不可勝言者矣。〔註132〕
自古法脈皆有承有革，有因有揚，唐宋詩文法脈似不相同，然無唐之法脈，亦無宋之法脈，二者承襲之脈不可斷，今人卻走極端，只見宋法，不見宋之因襲唐法，此乃一大紕漏。袁宏道在《答陶石簣》中也明確指出二者之承繼揚棄之關係：「宋人詩，長於格而短於韻，而其為文，密於持論而疏於用裁。然其中實有超秦漢而絕盛唐者，此語非兄不以為決然也。夫詩文之道，至晚唐而益小，歐、蘇矯之，不得不為巨濤大海。至其不為漢唐，人蓋有能之而不為者，未可以妾婦之恒態責丈夫也。」〔註133〕正因為有漢唐之弊，才有歐、蘇之起而矯之，沒有因襲，亦無矯枉，亦不會有後世之巨濤大海。但是近代文人倡「復古說」，其「復古」之實質乃「以剿襲為復古，句比字擬，務為牽合，棄目前之景，擴腐濫之辭，有才者詘於法，而不敢自伸其才，無之者，拾一二浮泛之語，幫湊成詩。智者牽於習，而愚者樂氣易，一唱億和，優人騶子，皆談雅道」，詩文之道至此，其弊日盛，所以許多有識之士皆以詩文相勵，「務矯今代蹈襲之風」，但往往收效甚微，「不足矯浮泛之弊，而瀾時人之目也」。〔註134〕

　　所以，正確的做法應該是「以不法為法，不古為古」。在《敘竹林集》中袁宏道談到與董玄宰論道，他認為近代書法名家如文徵仲、唐伯虎、沈石田等人頗有古人筆意，而玄宰認為近代高手，無一筆不肖古人，「無不肖，即無肖也，謂之無畫可也」。袁宏道非常歎服此論，認為：「故善畫者，師物不師人；善學者，師心不師道；為詩者，師森羅萬象，不師先輩。法李唐者，豈謂其機格與字句哉？法其不為漢，不為魏，不為六朝之心而已，是真法者也。是故滅灶背水之法，跡而敗，未若反而勝也。夫反所以跡也。今之作者，見人一語肖物，目為新詩，取古人一二浮濫之語，句規而字矩之，謬謂復古，是跡其法，不跡其勝者也，敗之道也。嗟夫，是猶呼傅粉抹墨之人，而直謂之蔡中郎，豈不悖哉？今夫時文，一末技耳。前有注疏，後有功令，驅天下而不為新奇不可得者，不新則不中程故也。夫士即以中程為古耳，平與奇何暇論哉？」

〔註132〕袁宏道，《袁中郎全集》卷一《雪濤閣集序》，《四庫全書存目叢書》集部第174冊，濟南，齊魯書社，1997，第416～417頁。
〔註133〕袁宏道，《袁宏道集》卷二十一《答陶石簣》，季羨林總編《傳世藏書》集部第9冊，海口，海南國際新聞出版中心，1996，第119頁。
〔註134〕袁宏道，《袁中郎全集》卷一《雪濤閣集序》，《四庫全書存目叢書》集部第174冊，濟南，齊魯書社，1997，第416～417頁。

〔註135〕善畫者師物不師人，善學者師心不師道，為詩文者，亦須「師物」「師心」，不可取古人一二浮濫之語即目為新奇，不能「跡其法」，而須「跡其勝」。時文創作亦然，「新奇」與「中程」乃一體兩面之關係，「新奇」是為了「中程」，「中程」則必須「新奇」，而士子往往以「中程」和「新奇」為古，何其荒謬。只有「以不法為法，不古為古」，將「師物」「師心」合而為一方能出真正「新奇」之文章。

「師物」「師心」固然重要，古人之法與古人之經驗亦同等重要。袁中道在《珂雪齋前集自序》中重申並修正了其兄之觀點，認為言所欲言的同時，不能遠離古人之法：「《六經》尚矣，文法秦漢，古詩法漢魏，近體法盛唐，此詞家三尺也」，認為後人並非不學，而不是不能學也。因為「古之人，意至而法即至焉。吾先有成法據於胸中，勢必不能盡達吾意，達吾意而或不能盡合於古之法。合者留，不合者去，姑抒吾意所欲言而已矣。抒吾意所欲言，即未敢盡遠於法，第欲以意役法，不以法役意。故合於古法者存，不合於古法者亦存。總之，意中勃鬱，不可復茹，其勢不得不吐，姑倒困出之以為快，而不暇擇焉耳。」實際創作總會出現這種「意」與「法」的矛盾，只要秉持「以意役法，不以法役意」的原則就行了。雖然說「我用我法」，但是不可目無古人。古人所流傳下來的文字皆被淘鍊過，乃精華中之精華，決非輕易之言，不可小看。比如當年宋子京年過五十方奉旨修《唐書》，當其細看古人文字，再對比自己之前所作，幾愧汗欲死。袁中道他自己中年之後回視少年之作，亦愧汗欲死，不啻子京。所以，他認為「古人千不可及，萬不可及」，並詳列其不如古人者五條：

> 然吾所以不及古人者有故：少志進取，專攻帖括；中年尚遭擯斥，竭一生精力，以營箋疏。避聱迎笑，至於夢腸嘔血。四十以後，始得卑卑一第。博古修詞，偷晷為之。本不仗習，何由工巧；浮涉淺嘗，安能入微。此其不及古人者一也。古人詩文，皆本之《六經》，以溯其源；參之子史百家，以衍其派。流溢發滿，中弘外肆。吾輩於本業外，惟取涉獵，一經不治，何論余書。或如牖中窺日，或如隙處視月。此其不如古人者二也。古人研京十年，練都一紀，盡絕外緣了，為深湛之思。今者雖有製作，率爾成章，如兔起鶻落，決

〔註135〕袁宏道，《袁中郎全集》卷一《敘竹林集》，《四庫全書存目叢書》集部第174冊，濟南，齊魯書社，1997，第419頁。

河放溜，發揮有餘，淘鍊無功。此其不及古人者三也。古人慶弔餞
送之文，實情真境，不尚浮誇。作者不以為嫌，受者不以為過。近
時獻諛進熟，不啻口出，少不稱揚，便同譏刺。自惟骨體靡弱，未
能免俗，雖抒性靈，間雜酬應。此其不如古人者四也。少忝聞道，
有志出世，至於操觚，輒懷利刀切泥之歎。嘗欲息機韜穎，遁跡煙
雲。故未仕前，大半居山，所作多偶而寄興，模寫山容水態之語。
而高文大冊，寂然無有。此其不如古人者五也。〔註136〕

其實，不光是古人，即本朝諸人也一樣，都是各有所長，有一家之言，可以借
鑒學習處甚多，為文者只需把握好「己意」與「古法」，「師心」與「師古」，
「擬議」與「變化」之關係，文章定能不期而工。

六、「士先器識而後文藝」──論人才

　　袁宏道承繼傳統的人才觀，認為只要有才，則必當被用，在《顧升伯太
史別敘》中他說：「天下之患，莫大於使豪傑不樂為用，而蔽賢為小。」古
今豪傑，甚少有完全忘情功名者，「唯當不可用之時而求用，與值可以用之
時而不能用，其無才等也」，豪傑是否能為世所用，是否能人盡其才，都關
乎所遇是否當時。袁宏道認為士當其可用之時，則為龍為蛇，為鋒為穎。當
其不可用之時，則「陸沉眾中，寧晦無耀，寧與庸夫同其庸，不與智士同其
傑」。但是可用與不可用，其機微渺，非至聖大賢，難能測識。如天下倒懸
危迫、操戈兵戰之時，乃不可用之時，而豪傑之士卻認為可用，並且投身刀
戟之中，瀕死不悔，不盡其用則不止，如張子房、荀文若、賈詡之流是也。
相反，天下安定之時，庸人高枕無憂，謀取上位，此時乃可用之時，而豪傑
之士卻認為不可用，並且捐棄世樂，棲身園林，視名位若枷鎖，去冠裳若塗
炭，如梅福、梁鴻、司空圖等人皆是也。所以，天下之患，莫大於使豪傑不
樂於為世所用。究其原因，豪傑之所以不樂為用，並非為世所不容，而是有
「有杞、檜之奸，林甫、嵩之之媚嫉」，即使其人皆方正之儒，往往陽奉陰
違，「干將伍於鉛刀，楩梓昏於鄧林，騏驥惑於皮毛，鳳凰迷於冠鳥，吾與
之正言則嗔，而詭言則喜。其知足以知天下之假氣魄、偽節義，而不能別天
下之真丈夫。漢、唐、宋末季，所謂賢人君子者，其目大抵若是也。其勢不

〔註136〕袁中道，《袁中道集》卷首《珂雪齋前集自序》，季羨林總編《傳世藏書》集
　　　　部第9冊，海口，海南國際新聞出版中心，1996，第24頁。

至於偽士滿朝，腐儒誤國不已」〔註137〕，如此之世，則豪傑之士如何肯樂為世用呢？所以，豪傑之士並非不樂於為世所用，而是「欲盡其用而不可得」，所以不樂用也。

關於才之君子、小人，袁宗道與其弟中道皆有所論。袁宗道將才士分為四類：一種是君子有才者，如張子房、諸葛孔明、謝安石、房、杜、韓、范諸公等人。一種是君子無才者，如萬石君父子、盧懷慎、王介甫諸公等人。一種是小人有才者，如韓非、商鞅、桑弘羊諸公等人。最後是小人無才者，不足論。「有才君子如神龍然，飛天駕雲，膏沃萬里。無才君子如仙鶴孔雀，置之園囿，足以妝點風景。有才小人如俊鷹快馬，可以擊狐搏兔，負重致遠。無才小人，則凡羽冗毛，遍地皆是也。大抵神龍難得，而仙鶴也，孔雀也，鷹也，馬也，人間不乏。故為豢鶴之道者，處之茂林修竹清流之間而已。為畜鷹養馬之道者，多與粱肉，以致其死力；慎加條韁，以妨其揚去，然後使之擊狐搏兔，負重行遠，則無不如意也。若夫凡羽冗毛，彼泛泛然生天地間，聽其自活自死，不必問也」，此乃用才之道。袁宗道對才士做如此區分的目的是要以「林水」「粱肉」「清階雅秩」「重爵厚祿」等不同標準來用士，所以孟子說「尊賢使能」，「賢者在位，能者在職」，所謂「尊者隆以禮數也，使者畀以事權也」，「位則虛位，職則實職也」。自古待賢能之道，確實不同，千萬不可以張冠李戴，不可將介潔自好之人處以劇地、困以沖邊，也不可將長駕遠馭之才列之卿寺閒散之署，否則就如同「駕鸞放鶴而望其獲禽」，抑或「縶鷹羈翮而縛馬足」，如此，只能將其才士隱匿，國家亦不可取豪傑之才。因此，「心術可贗，而展錯難偽，故有才之小人常易見，而無才之君子常難知。晚世過信德而過疑才，重無用而輕有用，崇虛而黜真，進名而退實，非古人察能授官之義也」。〔註138〕袁中道也認為天下治亂之分，皆由君子小人而起，但是世人皆說「亂之生，小人成之，而實因君子激而釀之」，君子與小人水火不相容，如果立朝共事，其是是非非，關係到國家安危利害。他們對國家社稷各方面所持觀點皆不同，肯定要「爭」，一「爭」則必「激」。如果為了避免「激」之利害，而委曲調停，那麼只會導致避者逾避，而進者逾

〔註137〕袁宏道，《袁宏道集》卷十《顧升伯太史別敘》，季羨林總編《傳世藏書》集部第9冊，海口，海南國際新聞出版中心，1996，第110頁。

〔註138〕袁宗道，《白蘇齋類集》卷二十《論用才》，《續修四庫全書》集部第1363冊，上海，上海古籍出版社，2002，第400～401頁。

進。最終小人得志，而不能容君子。所謂小人，無非心懷功名富貴，患得患失，因其與君子處不相容之地，則必無所不用其極以保其身家利祿。一朝權柄在手，又怎麼可能有所顧忌呢？所以世有論述「東漢之君子，以激亂漢；元祐之君子，以激亂宋」，殊不知漢、宋之小人之所以徘徊觀望，而不至於有大動亂，都在於有君子以正氣壓之，能以一絲繫九鼎之重，方不至於危難。所謂「天有春夏秋冬，而不息之元氣常在；國有存亡安危，而不易之公論常存。如日月經天，千古不磨，又未可以成敗利鈍論也。且是是非非，無論往代，即自草昧以來，迭起迭止，如雲移波駛」。袁中道感歎有明一朝，幸得天地祖宗之祐，「有小人出而熒之，則有君子出而捍之」，至今已三百年了，雖然少有釁隙，而無關大礙，「然後知國家養士數百年，正人君子後先相望，非往代所敢望萬一者」，國家取士、用人之制還是有所作為的。但是往往真君子容易識別，真小人也容易識別，而今「小人而文之以君子，外託君子之理學事功，而實為膻薌之地，浮薄者又從而和之，自非極力排擊，衣冠之禍且不可知」，袁中道認為今之君子切不可為了「避激之一字，而相與優游以養禍也」〔註139〕。

袁宗道還認為「君子欲有全用於天下，則貴慎所養矣」。所謂「養」，無非養其「恢弘」，養其「收斂」，則「無所不可為」，「有所不輕為」。所謂「收斂」者，即「恢弘」，所謂「有所不輕為者」，即「其無不可為者」。如莊子所言，要齋戒凝神，而後如梓慶削木為鐻，如佝僂者承蜩，如庖丁解牛，官能止而神欲行。真正的英雄豪傑也是如此得來，「彼夫精一技者，調一物者，且期於養，而後其用全，而況號稱真英雄者哉」。在袁宗道看來，真正的英雄豪傑應該是「局之至深，闊之至裕；鑰之至密，張志至弘。有侗乎若童稚之心，而後有龜蔡之神智；有怵乎畏四鄰之心，而後有貙虎之大勇。困衡胸中，口呿弗張，而後出其謀也若泉湧；踟躕數四，曳踵弗前，而後出其斷也若霆發。其心俯乎環堵之內也，而後其才軼乎宇宙之外；其心出乎輿臺之下也，而後其才駕乎等夷之上。此一人也，其始之戰戰兢兢，若斯無一能者，而識者已有以窺英雄之全用；其後之沛發，若斯其卓犖，若斯其奇偉，人始指之曰：『真英雄。』而識者固不覘之於沛發之後，而覘之於平居戰兢之時矣」。自古真英雄皆從戰戰兢兢而來，如堯舜之放勳風動，如姬公之明光勤政，如孔子之出

〔註139〕袁中道，《袁中道集》卷十一《徐中丞未焚草序（代）》，季羨林總編《傳世藏書》集部第 9 冊，海口，海南國際新聞出版中心，1996，第 127 頁。

類拔萃，皆兢兢業業，一沐三握髮，一飯三吐哺，如臨深淵，如履薄冰，恂謹於鄉黨，跋踖於朝廷，何其小心謹慎。而相反，莊子、老子、竹林賢士諸人，嘯傲徜徉，箕踞道遙於塵世之外，勤政愛民對他們來說就是羈絆，於是想求超脫。究其實質，「叩其中，遂乃空疏如糠瓢石田之無當於用」，他們也不能稱之為真英雄，他們「視天下無一之可為，故究也無一之能為。而聖賢者，視天下無一之可輕為，故究也無一之不可為」，所以朱熹說「真正英雄，從戰戰兢兢中來」，確實如此。而真正的英雄也須從「養」入，「無欲以澄之，慎獨以析之，則自無一時一事不出於戰兢，而其養深，其全用立顯，又何所愧夫世之稱真正英雄者乎！」〔註140〕

歷來論人才都是文武不可或缺，有明一朝，亦行之久矣，而天下輕武才亦久矣。袁中道在《應天武舉鄉試錄後序》中談到國家用才，切不可重文輕武，其友人御史臺田公精明練達，兢兢業業為國憂慮，他說：「天之生才實難。今雕章繪句，侈風雲月露之形者，猶以為才而憐之；況士氣能吞胡，智慧控虜者，可輕視歟？且承平日久，武衰已極，人耳不聞鼙鼓之聲，目不見旌旗之形，一有事，兒啼而走耳。方且唾笑武夫，等之沙礫，即武士亦惴惴然若寒雞之在棲。吾故鄭重其事，令人知工武者，其道亦自光榮，以稍發其振作之機，而鼓其怠，以備緩急。蒲葵可以增價，轉移亦自不難。」袁中道認為今天下皆重文輕武，而且承平日久，武舉頗衰，為國家緩急之計，則必須重視武學。歷來武將皆處於兩個極端：若天下無事，則蘭錡虛設，武臣適志於聲色犬馬之娛，美食華衣，買田置宅，優游享世，何其樂也。而天下多事強寇入侵之時，則武臣須攻守調度，梳風沐雨，擐甲枕戈，榮則九天，辱則九地，又何其瘁也！所以，從國家治亂可以看出武臣之才，「樂之時，才與不才為一；瘁之時，才與不才為二」。「才與不才為一，此庸人所以高枕，壯夫所以扼腕也；才與不才為二，此庸夫所以喪膽，壯夫所以揚眉也」。天下無事之時，武臣皆享樂生活，庸夫則濫竽充數，而有志之士二者皆不願。古人有聞雞而起舞、見髀肉而淚下，英雄豪傑皆欲有所建樹於世，名垂千古，而不願碌碌無為、蹉跎時光。因此，國家有事之時，即「才」與「不才」為二之時，此時亦可見其真才。所以說，「天下不朽之業有三，德不擇隱顯而立，言不擇常變而立。惟曰功曰武功，則非乘時不可。故曰時者，事之輿也。」安危治亂，世事循

〔註140〕袁宗道，《袁宗道集》卷七《真正英雄從戰戰兢兢來》，季羨林總編《傳世藏書》集部第9冊，海口，海南國際新聞出版中心，1996，第17頁。

環。有敵國外患，方可鍛鍊人才。當變亂來時，則必須借智勇之士以襄之，「於是乎武臣積輕之勢，有時變而為重」：「天下之事勢，不得不重武臣，而武臣又不得不自重。彼其不可重者，終必處其輕；而其可重者，後乃不失其重。故處重武之時，武臣自操其可重之權，以受天下重，為長城，為鼎呂，天下始欲輕之而不可。然則武臣未受重之榮，先已經處重之任，天下且責以重之實。一或不可重，身家不問，當如國何？夫豈惟不重而已，時可乘也，亦大可畏也。火之所不能焚者，天智之玉；石之所不能靡者，湛盧之劍。驗雞必羊溝，驗馬必蟻封，士其勉之！」〔註141〕也就是說，立功須乘時，而時可乘，亦大可畏，武臣須審時度勢，無論治亂，皆以國家為本，以天下為重，該出手時則出手，方為國家久遠之計。

　　袁中道還認為古今取士之法，沒有全利，也沒有全害，那些大利大害之法，久則獨見其害，傳之不遠。「惟有一種常例之法，無論巧拙，皆能用之，持之也若無心，而究竟歸於無毀無譽，故久而可不變……取其無心為賞罰，而可以平人之氣也。予以謂世之取人用人，亦若是而已矣」，取士若能從「無心賞罰」始，則取士之法必定傳之久遠。取士之法，從古之鄉舉、辟署等法到九品觀人法到今之以科目取士，所謂「法久弊生」，古之取士法皆不行，而獨存科舉。當然，並不是說科舉無弊，而是科舉之法從宋學究帖括而起，糊名易字，任有司以判定甲乙。其中有許多高才博古通今之儒終身不得入一第，而且時文爾雅，如果不投有司之好，則總歸於沈寂。即使有幸獲得一第，登朝為官，其做官與文字已經分為二途，毫不相關了。所以說庸夫之所樂，而豪傑之所苦，其「法」甚不美，但今卻獨存此法，為什麼呢？袁中道認為原因就是「出於無心，而人無所用其指謫也」。國家議論頗多，檢舉苛責甚嚴，其目的不在於得士，而在於避免嫌疑。操文柄者避嫌不及，即使得文士如班固、司馬遷，也不會以為得才，因其要避嫌也。只要能避嫌，即使所得者皆庸鄙瑣屑之流，而世人多加稱頌。所以，「人有大才而破格用之，人不以為是也。人本無才，而循格用之，人不以為非也。若曰必如是而後見我本無心，一惟遵例，則議論自不能生，而相安於無毀無譽耳，此法之所以久而不廢也」。同時：「天下之才，誠非科舉之所能收，士之有奇偉者，誠不宜以資格拘之。」要做到這點，則必須非常之人為此非常之事，否則世之常人亦只能循常例而

〔註141〕袁中道，《袁中道集》卷十一《應天武舉鄉試錄後序》，季羨林總編《傳世藏書》集部第 9 冊，海口，海南國際新聞出版中心，1996，第 122 頁。

行。即使今天廢科舉而重新用薦舉之法，其結果亦如今日，於國家社稷無益。

　　常言總說「才美不外現」，士子若有意逞才使能，則有可能其本拔於內而其神洩於外。所以要想不掩其才，則必須首先培固其本。即「其本立，其用自不可秘也」，如同花草，其根穩固，則花自然燦爛；如同築房，根基牢固，其房屋自然穩固，袁宗道明確提出「士先器識而後文藝」：所謂「良玉韜於石，不待剖而山自潤；明珠含於淵，不待摘而川自媚；莫邪藏於匣，不待操而精光自爍，人不可正眼者」，皆由於其「本」在焉。士之器識即文藝之「本」，而當代文士皆未窺其本，「單辭偶合，輒氣志凌厲，片語會意，輒傲睨千古。謂左、屈以外，別無人品；詞章以外，別無學問。是故長卿摛藻於《上林》，而聆竊賷之行者汗顏矣。子雲苦心於《太玄》，而誦《美新》之辭者靦顏矣。正平弄筆於《鸚鵡》，而誦江夏之厄者捫舌矣。楊脩鬥捷於色絲，而悲舐犢之語者驚魄矣。康樂吐奇於春草，而耳其逆叛之謀者穢諢矣。下逮盧、駱、王、楊，亦皆用以負俗而賈禍，此豈其才之不贍哉？本不立也。本不立者，何也？其器誠狹，其識誠卑也」。所以士子談文藝，首先必須「植其本」，即「凝神而斂志，回光而內鑒，鍔斂而藏聲。其器若萬斛之舟，無所不載也；若喬岳之屹立，莫撼莫震也；若大海之吐納百川，弗涸弗盈也。其識若登泰巔而瞭遠，尺寸千里也；若鏡明水止，纖芥眉鬚，無留形也；若龜卜蓍筮，今古得失，凶吉修短，無遺策也。故方其韜光養晦，退然不勝，如田畯野夫之胸無一能。而比其不得已而鳴，則矢口皆經濟，吐咳成謨謀；振球琅之音，炳龍虎之文；星日比光，天壤不朽。豈比夫操觚屬辭，矜駢麗而誇月露，擬之塗粔土羹，無裨緩急之用者哉？」如果本不立，則器識卑狹，那麼才亦無法彰顯。只有凝神斂氣，韜光養晦，固其根本，厚其器識，那麼文亦深沉厚重。如咎、禹、尹、旭、召、畢之徒，皆具備明聖顯懿之德，其器識深沉渾厚，則其詩歌爾雅閎偉，千古而下，推為文章之祖，讓人不可仰視，此即本立則其用彰顯，「器識文藝，表裏相須，而器識猥薄者，即文藝並失之矣。雖然器識先矣，而識尤要焉。蓋識不宏遠者，其器必且浮淺；而包羅一世之襟度，固賴有昭晰六合之識見也」。〔註142〕

　　有了器識方可發揮才能，但是當今的狀況卻是：「天之生才實難，而吾輩日披剝其華萼，發露其情態，窮極其工巧，暴殄天物不可，而況暴殄天之

<hr>

〔註142〕袁宗道，《白蘇齋類集》卷七《士先器識而後文藝》，《續修四庫全書》集部第1363冊，上海，上海古籍出版社，2002，第286～287頁。

才乎？」〔註143〕袁中道在談到其同門申維烈制舉藝時稱：「具一種絕世之資，而功力足以副之。出之有源，布之成彩，人見得之甚捷，而不知其烊掌銳床，冥搜玄想，其苦亦有未易言者，始知其為積學士也。」袁中道甚心折於他，認為自己不及維烈，「豈獨文字之技乎？氣識大不如也」〔註144〕。湯顯祖則認為要想獨舒性靈、發揮靈氣，時文寫作也能於筆墨之外言所欲言者，當代就三人而已，「歸太僕之長句，諸君燮之緒音，胡天一之奇想」，除此以外，惟有王季重可並而四之。但是「大致天之生才雖不能眾，亦不獨絕，至為文詞有成有不成者」。其原因有三：「三兒時多慧裁識書名，父師迷之以傳注括貼，不得見古人縱橫浩渺之書，一食其塵，不復可鮮，一也。乃幸為諸生困，未敏達蹭蹬出沒於校試之場，久之氣色漸落，何暇議尺幅之外哉，二也。人雖有才，亦視其所生，生於隱屏，山川人物居室遊御鴻顯高壯幽奇怪俠之事未有覿焉，神明無所練濯，匈腹無所厭餘，耳目既吝，手足必蹇，三也。凡此三者皆能使人才力不已焉，才力頓盡而可為悲傷者，往往如是也。」〔註145〕王思任就是如此，乃一代異才，受靈氣於異地，本為文心之所貽佇，然遭遇如上，導致其才未盡，頗為遺憾。王思任自己也說：「唐荊川先生言作時文如作史，三長並用，愚謂不爾。時文稍進則無所用學，時文大進則無所用才。惟是靈透一識要為洙泗傳神，或冒其氣，或析其毛，或從綰結中取其髓，有千百人言之不是，而經我隻字挑撥點染，題遂躍躍起立，則識之奏膚也多矣。」也就是說，才學必須在靈氣的帶領下融會貫通於字裏行間，方可傳神。

關於才識，袁宏道還認為「僕謂丘、李二兄之病，正病在識上作活計耳，非識不足也。長孺解作墨客及遊冶兒，酉卿歷官甚老成，此等皆從識上淘汰得出，謂之無識，僕不信也」，也就是說，文章需才識，但是由才識而獲病則過矣。如宋代諸儒，並非無識，而是識力過度，袁宏道說：「宋儒有腐學而無腐人，今代有腐人而無腐學。宋時講理學者多腐，而文章事功不腐；今代講文章事功者腐，而理學獨不腐。宋時君子腐，小人不腐；今代君子小人多腐。

〔註143〕袁中道，《袁中道集》卷十《袁長房文序》，季羨林總編《傳世藏書》集部第9冊，海口，海南國際新聞出版中心，1996，第116頁。

〔註144〕袁中道，《袁中道集》卷十《申維烈時藝序》，季羨林總編《傳世藏書》集部第9冊，海口，海南國際新聞出版中心，1996，第117頁。

〔註145〕湯顯祖，《玉茗堂全集》卷四《王季重小題文字序》，《續修四庫全書》集部第1362冊，上海，上海古籍出版社，2002，第423頁。

故僕謂當代可掩前古者，惟陽明一派良知學問而已。其他事功之顯赫，若於蕭愍、王文成輩；文章之燦爛，若北地、太倉輩，豈曰無才？然尚不敢與有宋諸君子敵，遑敢望漢、唐也？」〔註146〕他認為宋代諸儒之文皆理過其辭，則入於「腐」，但其人之才學識力則數一數二。當今士子卻相反，往往將理學入於文章事功，則君子小人皆「腐」。由此導致即使有才之人如於蕭愍、王文成、北地、太倉等人，也無法與宋人相匹敵，更不可能仰望漢唐諸人了。

七、「得之自然者深，得之學問者淺」——論文趣

袁氏兄弟談詩歌講究「趣」，論文亦講「趣」。袁宏道說「世人所難得者唯趣，趣如山上之色，水中之味，花中之光，女中之態，雖善說者不能下一語，唯會心者知之」。今之人慕趣之名，皆欲求趣，於是「有辨說書畫，涉獵古輩以為清，寄意玄虛，脫跡塵紛以為遠，又其下則有如蘇州之燒香煮茶者，此等皆趣之皮毛，何關神情」。「趣」惟能意會，不可言傳，且「趣得之自然者深，得之學問者淺」。李贄的「童心說」，孟子的不失「赤子之心」，老子所謂「能嬰兒」，皆乃得趣之境界。比如童子之時，不知何謂「趣」，但無往而非趣，「無端容，目無定睛，口喃喃而欲語，足跳躍而不定人生之至樂」，真乃人生之真趣。又如山林之人，無拘無束，優游自在，「雖不求趣而趣近之」〔註147〕，此皆趣之最上乘者也。而年漸長，官愈高，品愈大，則身心桎梏，心脈血氣皆為聞見知識所束縛，其入理愈深，而去趣愈遠。其他愚蠢不肖之人，其品更下，所求愈卑，或為聲色，或為酒肉，肆無忌憚，任性而行，趣亦遠之。

袁中道承襲其兄之說，也推崇「趣」，他認為：「凡慧則流，流極而趣生焉。天下之趣，未有不自慧生也。山之玲瓏而多態，水之漣漪而多姿，花之生動而多致，此皆天地間一種慧黠之氣所成，故倍為人所珍玩。至於人，別有一種俊爽機穎之類，同耳目而異心靈，故隨其口所出，手所揮，莫不灑灑然而成趣，其可寶為何如者。」〔註148〕天下之趣皆由「慧」生，人之自由揮灑如同山水草木之玲瓏多致，皆天地慧黠之氣所成。國家之名士如同國家

〔註146〕袁宏道，《袁宏道集》卷二十一《答梅客生》，季羨林總編《傳世藏書》集部第9冊，海口，海南國際新聞出版中心，1996，第118頁。

〔註147〕袁宏道，《袁中郎全集》卷一《敘陳正甫會心集》，《四庫全書存目叢書》集部第174冊，濟南，齊魯書社，1997，第414頁。

〔註148〕袁中道，《袁中道集》卷十《劉玄度集句詩序》，季羨林總編《傳世藏書》集部第9冊，海口，海南國際新聞出版中心，1996，第107頁。

之氣韻眼目，皆有過人之才，能為不朽之文章，但是如果「其骨不勁，而趣不深，則雖才不足取」，有了「骨」與「氣」，「才」方能顯現。如蘇軾兄弟，為當時名士領袖，其他如秦觀、黃庭堅、陳師道、晁錯等人，皆為名士，皆「有才、有骨、有趣」，而秦觀得其「趣」尤深。縱觀蘇軾與其書牘往來，皆娓娓道來，披肝瀝膽，莊語謔言，無所不備，可見其愛秦觀之深。由此亦可推測秦觀本人必風流蘊藉，春溫玉潤，非獨才氣為蘇軾所推崇。袁中道曾將其友人陶孝若比為秦觀，其「淡泊自守，甘貧不厭，真有過人之骨。文章清綺無塵坌氣，真有過人之才。而尤有一種清勝之趣，若水光山色，可見而不可即者」〔註149〕，此觀點其兄袁宏道亦以為然，只有「骨」「趣」「才」三者結合，方能成其「真趣」。中道在《王天根文序》中談及好友王天根有慧眼，當別人以一二險語詬病袁宏道時，天根反而認為此一二險語乃「肖唐人之神骨者最多，遍讀而深入之自見」。天根本人也喜歡讀書，為詩文亦好中郎之「趣」，「下筆為詩賦，及小言短章，天趣皆奕奕毫楮。所謂文人之藻，韻士之趣備矣，宜其嗜中郎深也」。昔年黃庭堅有言：「老夫之書，本無法也。但觀世間萬緣，如蚊蚋聚散，未常一事橫於胸中，故不擇筆墨，遇紙則書，紙盡則已，亦不計工拙，與人之品藻譏彈。譬如木人，舞中節拍，人歎其工，舞罷又蕭然矣。」袁中道認為黃庭堅此語即為天根而言，「天根時義，火候已到，如行舟者，百物俱備，支篙以待，風至即飄然矣，舟中信筆書此，揮灑略有意，亦徇知之合也。」〔註150〕

　　同時，袁中道又以為「天下之質而有趣靈者莫過於山水」〔註151〕，袁中道少年即好山水之趣，但為他物所阻，未能深篤，四十歲之後則好之成癖。關於山水之趣，他在《助道品序》中作了詳細描繪：「山水之樂，能濯俗腸；飛仙之語，能摝塵機；厭苦之情，能動離想；盛衰之感，能陳幻理；鬼神之狀，能興冥懼。有一於此，皆可存之，觸目沃心，漸除熱惱。不論唐問梵策，正史稗冊，有見即入，都無紀律。惟繁華之旨，進取之篇，朝家事故，不入雲霞；俗情是非，有點松石。自有流佈，姑從刊落。自萬曆丁未為始，日有增

〔註149〕袁中道，《袁中道集》卷十《南北遊詩序》，季羨林總編《傳世藏書》集部第9冊，海口，海南國際新聞出版中心，1996，第107頁。

〔註150〕袁中道，《袁中道集》卷十《王天根文序》，季羨林總編《傳世藏書》集部第9冊，海口，海南國際新聞出版中心，1996，第115頁。

〔註151〕袁中道，《袁中道集》卷十《王伯子岳遊序》，季羨林總編《傳世藏書》集部第9冊，海口，海南國際新聞出版中心，1996，第109頁。

加，動遊靜止，無息不陳。道人之樂，孰有加焉。」〔註152〕如此飛仙靈動、超塵脫俗之趣乃天地萬物之工巧，文章若能得其「天趣」，則定為傳世之至文。在《解脫集序》中他大贊其兄袁宏道之「天趣」：

> 公車之後，乃學神仙。偶有異人傳示要領，勤行未久，尋亦罷去。及我大兄沐沐南歸，始相啟以無生之學。自是以後，研精道妙，目無邪視，耳無亂聽，夢醒相禪，不離參求。每於稠人之中，如顛如狂，如愚如癡。五六年間，大有所契，得廣長舌，縱橫無礙。偶然執筆，如水東注。既解官吳會，於時塵境乍離，心情甚適。山川之奇，已相發揮；朋友之緣，亦既湊合。遊覽多暇，一以文字為佛事。山情水性，花容石貌，微言玄旨，嘻語謔辭，口能如心，筆又如口。行間既久，遂以成書。余以濩落，依之真州，相見頃刻，出所吟詠，捧讀未竟，大叫欲舞，作而笑曰：高者我不能言，其次我所欲言，格外之論我不敢言。與兄相別未久，胡遽至此！彼文人雕刻剪鏤，寧不爛漫，豈知造物天然，色色皆新，春風吹而百草生，陽和至而萬卉芳哉！〔註153〕

袁宏道本人乃興致高逸之人，性情超逸，又借佛道之學，浸潤於山水之奇，待發之為文，則縱橫無礙，如水東注，如草木生新，巧奪天工，此乃文之「天趣」。所以，袁中道說「文章之道，本無今昔，但精光不磨，自可垂後」，他高度讚揚其兄革新之功，稱其「力矯敝習，大格頹風」，其文「非獨文苑之梯徑，倘亦入道之津梁」，其功如同文起八代之衰的韓愈，「昌黎去膚存骨，蕩然一洗，號謂功多。今之整刷，何以異此」〔註154〕。確實，從弘、嘉開始，一批覆古者皆欲救當時固陋繁蕪之習，卻滑入剽襲格套之弊，「遞為標榜，不求意味，惟仿字句，執議甚狹，立論多矜。後生寡識，互相效尤。如人身懷重寶，有借觀者，代至以塊。黃茅白葦，遂遍天下」。袁宏道以天趣靈性之文相號召，力革此弊，重振文章之自然本色，其功確實甚偉。

〔註152〕袁中道，《袁中道集》卷十《助道品序》，季羨林總編《傳世藏書》集部第 9 冊，海口，海南國際新聞出版中心，1996，第 109 頁。

〔註153〕袁中道，《袁中道集》卷十《解脫集序》，季羨林總編《傳世藏書》集部第 9 冊，海口，海南國際新聞出版中心，1996，第 106 頁。

〔註154〕袁中道，《袁中道集》卷十《解脫集序》，季羨林總編《傳世藏書》集部第 9 冊，海口，海南國際新聞出版中心，1996，第 106 頁。

第三節　萬曆首輔的八股文批評

　　從嘉靖朝開始，就埋下了萬曆朝衰敗的惡因。嘉靖帝殘暴昏庸，剛愎自用。皇帝的怠政導致朝臣的弄權，因此全國上下腐敗成風，國勢飄搖。士習敗壞、文風靡爛的一個直接後果就是有識之士起而振之，「正文體」即成為從官僚到舉子皆心嚮往之的舉措。隆慶、萬曆年間的首輔，如徐階（1503～1583）、高拱（1513～1578）、張居正（1525～1582）、申時行（1535～1614）等，皆為銳意進取、意在革新的實幹家，在任期間能緩和朝廷內外矛盾，知人善任，整頓吏治，改革經濟賦稅制度，國庫充盈，使朝廷各級機構從疲軟渙散到重新有效運轉。在文學觀方面，都認為詩文須有益於國家社稷，文章須本之於道，發抒學術。取士重實用而輕文藝，有重道輕文的傾向。考察萬曆間權臣首輔的八股文觀念，對理解當時文風走向不無意義。

　　嘉靖以降，士習浸漓，厭薄平常，或趨纖靡，或騖新奇，或趨詭僻，如何整頓這種積弊，從皇帝到權臣無不煞費心思。嘉靖十一年（1532），禮部尚書夏言〔註155〕曾上疏：「近年以來，文章日趨卑陋，往往剽剟摹擬《國》《左》等書，以相矜眩，不過以艱深之詞，飾淺近之見；用奇僻之字，蓋庸拙之詞。而純正博雅之體，溫柔昌大之氣，蕩然無存……乃昨歲天下進呈錄文，類皆猥鄙不經，氣格卑弱，背戾經旨，決裂程序。其刻意以為高者，則浮誕譎詭而不協於中；騁詞以為辯者，則支離碎裂而不根於理。文體大壞，比昔尤甚。今年望敕考官，務取醇正典雅、溫柔敦厚之文，一切駕虛翼偽、鉤棘軋茁之習，痛加黜落，庶幾士知所向，文體可變。」嘉靖皇帝批曰：「文運有關國運，所繫不細。近來士子經義詭異艱深，大壞文體，誠為害治。其出榜曉諭：今年會試文卷，必淳正典雅；明白通暢者，亦得中式。若有仍前鉤棘奇僻，通加黜落，甚則令主考官奏聞處治。」〔註156〕嘉靖皇帝已經認識到文風之壞，力求以醇正典雅、明白通暢之文取士，而罷黜奇僻詭譎者。但積弊難返，皇帝的詔令也成為一紙空文，幾乎未能震動文壇分毫。

　　至隆慶四年（1570），高拱〔註157〕又上疏：「臣惟尚實之世不多言，守法

〔註155〕夏言（1482～1548），字公謹，號桂州，江西貴溪人。明正德十二年（1517）
　　　　進士，官至大學士、內閣首輔。直言敢諫，豪邁強直。著有《桂州集》
〔註156〕《明世宗實錄》卷一百三十四。
〔註157〕高拱（1513～1578），字肅卿，號中玄，何難新鄭人。嘉靖二十年（1541）
　　　　進士，官至大學士、內閣首輔。著有《高文襄公集》。

之臣無曲說。況君上日有萬機,豈宜煩瀆;而人臣進言當謹,安可虛浮?查得先朝奏章具各簡實,不敢繁詞。近自三二十年來,率務為支葉,鋪綴連牘,日新月盛,有增無減。曾不思蔓延長語,徒勞聖覽。且言多意晦,緒理難尋,翻可竄匿事端,支調假飾。人臣奏對之理不當如此。伏望敕下該部,嚴加禁約通行,內外大小衙門,凡有章奏,務要直陳其事,意盡而止,不得仍前鋪綴。違者,聽該部科官參奏治罪,庶存恭肅之體,且還簡實之風。其於治理,所裨不細。」〔註158〕在高拱看來,為了閱讀勘察的方便,文章當簡實,戒浮誇,去蕪詞。關於文學,他認為:「若後世所謂詩者,只是吟美聲韻,而無關於性情;所謂禮者,只是虛飾儀文,而不本於恭敬;所謂樂者,只是嬉戲淫俗,而反乖於中和,則非所當務也。有志於學者,必當求詩、禮、樂之本然者而後可。」〔註159〕「科目以文藝取士,士只文藝是競,父兄師友之所督勉,惟此而已。而性命之理,禮樂之實,存心制行之方,事君澤民之術,漫然其不知也。」〔註160〕所以無論是奏論策對,還是詩詞歌賦,皆須本之以理,同時他也推崇「簡實」之風,力圖將文風納入正常軌道。

　　徐階〔註161〕論文,較重道德:「夫文之用廣矣,大矣。其體諸身為德之純,其措諸事為道之顯,其書諸簡冊為訓之昭。古昔聖人以此經緯天地,綱紀人倫,化成海內,貽則萬世。故夫播而為訓誥,萃而為典謨,刪述而為經,筆削而為史,雖出於聖人之手,猶文之一端也。而後世不察,獨以文字當之。於是道德、勳業、文章判為三途。至其甚也,又舉所謂文字者歸之於浮靡詭誕之作,而其為文,因亦流於俳優之末技,家人之俚語,則何所繫於人文世道以庶幾古之作者之萬一哉!」〔註162〕他認為文章與事業、功德可並而傳世,不能將之當成小道末技,要經緯天地,綱紀人倫,化成海內,貽則萬世,方顯文章之性。在為文方法上,他主張修身養性,心靈虛空,排除干擾私欲:「國家鄉舉里選之法廢而專以文辭為登用之途。士之生者不患其無文,患其無行。詩又文之一也,其學傳與不傳無足深論,諸君子猶不忍坐觀其然。至

〔註158〕高拱,《高文襄公集》卷三《請禁章奏繁詞以肅朝廷疏》,清康熙高有聞刻本。

〔註159〕高拱著,流水點校,《高拱論著四種·日進直講》,北京,中華書局,1993,第348頁。

〔註160〕高拱著,流水點校,《高拱論著四種·日進直講》,北京,中華書局,1993,第59頁。

〔註161〕徐階(1503~1583),字子升,號少湖,松江華亭人。嘉靖二年(1523)探花及第,官至大學士、內閣首輔。著有《經世堂集》《少湖文集》《嶽廟集》等。

〔註162〕徐階:《世經堂集》卷十三《陸文裕公集序》,明萬曆間徐氏刻本。

道學不明，裏無善俗，寡廉鮮恥，以利為義，近世大儒力救之而未能者，其亦嘗思以倡之乎？倡之如何？修身以及人，篤近以舉遠，善者與之又從而進之，惡者懲之又從而教之，積之以歲時，感之以誠意，則人心之天復而俗可敦。俗敦而其用普矣。區區文詞之學，徐而議焉可也。」〔註163〕士人要先有「行」，再有「文」，不可本末顛倒。寡廉鮮恥之人是不可能寫出敦厚純雅之文章的。

申時行〔註164〕也說：「當成、弘之際，文教醴蔚，士皆重博雅，獎恬退，恥不修，不恥不聞，不恥不能，不恥不達。時則彬彬，質有其文而不詭於正。又百年而天下之文日盛而入於侈，士乃委蛇其道，繁縟其節，競斧藻而工肇悅。其甚也，浮遊誇誕，稱引夔魖象網、叛道離經之說而號為奇士。至於好奇而習愈壞，殆孟氏所謂誠行淫詞生於心而害於政事者，其為世道病，非淺鮮也。」〔註165〕「二百餘年，士之秉道循法稱學術事功者，炳焉可述，即成周何以異。然臣嘗過計，以為文敝於太盛，法玩於久安。敝則緣飾愈巧而實不修；玩則檢柙常疏而節不立。此士之所大患也。比見占畢之士，多騖詭奇；談說之家，常持空幻，非徒繡其肇悅，又設淫詞而助之。當官涖眾，則微文避課，先名譽而後職業，即重禁之，其勢不止，何也？則習尚已成而溺焉者眾也。」〔註166〕在申時行看來，成、弘之際，雖然質有其文，但不失於正，而到後世，文風靡爛，則如孟子所言，淫辭穢語皆有妨於政事。對於文章，他更看重學術事功，至於文風詭奇，空幻無根，則文之用殆矣。

這些宰輔都是從輔政用人的角度來談文風，從吏治的角度來正文體，所以禁繁倡簡，反對雕章琢句，要求文本經術，重道而輕文，取士的標準亦重德行輕文詞，此乃儒家用人之一貫標準，同時也反映出來隆慶、萬曆之際文風發展之走向。

萬曆初年，人慾滋長，風俗奢靡，士風疲軟，張居正為革除積弊、整頓吏治而大興改革，以圖在政治混亂的危局中力挽狂瀾，雖曇花一現，但在當

〔註163〕徐階：《世經堂集》卷十一《金精吟社集序》，明萬曆間徐氏刻本。

〔註164〕申時行（1535～1614），字汝默，號瑤泉，晚號休休居士，江蘇蘇州人。嘉靖四十一年（1562）狀元及第。官至大學士、內閣首輔、太子太師等。著有《召對錄》《申定公賜閒堂集》《申文定公集》等。

〔註165〕申時行，《賜閒堂集》卷九《會試錄序》，《四庫存目叢書》集部134冊，濟南，齊魯書社，1997，第178頁。

〔註166〕申時行，《賜閒堂集》卷九《會試錄後序》，《四庫存目叢書》集部134冊，濟南，齊魯書社，1997，第179頁。

時確實引起較大反響。張居正對文學雖無甚建樹，但對復古派的打擊則是肯定的。他力圖矯正士風：「自孔子沒，微言絕，學者溺於見聞，支離糟粕，人持異見，各信其說，天下於是修身正心真切篤實之學廢，而訓詁詞章之習興。有宋諸儒力詆其弊，然議論乃日益滋甚，雖號大儒宿學，至於自首猶不殫其業，而獨行之士反為世所姍笑。嗚呼！學不本諸心，而假諸外以自益，只見其愈勞愈敝也。故宮室之敝必改而新之，而後可觀也。學術之敝必改而新之，而後可久也。」〔註167〕「一切務為姑息弛縱，賈譽於眾，以致仕習驕侈，風俗日壞。間有一二力欲撓之，則又崇飾虛談，自開邪徑，所謂如肉驅蠅，負薪救火也」〔註168〕，「僕願今之學者，以足踏實地為功，以崇尚本質為行，以遵守成憲為準，以誠心順上為忠。兔魚未獲，無捨筌蹄，家當未完，毋撤藩衛，毋以前輩為不足學，而輕事訕毀，毋相與造為虛談，逞其胸臆，以撓上法也」〔註169〕，所謂「學術之敝必改而新之」，方能流傳久遠。所以要矯正虛驕之風，務以實用為本，要腳踏實地，崇尚本質，抵制虛談。

因此，張居正大力打擊王學，禁止書院講學，指出：「聖賢以經術垂訓，國家以經術作人。若能體認經書，便是講明學問，何必又別標門戶，聚黨空譚？今後各提學官督率教官生儒，務將平日所習經書義理著實講求，躬行實踐，以需他日之用。不許別創書院，群聚徒黨。及號招他方遊食無行之徒，空譚廢業，因而啟奔競之門，開情託之路。違者提學御史聽吏部都察院考察奏黜，提學按察司官聽巡按御史劾奏，遊士人等許各衙門訪拿解發。」〔註170〕他認為王學帶來士風的空疏，不能垂訓聖學，會妨害國家以經術取人的初衷，所以嚴加查禁，誓不姑息。同時，嘉靖以來的包括王學在內的所有異端學說都應該在打擊之列，「國家明經取士，說書者以宋儒傳注為宗，行文者以典實純正為尚。今後務將頒降四書五經、《性理大全》《資治通鑒綱目》《大學衍義》《歷代名臣奏義》《文章正宗》及當代誥律典制等書，課令生員誦習講解，俾其通曉古今，適於世用。其有剽竊異端邪說，炫奇立異者，文雖工弗錄。所出

〔註167〕 張居正，《張太嶽集》卷三《宜都縣重修儒學記》，上海，上海古籍出版社，1984年影印版。

〔註168〕 張居正，《張太嶽集》卷二十三《答南學院周乾明》，上海，上海古籍出版社，1984年影印版。

〔註169〕 張居正，《張太嶽集》卷二十九《答南司成屠平石論為學》，上海，上海古籍出版社，1984年影印版。

〔註170〕 張居正，《張太嶽集》卷三十九《請申舊章飭學政以振興人才疏》，上海，上海古籍出版社，1984年影印版。

試題亦要明白正大，不得割裂文義，以傷雅道。」〔註171〕科舉取士必須遵從祖制，恪遵傳注，以程朱為宗。士子須思想純正，為文須以清真醇雅為道，通曉古今，明白正大，切忌炫奇立異。

雖然張居正崇尚本質實用，但對於「文」與「質」的關係還是看的比較明白，並沒有一味偏私：「若專尚質實，勝過乎文，則誠樸有餘而華采不足，就似那村野的人一般，一味是粗鄙簡略而已，豈君子之所貴乎！若專尚文采，勝過乎質，則外雖可觀而中無實意，就是那掌管文書的一般，不過是虛浮粉飾而已，亦豈君子之所貴乎！惟是內有忠信誠恪之心，外有威儀文詞之飾，彬彬然文質相兼，本末相稱而無一毫太過不及之偏，這才是成德之君子……蓋週末文勝，古道盡亡，孔子欲矯其偏而歸之正，故其言如此。但當時之君，安於弊政而不能變更，公卿大夫流於習俗而不知救正，此周道之所以日衰也。有挽回世道之責者，其念之哉！」〔註172〕好的文章仍然是孔子所說的「文質彬彬」，但對張居正來說，「質」肯定是主要的，「文」是次要的，必須先有忠誠仁義之心，再有藻飾之詞，那麼文章就厚重典雅，不會浮泛無根。雖然他打擊王學不遺餘力，但是對於為文之原則，並不否定心靈之涵養與虛靜，如：「竊謂學欲信心冥解，若但從人歌哭，直釋氏所謂閱盡他寶，終非己分耳。昨者伏承高明指未發之中，退而思之，此心有躍如者。往時薛君采先生亦有此段議論，先生復推明之，乃知人心有妙萬物者，為天下之大本，無事安排，此先天無極之旨也。夫虛者道之所居也，涵養於不睹不聞，所以致此虛也。虛則寂，感而遂通，故明鏡不憚於屢照，其體寂也。虛谷不疲於傳響，其中窾也。今不於其居無事者求之。而欲事事物物求其當然之則，愈勞愈疲矣。」〔註173〕如同宇宙萬物之理，文章寫作也有其自己的規律，只要不流於虛無空疏，人心的虛靜涵養於文章寫作是有利的。又如，關於師道，張居正曾經上疏：「竊惟養士之本在於學校，貞靜端範在於督學之臣，我祖宗以來最重此選，非經明行修，端厚方正之士不以教授，如有不稱，寧改別職，不以濫充。且兩京用御史，外省用按察司風憲官為之，則可見居此官者不獨

〔註171〕張居正，《張太嶽集》卷三十九《請申舊章飭學政以振興人才疏》，上海，上海古籍出版社，1984 年影印版。

〔註172〕張居正，《張太嶽集》卷六《四書集注直解》，上海，上海古籍出版社，1984年影印版。

〔註173〕張居正，《張太嶽集》卷三《啟聶雙江司馬》，上海，上海古籍出版社，1984年影印版。

須學行之優，又必能執法持憲正己肅下者而後能稱也。《記》曰：『師嚴然後道尊，道尊然後民知敬學。』臣等幼時猶及見提學官多海內名流，類能以道自重，不苟徇人，人亦無敢干以私者，士習儒風猶為近古。近年以來視此官稍稍輕矣，而人亦罕能有以自重。既無卓行實學以壓服多士之心，則務為虛譚賈譽賣法養交，甚者公開倖門，明招請託，又憚於巡歷，苦於校閱，高座會城，計日待轉，以故士習日敝，民偽日滋。」〔註174〕他遵從洪武祖訓，強調學校乃養士之本，官員皆由科舉而出，所以「師道」尤其重要。而教師的選拔不能濫竽充數，必須任以經明行修、端厚方正之士，師嚴然後道尊，然後士風近古。師道不尊，則士風如萬曆時期，百弊日出，士習日敝，民偽日滋，妨害甚大。

張居正的這些觀點和措施雖然不成體系，收效也不大，但是其「正文體」的初衷卻給當時和後世舉子豎立了榜樣。對八股文創作論述較多的首輔還有萬曆後期幾位，如張位（1538～1605）、李廷機（1541～1616）等人，在此一併略作敘述。

張位〔註175〕認為當今士子為文其弊甚多：「多為艱險之句，自謂新奇，而不知其為怪；多為鉤深之意，自謂精透，而不知其為詭；多為蔓衍之調，自謂昌大，而不知其為浮；多為生澀之語，自為莊健，而不知其為枯；多為輕佻之談，自謂圓逸，而不知其為野；多為庸俗之詞，自謂平正，而不知其為腐，此皆嫫母而效顰西施者也，誤矣。」一味求新求奇，詭浮枯野，庸腐輕佻，如同東施效顰，不知其醜。八股時文乃代聖賢立言，「替聖賢說話，必知聖賢之心，然後能發聖賢之心，有一毫不與聖賢語意相肖者非文也，譬之傳神，然眉目鬚髮有一毫不逼真者，非為良工」〔註176〕。時文雖為代言體，但是也必須發自內心，「文所以發心之精蘊也，心不靜不文，心不純不文，心不達不文」，否則肯定不能稱為好文章。

關於創作，張位認為時文寫作第一條即「認題」，「凡題目一到手，須先

〔註174〕張居正，《張太嶽先生文集》卷三九《請申舊章飭學政以振興人才疏》，《續修四庫全書》集部第1346冊，上海，上海古籍出版社，2002，第339頁。

〔註175〕張位（1538～1605），字明城，號洪陽，江西南昌人。隆慶二年（1568）進士。貫通經史，工詩善文，著有《閒雲館集鈔》《叢桂山房匯稿》《詞林典故》等。

〔註176〕以下張位論文皆來自於袁黃著，黃強、袁珊珊校點，《遊藝塾續文規》卷七《洪陽張先生論文》，武漢，武漢大學出版社，2009，第247頁。

默會題旨，一篇體段及文之光景具在胸中，然後下筆，則文理貫通，自成一家高手。若只逐句杜撰，文必不工」，「題目上字，一字不可遺；題目中意，一意不可少，苟有遺失，是謂滲漏」，「題常則意欲新，意常則語欲新」，題意透悟清楚，則胸有成竹，則文理貫通。其次，「破欲渾而切，承欲簡而盡，起講欲含蓄而冠冕，提掇欲明而爽，正講欲典雅而精透，清俊而渾健，過文欲圓逸，小束欲有關鍵，有百尺竿頭，更進一步之勢，有一唱三歎之音，大束欲題外生意，有斷制而調古」。從破題、承題、起講到大結，皆有不同的標準，但總的來說，有一個原則即「一篇如一股，一股如一句，此一氣呵成，如行空天馬，獨步文場矣」，因為主司閱文，也是走馬觀花，只有場中七篇都是一氣呵成，有行雲流水之妙，沒有一絲一毫的滯礙，那麼必定「萬選萬中」。

　　關於如何評價一篇文章的好壞，張位認為其標準即「趣」，「作文須有天趣，天趣者，天然之趣也，此可與知者道。苟天趣未動，文自索然」，「文章光景，能得真趣者隨處有悟。凡青山流水，光風霽月，鳶飛魚躍之趣，皆文機也。得此趣者，可稱神解」，得之自然，方顯真趣，此乃「文機」。另外，文章必須有所避忌，張位列舉了很多為文之忌：「作文要知所忌，則文自工。忌粗，忌俗，忌庸，忌泛，忌溺，忌冗，忌生，忌空，忌疏，忌促，忌險，忌稚，忌板，忌晦，忌混，忌顛倒，忌斷絕，忌雕琢，忌詭，忌啞，忌贅，忌澀，忌杜撰，忌套，忌合掌，忌疊床駕屋。精則不粗，雅則不俗，俊則不庸，切則不泛，健則不弱，潔則不冗，熟則不生，實則不空，密則不疏，暢則不促，平則不險，鍊則不雅，順則不滯，活則不板，顯則不晦，醒則不混，有味則不淡，妥帖則不顛倒，貫通則不斷絕，自然則不雕琢，正則不詭，音律明亮則不啞，便則不贅，滑則不澀，典則不杜撰，清新則不套，流水則不合掌，詞意變換則不迭床架屋。」另外，他認為「言人所不言，非奇也；發人所不能發，真奇也。發理精透，即此為奇」，「顯、典、淺三字，顯與典人則知之，獨淺字人不知，則失於太淡，蓋淺非膚淺，對艱深而言耳」，「讀書有三到，眼到，口到，心到；作文亦有三到，氣到，神到，識到」，「舉業有三多，研窮多，琢磨多，商量多。明經察理未研窮，構思撰文為琢磨，虛懷就正為商量」，等等。這些觀點雖然瑣碎，但是可以看出，此乃實踐經驗之總結，幾乎無所不包，確實對應試舉子有很強的指導性。

　　李廷機〔註177〕也認為當今文弊甚重，首先，「近來舉業固微與舊調不同，然不過就題發揮，務令精透，而間稍緣飾古文詞，毋入於稚庸淺薄而已。彼以怪僻為奇，以叫號為豪，以詰曲聱牙為古，何論時文即古文？亦豈若是文？軌轍甚正，更不用過求，第時時拈弄，使文機圓熟，而常觀子史諸書以佐之，蓋古人極善發揮，善模寫，善張皇，有章法，有句法，誠得其風味法度，啟口容聲，自然不同矣」，「今天下之文，競趨於奇矣，夫文安所事奇為哉？」〔註178〕嘉靖以來，「以古文為時文」理論盛行，但是後世舉子並非將古文技法融會貫通，而是投機取巧，斷章取義，導致文風奇矯。天下好「奇」，由此引發的文病，李廷機歸為四種：「彼為奇者，其立意固薄簡易，卑平淡，將跨躐區宇，蹈軼前人，以文雄於世，而不知其滋為病也。抉隱宗玄，雜取異端奇邪之說，以恣其誇正學之謂何，則理病；務窈窅晦暗，美辭令人三四讀不能通曉，以是為深湛之思，則意病；詰屈聲聱牙，至不能以句，若擊腐木濕骨然，則聲病；決裂餖飣，離而不屬，澀而不貫，則氣病；而習尚頗僻，不軌於正途，令大雅之風為斷，則又為世道病也；而皆起於奇之好，夫文安所事奇為哉？」立意，修詞，聲韻，世道之病，此皆由「奇」而導之。但是舉子並不明白什麼是真正的「奇」，反而會說他們之所以好「奇」，是因為「惡夫卑卑者也」「惡夫弱而不振者也」「惡夫淺而無味者也」。他們不知道，「所謂文體者，自非卑弱而淺之謂也，明白正大，渾如沖如，和平而雅暢之謂也，矯卑而務高之，矯弱而務激之，矯淺而務深之，壞文體均耳。抑又甚焉，何者？趨而之彼者，第孤陋款啟之人；趨而之此者，多聰明博洽之士，彼之壞易知，而此之壞易眩也。」此乃文病之極。

　　因此，李廷機力倡「正文體」：「是以君子主張世道，秉握人文，則惓惓於正文體，正文體則莫若明示天下，以所取捨使人望表趨。夫周鼎商彝之器貴於庭，則淫巧之工輟矣；黃鐘太呂之音作於堂，則侏優之樂廢矣。誠廣厲學官，風以聖天子崇雅返淳德意，令士以通經學古為高，一切禁絕所謂諸不在六藝之科、孔子之術者，而專責於督學使者，久其任而考成焉。歲登士悉取大雅，勿使奇詭者與其間，而諸所錄以獻之文，務粹然一出於正，明操進

〔註177〕李廷機（1542～1616），字爾張，號九我，晉江浮橋人。萬曆十一年（1583）榜眼及第，官至大學士。著有《四書臆說》《春秋講章》《燕居錄》《李文節文集》等。

〔註178〕以下李廷機論文皆來自於袁黃著，黃強、袁珊珊校點，《遊藝塾續文規》卷七《九我李先生論文》，武漢，武漢大學出版社，2009，第250頁。

退賞罰之權以振之，則天下士未有不瞿然顧化，竭蹶而從風者也。」要正學風士習，還是得從學官科目入手，督促士子通經學古，以成、弘以來典雅正大為宗，並且明晰賞罰之權，落實執行，那麼文風不難而正。李廷機特別推崇韓愈和歐陽修兩人，認為：「昔昌黎氏以布衣起八代之衰，歐陽子一持衡，而變鉤棘為平易，化險怪為渾厚，貞元、嘉祐之文，號稱至道，兩公之功為多。嗟乎！天下有兩公者，則胡憂文體之不正也？」若有像韓愈和歐陽修這種持衡之人，那麼一切文病也不難而自救。關於為文之典範，他更推崇：「古聖賢所為文，若典謨、訓誥、風雅、禮樂之詞，明白如日月，正大如山嶽，渾乎如大圭，沖乎如太羹玄酒，而其和平雅暢，如奏英韶於清廟明堂之上，金石相宣，宮商相應，清濁高下，莫不中音也，安見所謂音者哉？」這種堂堂正大之文即士子學習的榜樣，要寫出這種文章，還必須「全要脫盡陳言，明目張膽，各寫其胸臆，須與極力鏖戰一場。我不肯放了他，他才肯放了我」，「居天下繁華處，豈能杜門掃軌，自同寒蟬？第間事不無可省處，寧疏毋周，寧樸毋華，寧簡毋縟，要以聚精神於業，毋令它有所分。不勞則不可以休，不靜則不可與動」，確實都是經驗之談，對當時學子有較強的指導作用。

　　這些權臣首輔對士風士習的看法，關於「正文體」的具體舉措，雖然瑣碎不全面，甚至很多都是配合政治革新而在文學領域做出的些許反響，但是對萬曆時期八股文批評有總的指導作用，甚至在政策指令上起到了先導作用，萬曆時期文人舉子關於八股文的觀點和看法很大程度上濫觴於此。